감자

감자

김동인

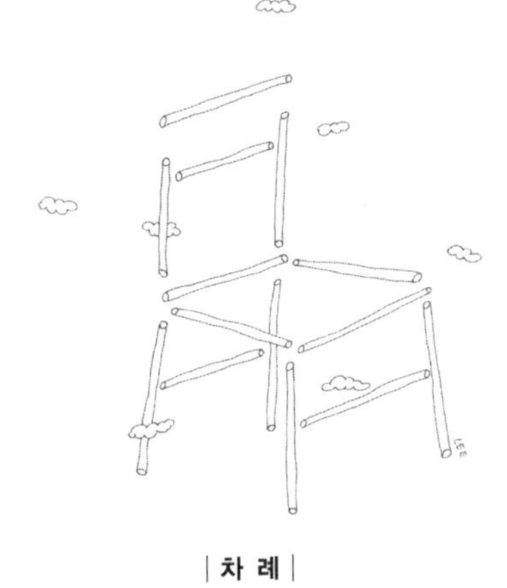

| 차 례 |

| 일러두기 |

1. 이 시리즈는 한국문학을 보다 깊이 있게 이해하고 논리적 사고력을 기를 수 있도록 논술 문제를 첨가하여 보다 종합적인 사고의 방향성을 지향하고 있다.

2. 작품 원문은 표준어 쓰기를 원칙으로 하되 작품의 분위기와 특성을 살리는 표현이라고 판단되는 방언이나 속어, 그 당시에 쓰이던 외래어 등등은 그대로 살렸다.

3. 현직 중·고등학교 국어교사들이 직접 작품의 원전과 목록을 선정하였으며, 부가설명이나 단어 풀이가 필요하다고 판단되는 경우에는 직접 각주를 달았다.

4. 잡지와 단행본은 『 』, 각 작품은 「 」로, 영화와 신문, 곡명, 그림 등은 〈 〉로 구분해서 표기했다.

약한 자의 슬픔

권력과 힘을 가진 사회에서 강자에게 유린당하는
힘없는 약한 자의 비극적 운명을 그린 작품.

감상의 길잡이

'우리 사람이 약한 연고이다. 거기는 죄악도 없고 속임도 없다. 다만 약한 것!'

거대한 힘을 가진 세계와 개인 앞에 힘없이 무너지는 약한 자의 운명

이 소설은 1919년 국내에서 최초로 발간한 순수 문예지 『창조』 창간호에 실린 김동인의 첫 작품입니다. 단편소설과 순수예술을 지향했던 김동인의 작품에서 일관되게 나타나고 있는 비극적인 세계관이 이 글에서도 잘 드러나 있습니다.

이 소설에 등장하는 엘리자베트는 어린 시절에 부모를 잃고 형제자매도 없이 살아가는 고아입니다. 엘리자베트는 재주와 용모가 뛰어나 학교에 다니면서 많은 사람들의 부러움을 사지만, 가정교사로 K남작의 집에서 유숙하고 있는 어려운 처지입니다. 그러던 어느 날, 집주인인 K남작에 의해 정조를 유린당한 후 임신하게 되고, 임신한 엘리자베트를 부담스러워 하던 K남작에 의해 쫓겨나게 됩니다. 엘리자베트는 자신의 억울함을 법에 호소하여 해결하려 하지만, 돈과 권력을 손에 쥔 남작을 이기지 못하고 재판에서 패소하게 됩니다. 결국 강자에 의해 철저하게 희생당하는 약한 자의 모습을 보여주기 위해 이 작품은 창작되었습니다.

이 작품이 발표된 시대를 전후하여 세계사적으로 큰 변화가 많이 일어났습니다. 제1차 세계대전이 막 끝나고, 그 이후 발표된 민족자결주의 원칙은 일제의 식민지로 있던 우리 나라에도 많은 영향을 주었고, 동경에서 시작된 만세운동의 불씨는 3·1운동으로 옮겨 붙으며 온 민족의 독립의지에 불을 놓았습니다.

그러나 힘없는 민족의 운명은 그 의지가 아무리 강하다 할지라도 뼈아픈 굴욕의 결과만 있을 뿐 아무것도 변화시킬 수 없다는 현실을 작가는 인식하게 됩니다. 그리고 이러한 인식의 결과가 다음과 같은 대사로 나옵니다. '약한 자의 슬픔! 전의 나의 설움은 내가 약한 자인 고로 생긴 것밖에는 더 없었다. 나뿐 아니라, 이 누리의 설움, 아니 설움뿐 아니라 모든 불만족, 불평 들이 모두 어디서 나왔는가? 약한 데서! 세상이 나쁜 것도 아니다! 인류가 나쁜 것도 아니다! 우리가 다만 약한 연고인 밖에 또 무엇이 있으리요.'

김동인은 『창조』 창간호에서 「약한 자의 슬픔」을 발표하며 "여러분은 이 「약한 자의 슬픔」이 아직까지 세계상에서 있은 모든 투 이야기(작품)—리얼리즘, 로만티씨즘, 심벌리즘 등의 이야기—와는 묘사법과 작법에 다른 점이 있는 것을 알니이다. 여러분이 이 점을 바로 발견하여 주시면 작자는 만족의 웃음을 웃겠습니다"라고 말하고 있습니다. 작가의 야심 찬 의도에 의해 「약한 자의 슬픔」이 창작되었다는 것을 알 수 있습니다.

이 소설은 스토리 전개에서 작가의 의도가 지나치게 부각되어 있습니다. 국적이 불분명한 이름과 함께 허술한 등장인물의 심리묘사, 개연성이 떨어지는 스토리의 전개, 지나친 결말의 인위성은 소설의 완성도를 떨어뜨립니다.

그러나 이런 한계에도 불구하고, 「약한 자의 슬픔」은 계몽주의와 권선징악적 소설의 한계를 가지고 있던 당시의 문단 풍토에 반기를 들며 본격적인 순수문학의 장을 개척하고, 새로운 외국의 문예사조를 시험했다는 점에서 보다 많은 의미를 가지고 있습니다.

약한 자의 슬픔

1

가정교사 강 엘리자베트는 가르침을 끝낸 다음에 자기 방으로 돌아왔다. 돌아오기는 하였지만 이제껏 쾌활한 아이들과 유쾌히 아주 지낸 그는 찜찜하고 갑갑한 자기 방에 돌아와서는 무한한 적막을 깨달았다.

'오늘은 왜 이리 갑갑한고? 마음이 왜 이리 두근거리는고? 마치 이 세상에 나 혼자 남아 있는 것 같군. 어찌할꼬. 어디 갈까 말까. 아, 혜숙이한테나 가보자. 이즈음 며칠 가보지도 못하였는데.'

그의 머리에 이 생각이 나자, 그는 갑자기 갑갑하던 것이 더 심하여지고 아무래도 혜숙이한테 가보아야 될 것같이 생각된다.

"아무래도 가보아야겠다."

그는 중얼거리고 외출의를 갈아입었다.

'갈까? 그만둘까?'

그는 생각이 정키 전에 문밖에 나섰다. 여학생 간에 유행하는 보법(步法)[1]으로 팔과 궁둥이를 전후좌우로 저으면서 엘리자베트는 길로 나섰다.

그는 파라솔을 받은 후에 손수건을 코에 대어서 쏘는 듯한 콜타르 냄새를 막으면서 N통, K정 들을 지나서 혜숙의 집에 이르렀다.

그리 부자라 할 수는 없지마는, 그래도 경성 중류민의 열에는 드는 혜숙의 집은 굉대(宏大)[2]하지는 못하지만 쑬쑬하고[3] 정하기는[4] 하였다.

그 집의 방의 배치를 익히 아는 엘리자베트는 들어서면서 파라솔을 접어서 마루 한편 끝에 놓은 후에,

"너무 갑갑해서 놀러 왔다 얘."

하면서 혜숙의 방으로 뛰어 들어갔다. 그는 들어서면서, 혜숙이가 동무 S와 무슨 이야기를 열심으로 하다가 자기 온 것을 알고 뚝 그치는 것을 알았다.

'S는 원, 무엇 하러 왔노.'

그는 이유 없는 질투가 마음에서 끓어 나오는 것을 깨달았다.

'흥, 혜숙이는 S로 인하여 나한테 놀러도 안 오는구만. 너희끼리만 잘들 놀아라.'

혜숙이가 한 번도 자기에게 놀러 와본 때가 없으되 엘리자베트는 이렇게 생각하였다.

"아, 엘리자베트 왔니. 우리 이제껏 네 이야기 하댔지. 그새 왜 안 왔니?"

1) 보법(步法) 걸음을 걷는 법. 또는 걸음을 걷는 모양새.

2) 굉대(宏大) 어마어마하게 큼

3) 쑬쑬하다 품질이나 수준이 괜찮거나 기대 이상이다.

4) 정하다 반듯하다, 정갈하다.

혜숙이이와 S는 동시에 일어나면서, 혜숙이는 엘리자베트의 왼손, S는 바른손을 잡고 주좌(主座)[5]에 끌어다 앉혔다.

엘리자베트는, 아직 십구 세의 소녀이지만 재주와 용자(容姿)[6]로 모든 동창들에게 존경과 일종의 시기를 받고 있었다. 그는 재주로 인하여 아직 통학 중이지만 K남작의 집에 유(留)하면서 오후에는 그 집 아이들에게 학과의 복습을 시키고 있었다.

"내 이야기라는 무슨? 내 숭들만 실컷 보고 있었니?"

엘리자베트는, 앉히는 자리에 앉으면서 억지로 성난 것을 감추고 농담 비슷하니 물었다.

혜숙과 S는 의논하였던 것같이 잠깐 서로 낯을 향하였다가 웃음을 억지로 참느라 입을 비죽하니 하고 머리를 돌이켰다.

"내 이야기라니 무슨?"

"네 이야기라니. 저— 그만두자."

혜숙이가 감춰두자 엘리자베트는 더 듣고 싶었다. 그는 차차 노기를 외면에 나타내게 되었다.

"내 이야기라니 무엇이야 얘? 안 가르쳐 주면 난 가겠다."

"네 이야기라니. 저—."

혜숙이는 아까와 같은 말을 한 후에 S와 또 한 번 마주 향하여 보았다.

"그럼 난 간다."

하고 엘리자베트는 일어서려 하였다.

"얘, 가르쳐 줄라. 참말은 네 이야기가 아니고 저— 이환(利換)씨 이

5) 주좌(主座) 으뜸이 되어 앉음. 또는 그런 자리.

6) 용자(容姿) 용모와 자태를 아울러 이르는 말.

야기."

말이 끝난 뒤에 혜숙이는 또 한 번 S와 낯을 향하였다.

혜숙의 말을 들은 엘리자베트는 노기와 부끄러움과 모욕을 당했다는 감을 함께 머금고 낯을 붉히고 머리를 숙였다.

엘리자베트가 매일 통학할 때에 N통 꺾어진 길에서 H의숙(義塾) 제모[7]를 쓴 어떤 청년과 만나게 되었다. 만나기 시작한 지 닷새에 좀 정답게 생각되고, 열흘에 그를 만나지 못하면 섭섭하게 생각되고, 이십 일에 연애라 하는 것을 자각하고, 일삭[8] 만에 그 청년의 이름을 탐지하였다. '그도 나를 생각하겠지' 하는 생각과 '웬걸, 내게는 주의도 안 하더라' 하는 생각이 그후부터는 항상 그의 마음속에서 쟁투하고 있었다. 연애를 하는 사람은 아무도 그렇거니와 엘리자베트도 연애—짝사랑(片戀)이던—를 안 후부터는 벗들과 함께 있을 때는 아무렇지도 않지만, 혼자 있을 때는 염세[9]의 생각과 희열의 생각이 함께 마음속에서 발하여 공연히 심장을 뛰놀리며 일어섰다, 앉았다, 밖에 나갔다, 들어왔다, 일도 없는데 이환이와 만나게 되는 길에 가보았다. 이와 같이 날을 보내게 되었다. 그러다가 아무에게도 통사정할 사람이 없는 엘리자베트는 혜숙에게 이 말을 다 고백하였다.

이와 같은, 사람의 비밀을 혜숙이는 S에게 알게 하였다 할 때는 그는 성이 났다.

처녀가 학생에게 사랑을 한다 하는 것이 그에게는 부끄러웠다.

7) 제모 학교, 관청, 회사 따위에서 정하여진 규정에 따라 쓰도록 한 모자.
8) 일삭(一朔) 한 달.
9) 염세 세상을 괴롭고 귀찮은 것으로 여겨 비관함.

둘—혜숙과 S—이서 내 흉을 실컷 보았겠거니 할 때에 그는 모욕을 당했다 생각하였다. 혜숙과 S가 서로 낯을 보고 웃을 때에 이 생각이 더 심하였다.

그리고, 이와 같은 비밀을 혜숙에게 고백하였다 할 때에, 엘리자베트는 자기에 대하여서도 성을 안 낼 수가 없었다.

'이껀 자기를 믿고 통사정을 하였더니 이런 말을 광고같이 떠들춘단 말인가. 이 세상에 믿을 만한 사람이 누구인고? 아, 부모가 살아 계시면…….'

살아 있을 때는, 자기를 압박하는 것으로 유일한 오락을 삼던 부모를 빨리 죽기를 기다리던 그도, 부모에 대하여, 지금은 유일의 믿을 만한 사람이고 유일의 의뢰할 만한 사람이라는 생각이 났다. 그리고 혜숙에 대하여서는 무한한 증오의 염이 난다.

그러면서도, 그는 한 바람을 품고 있었다. 이것—이환과 자기의 새[10]—이것이 화제가 되는 것은 그는 무서워하고 피하려 하면서도 그것이 화제가 되기를 열심으로 바라고 있다. 좀더 상세히 알고 싶었다.

자기 말을 듣고 엘리자베트가 성을 낸 것을 빨리 알아챈 혜숙이는, 화제를 바꾸려고 학과 이야기를 시작하였다.

"너 기하 숙제 해보았니? 난 암많대두 모르겠두나."

'아차!'

엘리자베트는 속으로 고함을 쳤다. 그의 희망은 끊어졌다.

'내가 성을 낸 것을 알고 혜숙이는 이렇게 돌려다 대누나.'

10) 새 '사이'의 줄임말.

하면서도 성을 억지로 감추고 낯에 화기를 나타내고 대답하였다.

"기하? 해보지는 않았어도 해보면 되겠지."

"그럼 좀 가르쳐 주렴."

기하책을 갖다 놓고 셋은 둘러앉아서 기하를 토론하기 시작하였다. 한 이십 분 동안 기하를 푸는 새에 엘리자베트의 머리에는 혜숙과 S의 우교(友交)에 대한 시기도 없어지고, 혜숙에 대한 증오도 없어지고, 동창생에 대한 애정과 동성에 대한 친밀한 생각만 나게 되었다.

복습을 필한 후에 셋은 잠깐 무언으로 있었다. 그동안 혜숙은 무슨 말을 할 듯 할 듯하면서도 다만 빙긋 웃기만 하고 말은 못 발하고 있었다.

'무슨 말이든 빨리 하렴.'

엘리자베트는 또 갑자기 희망을 품고 심장을 뛰놀리면서 속으로 명령하였다.

엘리자베트가 듣고 싶어하는 것을 보고 혜숙이는 안심한 듯이 말을 시작한다.

"얘— 얘—."

이 말만 하고 좀 말하기가 별(別)한 듯이 잠깐 말을 멈추었다가 또 시작한다.

"이환씨느으으은 S의 외사촌 오빠란다."

이 말을 들은 엘리자베트는 갑자기 마음이 무거워지는 것을 깨달았다. 그 가운데는 부끄러움도 섞여 있었다. 갑자기 이환이와 직접 대면한 것같이 형용할 수 없는 별한 부끄러움이 엘리자베트의 마음을 지나갔다. 그러면서도 그는 좀더 똑똑히 알려고,

"거짓말!"

하고 혜숙이를 쳐다보았다.

"거짓말은 왜 거짓말이야. S한테 물어보렴. 이 애 S야, 그렇지?"

엘리자베트는 머리를 S편으로 돌려서 S의 대답을 기다렸다. 이환이가 S의 외사촌이라는 것은 팔구 분은 믿으면서도…….

S는 다만 웃고 있었다.

'모욕 당했다. 집으로 가고 말아야지.'

엘리자베트는 이렇게 속으로 고함을 치고도 일어나지는 않았다. 그는 S에게서 이환이의 소식을 듣고 싶었다. 그리고 '오빠도 너를 사랑한다더라' 란 말까지 듣고 싶었다.

"응, 그렇지 애?"

하고 혜숙의 소리에 S는 그렇단 대답만 하였다. 그리고 의미 있는 듯한 웃음을 머금고 엘리자베트를 들여다보았다.

'S의 웃음. 의미 있는 듯한 웃음. 무슨 웃음일꼬? 거짓말? 이환씨가 S의 오빠라는 것이 거짓말이 아닐까? 아니! 그것은 참말이다. 그러면 무슨 웃음일꼬? 이환씨는 나 같은 것은 알아도 안 보나? 아! 무엇? 아니다. 그도 나를 사랑한다. 그리고 S에게 고백하였다. 아, 이환씨는 날 사랑한다. 결혼! 행복!'

그는 자기에게 이익한 데로만 생각을 끌어가다가 대담하게 되어서 머리를 들면서, 결심한 구조(口調)로 말을 걸었다.

"애, S야."

"엉?"

경멸하는 듯이 S는 대답하였다. 이 소리에, 엘리자베트의 용기가 대부분은 꺾어졌다.

"너……."

그는 차마 그 뒤는 말을 발하지 못하여 우물우물하다가 예상도 안 한 딴말을 묻고 말았다.

"기하 다 했니?"

"기하라니? 무슨?"

S는 대답 겸 물어보았다.

"내일 숙제."

"이 애 미쳤나 부다."

엘리자베트는 왜인지 가슴에서 똑 하는 소리를 들었다. S는 말을 연속하여 한다.

"이제 우리 하지 않았니?"

"응?…… 참…… 다 했지……."

S는 '다 알았소이다' 하는 듯이 교활한 웃음을 머금고 엘리자베트의 그리스 조각을 연상시키는 뺨과 목의 윤곽을 들여다보았다.

'모욕을 당했다.'

엘리자베트는 또 이렇게 생각지 않을 수 없었다.

'집으로 가고 말아야지.'

이 생각을 할 때에 그는 아까 집에서 혜숙의 집에 가야겠다 생각할 때에, 참지 못하게 가고 싶던 그와 동 정도로 집으로 돌아가고 싶었다.

그는, 어쩔 수 없이 가고 싶은 고로,

"난 간다."

소리만 지르고, 동무들이 "왜 가니?" "더 놀다 가렴" 등 소리는 귓등으로 듣지 않고 팔과 궁둥이를 저으면서 나섰다.

2

늦은 봄의 저녁은 따스하였다.

도회의 저녁은 더 번잡하였다.

시멘트 인도는 무수히 통행하는 사람의 발로 인하여 처르럭처르럭 때가닥때가닥 하는 소리를 시끄럽도록 내면서도 평안히 누워 있었다.

어떤 때는 사람의 위를 짧게 비추었다, 사람이 다 통과한 후에는 도로 길게 비추었다 하는, 자기와 함께 나아가는 자기 그림자를 들여다보면서 엘리자베트는 본능적으로 발을 움직였다.

'아! 잘못하였군. 그 애들은 내가 나선 다음에 웃었겠지. 잘못하였어. 그럼 어찌하여야 하노? S를 얼려야지[11]. 얼려? 응. 얼린 후엔 들어야지. 무엇을. 무엇을? 그것을 말이지. 그것이라니? 아— 그것이라니? 모르겠다. 사탄아 물러가거라. S가 이환씨의 누이이고. S가 혜숙의 동무이고. 또 내 동무이고. 이환씨는 동무의 오빠이고. 사람이 다니고. 전차. 아이고 무엇이 무엇인지 모르게 되었다. 왜 웃는단 말인가? 왜? 우스우니깐 웃지. 무엇이 우스워. 참 무엇이 우스울까?'

그는 또 한 번 웃었다. 그렇지만, 이 웃음은 기뻐서 웃는 것도 아니고 즐거워서 웃는 것도 아니다. 다만 우스워서 웃는 것이다. 그가 왜 우스운지 그 이유를 해석하려고, 혼돈된 머리로 생각하면서, 발은 본능적으로 차차 집으로 가까이 옮겨놓았다.

구부러진 길을 돌아설 때에, 그는 아직껏 보고 오던 자기 그림자를 잃

11) 얼리다 '어르다'의 북한말. 요구에 응하거나 말을 잘 듣도록 그럴듯한 방법으로 구슬리다.

어버린 고로 잠깐 멈칫 섰다가, 또 한 번 해석지 못한 웃음을 웃고 다시 걷기 시작하였다.

그가 집에 들어설 때는, 다섯 시 반 좀 지난 후 K남작은 방금 저녁을 먹고 처와 아이들이 저녁을 먹을 때이다. 조선의 선각자로 자임하는 남작은, 내외의 절(節)과 안방 사랑의 별은 폐하였지만 남존여비의 생각은 아직껏 확실히 지켜왔다.

엘리자베트는, 먹기 싫은 밥을 두어 술 먹은 후에 자기 방으로 돌아와서 아직 어둡지도 않았는데 전등을 켜고 책궤상 머리에 가 앉았다.

아무 작용도 아니하는 눈을 공연히 멀거니 뜨고, 책상을 오르간으로 삼고 다뉴브 곡을 뜯으면서, 그는 머리를 동작시키고 있었다. 웃음. S. 이환. 결혼. 신혼여행. 노후의 안락. 또는 거기는 조금도 상관없는 다른 공상이 속속들이 그의 머리에 왕래하였다.

끝없이 나는 공상을 두 시간 동안이나 한 우에, 이제껏, 희미하니 아물아물 기어가는 것같이 보이던 벽의 흑점이 똑똑히 보이기 시작할 때에, 그는 자리를 펴고 자고 싶은 생각이 났다.

아까 저녁 먹을 때에 남작의,

"오늘 밤에는 회(會)가 있는 고로 밤 두 시쯤 돌아오겠다."

는 말을 들은 엘리자베트는, 별로 안심이 되어 자리를 펴고 전 나체가 되어 드러누웠다.

몇 가지 공상이 또 머리에서 왕래하다가 그는 잠이 들었다.

한참 자다가, 열한 시쯤, 자기를 흔드는 사람이 있는 고로 그는 눈을 번쩍 떴다. 전등 아래, 의관을 한 남작이 그를 들여다보고 있었다. 엘리자베트는 갑자기 잠이 수천 리 밖에 퇴산(退散)[12]하는 것을 깨달았다.

그는 남작이 자기를 들여다보는 눈으로, 남작의 요구를 깨달았다. 하고 겨우 중얼거렸다.

"부인이 아시면?"

'아차!'

그는 속으로 고함을 쳤다.

'부인이 모르면 어찌한단 말인가?…… 모르면?…… 이것이 허락의 의미가 아닐까? 그러면 너는 그것을 싫어하느냐? 물론 싫어하지. 무엇? 싫어해? 내 마음속에, 허락하려는 생각이 조금도 없냐 아…… 허락하면 어쨌냐? 그래도…….'

일순간에 그의 머리에 이와 같은 생각이 전광과 같이 지나갔다.

"조용히! 아까, 두 시에야 돌아오겠다고 하였으니깐 모르겠지요."

남작은 말했다.

이제야 엘리자베트는 아까 남작이 광고하듯이 지껄이던 소리를 해석하였다. 그리고, 두 번째 거절을 해보았다.

"부인이 계시면서두……?"

'아차!'

그는 또 속으로 고함을 안 칠 수가 없었다.

'부인이 없으면 어찌한단 말인가?…… 이것은 허락의 의미가 아닐까……?'

남작은 대답 없이 엘리자베트를 뚫어지게 들여다보고 있었다.

"왜 그리 보세요?"

12) 퇴산(退散) 모였던 것이 흩어짐.

그는 남작의 시선을 피하면서, 별한 웃음—애걸하는 웃음—거러지의 웃음을 웃으면서 돌아누웠다.

'아차!'

그는 세 번째 고함을 속으로 발하였다.

'이것은 매춘부의 웃음. 매춘부의 행동이 아닐까……?'

몇 번 거절에 실패를 한 엘리자베트는 마지막에는 자기에 대해서도 정이 떨어지게 되었다. 그는 뉘게 대해선지는 모르면서도 모르는 어떤 자에게 골이 나서, 몸을 꼬면서 좀 날카롭게, 그래도 작은 소리로 말했다.

"싫어요 싫어요."

남작은 역시 대답이 없었다.

엘리자베트는, 갑자기 방 안이 어두워지는 것을 알았다. 남작이 불을 끈 것이다. 그후에는 남작의 의복 벗는 소리만 바삭바삭 났다.

엘리자베트는 정신이 아득해지고 말았다.

정신이 아득해진 엘리자베트는, 한참 있다가 거기서 직수면 상태로 들어서 푹 잠이 들었다가, 다섯 시쯤, 동편 하늘이 좀 자홍색을 띠어올 때에 무엇에 놀란 것같이 움쭉하면서 눈을 떴다.

회색 새벽빛을 꿰어서, 먼트고메리 회사제 벽지가 눈에 드는 동시에, 그의 머리에는 남작이 생각났다. 곁에 사람의 기척이 없는 고로 남작이 돌아갔을 줄은 확신하면서도, 만일 있었다면 하는 의심이 나는 고로, 그는 가만가만 머리를 그편으로 돌렸다. 거기는 남작이 베느라고 갖다 놓았던 책이 서너 권 놓여 있었다.

'그럼 저편 쪽에 있지. 저편 쪽 벽에 꼭 붙어 서서, 날 놀래려고 준비

하고 있지.'

엘리자베트는 홍미 절반, 진정 절반으로 이런 생각을 하고 갑자기 남작이 숨기 전에 발견하려고 머리를 돌이켰다. 거기는 차차 흰빛으로 변해오는 새벽빛에 비친 벽지의 모양만 보였다.

'어느 틈에 또 다른 편으로 뛰었군!'

하면서 그는 남작을 잡느라고 이편저편으로 머리를 휙휙 돌리다가,

'일어나야 순순히 나올 터인가 원.'

하면서 벌떡 일어나 앉아서 의복을 입기 시작하였다. 속곳, 바지로서 버선까지 신는 동안에, 그의 머리에는 남작을 잡으려는 생각은 없어지고 엊저녁 기억이 차차 부활키 시작하였다.

'내 속이 왜 그리 약하단 말인고? 정신이 아득해질 이유가 어디 있어? 아무래도 그렇게 되겠으면 정신이나…… 아— 지금 남작은 무엇하고 있노.'

그는 자기가 남작에 대하여서도 애정을 가지게 된 것을 깨달을 때에, 차라리 놀랐다. 마음속에서는 또 적막의 덩어리가 뭉쳐 나왔다. 그는 무한 울고 싶었다. 그는 시계를 보았다. 아직 다섯 시 십삼 분이다.

'울 시간이 넉넉하지.'

이 생각을 할 때에 그는 참지 못하고 고꾸라져서 흘쿡 느끼기 시작하였다.

'남작은 아내가 있는 사람이다. 아내가 있는 사람에게…… 내 전정(前程)[13]은 어떠할까…….'

13) 전정(前程) 앞길.

울음이 끝나기까지 한참 운 그는, 눈물이 자연히 멎은 후에 머리를 들었다. 아침 햇빛은 눈이 시도록 방 안을 들이쬐고 있었다.

밝은 햇빛을 본 연고인지 실컷 운 연고인지, 엘리자베트는, 오랫동안 벼르던 원수를 갚은 것같이 별로 속이 시원한 고로, 일어서서 세수를 하러 갔다.

세수를 한 후에 그는, 거기서 잠깐 주저치 않을 수가 없었다. 밥을 먹으러 가나, 안 가나. 밥은 먹어야겠고, 거기는 남작이 있겠고…….

그러다가 그는, 필사적 용기를 내고 밥을 먹으러 갔다. 거기는 남작은 없었지만 그는 부인과 아이들에게도 할 수 있는 대로 낯을 안 보이게 하고 밥을 먹었다. 그런 후 자기 방에 와서 이부자리를 간지피고[14] 책보를 싸가지고 학교로 향하였다.

정문 밖에 나선 그는, 또 한 번 주저치 않을 수가 없었다. 이 길로 가나, 저 길로 가나. 이 길로 가면 이환이를 만나겠고, 저 길로 가면 대단히 멀고.

그의 마음속에는 쟁투[15]가 일어났다. 자기에 대하여 애정을 나타내지도 않는 이환의 앞을, 복수 겸으로 유유히 지나갈 때의 자기의 상쾌를 그는 상상해 보았다. 이환이는 그 일을 모르겠지만, 이렇게 하는 것이 엘리자베트에게는 한 쾌락—만약 엘리자베트에게 복수할 마음이 있다 하면—에 다름없었다. 그렇지만 그는 이환이를 사랑하였다. 문자 그대로 '자기 몸과 동 정도로 그를 사랑' 하였다. 이러한 엘리자베트는 그런 참혹한 일을 행할 수가 없었다.

14) 간지피다 가지런히 펴서 정리하다.
15) 쟁투 서로 다투어 싸움.

'이 길로 갈까? 저 길로 갈까?'

그는 생각이 정키 전에 어느덧 먼 길—안 만나게 되는 길—편으로 발을 옮겨놓았다.

학교에서도 엘리자베트는 성가신 일일을 보내고 하학(下學) 후 곧 집으로 돌아왔다.

3

단조하고도 복잡한 엘리자베트의 생활은 여전히 연속하여 순환되고 있었다. 아침 깨어서는 학교에 가고. 하학 후에는 아이들과 마주 놀고. 자고—다만 전보다 변한 것은 평균 일 주 이 회의 남작의 방문을 받는 것이라.

대개는, 엘리자베트가 예기한 날 남작이 왔다. 남작이 오리라 생각한 날은, 엘리자베트는 열심히 남작을 기다렸다. 그렇지만 그 방은 남작 부인의 방과 그리 멀지 않은 고로 남작이 와도 그리 말은 사괴지[16] 못하였다. 엘리자베트는 그것으로 남작이 와 있을 동안은 너무 갑갑하여 빨리 돌아가기를 기다렸다. 치만 일단 남작이 돌아가고 보면 엘리자베트는, 남작이 좀더 있지 않는 것을 원망하고 무한한 적막을 깨달았다.

만약 엘리자베트가 예기한 날 남작이 오지를 않으면 그는 어찌할 줄 모르게 속이 타고 질투를 하였다.

16) 사괴다 '사귀다'의 옛말.

그렇지만, 이보다 더 큰 고통이 엘리자베트에게 있었다. 때때로 이환의 생각이 나는 것이다. 그런 때는,

'자기도 나를 생각지 않는데, 내가 그러면 뭣 하는가.'

'내가 자기와 약혼을 했댔나.'

등으로 자기를 위로해 보았지만, 대개는 '변해(辨解)'를 '미안(未安)'이 쳐 이겼다. 그럴 때는 문자 그대로 '심장을 잘 들지 않는 칼로 베어내는 것' 같았다. 그렇게 되면 그는 고꾸라져서 장시간의 울음으로 겨우 자기를 위로하곤 하였다.

그는 부인에 대해서도 미안을 감(感)하였다.

"남편을 가로앗았는데 왜 미안치를 않을까."

그는 때때로 중얼거렸다.

그러는 새에, 학교에는 열심으로 상학(上學)하였다. 학교에도 무한한 혐오와 정과 수치의 염이 나지마는, 집에 있으면 더 큰 고통을 받는 그는 일종의 위안을 얻느라고 상학하였다.

그동안 시절은 바뀌었다. 낮잠 잘 오고 맥이 나는[17] 봄 시절은, 비 많이 오는 첫여름으로 변하였다.

4

엘리자베트와 남작의 첫 관계가 있은 후, 다섯 번 일요일이 찾아왔다.

17) 맥이 나다 힘이 빠지고 의욕이 떨어지다.

오후 소아 주일학교(小兒主日學校) 교사인 엘리자베트는 소아 교수와 예배를 필한 후에 아이들 틈을 꿰면서 예배당을 나섰다.

벌겋고 누런 장마 때 저녁 해는 절벅절벅하는 길을 내리쪼이고 있었다. 북편 하늘에는 비를 준비하는 검은 구름이 걸려 있었었다.

엘리자베트가 예배당 정문을 나설 때에,

"너 이즈음 학교에 왜 다른 길로 다니니?"

하고 혜숙의 소리가 그의 뒤에서 났다.

엘리자베트는 돌아보지도 않고 속으로 다만,

'다른 길로 학교엘 다녀? 다른 길로 학교엘 다녀?'

하면서 집으로 향하였다. 남작 집 정문을 들어서려 하다가 그는 우뚝 섰다. 혜숙의 말이 이제야 겨우 해석되었다.

'응 다른 길로 학교엘 다닌다니 내가 다른 길로 학교에를 다닌다는 뜻이로군.'

그는 별한 웃음을 웃고 자기 방으로 향하였다.

자기 방에 들어서서 책보를 내던지고 앉으려 하다가 그는 또 한 번 꼿꼿이 섰다. 사지가 꼿꼿해지는 것을 깨달았다. 십여 초 동안 이와 같이 꼿꼿이 섰던 그는 그 자리에 고꾸라졌다. 그의 가슴에서는 무슨 덩어리가 뭉쳐서 나오다가, 목에서 잠깐 회전하다가 그 덩어리가 코와 입으로 폭발하곤 한다. 그럴 때마다 눈에서는 눈물이 푹푹 쏟아지고 가슴은 싹싹 베어내는 것같이 아팠다.

그에게는, 두 달 동안 몸이 안 난 것이 생각이 났다. 잉태[18]! 엘리자베

18) 잉태 임신.

트에 대해서는 이것이 '죽으라' 는 명령보다도 혹독한 것이다.

그는 잉태가 무섭지는 않았다. 그렇지만, 그의 미래—희미하고 껌껌한 그의 '생' 가운데, 다만 한 줄기의 반짝반짝하게 보이는 가는 광선—이러한 미래를 향하고 미끄러져서 나아가던 그는 잉태로 인하여 그 미래를 잃어버렸다. 그 미래는 없어졌다.

엘리자베트의 울음은 이것을 깨달은 때에 나오는 진정의 울음이다. 심장 복판 가운데서 나오는 참눈물이다.

이렇게 한참 운 그는 눈물주머니가 다 마른 후에 겨우 머리를 들고 전등을 켰다. 눈이 붉어지고 눈두덩이 부은 것을 스스로 깨달을 수가 있었다. 그는 자기 배를 내려다보았다. 그의 눈에는 보통보다 곱 이상이나 크게 보였다.

'첫배는 그리 부르지 않는다는데. 게다가 달 반밖에 안 되었는데.'
하고 그는 다시 보았다. 조금도 부르지를 않았다.

'그래도 안 부를 수가 있나?'
하고 그는 또다시 보았다. 보통보다 삼 곱이나 크게 보였다.

쾅쾅 하는 아이의 발소리가 이럴 때에 엘리자베트의 방으로 가까이 온다. 엘리자베트는 빨리 어두운 편으로 향하였다. 문이 열리며 여덟 살 된 남작의 아들이 나타나서, 엘리자베트에게 저녁을 재촉하였다. 저녁을 먹으러 가기가 싫은 엘리자베트는 안 먹겠다고 대답할 수밖에는 없었다.

아이가 돌아간 뒤에 엘리자베트는 중얼거렸다.

'꼭 좋은 때 울음을 멈추었군. 좀더 울었더면 망신할 뻔했다.'

조금 후에 부인은 친절하게 죽을 쑤어다가 그에게 주었다. 죽을 먹고 죽 그릇을 돌려보낸 후에, 아까 울음으로 얼마 속이 시원해지고 원기까지 좀 회복한 엘리자베트는 남작과 이환 두 사람을 비교하기 시작하였다. 그는 마음속에 두 사람을 그린 후에 어느 편이 자기에게 더 가깝고 더 사랑스러운고 생각해 보았다. 사랑스럽기는 이환이가 더 사랑스럽지만, 가깝기는 아무래도 남작이 더 가까운 것같이 생각된다.

이와 같은 결단은 그의 구하는 바를 채우지를 못하였다. 그는, 사랑스러운 편이 더 가깝고 가까운 편이 더 사랑스럽기를 원하였다. 그렇지만 사랑과 가까움은 평행으로 나가서 아무 데까지 가도 합하지를 않았다. 그는 평행으로 나가는 사랑스러움과 가까움이 어디까지나 나가는가를 알려고, 마음속에 둘을 그려놓고 그 둘을 차차 연장시키면서, 눈알을 굴려서 그것들을 따라가기 시작하였다.

둘은 종시 합하지 않았다. 끝까지 평행으로 나갔다. 사랑스러움과 가까움은, 끝까지 분립(分立)[19]하여 있었다.

여기 실패한 엘리자베트는 다시 다른 생각으로 그것을 보충하리라 생각하였다.

사랑스러운 편이 자기에게 더 정다울까 가까운 편이 더 정다울까, 그는 생각해 보았다. 어떻든, 둘 가운데 하나는 정다워야만 된다고, 그는 조건을 붙였다. 그렇지만 엘리자베트는 여기서도 만족한 결론을 얻지 못하였다.

아까 생각과 이번 생각이 혼돈되어 나온 결론은 다른 것이 아니다.

'사랑스러운 편이, 물론 자기에게 더 가깝다'는 것이다.

19) 분립(分立) 갈라져서 따로 섬. 또는 따로 나누어서 세움.

'그렇게 되면, 정다운 편은 어느 편인고?'

그는 생각해 보았지만, 머리가 어지러운 것이 완전히 해결을 얻지 못하게 되었다.

엘리자베트는 속이 답답해졌다.

자기에게는 '사랑스러움'과 '가까움'이 온전히 분립하여 있는 것을 안 엘리자베트는, 어느 편이 자기에게 더 정다울지를 알지 못하게 되었다. 둘이 동 정도로 정답다 하는 것은, 엘리자베트 자기가 생각해 보아도 있지 못할 일이다. 남작과 이환 새에는 어떤 차이가 있었다.

두 번째 생각도 실패로 돌아갔다.

두 번이나 실패를 한 엘리자베트는, 이번은 직접 당인(當人)[20]으로 어느 편이 자기에게 더 정답게 생각되는가 자문해 보았다.

이환이가 더 정답다 생각할 때에도 마음에 얼마의 가책이 있고, 그러니 남작이 더 정답다 생각할 때에는 더 큰 아픔이 마음에서 일어난다. 그는 억지로 생각의 끝을 또 다른 데로 옮겼다.

엘리자베트는 맨 처음 생각을 다시 해보았다. 이번도, 사랑스러움은 이환의 편으로 갔다.

'이환이가 더 사랑스럽고, 사랑스러운 편이 자기에게 더 가까우니까, 이환이가 자기에게 물론 더 가깝다. 따라서, 정다움도 이환의 편으로 간다.'

그는 억지로 이렇게 해결하였다.

이렇게 해결은 하였지만, 또 한 의문이 있었다.

20) 당인(當人) 당사자.

'그러면 가깝던 남작은 어찌 되는가.'

그는 생각해 보았다. 맨 첫 번과 같이 역시 남작은 자기에게는 더 친밀하게 생각되었다. 그럼 이환이는……?

이환이에 대한 미안이 마음속에 떠올라오기 시작하였다. 그는 속이 타서 팔을 꼬면서 허리를 젖혔다. 그때에 벽에 걸린 캘린더가 그의 시선과 마주쳤다. 캘린더는 다른 사건을 엘리자베트의 머리에 생각나게 하였다. 이 절박한 새 사건은 이환의 생각을 머리에서 내쫓기에 넉넉하였다. 오늘 밤에는 남작이 오리라 하는 생각이다. 이 생각이 엘리자베트에게 잉태를 생각나게 하였다. 남작이 오면 모든 일—잉태와 거기 대한 대처—을 말하리라 엘리자베트는 생각하였다. 그리고, 남작에게 할 말을 생각하기 시작하였다.

말은 짧지마는, 이 말을 남작에게 하는 것은 엘리자베트에게 큰 부끄러움에 다름없었다. 그는 자기에게 부끄럽지 않고 남작이 알아들어야 된다는 조건 아래서 할 말을 복안해 보았다. 한 번 지어서 검열한 후 교정을 가하고 두 번 하고 세 번 네 번 해보았지만 자기 뜻대로 되지를 않았다.

이렇게 한참 생각할 때에 문이 열리며 남작이 들어왔다. 엘리자베트의 복안은 남작을 보는 동시에 쪽쪽이 헤어지고 말았다. 그는 다만, 남작에게 매달려 통쾌히 울고, 남작이 아프도록 한번 꼬집어 주고 싶었다. 남작의 '아이고' 소리 '이 야단났구먼' 소리를 듣고 싶었다. 그는 이 생각을 억제하느라고 손으로 〈해변의 곡〉을 뜯기 시작하였다.

둘은 전과 같이 서로 마주 흘겨만 보고 있었다.

엘리자베트에게는 싸움이 일어났다.

'말할까 말까. 할까. 말까. 어찌할꼬.'

이러다가 갑자기 무의식히,

"선생님."

하고 남작을 찾은 후에 자연히 머리가 수그러지는 것을 깨달았다. 남작은 찾았는데 그 뒷말을 어찌할꼬. 이것이 엘리자베트의 마음에 일어난 제일 큰 문제이다. 〈해변의 곡〉을 뜯던 손도 어느 틈에 멎었다. 엘리자베트는 자기가 어디 있는지도 똑똑히 의식지 못하리만큼 마음이 뒤숭숭하였다. 낯도 후끈후끈 단다.

"네?"

남작은 대답하였다.

남작이 대답한 것을 엘리자베트는 속으로 원망하였다. 남작이 엘리자베트 자기가 부른 소리를 못 들었으면 좋겠다 하는 희망을 엘리자베트가 품는 동시에 남작은 엘리자베트의 부름에 대답을 한 것이다.

엘리자베트는 나가지도 못하고 물러서지도 못할 지경에 이르렀다. 자기가 부르고 남작이 대답을 하였으니 설명을 하여야겠고 그러니 그 말을 어찌하노? 그러다가 그는 갑자기 울기 시작하였다.

'이 울음에서 얼마의 효과가 나타나리라.'

엘리자베트는 울면서 생각하였다.

"왜 그러오."

남작은 놀란 소리로 물었다.

"아—아 어찌할까요?"

"무엇을?"

엘리자베트는 대답 대신으로 연속하여 울었다.

한참이나 혼자 울다가 그는 입술을 꽉 물었다. 아까 대답을 못 한 자기를 책망하였다.

남작이 '왜 그러는가' 물을 때가 대답하기는 절호의 기회인 것을, 그 기회를 비게 지나 보낸 엘리자베트는 자기를 민하다[21] 생각하지 않을 수가 없었다. 그리고 다시 그런 기회를 기다려 보았지만, 남작은 아무 말 없이 가만히 있었다.

'좀더 심히 울면 남작이 무슨 말을 하겠지' 생각하고, 엘리자베트는 좀더 빨리 어깨를 젓기 시작하였다.

"아 왜 그러오."

남작이 이것을 보고 물었다.

엘리자베트는 대답을 또 못 하였다.

'무엇이라 대답할꼬' 생각하는 동안에 기회는 지나갔다. 이제는 대답을 못 하겠고 아까는 대답을 못 하였으니 다시 기회를 기다려 보자 엘리자베트는 생각했고, 기회를 다시 기다리기 시작하였다.

'그러니 이번 물을 때에는 무엇이라 대답할까?'

엘리자베트는 울면서 생각해 보았다.

이때에 남작의 세 번째 물음이 이르렀다.

"아 왜 그런단 말이오?"

"잉태."

대답을 한 후에 엘리자베트는 자기의 용기에도 크게 놀랐다. 이 말이 이렇게 쉽게 평탄하게 나올 것이면, 아까는 왜 안 나왔는고 하는 생각이

21) 민하다 조금 미련하다.

엘리자베트의 머리에 지나갔다.

"잉태!?"

남작은 놀란 목소리로 엘리자베트의 말을 다시 하였다. 제일 어려운 말—잉태란 말을 하여 넘기고, 남작의 놀란 소리까지 들은 엘리자베트는, 갑자기 용기가 몇 배가 많아지는 것을 깨달았다. 그 뒷말은 술술 잘 나왔다.

"병원에— 가서— 떨어쳤으면…… 어……."

남작은 대답이 없었다. 남작이 대답을 안 하는 것을 본 엘리자베트는 마음속에 갑자기 한 무서움이 떠올라왔다. 난 모른다 하고 돌아서지나 않을 터인가? 이것이 엘리자베트에게는 제일 무서움에 다름없었다. 훌쩍훌쩍 소리가 더 빨리 나오기 시작하였다.

이것을 본 남작은 성가신 듯이 물었다.

"원 어찌하란 말이오? 그리 울면."

"어떻게든…… 처치……."

엘리자베트는 겨우 중얼거렸다. 남작의 성낸 말을 들을 때는 엘리자베트의 용기는 다 도망하고 말았다.

"처치라니, 어떤?"

"글쎄…… 병원……."

"벼엉원?…… 응!…… 양반이 그런……."

엘리자베트는 '그러리라' 생각하였다.

'그래도 남작이라고 존경까지 받는 사람이 낙태 일로 병원이라니.' 그는 갑자기 설움이 더 나왔다. 가는 소리를 내어 울기 시작하였다.

이것을 본 남작은 좀 불쌍하게 생각났던지 정답게 말하였다.

"우니 할 수 있소? 자 어떻게 하잔 말이오?"

이 말을 들은 엘리자베트는 일변 기쁘기도 하고 일변은 더 쉽고 억지도 쓰고 싶었다. 그는 날카롭게 말했다.

"모르겠어요 몰라요. 전 아무래도 상것이니깐."

"그러지 말구. 어쩌잔 말이오?"

"몰라요 몰라요. 저 같은 것은 사람이 아니니깐."

"조용히! 저 방에서 듣겠소."

"들어두 몰라요."

엘리자베트는 소리를 내어 울기 시작하였다.

"에—익!"

하고 남작은 벌떡 일어섰다.

엘리자베트도 우덕덕 정신을 차리고 머리를 들었다. 그는 정신이 없어졌다. 자기 뇌를 누가 빼어간 것같이 마음속이 텡텡 비게 되면서 퉁퉁거리며 걸어 나가는 남작의 뒷모양을 눈이 멀거니 보고 있었다.

남작이 나가고 문을 닫는 소리가 엘리자베트의 귀에 들어올 때에, 그의 머리에는, 한 생각이 번갯불과 같이 번쩍 지나갔다.

한참이나 멀거니 그 생각을 하고 있다가 또 엎디며 울기 시작하였다. 아까 실컷 운 그는 이번에는 눈물은 안 나왔지만, 가슴에서, 배에서, 머리에서 나오는 이 참울음은 눈물을 대신키에 넉넉하였다. 그가 아까 혜숙의 말의 의미와 나온 것을 이제야 겨우 온전히 깨달았다.

'내가 다른 길로 다니는 것을 혜숙이가 어찌 알까? 어찌 알까? 혜숙이는 이것을 알 수가 없다. 이환! 그가 알고 이것을 S에게 말하였다. S는 이것을 혜숙에게 말하였다. 혜숙은 이것을 내게 물었다. 그렇다! 이렇게 밖에는 해석할 수가 없다. 물론 그렇지! 그러면 그도 내게 주의를 한 거지? 이 말을 S에게까지 한 것을 보면 그도— 내게…… 그도— 내게 …… 그도…… 남작. 남작은 내 말을 듣고 도망하였지. 아니 도망시켰지. 아니 도망했지. 남작은…… 남작의…… 이환씨. 전에 본 S의 웃음. 응. 그 전날 그는 S에게 고백하였다. 그것을 고것이, 고것들이. 고, 고, 고것들이…… 어찌 되나. 모두 어찌 되나. 나와 남작. 나와 이환씨. 이환씨와 S. S와 남작. S. 혜숙이. 남작과 이환씨. 모두 어찌 되나?'

그의 차차 혼돈되어가는 머리에도 한 가지 생각은 꼭 들러붙어서 떠나지를 않았다. 그는 이환이를 사랑하였다. 이환이도 그를 사랑하였다. (엘리자베트는 이것을 의심치 않게 되었다.) 그렇지만, 그들에게는 서로 사랑을 고백할 만한 용기가 없었다. 그것으로 인하여, 그들은, 각각 자기 사랑은 짝사랑이라 생각하였다. 그것을 짝사랑이라 생각한 엘리자베트는 그렇게 쉽게 몸을 남작에게 허락하였다. 그리하여, 그의 사랑—거반 성립되어가던 그의 사랑—신성한 동애(童愛)—귀한 첫사랑은 파괴되었다. 육(肉)으로 인하여 사랑은 파멸되었다. 사랑치 않던 사람으로 인하여 참애인을 잃었다. 엘리자베트의 울음에는 당연한 이유가 있었다.

'모, 모, 몸으로 인하여…… 참사랑……을…… 아— 이환씨…… S와 혜숙이. 고것들도 심하지. 우우 왜 당자에겐…… 그이…… 그— 그 이야기를 안 해…… 남작이. 아— 잉태.'

일단 멎어가던 그의 울음이 이 생각이 머리에 지나갈 때에 또다시 폭발하였다. 눈물도 조금씩 나기 시작하였다.

이와 같이 한참 운 그는, 두 번째 울음이 멎어갈 때에 맥이 나면서 그 자리에 엎딘 채로 잠이 들었다.

5

하루 종일 벼르기만 하고 올 듯 올 듯하면서도 오지 않던 비가 이튿날 새벽부터는 종시 내리붓기 시작하였다.

서울 특유의, 독으로 내리붓는 것 같은 비는, 이삼 정(丁) 앞이 잘 보이지 않도록 촬촬 소리를 내며 쏟아진다.

서울 장안은 비로 덮였다. 비로 싸였다. 비로 찼다.

그 비 가운데서도 R학당에서는 모든 과목을 다 한 후에 오후 두 시에 하학하였다.

엘리자베트는 책보를 싸가지고 학교를 나섰다.

그가 혜숙의 곁을 지나갈 때에 혜숙이가 찾았다.

"얘 엘리자베트야!"

"응?"

대답하고 엘리자베트는 마음이 뜨끔하였다.

'혜숙이는 모든 일을 다 알리라.'

그는 이와 같은 허황한 생각을 하였다.

"너 이즈음 왜 우리 집에 안 오니?"

"분주하여서……."

엘리자베트는 거짓말을 하면서도 안심을 하였다.

'혜숙이는 모른다.'

"무엇이 분주해?"

혜숙이가 물었다.

"그저 이 일두 분주하고 저 일두 분주하구…… 분주 천지루다."

엘리자베트는 이와 같은 거짓 대답을 하면서도 그이 마음속에는 한 바람이 있었다. 그는 달 반이나 못 간 혜숙의 집에 가보고 싶었다. 혜숙이가 억지로 오라면 마지못하여 가는 체하고 끌려가고 싶었다.

혜숙이는 엘리자베트의 바람을 이루어 주지를 않았다. 아무 말도 안 하였다.

엘리자베트는 혜숙의 주의를 끌려고 혼잣말 비슷이 중얼거렸다.

"너무 분주해서……."

"분주할 일은 없겠구만……."

혜숙이는 이 말만 하고 자기 갈 길로 향하였다.

엘리자베트는 혜숙의 행동을 원망하면서 마지못하여 집으로 향하였다.

엘리자베트의 자존심은 꺾어졌다. 혜숙이가 엘리자베트 자기를 꼭 혜숙의 집에 끌고 가야만 바른 일이라 생각한 엘리자베트의 미릿생각〔豫想〕은 헛데로 돌아갔다. 그렇지만 혜숙을 원망하는 것은 부끄러운 일이라 엘리자베트는 생각하였다.

'내가 혜숙이를 위해서 났나?'

엘리자베트는 이렇게 자기를 위로해 보았지만, 부끄러운 일이든 무엇이든 원망은 원망대로 있었다. 이러다가,

'내가 혜숙이로 인하여 이 지경에 이르지 않았는가? 그것을…….'

할 때에 엘리자베트의 원망은 다른 의미로 바뀌었다. 그는 혜숙의 집에 못 간 것이 다행이라 생각하였다. 그러는 가운데도 가고 싶은 생각이 온전히 없어지지 않았다. 그의 마음속에서는, '가고 싶은 생각'과 '가서는

안 된다는 생각'이 다투기 시작하였다. 본능적으로 길을 골라 짚으면서, 비가 오는 편으로 우산을 대고 마음속의 싸움을 유지해 가지고 집에까지 왔다. 그는 우산을 놓고 비를 떤 다음에 자기 방에 들어왔다.

멀끔히 치워놓은 자기 방은 역시 전과 같이 엘리자베트에게 큰 적막을 주었다. 방이 이렇게 멀끔할 때마다 짐짓 여기저기 널어놓던 엘리자베트도 오늘은 혜숙의 집에 갈까 말까 하는 번민으로 인하여 그렇게 할 생각도 없었다. 그는 책상머리에 가 앉았다.

책상 위에는 어떤 낯선 종이가 한 장 엘리자베트를 기다리고 있었다. 엘리자베트는 빨리 종이를 들었다. 가슴이 뛰놀기 시작한다…….

'뭔 무엇인고……?'

그는 종이를 들고 한참 주저하다가 눈을 종이 편으로 빨리 떨어쳤다.

'오후 세 시 S병원으로.'

남작의 글씨로다 엘리자베트는 생각하였다. 남작에 대한 애경(愛敬)의 생각이 마음속에 떠올라 오기 시작하였다. 이 글 한 줄은 엘리자베트로서 남작에 대한 원망과 혜숙의 집에 갈까 말까의 번민을 다 지워 버리기에 넉넉하였다.

'역시 도망시킨 것이로군.'

그는 어젯밤 일을 생각하고 속으로 중얼거렸다. 어젯밤에 남작에게 병원에 데려다 달라고 청하기는 하였지만 갑자기 남작 편에서 꺾어져서 오라 할 때에는 엘리자베트는 못 가겠다 생각하였다. 이 '부정'은 엘리자베트로서 무의식히 일어서서 병원으로 향하게 하였다. 그는 '못 가겠다 못 가겠다' 속으로 중얼거리면서 문밖에 나서서 내리붓는 비를 겨우 우산으로 막으면서 아랫동이 모두 흙투성이가 되어서 전차 멎는 곳[停

留場]까지 갔다. 그는 자기가 어디로 가는지 똑똑히 알지 못하였다. 꿈과 같이 걸었다.

엘리자베트는 멎는 곳에서 잠깐 기다려서, 오는 전차를 곧 잡아 탔다. 비가 너무 많이 와서 밖에 나가는 사람이 적었던지 전차 안은 비교적 승객이 없었다. 이 승객들은 엘리자베트가 올라탈 때에 일제히 머리를 새나그네 편으로 향하였다. 엘리자베트는 빈자리를 찾아 앉아서 차 안을 둘러보았다. 그는 자기 편으로 향한 모든 눈에서, 노파에게서는 미움, 젊은 여자에게서는 시기, 남자에게서는 애모를 보았다. 이 모든 눈은 엘리자베트에게 한 쾌감을 주었다. 그는 노파의 미워하는 것이 당연하다 생각하였다. 젊은 여자의 시기의 눈은 엘리자베트에게 이김의 상쾌를 주었다. 남자들의 애모의 눈이 자기를 볼 때에는 엘리자베트는 약한 전류가 염통을 지나가는 것같이 묘한 맛이 나는 것이 어째 하늘로라도 뛰어 올라가고 싶었다. 그는 갑자기 배가 생각난 고로 할 수 있는 대로 배를 작게 보이려고 움츠러뜨렸다.

차장이 와서 엘리자베트에게 돈을 받은 후에 뚱 소리를 내고 도로 갔다.

남자들의 시선은 가끔 엘리자베트에게로 날아온다. 그들은 몰래 보느라고 곁눈질하는 것도 엘리자베트는 다 알고 있었다. 남자들이 자기를 볼 때마다 엘리자베트는 자기도 그편을 보아주고 싶었다. 치만 종시 실행은 못 하였다.

이럴 동안 전차는 S병원 앞에 멎었다. 엘리자베트는 섭섭한 생각을 품고 전차를 내렸다. 어떤 시선이 자기를 따라온다 그는 헤아렸다. 비는 보스럭비[22]로 변하였다.

수레에서 내린 그는 마음이 무거워지는 것을 깨달았다. 그는 집으로 돌아가고 싶었다. 병원에는 차마 못 들어갈 것같이 생각되었다. 집 편으로 가는 전차는 없는가 하고 그는 전차 선로를 쭉 보았다. 그의 보이는 범위 안에는 전차가 없었다. 할 수 없이 그는 병원으로 들어가서 기다리는 방〔待合室〕으로 갔다.

고지기〔受付〕[23]한테 가서 주소 성명 연세 들을 기입시킨 후에 방을 한 번 둘러볼 때에 엘리자베트의 눈에는 한편 구석에 박혀 있는 남작이 보였다. 엘리자베트는 다른 곳에서 고향 사람이나 만난 것같이 별로 정다워 보이는 고로 곧 남작의 곁으로 갔다. 그렇지만 둘은 역시 말은 사괴지 아니하였다. 엘리자베트는 눈이 멀거니 벽에 붙어 있는 파리 떼를 보고 있었다. 몇 사람의 순번이 지나간 뒤에 사환아이가 나와서,

"강 엘리자베트 씨요."

할 때에 엘리자베트는 우덕덕 일어섰다. 가슴이 뚝뚝 하는 소리를 내었다.

'어찌하노.'

그는 속으로 중얼거리면서 무의식히 사환아이를 따라서 진찰실로 들어갔다. 남작도 그 뒤를 따랐다.

석탄산과 알코올 냄새에 낯을 찡그리고 엘리자베트는 교자에 걸터앉았다.

의사는 무슨 약병을 장난하면서 머리를 숙인 채로 물었다.

22) 보스럭비 '보슬비'의 방언.
23) 고지기(受付) 접수계 직원.

"어디가 아프시오?"

엘리자베트는 대답을 못 하였다. 제일 어찌 대답할지를 몰랐고, 설혹 대답할 말을 알았대도 대답할 용기가 없었고, 용기가 있다 하더라도 부끄러움이 '대답'을 허락지 않을 터이다.

"그런 것이 아니라—."

남작이 엘리자베트의 대신으로 대답하려다가 이 말만 하고 뚝 그쳤다.

의사는 대답을 요구치 않는 듯이 약병을 놓고 청진기를 들었다. 엘리자베트는 갑자기 부끄러움도 의식지를 못하리만큼 머리가 어지러워지기 시작하였다. 그의 눈은 보지를 못하였다. 그의 귀는 듣지를 못하였다. 그의 설렁거리는 마음은 다만 '어찌할꼬 어찌할꼬' 하는, 엘리자베트 자기도 똑똑히 의미를 알지 못할 구(句)만 번갈아 하고 있었다.

의사는 엘리자베트에게로 와서 저고리 자락을 열고 청진기를 거기 대었다. 의사의 손이 와 닿을 때에 엘리자베트는, 무슨 벌레를 모르고 쥐었다가 갑자기 그것을 안 때와 같이 몸을 옴쭉하였다. 그러면서도 엘리자베트는 의사의 손에서 얼마의 온미(溫味)를 깨달았다. 이성의 손이 살에 와 닿는 것은, 엘리자베트와 같은 여성에 대하여서는 한 쾌락에 다름없었다. 엘리자베트가 이 쾌미를 재미있게 누리고 있을 때에 의사는 진찰을 끝내고 의미 있는 듯이 머리를 끄덕거리며 남작에게로 향하였다. 남작은 의사에게 눈짓을 하였다.

어렴풋하게나마 이 두 사람의 짓을 본 엘리자베트는 이제껏 연속하고 있던 '어찌할꼬' 뒤로 무한 큰 부끄러움이 떠올라오는 것을 깨달았다. 그러는 가운데도 그는 희미하니 한 가지 일을 생각하였다.

'내가 대합실에 가서 기다리고 있으면, 뒷일은 남작이 다 맡겠지.'

그는 일어서서 기다리는 방으로 나왔다. 그 방에 있던 모든 사람의 눈은 일제히 엘리자베트의 편으로 향하였다. 모두 내 일을 아누나 엘리자베트는 생각하였다. 아까 전차에서 자기에게로 향한 눈 가운데서 얻은 그 쾌미는, 구하려도 구할 수가 없었다. 이 모든 눈 가운데서 큰 고통과 부끄러움만 받은 그는 한편 구석에 구겨 앉아서 치마 앞자락을 들여다보기 시작하였다. 거기는 불에 타진 조그마한 구멍 하나가 엘리자베트의 눈이 오기를 기다리고 있었다. 그는 이 구멍이 공연히 미워서 손으로 빡빡 비비다가 갑자기 별한 생각이 나는 고로 그것을 뚝 그쳤다.

'이 세상이 모두 나를 학대할 때에는 나는 이 구멍 안에 숨겠다.'

그는 생각하였다. 이럴 때에 그 구멍 안에는 어떤 그림자가 움직이기 시작하였다. 첫 번에는 흐릿하던 것이, 차차 똑똑히까지 보이게 되었다.

때는 사 년 전 '춘삼월 호시절,' 곳은 우이동. 피고 우거지고 퍼진 꽃 사이를 벗들과 손목을 마주 잡고 웃으며 즐기며 또는 작은 소리로 곡조를 맞추어서 노래를 부르며 희희낙락 다니던 자기 추억이 그림자로 변하여 그 구멍 속에 나타났다. 자기 일행이 그 구멍 범위 밖으로 나가려 할 때에는 활동사진과 같이 번쩍한 후 일행은 도로 중앙에 와 서곤 한다.

엘리자베트의 눈에는 눈물이 핑 돌았다.

그때의 엘리자베트와 지금의 엘리자베트 사이에는 해와 흙의 다름이 있다. 그때에는 순전한 처녀이고 열렬한 분홍빛 탄미자(歎美者)[24]이던 그가 지금은……? 싫든지 좋든지 죽음의 갈흑색의 '삶' 안에서 생활치 않을 수 없는 그로 변하였다.

24) 탄미자(歎美者) 아름다움을 탐하던 사람.

'때' 도 달라졌다. 십 년 동안 평화로 지낸 지구는, 오스트리아 황자(皇子)의 죽음으로 말미암아 러시아가 동원을 한다, 도이치가 싸움을 하련다, 잉글리시가 어떻다, 프랑스가 어떻다, 매일 이런 이야기가 신문에 가뜩가뜩 차게 되었다.

엘리자베트의 주위도 달라졌다. 그의 모든 벗은 다 쪽쪽이 헤어졌다. R은 동경서 미술 공부를 한다. 또 다른 R은 하와이로 시집을 갔다. T는 여의가 되었다. 그 밖에 아직 공부하는 사람도 몇 있기는 하지마는 대개는 주부와 교사가 되었다. 주부 된 벗 가운데는 벌써 두 아이의 어머니 된 사람까지 있다. 그들 가운데 한둘밖에는, 지금은 엘리자베트를 만나도 서로 모른 체하고 말도 안 하고 심지어 슬슬 피하게까지 되었다.

그러는 가운데 혜숙이—그는 엘리자베트의 어렸을 때부터의 벗이다. 둘은 같은 소학에서 졸업하고 같이 R학당에 입학하였다가 엘리자베트가 부상(父喪)에 연속하여 모상(母喪)으로 일 년 학교를 쉬는 동안에 혜숙이도 연담(緣談)[25]으로 일 년을 쉬게 되고, 엘리자베트가 도로 상학케 될 때에 혜숙이도 파혼으로 학교에 다니게 되었다. 혜숙이는 엘리자베트에게는 유일한 벗이다. 불에 타진 구멍 속에 나타난 그림자 가운데서도 엘리자베트는 혜숙이와 제일 가까이 서서 걸었다.

추억의 눈물이 엘리자베트의 치마 앞자락에 한 방울 뚝 떨어졌다.

눈물로써, 슬프고 쉽고 원통하고도 사랑스럽고 즐겁고 회포 많은 그 그림자가 가리운 고로, 엘리자베트는 눈물을 씻고 다시 그 구멍을 들여다보았다. 그 구멍에는, 참 예술적 활인화(活人畵)[26], 정조(情調)로 찬

25) 연담(緣談) 혼담(婚談).

그림자는 없어지고 그 대신으로 갈포 바지[27]가 어렴풋이 보인다. 엘리자베트는 소름이 쭉 끼쳤다. 자기가 지금 어디를 무엇 하러 와 있는지 그는 생각났다.

엘리자베트는 머리를 들고 방을 둘러보았다. 어떤 목에 붕대를 한 남자와 어떤 아이를 업고 몸을 찌긋찌긋하던 여자가 자기를 보다가 자기 시선과 마주친 고로 머리를 빨리 돌리는 것밖에는 엘리자베트의 주의를 받은 자도 없고 엘리자베트에게 주의하는 사람도 없다. 그는 갑갑증이 일어났다. 너무 갑갑한 고로 자기 손금을 보기 시작하였다. 손금은 그리 좋지 못하였다. 자식금도 없고 명금도 짧고 부부금도 나쁘고 복(福)금 대신으로 궁(窮)금이 위로 빠져 있었다.

이 나쁜 손금도 엘리자베트의 마음을 괴롭게 하지 못하였다. 그의 심리는 복잡하였다. 텡텡 비었다. 그는 슬퍼하여야 할지 기뻐하여야 할지 알지 못하였다. 그 가운데는, 울고 싶은 생각도 있고 웃고 싶은 생각도 있고 뛰놀고 싶은 생각도 있고 죽고 싶은 생각도 있었다. 이 복잡한 심리는 엘리자베트로서 아무 편으로도 치우치지 않게 마음이 텡텡 빈 것 같이 되게 하였다.

이제 자기에게는 절대로 필요한 약이 생긴다 할 때에 그는 기쁘지 않을 수가 없었다.

자기의 경우를 생각할 때에 그는 슬퍼하지 않을 수가 없었다.

26) 활인화(活人畵) 배경을 적당하게 꾸미고 분장한 사람이 그림 속의 사람처럼 보이게 만든 구경거리.
27) 갈포 바지 칡 섬유로 짠 베로 만든 바지.

혜숙이와 S를 생각할 때에…….

엘리자베트가 손금과 추억 및 미릿생각들을 복잡히 하고 있을 때에 남작이 와서 그에게 약을 주고 빨리 병원을 나가고 말았다.

약을 받은 뒤에 엘리자베트는 마음이 두근거리기 시작하였다. 그는 약을 병째로 씹어 먹고 싶도록 애착의 생각이 나는 또 한편에는 약에게 이 위에 더없는 저주를 하고 태평양 복판 가운데 가라앉히고 싶었다. 그러는 가운데도 그에게는 집으로 돌아가고 싶은 생각이 났다. 그는 일어서서 몰래 가만히 기지개를 한 후에 허둥허둥 병원을 나서서 전차로 집에까지 왔다.

6

저녁 먹은 뒤에 처음으로 약을 마실 때에 엘리자베트에게는 한 바라는 바가 있었다. 그의 조급한 성격과 미래에 대한 희망이 낳은 바람은 다른 것이 아니다. 약의 효험이 즉각으로 나타났으면…… 하는 것이다.

이 바람은 벌써 차차 엘리자베트의 머리에 공상으로서 실현된다.

그는 생각해 보았다.

이제 남작 부인이 죽는다. 그때에는 엘리자베트는 남작의 정실이 된다.

'조선 제일의 미인, 사교계의 꽃이 이 나로구나.'

엘리자베트는 눈을 번뜩거리며 생각한다.

이환이는 어떤 간사한 여성과 혼인한다. 이환의 아내는 이환의 재산을 모두 없이한 후에 마지막에는 자기까지 도망하고 만다. 그리고 이환이는 거러지가 된다. 어떤 날 엘리자베트 자기가 자동차를 타고 어디 갈 때에 어떤 거러지가 자동차에 친다. 들고 보니 이환이다.

'그렇게 되면 어찌 되나.'

엘리자베트는 스스로 물어보고 깜짝 놀랐다. 자기의 사랑의 전부가 어느덧 남작에게로 옮겨왔다.

그는 자기의 비열을 책망하는 동시에 아까 그런 공상에 대한 부끄러움과 증오 놀람 절망 들의 생각이 마음에 떠올랐다. 그 가운데도 가느나마 그에게는 희망이 있다. 앞에 때가 있다. 약의 효험은 얼마 후에야 나타난다더라 엘리자베트는 생각하고 좔좔 오는 장맛비 소리에 귀를 기울이고 자기 바람의 나타남을 기다리고 있었다. 그렇지만 바람은 종시 그 밤은 나타나지를 않았다.

이튿날, 하기 시험 준비 날, 엘리자베트는 시험 준비도 안 하고 하루 종일 누워서 약의 효험을 기다리고 있었다. 약의 효험은 그날도 안 나타났다.

사흘째 되는 날도 효험은 없었다. 시험하러 가지도 않았다.

이렇게 대엿새 지난 후에 엘리자베트는 자기 건강상의 변화를 발견하였다. 모든 복잡하고 성가신 일로 말미암아 음식도 잘 안 먹히고 잠도 잘 안 오던 그가, 지금은 잠도 잘 오고 입맛도 나게 된 것을 깨달았다. 그때야 그는 그것이 낙태제(落胎劑)가 아니고 건강제인 것을 헤아려 깨달았다. 그렇지만 약은 없어지도록 다 먹었다.

마지막 번 약을 먹은 뒤에 전등을 켜고 엘리자베트는 생각해 보았다. 병원 사건 이후로 남작은 한 번도 저를 찾아오지 않았다. 엘리자베트는 '그것이 당연한 일이라' 생각하였다. 그리 근심도 아니 났다. 시기도 아니하였다. 다만 오지 않아야만 된다, 그는 생각하였다. 왜 오지 않아야만 되는가 자문할 때에 그에게 거기 응할 만한 대답은 없었다. 이 '오지 않는다'는 구는 엘리자베트로서 자기가 근 두 달이나 혜숙의 집에 안 갔다는 것을 생각하게 하였다.

'이러다는 이환씨 생각이 나겠다.'

이와 같은 생각이 나는 고로 그는 곧 생각의 끝을 다른 데로 옮겼다. 이와 같이 이 생각에서 저 생각, 또 다른 생각 왔다 갔다 할 때 문이 열리며 남작 부인이 낯에는 '어찌할꼬' 하는 근심을 띠고 들어왔다.

"어찌 좀 나으세요?"

"네, 좀 나은 것 같아요."

대답하고 엘리자베트는 자기가 무슨 병이나 앓던 것같이 알고 있는 부인이 불쌍하게 생각났다.

부인은 말을 할 듯 할 듯하면서 한참이나 우물거리다가,

"그런데요."

하고 첫말을 내었다.

"네."

엘리자베트는 본능적으로 대답하였다.

부인의 낯에는 '말할까 말까' 하는 표정이 똑똑히 나타나 있었다. 그러다가 입을 또 연다.

"아까 복손이(남작의 아들 이름) 어른이 들어와 말하는데요……."

엘리자베트는 마음이 뜨끔하였다. 부인은 말을 연속한다.

"선생님은 이즈음 학교도 안 가시고 그 애들과도 놀지 못하신다구요. 게다가 병까지 나셨다구. 얼마 좀 평안히 나가서 쉬시라고, 자꾸 그러래

는수."

부인의 낯에는 말한 거 잘못하였다 하는 표정이 나타났다.

말을 다 들은 엘리자베트는 벌떡 일어섰다. 그는 무엇이 어찌되는지는 모르고 무의식히 자기 행리(行李)[28]를 꺼내어 거기에 자기 책을 넣기 시작하였다. 그의 손은 본능적으로 움직였다.

엘리자베트의 행동을 물끄러미 보던 부인은 물었다.

"이 밤에 떠나시려구요? 어디로?"

엘리자베트는 우덕덕 정신을 차렸다. 그의 배에서는 뜻 없이 큰 소리의 웃음이 폭발하여 나온다. 놀라는 것같이, 우스운 것같이. 부인도 따라 웃는다.

한참이나 웃은 뒤에 둘은 함께 웃음을 뚝 그쳤다. 엘리자베트는 웃음 뒤에 울음이 떠받쳐 올라왔다. 자연히 가는 소리의 울음이 그의 목에서 나온다.

이것을 본 부인은 갑자기 미안해졌던지 엘리자베트를 위로한다.

"울지 마십쇼. 얼마든지 계세요. 제가 말씀 잘 드릴 테니……."

"아니, 전 가겠어요."

"어디, 갈 곳이 있어요?"

"갈 곳이……."

"있어요?"

"예서 한 사십 리 나가서 오촌모(五寸母)가 한 분 계세요."

"그렇지만…… 이런 데 계시다가…… 촌……."

28) 행리(行李) 여행할 때 쓰이는 물건 행장(行裝).

- 부인의 눈에도 이슬이 맺힌다.

"제가 말씀…… 잘 드릴 것이니…… 그냥 계시지요."

"아니야요. 저 같은 약한 물건은 촌이 좋아요. 서울 있어야……."

부인의 눈에서는 눈물이 한 방울 뚝 떨어진다.

"서울 몇 해 있을 동안에…… 갖은 고생 다 하고…… 하던 것을 부인께서 구해주셔서……."

부인의 눈에서는 눈물이 뚝뚝 치마 앞자락에 떨어진다.

"참 은혜는…… 내일 떠나지요."

엘리자베트는 눈물을 씻고 머리를 들었다.

"내일!? 며칠 더 계시……."

"떠나지요."

"이 장마 때……."

"……."

"장마나 걷은 뒤에 떠나시면……."

"그래두 떠나지요."

7

이튿날 아침 열 시쯤 엘리자베트가 탄 인력거는 서울 성밖에 나섰다.

해는 떴지마는 보스럭비는 보슬보슬 내리붓고 엘리자베트의 맞은편에는 일곱 빛의 영롱한 무지개가 반원형으로 벌리고 있다.

비와 인력거의 셀룰로이드 창을 꿰어서 어렴풋이 이 무지개를 바라보면서, 엘리자베트는 뜨거운 눈물을 뚝뚝 떨어뜨리고 있었다. 어젯밤에, 남작 부인에게 자기 같은 약한 것에게는 촌이 좋다고 밝히 말하기는 하였지만, 그래도 반생 이상을 서울서 지낸 엘리자베트는 자기 둘째 고향을 떠날 때에 마음에 떠나기 설운 생각이 없지 못하였다.

뿐만 아니라 서울에 자기 사랑 이환이가 있고 자기에게 끝없이 동정하는 남작 부인이 있지 않으냐, 엘리자베트는 부인이 친절히 준 돈을 만져 보았다.

이렇게 서울에게 섭섭한 생각을 가진 엘리자베트는 몸은 차차 서울을 떠나지만 마음은 서울 하늘에서만 떠돈다. 어젯밤에 밤새도록 잠도 안 자고 내일은 꼭 서울을 떠나야 한다고 생각하여, 양심이 싫다는 것을 억지로 그렇게 해결까지 한 그도, 막상 서울을 떠나는 지금에 이르러서는, 만약 자기가 말할 용기만 있으면 이제라도 인력거를 돌이켜서 서울로 향하였으리라 생각지 않을 수가 없었다. 치만 그에게는 그리할 용기가 없었다. 아니, 제일 말하기가 싫었고 인력거꾼에게 웃기우기가 싫었다. 그러는 것보다도, 그는 말은 하고 싶었지만, 마음속의 어떤 물건이 그것을 막았다. 그는 입술을 악물었다.

인력거는 바람에 풍겨서 한편으로 기울어졌다가 이삼 초 뒤에 도로 바로 서서 다시 앞으로 나아간다. 장마 때 바람은 윙! 소리를 내면서 인력거 뒤로 달아난다.

엘리자베트의 머리에는, 갑자기 '생각날 듯 생각날 듯하면서 채 생각나지 않는 어떤 물건' 이 떠올랐다. 그는 생각해 보았다. 한참 동안 이것저것 생각하다가 남작, 그는 가렵고도 가려운 자리를 찾지 못한 때와 같이 안타깝고 속이 타는 고로 살눈썹을 부들부들 떨었다. '남작' 이 자기 생각의 원몸에 가까운 것 같고도 채 생각나지 않았다.

'남작이 고운가 미운가. 때릴까 안을까. 오랠까 쫓을까.'

그는 한참이나 남작을 두고 이리저리 생각하다가 탁 눈을 치뜨면서 주먹을 꼭 쥐었다. 이제야 겨우 그 원몸이 잡혔다.

"재판!"

그는 중얼거렸다.

그렇지만 남작을 걸어서 재판하는 것은 엘리자베트에게는 큰 문제에 다름없었다. 남작 부인에게 얻은 위로금이 재판 비용으로는 넉넉하겠지만, 자기를 끝없이 측은히 여기는 부인에게 남편이 잘못한 일을 알게 하는 것은 엘리자베트에게는 차마 못 할 일이다. 이 일을 알면 부인은 제 남편을 어찌 생각할까, 엘리자베트 자기를 어찌 생각할까. 남작 집안의 어지러움—엘리자베트는 한숨을 후 하니 내쉬었다. 그것뿐이냐. 서울에는 자기 사랑 이환이가 있다. 만약 재판을 하면 그 일이 신문에 나겠고, 신문에 나면 이환이가 볼 것이다. 이환이가 이 일을 알면 자기를 어떻게 생각할까, 또 몇백 명 동창은 어떻게 생각할까, 세상은 어떻게 생각할까.

"재판은 못 하겠다."

그는 중얼거렸다.

그렇지만 남작의 미운 짓을 볼 때에는, 엘리자베트는 가만있지 못할 것같이 생각된다. 자기는 남작으로 인하여 바람과 앞길을 잃어버리지 않았느냐. 자기는 남작으로 인하여 바람과 앞길 밖에 사랑과 벗과 모든 즐거움까지 잃어버리지 않았느냐. 그런 후에 자기는 남작으로 인하여 서울과는 온전히 떠나지 않으면 안 되지 않게 되었느냐. 이와 같은 남작을…… 이와 같은 죄인을…….

"아무래도 재판은 하여야겠다."

그는 다시 중얼거렸다.

그러면서도 그는 자기로도 재판을 하여야 할지 안 하여야 할지 똑똑히 해결치를 못하였다. 하겠다 할 때에는 갑(甲)이 그것을 막고, 못하겠다 할 때에는 을(乙)이 금하였다.

'집에 가서 천천히 생각하자.'

그는 속이 타는 고로 억지로 이렇게 마음을 먹고 생각의 끝을 다른 데로 옮겼다.

이 생각에서 떠난 그의 머리는 걷잡을 새 없이 빨리 동작하였다. 그의 머리는 남작에서 S, 이환, 혜숙, 서울, 오촌모, 죽은 어버이들로 왔다 갔다 하였다. 한참 이리 생각한 후에 그의 흥분하였던 머리는 좀 내려앉고 몸이 차차 맥이 나면서 그것이 전신에 퍼진 뒤에 머리와 가슴이 무한 상쾌하게 되면서 눈이 자연히 감겼다. 수레가 흔들리는 것이 그에게는 양상스러웠다[29].

졸지도 않은 채 깨지도 않고 근덕근덕하면서 한참 갈 때에 우르륵 우렛소리가 나므로 그는 눈을 번쩍 떴다. 하늘은 전면이 시커멓게 되고 그 새에서는 비의 실이 헬 수 없이 많이 땅에까지 맞닿았다. 비 곁에 또 비 비 밖에 비 비 위에 구름 구름 위에 또 구름이라 형용할 수밖에 없는 이 짓은, 엘리자베트에게 큰 무서움을 주었다.

'저 무지한 인력거꾼 놈이…….'

그는 온몸을 부들부들 떨었다.

29) 양상스럽다 '양광스럽다'의 방언. 호강이 분수에 넘친 듯하다.

사면은 다만 어두움뿐이고 그 큰 길에도 사람 다니는 것 하나도 보이지 않았다. 툭툭툭툭 하는 인력거의 비 맞는 소리, 물 괸 곳에 비 오는 소리, 외앵 하고 달아나는 장마 때 바람 소리, 인력거꾼의 식식거리는 소리, 자기의 두근거리는 가슴 소리—엘리자베트의 떨림은 더 심해졌다.

그는 떨면서도 조그만 의식을 가지고 구원의 길이 어디 있지나 않은가 하고 셀룰로이드 창을 꿰어서 앞을 내다보았다. 창을 꿰고 비를 꿰고 또 비를 꿰어서 저편 한 이십 간 앞에 조그마한 방성[30] 하나가 엘리자베트의 눈에 띄었다.

"아!"

그는 안심의 숨을 내쉬었다.

'저것이 만약?'

그는 갑자기 생각난 듯이 눈을 비비고 반만큼 일어서서 뚫어지게 내다보았다. 가슴은 뚝뚝 소리를 낸다…….

어렴풋이 보이는 그 방성에 엘리자베트는 상상을 가하여 보기 시작하였다. 앞집만 보일 때에는 상상으로 뒷집을 세우고 그것이 보일 때에는 또 상상의 집을 세워서 한참 볼 때에 그 방성은 자기 오촌모가 있는 마을로 엘리자베트의 눈에 비쳤다.

엘리자베트는 털썩 주저앉았다. 온몸이 흥분하여 피곤해지고 가슴이 뛰노는 고로 서 있을 힘이 없었다. 가슴과 목 뒤에서는 뚝뚝 소리를 더 빨리 더 힘 있게 낸다.

가뜩이나 더디게 걷던 인력거가 방성 어귀에 들어서서는 더 느리게

30) 방성 백제 때에 지방 행정 구역 단위인 방(坊)에 있던 성.

걷는다…….

엘리자베트는 흥분한 눈으로 가슴을 뛰놀리면서 그 방성을 보았다. 길에 사람 하나 없다. 평화의 이 촌은 작년보다 조금도 달라진 것이 없다. 작년에 보던 길 좌우편에만 벌려 있던 이십여 호의 집은 역시 내게 상관있나 하는 낯으로 엘리자베트를 맞는다.

그 방성 맨 끝, 뫼 바로 아래 있는 엘리자베트의 오촌모의 집에 인력거는 닿았다. 비의 실은 그냥 하늘과 땅을 맞맨 것같이 보이면서 힘 있게 쭉쭉 내리쏜다.

엘리자베트는 인력거에서 내렸다.

세 시간 동안이나 앉아서 온 그의 다리는 엘리자베트의 자유로 되지 않았다. 그는 취한 것같이 비틀비틀하며 마치 구름 위를 걷는 것같이 허둥허둥 낮은 대문을 들어섰다. 비는 용서 없이 엘리자베트의 머리에서 가는 모시 저고리 치마 구두로 내리쏜다.

대문 안에 들어선 엘리자베트는 어찌할지를 몰라서 담장에 몸을 기대고 우두커니 서 있었다.

그때에 마침 때 좋게 오촌모가 무슨 일로 밖에 나왔다.

"아주머니!"

엘리자베트는 무의식히 고함을 치고 두어 발자국 나섰다.

오촌모는 늙은 눈을 주름살 많은 손으로 비비고 잠깐 엘리자베트를 보다가,

"엘리자베트냐."

하면서 뛰어나와 마주 붙들었다.

"어떻게 왔냐? 자 비 맞겠다. 아이구 이 비 맞은 것 봐라. 들어가자.

자, 자."

"인력거가 있어요."

하고 엘리자베트는 땅에 발이 닿지 않는 것 같은 걸음으로 허둥허둥 인력거꾼에게 짐을 들여오라 명하고, 오촌모와 함께 어둡고 낮고 시시한, 냄새 나는 방 안에 들어왔다.

"전엔 암만 오래두 잘 안 오더니, 어찌 갑자기 왔냐?"

오촌모는 눈에 다정한 웃음을 띠고 물었다.

엘리자베트는 진리 있는 거짓말을 한다.

"서울 있어야 이젠 재미두 없구 그래서……."

"으응!"

오촌모는 말의 끝을 높여서 엘리자베트의 대답을 비인(非認)[31]한다.

"네 상에 걱정빛이 뵌다. 무슨 걱정스러운 일이라도 있냐?"

'바로 대답할까.'

엘리자베트가 생각하는 동시에 입은 거짓말을 했다.

"걱정은 무슨 걱정이요. 쯧."

엘리자베트는 혀를 가만히 찼다. 왜 거짓말을 해…….

"그래두 젊었을 땐 남 모르는 걱정이 많으니라."

'대답할까.'

엘리자베트는 갑자기 생각했다. 가슴이 뛰놀기 시작한다. 치만 기회는 또 지나갔다. 오촌모는 딴말을 꺼낸다.

"그런데 너 점심 못 먹었겠구나. 채려다 주지, 네 촌밥 먹어봐라. 어

31) 비인(非認) 인정하지 않음.

찌 맛있나."

오촌모는 나갔다.

"짐 들여왔습니다."
하는 인력거꾼의 소리가 나므로 엘리자베트는 나가서 짐을 찾고 들어와 앉아서, 밖을 내다보았다.

뜰 움푹움푹 들어간 데마다 물이 고였고 물 고인 데마다 비로 인하여 방울이 맺혀서 떠다니다가는 없어지고, 또 새로 생겨서 떠다니다가는 없어지곤 한다. 초가집 지붕에서는 누렇고 붉은 처마물이 그치지 않고 줄줄 흘러내린다.

한참이나 눈이 멀거니 뜰을 바라보고 있을 때에 오촌모가 밥과 달걀, 반찬, 김치 등 간단한 음식을 엘리자베트를 위하여 차려왔다.

엘리자베트는 점심을 먹은 뒤에 또 뜰을 내다보기 시작하였다. 뜰 한편 구석에는 박 넌출[32]이 하나 답답한 듯이 웅크러뜨리고 있었다. 잎 위에는 빗물이 고여 있다가 바람이 불 때마다 잎이 기울어지며, 고였던 물이 땅에 쪼르륵 쏟아지는 것이 엘리자베트의 눈에 똑똑히 보였다. 그 잎들 아래는 허옇고 푸른 크담한 박 하나가 잎이 바람에 움직일 때마다 걸핏걸핏 보였다.

박 넌출 아래서 머구리[33]가 한 마리 우덕덕 뛰어나왔다. 본래부터 머구리를 무서워하던 엘리자베트는 머리를 빨리 돌렸다. 머구리에게 무서움을 가지는 동시에 엘리자베트의 머리에는 아까의 걱정이 떠올랐다.

그는 낯을 찡그리고 한숨을 후 내쉬었다.

32) 넌출 길게 뻗어 나가 늘어진 식물의 줄기. 등의 줄기.
33) 머구리 '개구리'의 방언.

이것을 본 오촌모가 물었다.

"왜 그러냐? 한숨을 다 짚으면서…… 네게 아무래두 걱정이 있기는 하구나."

엘리자베트는 마음이 뜨끔하였다. 그러면서도, 이 기회 넘겼다가는…….

"아주머니!"

그는 흥분하고 떨리는 소리로 오촌모를 찾았다.

"왜, 왜 그러냐? 이야기 다 해라."

"서울은 참 나쁜 뎁디다그려……."

엘리자베트는 울기 시작하였다.

"자, 왜?"

"하—아!"

엘리자베트는 울음이 섞인 한숨을 쉬었다.

"아 왜 그래?"

"아— 어찌할까요."

"무엇을 어찌해. 자 왜 그러느냐?"

"난 죽고 싶어요."

엘리자베트는 쓰러졌다.

"딴소리한다. 왜 그래? 자 이야기해라."

오촌모는 어른다.

엘리자베트는 끊었다 끊었다 하면서 무한 간단하게 자기와 남작의 새를 이야기한 뒤에, 재판하겠단 말로 말을 끝내었다.

"너 같은 것이 강가(姜家) 집에……."

엘리자베트의 말을 들은 오촌모는 성난 소리로 책망하였다.

괴로운 침묵이 한참 연속하였다. 아주머니의 책망을 들을 때에 엘리자베트는 울음소리까지 그쳤다.

한참 뒤에, 오촌모는 엘리자베트가 불쌍하였던지 이제 방금 온 것을 책망한 것이 미안하였던지 말을 돌린다.

"그래두 재판은 못 한다. 우리는 상것이고 저편은 양반이 아니냐?"

아직 채 작정치 못하고 있던 엘리자베트의 마음이 이 말 한마디로 온전히 작정되었다. 그는 아주머니의 말을 우쩍 반대하고 싶었다.

"재판에두 양반 상놈 있나요?"

"그래두 지금은 주먹 천지란다."

엘리자베트는 눈살을 찌푸렸다. 양반 상놈 문제에 얼토당토않은 주먹을 내놓는 아주머니의 무식이 그에게는 경멸스럽기도 하고 성도 났다. 그렇지만 그 말의 진리는 자기가 지낸 일로 미루어보아도 그르달 수가 없었다. 그래도 재판은 꼭 하고 싶었다.

"그래두 해요!"

"그리 하고 싶으면 하기는 해라마는……."

"그럼 아주머니!"

"왜."

"이 동리에 면소가 있나요?"

"응 있다. 무엇 하려구?"

"거기 가서 재판에 대하여 좀 물어보아 주시구려……."

"싫다야…… 그런 일은."

"그래두…… 아주머니까지…… 그러시면……."

엘리자베트의 낯은 울상이 되었다. 이것이 불쌍하게 보였던지 오촌모는 면서기를 찾아갔다.

이튿날 엘리자베트는 남작을 걸어서, 정조 유린에 대한 배상 및 위자료로서 오천 원, 서생아(庶生兒)[34] 승인, 신문상 사죄 광고 게재 청구 소송을 경성지방법원에 일으켰다.

8

늘 그치지 않고 줄줄 내리붓던 비는 종시 조선 전지(全地)에 장마를 지웠다.

엘리자베트가 있는 마을 뒷뫼에서도 간직해 두었던 모든 샘이 이번 비로 말미암아 터져서 개골가에 있는 집 몇은 집채같이 흘러내려오는 물로 인하여 혹은 떠내려가고 혹은 무너졌다.

매일 흰 물방울을 안개같이 내면서 왉왉 흘러내려가는 물을 보면서 엘리자베트는 몇 가지 일로 느끼고 있었다. 그 가운데는 반성도 없지 않았다.

이번 이와 같이 큰 재판을 일으킨 것이 엘리자베트의 뜻은 아니다. 법률을 아는 사람이 '그리하여야 좋다'는 고로 엘리자베트는 으쓱하여 그리할 뿐이다. 그에게는 서생아 승인으로 넉넉하였다.

"에이 쌰."

34) 서생아(庶生兒) 본부인이 아닌 첩에게 난 자식.

그는 만날 이 일이 생각날 때마다 혀를 차며 중얼거렸다.

서울을 떠난 것도 그의 느낌의 하나이다. 차라리 반성의 하나이다. 오촌모는 "에이구 내 딸 에이구 내 딸" 하며 크담한 엘리자베트의 궁둥이를 두드리며 사랑하였고, 엘리자베트는 여왕과 같이 가만히 앉아서 모든 일을 오촌모를 부려먹었지만, 그것만으로 그는 만족지 못하였다. 그는 낮고 더럽고 답답하고 덥고 시시한 냄새 나는 촌집보다 높고 정한 서울집이 낫고, 광목 바지 입고 상투 틀고 낯이 시꺼먼 원시적인 촌무지렁이들보다 맥고모자에 궐련 물고 가는 모시 두루마기 입은 서울 사람이 낫다. 굵은 광당포 치마보다 가는 모시 치마가 낫고, 다 처진 짚신보다 맵시 나는 구두가 낫다. 기름머리에 맵시 나게 차린 후에 파라솔을 받고 장안 큰 거리를 팔과 궁둥이를 저으면서 다니던 자기 모양을 흐린 하늘에 그려볼 때에는, 엘리자베트는 자기에게도 부끄럽도록 그 그림자가 예뻐 보였다.

장마는 걷혔다.

장마 뒤의 촌집은 참 분주하였다. 모를 옮긴다 김을 맨다 금년 추수는 이때에 있다고, 각 집이 모두 늙은이 젊은이 할 것 없이 나서서 활동을 한다. 각 곳에서 중양가(重陽歌)의 처량한 곡조, 농부가의 웅장한 곡조가 일어나서 뫼로 반향[35]하고 들로 퍼진다.

자농(自農)[36] 밭 몇 뙈기와 뒤뜰을 가진 엘리자베트의 오촌모의 집도 꽤 분주하였다. 자농 밭은 삯을 주어서 김을 매고 텃밭만 오촌모 자기가

35) 반향 소리가 어떤 장애물에 부딪쳐서 반사하여 다시 들리는 현상.
36) 자농(自農) 자작농. 자기 소유 땅으로 농사를 지을 수 있는 농가.

감자와 파 이종을 하고 있었다.

뻔뻔 놀고 있기가 무미도 하고 갑갑도 한 고로, 엘리자베트는 아주머니를 도와서 손에 익지 않은 일을 하고 있었다.

첫 번에는 일하기가 죽게 어려웠지마는, 좀 연습된 뒤에는 땀으로 온몸이 젖고 몸이 곤해진 뒤에 나무 그늘 아래서 상추쌈에 고추장으로 밥을 먹고 얼음과 같은 찬 우물물을 마시는 것은 참 엘리자베트에게는 위에 없는 유쾌한 일이 되었다. 첫 번에는 심심끄기로 시작하였던 일을 마지막에는 쾌락으로 하게 되었다.

그러는 새에도 틈만 있으면 그는 집 뒤 뫼에 올라가서 서울을 바라보고 한숨을 짓고 있었다.

보얀 여름 안개로 둘러싸여서 아침 햇빛을 간접으로 받고 보얗게 반짝거리는 아침 서울, 너무 강하여 누렇게까지 보이는 여름 햇빛을 정면으로 받고 여기저기서 김을 무럭무럭 내는 낮 서울, 새빨간 저녁놀을 받고 모든 유리창은 그것을 몇십 리 밖까지 반사하여 헬 수 없는 땅 위의 해를 이루는 저녁 서울, 그 가운데 우뚝 일어서 있는 푸른 남산, 잿빛 삼각산, 먼지로 싸인 큰 거리, 울긋불긋한 경복궁, 동물원, 공원, 한강, 하나도 엘리자베트에게 정답게 생각 안 나는 것이 없고, 느낌 안 주는 것이 없었다.

'아 — 내 서울아, 내 사랑아
　　나는 너를 바라본다
　　　　붉은 눈으로 더운 사랑으로……
아침 해와 저녁 놀, 잿빛 안개

흩어진 더움 아래서, 나는 너를

아 — 나는 너를 바라본다.

천 년을 살겠냐 만 년을 살겠냐.

내 목숨 다하기까지, 내 삶 끝나기까지.

나는 너를 그리리라.'

처량한 곡조로 엘리자베트는 부르곤 하였다.

엘리자베트는 한 자리를 정하고 뫼에 올라갈 때에는 언제든지 거기 앉아 있었다. 뒤에는 큰 소나무를 지고 그 솔 그늘 아래 꼭 한 사람이 앉아 있기 좋으리 만한 바위가 하나 있었다. 그것이 엘리자베트가 정한 자리다.

그 바위 두어 걸음 앞에서 여남은 길 되는 절벽이 있었다.

이 절벽을 내려다볼 때마다 그의 마음속에는 한 기쁨이 움직였다.

종시 재판 날이 왔다.

9

재판 전날, 엘리자베트는 오촌모와 함께 서울로 들어와서 재판소 곁 어떤 객줏집에 주인을 잡았다.

서울을 들어설 때에 엘리자베트는, 한 달밖에는 떠나 있지 않았으되 그렇게 그리던 서울이므로 기쁨의 홍분으로 몸이 죽게 피곤해져서 부들부들 떨면서 객줏집에 들었다.

'혜숙이나 만나지 않을까, 이환씨나 만나지 않을까, S 혹은 부인이나 혹은 남작이나 만나지 않을까.'

그는 반가움과 무서움과 바람으로 머리를 푹 숙이고 곁눈질을 하면서 아주머니와 함께 거리들을 지나갔다. 할 수 있는 대로는 좁은 길로…….

그는 하룻밤 새도록 모기와 빈대와 흥분, 걱정 들로 말미암아 잠도 잘 못 자고, 이튿날 낯이 뚱뚱 부어서 제 시간에 재판소에 들어왔다.

아주머니는 방청석으로 보내고 자기 혼자 원고석(原告席)에 와 앉을 때에는, 엘리자베트는 자기도 어찌 되는지를 모르도록 마음이 뒤숭숭하였다. 염통은 한 분(分) 동안에 여든일곱 번이나 뛰놀고 숨도 한 분 사이에 스무 번 이상을 쉬게 되었다. 땀은 줄줄 기왓골에 빗물 흐르듯 흘러서 짠물이 자꾸 눈과 입으로 들어온다. 서울 들어오느라고 새로 갈아입은 엘리자베트의 빈사 저고리와 바지허리는 땀으로 소낙비 맞은 것보다 더 젖게 되었다.

삼 분쯤 뒤에 그는 마음을 좀 진정하여 장내를 둘러보았다.

방청석에는 아주머니 혼자 낯에 근심을 띠고 눈이 둥그레져서 있었고 피고석에는 남작이 머리를 저편으로 돌리고 있었다.

남작을 볼 때에 그는 갑자기 죄송스러운 생각이 났다.

'오죽 민망할까. 이런 데 오는 것이 남작에게는 오죽 민망할까? 내가 잘못했지. 재판은 왜 일으켜? 남작은 나를 어찌 생각할까? 또 부인은……?'

그는 이제라도 할 수만 있으면 재판을 그만두고 싶었다. 짐짓 자기가 남작에게 져주고 싶기까지 하였다.

그는 머리를 좀더 돌이켰다. 거기는 남작의 대리인인 변호사가 엄연히 앉아 있었다. 만장을 무시하는 낯으로 자기 혼자만이 재판을 좌우할 능력이 있다는 낯으로 변호사는 빈 재판석을 둘러보고 있었다.

변호사를 볼 때에 엘리자베트는 남모르게,

"아!"

하는 절망의 소리를 내었다. 자기의 변론이 어찌 변호사에게 미칠까, 그의 머리에는 똑똑히 이 생각이 떠올랐다. 남작에 대한 미움이 마음속에 솟아 나왔다. 자기를 끝까지 지우려고 변호사까지 세운 남작이 어찌 아니꼽지를 않을까. 그는 외면한 남작을 흘겨보았다.

판사, 통변, 서기 들이 임석하고 재판은 시작되었다. 규정의 순서가 몇이 지나간 뒤에 원고가 변론할 차례가 이르렀다. 규정대로 사는 곳과 이름 들을 물은 뒤에 엘리자베트는 변론하여야 하게 되었다. 엘리자베트는 벌떡 일어서서 묻는 말에는 대답하였지만 변론은 나오지를 않았다. 재판소가 빙빙 도는 것 같고 낯에서는 불덩이가 나올 것 같았다. 그러다가,

'이래서는 안 되겠다. 용기를 내어야지.'

생각할 때에 얼마의 용기는 회복되었다.

그는 끊었다 끊었다 하면서 자기의 청구를 질서 없이 설명하였다.

"더 할 말은 없나?"

엘리자베트의 말이 끝난 뒤에 주석 판사가 물었다.

"없어요."

엘리자베트는 말이 하기 싫은 고로 겨우 중얼거리고 앉았다.

'겨우 넘겼다.'

엘리자베트는 앉으면서 괴로운 숨을 내쉬면서 생각하였다.

피고가 변론할 차례가 되었다. 변호사는 일어서서 웅장한 큰 소리로, 만장을 누르는 소리로, 장내가 웅웅 울리는 소리로 말하기 시작하였다.

원고의 말은 모두 허황하다. 그 증거가 어디 있는가? 있으면 보고 싶다. 잉태하였다 하니 거짓말인지도 모르거니와, 설혹 잉태하였다 하여도 그것이 남작의 자식인 증거가 어디 있는가? 자기 자식이니까 떨어뜨리려고 병원에 데리고 갔다 원고는 말하지만, 주인이 자기 집에 가정교사가 병원에 좀 데려다 달랄 때 데려다 줄 수가 없을까? 피고가 자기 일이 나타날까 저퍼서 원고를 내쫓았다 원고는 말하지마는 다른 일로 내보냈는지 어찌 아는가? 원고는 당시 학교에도 안 가고 가정교사의 의무도 다하지 않고 게다가 탈까지 났으니, 누가 이런 식객을 가만두기를 좋아할까? 어떻든 원고에게는 정신 이상이 있는 것을 잊어서는 안 된다.

엘리자베트는 변호사가 '원고의 말은 허황하다' 할 때에 마음이 뜨금하였다. '남작의 자식인지 어찌 알까' 할 때에 가슴에서 '툭' 하는 소리를 들었다. 병원 이야기가 나올 때에 머리가 어지러워지는 것을 깨달았다. 그후에는 어찌 되는지 몰랐다. 청각은 가졌지만 듣지는 못하였다. 다만 둥둥 하는 사람의 말소리가 한 백 리 밖에서 나는 것같이 들렸을 뿐이고 아무것도 의식지를 못하였다. 유도에 목 끼운 때와 같이 온몸이 양상스러워지는 것이 구름을 타고 하늘을 떠다니는 것 같았다.

그가 바른 의식 상태로 듣기 비롯한 때는 판사가 '더 할 말이 없느냐'고 물을 때이다.

판사가 묻는 말을 똑똑히 알아듣지 못하고 또 말하기도 싫은 엘리자베트는 다만,

"네."

하고 대답할 수밖에는 없었다. 그런 뒤에는 그의 눈앞에는 검은 물건이 왔다 갔다 움직움직하는 것만 보였다. 무엇인지는 똑똑히 알지 못하였다.

한참 있다가 판결은 났다. 원고의 주장은 하나도 증거가 없다. 그런고로 원고의 청구는 기각한다.

이 말을 겨우 알아들은 엘리자베트는 가슴에서 두 번째 '툭' 하는 소리를 들었다. 그 뒤에는 정신이 아득해지고 말았다.

몇 시간 동안을 혼미 상태로 지낸 후에 겨우 정신이 좀 드는 때는 그는 이상한 방 안에 앉아 있었다. 껌껌한 그 방은 사면 침척(針尺) 두 자밖에는 안 되었다. 뿐만 아니라 그 방은 들썩들썩 움직인다.

'훙 재미있구나!'

그는 생각하였다.

그렇지만 이와 같은 한가한 생각이 그의 머리에 오랫동안 머물지를 못하였다. 높이 세 치, 길이 다섯 치쯤 되는 조그만 구멍으로 자기 아주머니가 보일 때에 엘리자베트는 펄떡 정신을 차렸다. 그때야 그는 자기 있는 곳은 보교(步轎) 안이고, 벌써 아주머니의 집에 다 이르렀고, 아까 판결받은 것이 생각났다.

보교는 놓였다.

엘리자베트는 우덕덕 보교에서 뛰어내리다가 꼬꾸라졌다. 발이 저린 것을 잊고 뛰어내리던 그는 엎드러질 수밖에는 없었다.

"에구머니!"

아주머니는 엘리자베트가 또다시 기절을 한 줄 알고 고함을 치며 뛰어왔다.

엘리자베트는 '죽어라' 하고 발이 저린 것을 참고 일어서서 뛰어 방 안에 들어와 꼬꾸라졌다.

그는 울음도 안 나오고 웃음도 안 나왔다. 다만,

'야단났구만, 야단났구만.'

생각만 하였다.

그렇지만 어디가 야단나고 어떻게 야단났는지는 그는 몰랐다. 다만, 어떤 큰 야단난 일이 어느 곳에 있기는 하였다.

오촌모가 들어와 흔드는 것도 그는 모른 체하고 다만 씩씩거리며 엎디어 있었다.

'야단, 야단.'

그의 눈에는 여러 가지 환상이 보인다. 네모난 사람, 개, 우물거리는 모를 물건, 뫼보다도 크게도 보이고 주먹만 하게도 보이는 검은 어떤 물건, 아주머니, 연필—이것이 모두 합하여 그에게는 야단으로 보였다.

오촌모가 펴준 자리에 누워서도 그는 이런 그림자들만 보면서 씩씩거리며 있었다.

10

이튿날 아침.

엘리자베트는 눈을 번쩍 뜨고 방 안을 둘러보았다. 아주머니는 방 안에 없었다. 부엌에서 덜겅거리는 고로 거기 있나 보다 그는 생각하였다.

전에는 그리 주의하여 보지 않았던 그 방 안의 경치에서 병인의 날카로운 눈으로 그는 새로운 맛있는 것을 여러 가지 보았다.

제일 눈에 뜨이는 것은, 담벽 사면에 붙인 당지들이다. 일본 포속(布屬)들에서 꺼내어 붙인 듯한 그 당지들을 엘리자베트는 흥미의 눈으로 하나씩 하나씩 건너보았다.

그 다음에 보인 것은 천장 서까래 틈에 친 거미줄들이다. 엘리자베트는 그 가운데 하나를 자세히 보았다. 그가 보고 있는 동안에 욍 하니 날아오던 파리가 한 마리 그 줄에 걸렸다. 거미줄은 잠깐 흔들리다가 멎고 어디 있댔는지 보이지 않던 거미가 한 마리 빨리 나와서 파리를 발로 움킨다. 파리는 깃을 벌리고 도망하려 애를 쓰기 시작하였다. 거미줄은 대단히 떨렸다. 그렇지만 조금 뒤에 파리는 죽었는지 거미줄의 흔들림은 멎고 거미 혼자서 발발 파리를 두고 돌아다닌다. 엘리자베트는 바르륵 떨면서 머리를 돌이켰다.

'저 파리의 경우와…… 내 경우가, 어디가 다를까? 어디가……?'

엘리자베트가 움직할 때에 파리가 한 마리 욍 나타났다. 그 파리의 날기를 기다리고 있었던지 다른 파리들도 일제히 웅— 날았다가 도로 각각 제자리에 앉는다…….

엘리자베트는 눈을 감았다. 상쾌한 졸음이 짜르륵 엘리자베트의 온몸에 돌았다. 엘리자베트는 승천하는 것 같은 쾌미를 누리고 있었다.

이때에 오촌모가 샛문을 벌컥 열며 들어왔다.

엘리자베트는 눈을 번쩍 떴다. 오촌모는 들어와서 물에 젖은 손을 수건에 씻은 뒤에 엘리자베트의 머리 곁에 와 앉았다.

"좀 나은 것 같으냐?"

"무엇 낫지 않아요."

"어디가 아파? 어젯밤 새도록 헛소릴 하더니……."

"헛소리까지 했어요?"

엘리자베트는 낯에 적적한 웃음을 띠고 묻는 대답을 하였다.

"그런데 어디가 아픈지는 일정하게 아픈 데가 없어요. 손목 발목 저릿저릿하는 것이 온몸이 다 쏘아요. 꼭…… 첫몸할 때……."

"왜 그런고…… 원."

"왜 그런지요……."

잠깐의 침묵이 생겼다.

"앗!"

좀 후에 엘리자베트는 작은 소리로 날카로운 부르짖음을 내었다. 낯에는 무한 괴로움이 나타났다.

"왜 그러냐!"

오촌모는 놀라서 물었다.

"봤다는 안 되어요."

엘리자베트는 억지로 웃으면서 말했다.

"그럼 보지 않을 것이니 왜 그러냐?"

"묻지두 말구요!"

"묻지두 않을 것이니 왜 그래?"

"그럼 안 묻는 건가요?"

"그럼 그만두자…… 그런데 미음 안 먹겠냐?"

"좀 이따 먹지요."

엘리자베트는 괴로운 낯을 하고 팔과 다리를 꼬면서 앓는 소리를 내고 있다가 참다 못하여 억지로 말했다.

"아주머니 요강 좀 집어주세요."

오촌모는 근심스러운 낯으로 물끄러미 엘리자베트를 들여다보다가 말없이 요강을 집어주었다.

엘리자베트는 요강을 타고 앉았다. 나올 듯 나올 듯하면서도 나오지 않는 오줌은 그에게 큰 아픔을 주었다. 한 십 분 동안이나 낯을 무한 찡그리고 있다가 내어놓을 때는 그 요강은 피오줌으로 가득 찼다.

"피가 났구나!"

오촌모는 놀란 소리로 물었다.

"……네."

"떨어지려는 것이로구나."

"그런가 봐요."

말은 끊어졌다.

엘리자베트의 마음은 무한 설렁거렸다. 그 가운데는 저픔과 반가움이 섞여 있었다.

"깨를 어떻게 먹으면 올라붙기는 한다더라만……."

잠깐 후에 아주머니가 말을 시작했다.

"그건 올라붙어 무엇 해요."

엘리자베트는 낯을 찡그리고 대답하였다.

"그래도 낙태로 죽는 사람두 있너니라……."

엘리자베트는 대답을 하려다가 말이 하기 싫은 고로 그만두었다.

말은 또 끊어졌다.

엘리자베트는 '죽어도 좋아요' 라고 대답하려 하였다.

'죽으면 뭘 하는가.'

그는 병적으로 날카롭게 된 머리로 생각해 보았다.

'내게 이제 무엇이 있을까? 행복이 있을까? 없다. 즐거움은? 그것도 없다. 반가움은? 물론 없지. 그럼 무엇이 있을까? 먹고 깨고 자는 것뿐—그 뒤에는? 죽음! 그 밖에 무엇이 있을까? 아무것도 없다. 그것뿐으로도 살 가치가 있을까? 살 가치가 있을까? 아, 아! 어떨까? 없다! 그러면? 나 같은 것은 죽는 편이 나을까? 물론. 그럼 자살? 아!'

'자살? (그는 사지를 부들부들 떨었다.) 모르겠다. 살아지는 대로 살아보자. 죽는 것도 무섭지 않고, 사는 것도 싫지도 않고—.'

이때에 오촌모가 말을 시작했다.

"내가 가서 물어보고 올라."

"그만두세요."

그는 우덕덕 놀라면서 무의식히 날카롭게 말하였다.

"그래두 내 잠깐 다녀오지."

아주머니는 일어서서 밖으로 나갔다.

아주머니가 나간 뒤에 그는 또 생각해 보았다.

내 근 이십 년 생애는 어떠하였는가? 앞일은 그만두고 지난 일로…… 근 이십 년 동안이나 살면서, 남에게, 사회에게 이익한 일을 하나라도 하였는가? 벗들에게 교과를 가르친 일—이것뿐! 이것을 가히 사회에 이익한 일이라 부를 수가 있을까? (그는 입술을 부들부들 떨었다.)

응! 하나 있다! '표본![37]' (그는 괴로운 웃음을 씩— 웃었다.) 이후 사람을 경계할 만한 내 사적! 곧 '표본!' 표본 생활 이십 년…… 아……!

그러니 이것도 내가 표본이 되려서 되었나? 되기 싫어서도 되었지. 헛데로 돌아간 이십 년, 쓸데없는 이십 년, '나'를 모르고 산 이십 년, 남에게 깔리어 산 이십 년. 그동안에 번 것은? 표본! 그동안에 한 일은? 표본!

그는 피곤해진 고로 눈을 감았다. 더움과 추움이 그를 쏘았다. 그는 추워서 사지를 보들보들 떨면서도 이마와 모든 틈에는 땀을 줄줄 흘리고 있었다. 아래는 수만 근 되는 추를 단 것같이 대단히 무거웠다.

괴로움과 한참 싸우다가 오촌모의 돌아옴이 너무 더딘 고로 그는 그만 잠이 들었다.

자는 동안에 여러 가지 그림자가 그의 앞에서 움직였다. 네모난 사람이 어떤 모를 물건을 가지고 온다. 그 뒤에는 개가 따라온다. 방성 뒷산에서 뫼보다도 큰 어떤 검은 물건이 수없이 많이 흐늘흐늘 날아오다가, 엘리자베트가 있는 방 앞에 와서는 주먹만 하게 되면서 그의 품속으로 뛰어 들어온다. 하나씩 하나씩 다 들어온 다음에는 도로 하나씩 하나씩 흐늘흐늘 날아 나가서 차차 커지며 뫼만 하게 되어 도로 산 가운데서 쓰러져 없어진다. 다 나갔다가는 도로 들어오고 다 들어왔다가는 도로 나가고, 자꾸자꾸 순환되었다. 엘리자베트는 앓는 소리를 연발로 내며 이

37) 표본 본보기로 삼을 만한 것.

그림자들을 보고 있었다.

이렇게 무서운 그림자를 한참 보고 있을 때에,

"얘 미음 먹어라."

하는 오촌모의 소리가 나는 고로 눈을 번쩍 떴다.

그는 미음 그릇을 들고 들어오는 아주머니를 관찰하기 시작하였다.

'저런 큰 그릇을 웬 어찌 들고 다니노? 키도 댓 자밖에는 못 되는 노파가…….'

오촌모가 미음 그릇을 놓은 다음에 엘리자베트는 그것을 먹으려고 엎디었다. 아픔이 온몸에 쭉 돌았다…….

"숟갈이 커서 어찌 먹어요?"

그는 놋숟갈을 보고 오촌모에게 물었다. 그는, '숟갈이 커서 들지를 못하겠다' 는 뜻으로 한 말이다.

"어제두 먹던 것이 커?"

엘리자베트는 안심하고 숟갈을 들었다. 그것은 뜻밖에 크지도 않고 무겁지도 않았다. 그는 곁에 놓인 흰 가루를 미음에 치고 먹기 시작하였다.

"아이고 짜다."

그는 한 술 먹은 뒤에 소리를 내었다.

"짜기는 왜 짜? 사탕가루를 많이 치구……."

병으로 날카롭게 된 그의 신경은 그의 자유로 되었다. 마치 최면술에 피술자(被術者)가 시술자(施術者)의 명령을 절대로 복종하여, 단 것도 시술자가 쓰다 할 때에는 쓰다 생각하는 것과 같이 그의 신경도 절대로 그의 명령을 좇았다. 흰 가루를 소금이라 생각할 때에는 짜게 보였으나 사탕가루라 생각할 때에는 꿀송이보다도 더 달았다. 그렇지만 그의 신경도 한 가지는 복종치를 않았다. 아픔이 좀 나았으면 하는 데는 조금도 순종치를 않았다.

미음을 먹는 동안에 오촌모가 투덜거렸다.

"스무 집이나 되는 동리 가운데서 그것 아는 것이 하나두 없단 말인가 원……."

"무엇이요?"

엘리자베트는 미음을 삼키고 물었다.

"그 올라붙는 방문(方文) 말이루다. 원 깨를 어짠대든지……."

엘리자베트는 성이 나서 대답을 안 하였다.

미음을 다 마신 다음에 돌아누우려다가 그는,

"읽!"

소리를 내고 그 자리에서 꼬꾸라졌다. 어디가 아픈지 똑똑히 모를 아픔이 온몸을 쿡 쏘았다. 정신까지 어지러웠다.

"어찌? 더하냐?"

"물이 쏟아져요."

엘리자베트는 똑똑한 말로 대답하였다.

"어째?"

"바람이 부는지요?"

"애 정신 채레라."

엘리자베트는 후덕덕 정신을 차리면서,

"내가 원 정신이 없어졌는가?"

하고 간신히 천장을 향하고 누웠다. 천장에는 소가 두 마리 풀을 뜯어 먹고 있었다. 엘리자베트는 무서워서 부들부들 떨기 시작하였다. 두 마리의 소는 싸움을 시작했다.

'떨어지면……?' 생각할 때에 한 마리는 그의 배 위에 떨어졌다. 일순간 뜨끔한 아픔 뒤에는 아무렇지도 않았다.

'앍' 소리를 내고 그는 다시 천장을 보았다. 소는 역시 두 마리지만 이번은 춤을 추고 있다.

"표본 생활 이십 년!"

그는 중얼거리고 담벽을 향하여 돌아누웠다. 거기서는 남작과 이환과 돼지와 파리가 장거리 경주를 하고 있었다.

'흥! 재미있다. 누구가 이길 터인고?'

그는 생각하였다.

조금 있다가 그는 생각난 듯이 수군거렸다.

"표본 생활 이십 년!"

11

그가 눈을 아무 데로 향하든지 어떤 그림자는 거기 벌려 있었다. 그가 자든지 깨든지 어떤 그림자는 거기서 움직였다. 이렇게 엘리자베트는 사흘을 지냈다.

그러는 동안 다함이 없는 철학이 감춰져 있는 것 같고도 아무 뜻이 없는 헛말같이도 생각되는 말구가 흔히 무의식히 그의 머리에 떠올랐다.

'표본 생활 이십 년!'

그는 이 말을 여러 번 거푸 하였다.

이렇게 사흘째 되는 저녁, 복거리 낮보다도 더 훈훈 타는 저녁, 등과 사지 맨 끝에서 시작하여 짜르륵 온몸에 도는 추위의 쾌미[38]를 역증(逆症)[39]으로 받으면서 잠과 깸의 가운데서 돌던 엘리자베트는 오촌모의 소리에 놀라 흠칠하면서 깨었다.

"왜 그리 앓는 소리를 하냐? (혼잣말로) 탈인지 무엇인지 낫지두 않구."

"아—유—죽겠다아—하아—."

엘리자베트는 눈을 감은 채로 아주머니의 소리 나는 편으로 돌아누우면서 신음했다. 그렇지만 그에게는 아프리라 생각하는 데서 나온 아픔밖에는 아픔이 없었다.

"왜 그래? 참 앓는 너보다두 보는 내가 더 속상하다. 후!"

오촌모도 한숨을 쉰다.

"아이구 덥다!"

오촌모는 빨리 부채를 집어서 엘리자베트를 부치면서 말했다.

"내 부쳐줄 것이니 일어나서 이 오미잣물을 마세 봐라."

오미자라는 소리를 들은 그는 귀가 버썩하였다. 어렸을 때부터 오미자를 좋아하던 그는 이불 속에서 꿈질꿈질 먹을 준비를 시작하였다. 오늘은 그의 머리는 똑똑해졌다. 그림자가 안 보였고 아픔도 덜어졌다.

오촌모는 자기도 한 순갈 떠먹어본 뒤에 권한다.

"아이고 달다. 자 먹어 봐라."

엘리자베트는 눈을 뜨고 엎디어서 오미잣물을 마셨다. 새큼하고 단

38) 쾌미 쾌감.

39) 역증(逆症) 역정.

가운데도 말할 수 없는 아름다운 냄새를 가진 오미잣물은 병인인 엘리자베트에게 위에 없는 힘을 주었다. 그는 단숨에 한 사발이나 되는 물을 다 마셔 버렸고 도로 누웠다.

"맛있지?"

"네."

"그런데 어떠냐, 아프기는?"

엘리자베트는 다만 씩 웃었다. 다 큰 것이 드러누워서 다 늙은 아주머니를 속상케 함에 대한 미안과, 크담한 것이 '읅읅' 앓은 부끄러움이 합하여 낳은 웃음을 그는 다만 감추지 않고 정직하게 웃은 것이다.

"오늘은 정신 좀 들었냐? 며칠 동안 별한 소릴, 어더런 소릴 하던지?……응!……응! 무얼 '표본 생울 이십 년' 이라던지?"

"표본 생활 이십 년!"

엘리자베트는 생각난 듯이 무의식히 소리를 내었다.

"응! 그 소리 그 소리!"

오촌모도 생각난 듯이 지껄였다.

"아이 덥다!"

엘리자베트는 이불을 차 던지고 고함을 쳤다.

"응, 부쳐주지."

어느덧 부채질을 멈추었던 오촌모는 다시 부치기 시작했다.

속에서 나오는 태우는 듯한 더움과 밖에서 찌르는 무르녹이는 듯한 더위와 사늘쩍한 부채 바람이 합하여, 엘리자베트의 몸에 쪼르륵 소름이 돋게 하였다. 소름 돋을 때와 부채의 시원한 바람의 쾌미는 그에게 졸음이 오게 하였다. 그는 구름 타고 하늘에 올라가는 맛으로 잠과 깸의 가운데서 떠돌고 있었다.

몇 시간 지났는지 몰랐다. 무르녹이기만 하던 날은 소낙비로 부어 내린다. 그리 덥던 날도 비가 오면서는 서늘해졌다. 방 안은 습기로 찼다. 구팡[40]에 내려져서 튀어나는 물방울들은 안개비와 같이 되면서 방 안으로 몰려 들어온다.

그는 눈을 번쩍 떴다. 어느덧 역한 냄새 나는 모기장이 그를 덮었고 그의 곁에는 오촌모가 번뜻 누워서 답답한 코를 골고 있었다. 위에는 불티를 잔뜩 앉히고 그 아래서 숨찬 듯이 할락할락하는 석유 램프는 모기장 밖에서 반딧불같이 반짝거리며 할딱거리고 있었다.

'가는 목숨이로라도 살아지는껏 살아라.'

그 램프는 소곤거리는 것 같다.

엘리자베트는 일어나서 요강을 모기장 밖에서 들여왔다.

한참을 타고 앉았다가 '악' 소리를 내고 그는 엎어졌다. 가슴은 뛰놀고 숨도 씩씩해졌다. 마음은 무한 설렁거렸다. 맥도 푹 났다.

한참 엎디어 있다가 그는 생각난 듯이 벌떡 일어나서 요강을 내놓고 번갯불과 같이 빨리 그 속에 손을 넣어서 주먹만 한 핏덩이를 하나 꺼내었다.

'내 것.'

그의 머리에 번갯불과 같이 이 생각이 지나갔다.

그의 머리에는 모순된 두 가지 생각이 일어났다.

'내 것.'

40) 구팡 '댓돌'의 방언.

참 자식에 대한 사랑이 그 핏덩어리에게 일어났다.

'이것 때문에…….'

그는 그 핏덩이에 대하여 무한한 미움이 일어났다.

'이것도 저 아니꼬운 남작의 것. 나는 이것 때문에…….'

이 두 가지 생각의 반사 작용으로 그는 핏덩이를 힘껏 단단히 쥐었다. 거기에 미움이 있고 사랑이 있었다.

그는 그 핏덩이를 씹어 먹고 싶었다. 거기도 미움이 있고 사랑이 있었다.

그는 그것을 쥔 채로 드러누웠다. 맥이 나서 앉아 있을 힘이 없었다.

드러누운 그에게는 얼토당토않은 딴생각이 두어 가지 머리에 났다. 이것도 잠깐으로 끝나고 잠이 들었다.

이삼 푼의 잠이 그를 스치고 지나간 뒤에 그는 눈을 번쩍 뜨면서 무의식히 중얼거렸다.

"표본 생활 이십 년!"

그 다음 순간 그에게는 별한 생각이 머리에 떠올랐다.

'약한 자의 슬픔!'

'천하에 둘도 없는 명언이루다.'

그는 생각하였다.

그는 이 문제를 두고 논문 비슷이, 소설 비슷이 하나 지어보고 싶은 생각이 났다. 그는 생각해 보았다.

자기의 설움은 약한 자의 슬픔에 다름없었다. 약한 자기는 누리[41]에게 지고 사회에게 지고 '삶' 에게 져서, 열패자(劣敗者)의 지위에 이르지 않았느냐?! 약한 자기는 이환에게 사랑을 고백지 못하고 S와 혜숙에게서 참말을 듣지 못하고 남작에게 저항치를 못하고 재판석에서 좀더 굳세게 변론치를 못하여 지금 이 지경에 이르지 않았느냐?!

'그렇지만 이것은 밖이 약한 것이다. 좀더 깊이, 안으로!'

그는 생각하였다.

자기가 아직까지 한 일 가운데서 하나라도 자기에게서 나온 것이 어디 있느냐? 반동(反動) 안 입고 한 일이 어디 있느냐? 남작 집에서 나온 것도 필경은 부인이 좀더 있으라는 반동에서 나온 것이 아니냐? 병원 안에 들어간 것도 필경은 집으로 돌아올 전차가 안 보임에 있지 않으냐? 병원으로 향한 것도 그렇다. 재판을 시작한 것은? 오촌모가 말리는 반동을 받았다! 모든 일이 다 그렇다!

"이십 세기 사람이 다 그렇다."

그는 힘 있게 중얼거렸다.

"어떻든…… 응! 그렇다! 문제는 '이십세기 사람' 이라고 치고, 첫 줄을 '약한 자의 슬픔' 으로 시작하여 마지막 줄을 '현대 사람의 다의 약함' 으로 끝내자."

그는 자기 짓던 글을 생각하고 중얼거렸다.

'표본 생활 이십 년이란 구는 꼭 넣어야겠다.'

그는 생각하였다. 그리고 글을 속으로 생각하기 시작하였다.

이리 짓고 저리 지어서, 이만하면 완전하다 생각할 때 그는 마지막 구를 소리를 내어서 읽었다.

"현대 사람 다의 약함!"

41) 누리 세상(世上)을 예스럽게 이르는 말.

그런 다음에는 그의 머리에 한 공허가 생겼다. 그 공허가 가슴으로 퍼질 때에 그는 맥이 나고 발끝과 손끝에서 그 공허가 일어날 때에 그는 눈을 감았다. 눈이 무한 무거워졌다. 그 공허가 온몸에 퍼질 때에 그는 '후—' 숨을 내쉬면서 잠이 들었다.

12

"저런! 원 저런!"

이튿날 아침 엘리자베트에게 어젯밤 변동을 듣고 눈이 둥그레져서 그 핏덩이를 들여다보며 오촌모는 지껄였다.

엘리자베트는 탁 그 핏덩이를 빼앗아서 이불 아래 감춘 뒤에 낯을 붉히며 이유 없이 씩 웃었다.

"어떻든 네 속은 시원하겠다. 밤낮 떨어지면 떨어지면 하더니—."

오촌모는 비웃는 듯이 입살을 주었다.

아깟번에 웃은 엘리자베트는 이번에는 웃지 않으면 안 되게 되었다. 그는 억지로 입과 눈으로만 일순간의 웃음을 웃은 뒤에 곧 낯을 도로 쪽폈다. 그리고 미안스러운 듯이 오촌모의 낯을 들여다보았다. 오촌모의 낯에는 가련하다는 표정이 똑똑히 보였다.

'역시 가련한 것이루구나!'

그는 속으로 고함을 쳤다.

'그것도 내 것이 아니냐!?'

어머니가 자식에게 가지는 육친의 정다움이 엘리자베트의 마음에 일어났다. 그는 몰래 손을 더듬어서 겁적겁적하고 흐늘거리는 그 핏덩이를 만져보았다.

'어디가 엉덩이구 어디가 머리 편이고?'

하고 그는 손가락으로 핏덩이를 두드리고 쓸어주고 있었다. 차디찬 핏덩이에서도 엘리자베트는 다스한 맛이 올라오는 것을 깨달았다.

'사람이란 이런 것이루다.'

그는 생각하였다.

물끄러미 한참 그를 들여다보던 오촌모는 도로 전과 같은 사랑의 낯이 되며 생각난 듯이 말했다.

"잊었댔다. 오늘은 장날이 되어서 서울 잠깐 들어갔다 와야겠다. 무엇 먹고 싶은 것은 없냐? 있으면 말해라. 사다 줄 거니……."

"없어요."

엘리자베트는 팔딱 정신을 차리며 무의식히 중얼거렸다. '서울' 소리를 듣고 그는 갑자기 가슴이 뛰놀기 시작하였다.

'저런 노파가 다 서울을 다니는데 내가 어찌…….'

그는 오촌모를 쳐다보면서 생각하였다. 그러다가 갑자기 오촌모를 찾았다.

"아주머니!"

"왜?"

"서울 들어가세요?"

그의 목소리는 흥분으로 떨렸다.

"응."

엘리자베트는 비쭉해졌다. 오촌모의 '응' 이란 대답뿐은 그를 만족시키지 못하였다. '응, 들어가겠다' 든지 '응, 다녀올란다' 든지 좀더 친절히 똑똑히 대답 안 한 오촌모가 그에게는 밉게까지 보였다.

그렇지만 그의 정조(情調)는 그의 비쭉한 것을 뚫고 위에 올라오기에 넉넉하였다. 그는 좀더 힘 있게 떨리는 소리로 오촌모를 찾았다.

"아주머니!"

"왜?"

오촌모는 또 그렇게 대답하였다.

"나두 함께 가요!"

"어딜?"

"서울!"

"딴소리한다. 넌 편안히 누워 있어야다."

오촌모의 낯에는 무한한 동정이 나타났다.

"그래두…… 가구 싶어요!"

그의 눈에는 눈물이 고였다.

"내 다 구경해다 줄 거니 잘 누워 있거라. 너 다 나은 다음에 한번 들어가 실컷 돌아다니자. 그래두 지금은 못 간다."

"길 다 말랐어요?"

그는 뚱딴짓소리를 물었다.

"응, 소낙비니깐 땅 위로만 흘렀지 속은 안 뱄더라."

"뒤뜰 호박두 익었지요 인제. 메칠 동안 나가 보지두 못해서……."

그의 목소리는 자못 떨렸다.

"아까 가보니깐 아직 잘 안 익었더라."

잠깐 말은 끊어졌다. 조금 뒤에 엘리자베트는 떨리는 소리로 말했다.

"아— 서울 가보구……."

"걱정 마라. 이제 곧 가게 되지."

"아주머니!"

"왜 그러냐?"

"그 애들이 아직 날 기억할까요?!"

"그 애덜이라니?"

"함께 공부하던 애들이요."

"하하! (한숨을 쉬고) 걱정 마라. 거저 걱정 마라. 내가 있지 않냐? 인젠 그깟 것들이 무엇에 쓸데가 있어? 나하구 이렇게 편안히 촌에서 사는 것이 오죽 좋으냐! 아무 걱정 없이…… 지난 일은 다 꿈이다. 꿈이야! 잊구 말어라."

'강한 자!'

엘리자베트는 속으로 고함을 쳤다.

'아주머니는 강한 자이고 나는 약한 자이고…… 그 사이에 무슨 차별이 있을꼬?!'

"내 다녀올 것이니 편안히 누워 있거라."

오촌모는 말하면서 봇짐을 들고 나간다.

"무얼 사다 줄꼬 원. 복숭아나 났으면 사다 줄까. 우리 딸을……."

엘리자베트는 자기 생각만 연속하여 하였다. 스스로 알지는 못하였으나 어떤 회전기(回轉期) 위기 앞에 선 그는 산후(産後)의 날카로운 머리를 써서 꽤 똑똑한 해결을 얻을 수가 있었다.

그렇다! 나도 시방은 강한 자이다. 자기의 약한 것을 자각할 그때에는 나도 한 강한 자이다. 강한 자가 아니고야 어찌 자기의 약점을 볼 수가 있으리요?! 어찌 알 수가 있으리요?! (그의 입에는 이김의 웃음이 떠올랐다.) 강한 자라야만 자기의 약한 곳을 찾을 수가 있다.

약한 자의 슬픔! (그는 생각난 듯이 중얼거렸다.) 전의 나의 설움은 내가 약한 자인 고로 생긴 것밖에는 더 없었다. 나뿐 아니라, 이 누리의 설움, 아니 설움뿐 아니라 모든 불만족, 불평 들이 모두 어디서 나왔는가? 약한 데서! 세상이 나쁜 것도 아니다! 인류가 나쁜 것도 아니다! 우리가 다만 약한 연고인밖에 또 무엇이 있으리요. 지금 세상을 죄악 세상이라 하는 것은 이 세상이, 아니! 우리 사람이 약한 연고이다! 거기는 죄악도 없고 속임도 없다. 다만 약한 것!

약함이 이 세상에 있을 동안 인류에게는 싸움이 안 그치고 죄악이 안 없어진다. 모든 죄악을 없이 하려면은 먼저 약함을 없이 하여야 하고, 지상 낙원을 세우려면은 먼저 약함을 없이 하여야 한다.

만일 약한 자는, 마지막에는 어찌 되노? ……이 나! 여기 표본이 있다. 표본 생활 이십 년 (그는 생각난 듯이 웃으면서 중얼거렸다) 나는 참 약했다. 일 하나라도 내가 하고 싶어서 한 것이 어디 있는가! 세상 사람이 이렇다 하니 나도 이렇다, 이 일을 하면 남들은 나를 어찌 볼까 이런 걱정으로 두룩거리면서 지냈으니 어찌 이 지경에 이르지 않았으리요! 하고 싶은 일은 자유로 해라. 힘써서 끝까지! 거기서 우리는 사랑을 발견하고 진리를 발견하리라!

'그렇지만 강한 자가 되려면……!'

그는 생각해 보았다.

'내가 너희에게 새 계명을 주노니 사랑하라!' (그는 기쁨으로 눈에 빛을 내었다.) 그렇다! 강함을 배는 태(胎)는 사랑! 강함을 낳는 자는 사랑! 사랑은 강함을 낳고, 강함은 모든 아름다움을 낳는다. 여기, 강해지고 싶은 자는, 아름다움을 보고 싶은 자는, 삶의 진리를 알고 싶은 자는, 인생을 맛보고 싶은 자는 다 참사랑을 알아야 한다.

만약 참 강한 자가 되려면은? 사랑 안에서 살아야 한다. 우주에 널려 있는 사랑, 자연에 펴져 있는 사랑, 천진난만한 어린아이의 사랑!

'그렇다! 내 앞길의 기초는 이 사랑!'

그는 이불을 차고 벌떡 일어나 앉았다. 그의 앞에는 끝없는 넓은 세계가 벌여 있었다. 누리에 눌리어 살던 그는 지금은 그 위에 올라섰다. 그의 입에는 온 우주를 쳐 누른 기쁨의 웃음이 떠올랐다.

1 **다음은 「약한 자의 슬픔」에 실린 본문 중의 한 부분입니다. 이 부분을 읽고 작가가 인식하고 있는 세계의 대립을 설명하고 작가가 말하고자 하는 바를 서술하시오.**

> 그 다음에 보인 것은 천장 서까래 틈에 친 거미줄들이다. 엘리자베트는 그 가운데 하나를 자세히 보았다. 그가 보고 있는 동안에 윙 하니 날아오던 파리가 한 마리 그 줄에 걸렸다. 거미줄은 잠깐 흔들리다가 멎고 어디 있댔는지 보이지 않던 거미가 한 마리 빨리 나와서 파리를 발로 움킨다. 파리는 깃을 벌리고 도망하려 애를 쓰기 시작하였다. 거미줄은 대단히 떨렸다. 그렇지만 조금 뒤에 파리는 죽었는지 거미줄의 흔들림은 멎고 거미 혼자서 발발 파리를 두고 돌아다닌다. 엘리자베트는 바르륵 떨면서 머리를 돌이켰다.
>
> '저 파리의 경우와…… 내 경우가, 어디가 다를까? 어디가……?'

엘리자베트는 K남작의 아이를 갖고 서울에서 쫓겨나 오촌모가 있는 시골로 내려오게 됩니다. 그리고 소송을 걸어 K남작에게 위자료를 받아내려 하지만 K남작은 변호사를 사서 뱃속에 잉태된 아이가 자신의 아이라는 것을 입증할 수 없다며 가볍게 승소해 버립니다. 그녀는 한없이 자랑스럽게 생각했던 학교와 친구들이 있는 보금자리로부터 쫓겨나 세상에 버림받은 처지에 놓였을 때 비몽사몽간에 오촌모의 방 천장 서까래에 친 거미줄을 보게 됩니다. 거미가 쳐놓은 거미줄에 걸려든 파리는 도망치려 하지만, 그럴수록 단단한 거미줄에 걸려들어 옴쭉달싹하지 못한 채 거미의 밥이 되고 맙니다. 그런 가련한 파리의 모습에서 엘리자베트는 단단하고 무서운 세상에서 헤매는 나약한 자신의 모습을 발견합니다. 세상의 권력을 거머쥐고, 자신의 운명을 나락에 빠뜨린 K 남작은 무지한 힘을 가진 거미이며, 자신은 거기에 걸려든 힘없는 약자라는 인식에 도달합니다.

김동인은 이 작품을 통해 세상은 강한 힘의 원리가 지배하고 있음을 말하고 있습니다. 우리 나라가 일제에게 당한 것도 일제에 비해 우리가 힘이 없기 때문이요, 엘리자베트가 속절없이 당한 것도 힘이 없기 때문이라는 것입니다. 힘없는 약자의 운명은 그것이 나라이든, 민족이든, 개인이든 간에 힘을 가진 세력 앞에 잡아먹힐 수밖에 없다는 작가의 의식이 그대로 드러나 있습니다.

2 엘리자베트는 한 번도 말을 걸어보지 못한 이환이라는 남성을 사랑합니다. 이 사랑의 의미를 설명하시오.

이 작품 속에서 이환은 실제로 등장하지 않고 오직 엘리자베트의 마음속에서만 나오는 인물입니다. 그러나 이환과의 사랑은 엘리자베트의 삶을 이해하는 데 매우 중요한 역할을 합니다.

엘리자베트는 마음속으로 이환을 사모합니다. 학교 가는 길에 우연히 보게 된 이환을 마음속으로 사모하고 있지만, 한 번도 말을 걸어보지 못한 채, 먼발치에서 그리워만 합니다. 그럼에도 불구하고 그녀는 마음속으로 이환과의 결혼과 함께 펼쳐지는 아름다운 미래를 남몰래 꿈꿉니다. 엘리자베트가 꿈꾸는 이환과의 사랑은 정신적인 사랑으로써 순결한 사랑을 의미합니다. K남작이 탐욕적인 육체의 욕망을 상징한다면 이환은 엘리자베트가 꿈꾸는 순결한 삶을 대변합니다.

이런 사랑이 있었음에도 불구하고 엘리자베트는 방 안으로 침입한 K남작을 받아들이고 혼란에 빠지게 됩니다. 엘리자베트가 K남작과 관계를 가진 다음 날, 학교 가는 두 갈래 길에서 머뭇거립니다. 두 갈래 길에서 그녀는 이환을 만나지 않게 되는 먼 길을 택함으로써 이환과는 운명적으로 멀어지게 됩니다. 이것은 정신적으로 순결한 삶을 버리고 타락의 길을 선택함으로써 엘리자베트가 험하고 비극적인 삶의 한가운데로 한 발자국 더 깊숙이 빠지게 되는 것을 의미하기도 합니다.

3 K남작의 인간성에 대해 설명하시오.

이 소설에서 K남작은 부와 명예를 한 몸에 받으며, 조선의 선각자로 자처하는 인물입니다. '내외의 절도와 안방과 사랑방의 법식은 따르지 않지만, 남존여비의 생각은 아직껏 확실히 지켜왔다' 라는 말을 통해 그의 인간 됨됨이를 유추해 볼 수 있습니다. K남작은 겉으로는 전근대적인 남녀차별에 대해 반대하는, 사회적으로 존경받는 개화기의 신지식인으로 그려지고 있지만, 마음속으로는 전근대적인 사고에서 벗어나지 못한 위선적인 인물입니다.

또한, 순진한 엘리자베트를 유혹하여 그의 인생을 망쳐놓고도 거기에 대한 결과를 책임지지 못하는 무책임한 인물입니다. 그리고 엘리자베트가 위자료를 청구하는 재판에서 유능한 변호사를 내세워 오히려 모든 죄과를 엘리자베트에게 뒤집어씌우는 모습에서 알 수 있는 바와 같이 약한 자에 대해 한없이 냉정하고 이기적인 인물입니다.

4 **「약한 자의 슬픔」에서 그려지고 있는 비극과 고전적 의미의 비극과의 차이점에 대해 논하시오.**

이 작품은 엘리자베트라는 한 여인의 비극적 삶을 다루고 있습니다. 그런데 삶이 타락하고 황폐해지는 과정에서 이 여인의 저항의지는 크게 다루어지지 않습니다. 작가는 철저하게 객관적인 눈으로 세계가 가지는 야만과 더러움에 초점을 두고 한 여자의 파멸의 과정을 추적할 뿐 거기에 맞서는 인간적인 노력에 관심을 기울이지 않습니다.

원래 고전적 의미의 비극이란 도저히 물러설 수 없는 자아의 의지가 외계(外界)와의 처참한 대결 속에서 장엄하게 패배하며 이 패배를 통해 역설적으로 패배할 수 없는 자아의 가치와 소망을 고양시키는 체험을 보여주는 것입니다. 우리가 고전적 비극의 원형이라고 부르는 셰익스피어의 「햄릿」에서도 햄릿이 부정과 맞서 싸우며 고뇌하는 한 인간의 모습을 온전히 보여주었기에 그 비극이 더욱 숭고하게 느껴지는 것입니다.

이 작품은 힘을 가진 세계와 부딪혀 파괴당하는 약한 자의 삶이라는 주제는 선명하게 그려냈지만, 그것에 맞서 싸우는 개인의 의지가 결여되어 진정한 비극에 이르지 못하는 한계를 분명히 드러내고 있습니다.

5 다음에 나오는 '표본 생활 이십 년'의 의미를 분석하고, 그 속에서 한 개인이 나아가야 할 방향에 대해 서술하시오.

> 그러니 이것도 내가 표본이 되려서 되었나? 되기 싫어서도 되었지. 헛데로 돌아간 이십 년, 쓸데없는 이십 년, '나'를 모르고 산 이십 년, 남에게 깔리어 산 이십 년. 그동안에 번 것은? 표본!, 그동안에 한 일은? 표본!

엘리자베트는 K남작에 의해 몸과 마음이 망가진 후, 오촌모가 계시는 시골에서 요양하며 자신의 삶을 뒤돌아보게 됩니다. 그 과정에서 자신의 삶을 '표본 생활 이십 년'이라고 말하는 부분이 여러 번 나옵니다. 이 구절에서 나오는 표본의 의미는 자신의 삶이 다른 사람에게 잘못됨의 본보기가 된다는 말입니다.

엘리자베트는 아름답고 꿈이 많은 여자였지만, 한 번도 자신의 삶에서 주체적인 삶을 살아보지 못한 인물입니다. 사랑했던 이환에게 한 마디 말도 붙여보지 못했고, 친구인 S가 이환의 사촌임을 알게 된 뒤에도 오히려 S를 피하는 점에서도 이러한 삶에 대한 의지의 부족을 읽어낼 수 있습니다. 또한, 그녀가 내세울 만한 아름다운 외모도 자연적으로 부여받은 것으로써 스스로를 지킬 아무런 힘도 가지지 못한 사람에게는 더 큰 상처받을 조건에 불과합니다. 결국, 엘리자베트가 가진 것은 허황된 공상과 변덕스런 심리뿐입니다. K남작의 유혹이 성공하는 것도 이 때문입니다. 그녀의 내부에는 처음부터 세계와 맞설 어떤 힘도 자신의 의지도 존재하지 않았던 것입니다.

세계는 작가가 살았던 시대나 지금의 현실이나 크게 변한 것이 없습니다. 자신을 지키고 방어하며 인생의 작은 문을 열어가는 사람은 바로 인생의 주인공인 자기 자신입니다. 한 개인의 삶의 변화는 삶에 대한 진지한 고민과 좀더 나은 삶에 대한 의지로 노력해 갈 때 가능한 법입니다. 엘리자베트가 자신의 삶이 남에게 하찮은 표본밖에는 안 된다는 절실한 깨달음은 자신의 삶을 진지하게 성찰한 결과입니다.

이 소설의 결말에서 작가는 엘리자베트의 삶의 조준타를 기독교적 참사랑에 맞추었지만, 그녀 스스로 자신의 삶을 더욱 사랑하고, 삶의 의지를 키우는 각성이 선행되어야 할 것으로 보입니다.

깊이 생각해 보기

¤ 『창조』 동인지

『창조』는 1919년 2월 1일 창간되어 1921년 5월 30일 통권 9호로 폐간된 한국 최초의 순문예지이며 동인지로서 3·1운동이 일어나기 한 달 전인 1919년 2월에 김동인의 경제적 뒷받침에 의해 창간되었습니다.

창간동인으로는 김동인 · 주요한 · 전영택 · 김환 · 최승만 등 5명이 참여했고, 편집 겸 발행인은 제1~2호 때는 주요한, 제3~7호 때는 김환, 제8호 때는 고경상이었고, 제9호 때는 김동인 · 전영택 · 김찬영 · 김환 등이 공동으로 편집했습니다. 체재는 국판 100쪽 안팎으로 제7호까지는 도쿄에서 펴냈고 제8~9호는 국내에서 펴냈습니다.

동경유학생이었던 김동인·주요한·전영택·김환·최승만 등은 이 동인지를 통해 '사실주의 소설'을 비롯, '자유시'를 발표하며 현대문학의 새로운 면을 시도했습니다. 그리고 근대문학 초기의 계몽적 교훈주의와 관념적 · 추상적인 성향을 배격하고 문학의 예술성을 확보하는 데 주력했습니다.

그리고 이전의 문학잡지인 『소년』 『청춘』 등이 계몽주의적 · 민족주의적인 경향을 보인 데 반해, 이 잡지는 순문예지였다는 점을 특징으로 볼 수 있습니다. 구어체를 많이 써 문체면에서 큰 변화를 가져왔고, 특정한 사상이나 노선을 따르지 않고 동인들의 작품을 제한 없이 실었습니다. 여기에 실려 있는 작품으로는 한국 최초의 근대 자유시인 주요한의 「불놀이」를 비롯해 이일의 「신생의 일(日)」, 김억의 「낙엽」, 김소월의 「낭인의 봄」 등과 소설로 김동인의 「약한 자의 슬픔」 「배따라기」, 전영택의 「천치? 천재?」 등이 있습니다.

전영택은 『창조』의 제호(題號), 의의에 대해 〈조선일보〉(1933. 9)에 다음과 같이 이야기하기도 했습니다.

> 결국 아무것도 없는 조선의 신문예를 개척, 창조하자는 대포부, 대야심을 가지고 제호를 '창조'로 하기로 한 것이다. 최남선 개인이 집필, 경영하는 『소년』『청춘』 잡지와 춘원이 그 간행물과 〈매일신보〉를 통해 내놓은 몇몇 작품으로 조선에서 신문학운동이 일어나고 우리네가 신문체로 글을 쓰게 된 그 준비와 기초가 된 것은 누구나 인식하는 일이지만, 순문학의 부문에 들어가서 시면 시, 소설이면 소설을 철저한 의미에서 문예작품으로 내놓은 것은 『창조』가 처음이라 할 수 있으니, 창조는 실로 조선 신문예의 개척자요, 조선 문단에서 거의 독보의 길을 걸었다 해도 결코 과장이 아니라고 믿는다.

이 말은 『창조』의 발간을 두고 문학 활동을 전개했던 1920년대의 문학인들의 포부와 야심을 그대로 보여주고 있습니다.

배따라기

사소한 오해로 어긋나게 된 세 사람의
비극적인 운명과 삶의 고통을
예술로 승화시킨 작품.

"형님 거저 다 운명이외다"

사소한 오해가 불러온 삶의 비극과 예술의 아름다움

「배따라기」는 1921년 『창조』 9월호에 발표됩니다. 이 작품을 발표하고 나서 김동인은 자신의 진짜 소설이 시작되었다고 말할 정도로 작가 스스로 자부심을 가졌던 소설이기도 합니다. 그리고 같은 1921년에 발표된 염상섭의 「표본실의 청개구리」, 현진건의 「빈처」 등과 함께 한국 초기 근대소설의 걸작으로 꼽히는 작품입니다.

이 작품 속에는 서러운 음악과 가슴 아픈 영상이 펼쳐집니다. 그 무엇으로도 풀 수 없는 한(恨)을 간직한 젊은 남자가 시뻘건 노을이 흐르는 하늘 밑으로 터벅터벅 걸어갑니다. 그 뒷모습 뒤로 애잔한 인생의 슬픔이 그대로 묻어나는 노래가 흐릅니다. 바로 〈배따라기〉입니다. 자신들의 운명에서 한 치도 벗어날 수 없었던 뱃사람들의 한과 삶의 비극을 담은 〈배따라기〉는 노을처럼 흐르며, 한 젊은이의 비극적인 운명과 맞물려 끝없는 방랑의 길을 서럽게 밝혀 줍니다.

김동인의 문학 세계를 이루는 두 개의 축은 물질주의적 인간관과 예술지상적 예술관입니다. 이 「배따라기」는 그중에서 예술적 미를 추구하는 예술지상주의 계열의 작품으로 진정한 예술은 삶의 비극 속에서 꽃피우게 된다는 작가의 미의식을 잘 보여주고 있습니다. 그리고 이 작품을 발표함과 동시에 작가는 유미주의(唯美主義)에 더욱 빠져들게 되고, 그가 출판하고 있던 동인지 『창조』를 폐간합니다. 그리고 자신의 모든 욕망을 '미'로 설정한 예술관에 의해 삶의 목적을 '쾌락의 완성'에 초점을 두고, 의도적인 방탕의 길을 걸어가게 됩니다.

어느 화창한 봄날, '나'는 대동강으로 봄 경치를 구경 갔다가 〈영유 배따라기〉를 부르는 '그'를 만나 사연을 듣게 되면서 이 작품이 시작됩니다.

그는 영유 사람으로, 아름다운 아내와 늠름한 동생을 두었습니다. 그는 성품이 쾌활하고 친절한 아내가 동생에게 특히 친절한 것을 못마땅해하며 아내를 자주 괴롭힙니다. 어느 날, 장에서 거울을 사 들고 집에 들어오다가, 아내와 동생이 방에서 쥐 잡는 광경을 바람 피우는 것으로 오해하여 아내를 때려서 내쫓게 됩니다. 결국, 아내는 물에 빠져 자살하고, 동생은 고향을 떠납니다. 아내가 아우에게 베푸는 호의를 오해로 몰고 간 형의 감정적인 격정과 질투는 세 사람을 비극적인 운명 속으로 몰아넣는 결정적인 요인으로 작용하게 된 것입니다. 그리고 형은 모든 진실을 알고 난 후, 삭이지 못할 회한과 아내를 앗아간 바다를 향한 애처로운 그리움으로 〈배따라기〉를 부르며 동생을 찾아 헤매고 다닙니다.

이처럼 「배따라기」는 참회와 고통으로 비애의 운명을 짊어진 채 붉은 황혼이 흐르는 이름 모를 곳을 떠돌아다녀야 하는 기구한 형제의 운명을 그리고 있습니다. 낭만적인 비극미가 흠씬 묻어나는 「배따라기」는 서러운 인간의 삶을 예술의 경지로 승화시키는 이야기입니다.

배따라기

좋은 일기이다.

좋은 일기라도, 하늘에 구름 한 점 없는—우리 '사람' 으로서는 감히 접근 못할 위엄을 가지고, 높이서 우리 조그만 '사람' 을 비웃는 듯이 내려다보는, 그런 교만한 하늘은 아니고, 가장 우리 '사람' 의 이해자인 듯이 낮추 뭉글뭉글 엉기는 분홍빛 구름으로서 우리와 서로 손목을 잡자는 그런 하늘이다. 사랑의 하늘이다.

나는, 잠시도 멎지 않고 푸른 물의 황해로 부어내리는 대동강을 향한, 모란봉 기슭 새파랗게 돋아나는 풀 위에 뒹굴고 있었다.

*

이날은 삼월삼질, 대동강에 첫 뱃놀이하는 날이다. 까맣게 내려다보이는 물 위에는, 결결이 반짝이는 물결을 푸른 놀잇배들이 타고 넘으며, 거기서는 봄 향기에 취한 형형색색의 선율이, 우단보다도 부드러운 봄 공기를 흔들면서 날아온다. 그리고 거기서 기생들의 노래와 함께 날아오는 조선 아악(雅樂)[1]은 느리게, 길게, 유창하게, 부드럽게, 그리고 또 애처롭게, 모든 봄의 정다움과 끝까지 조화하지 않고는 안 두겠다는 듯이, 대동강에 흐르는 시커먼 봄물, 청류벽에 돋아나는 푸르른 풀 어음[2], 심지어 사람의 가슴속에 봄에 뛰노는 불붙는 핏줄기까지라도, 습기 많은 봄 공기를 다리 놓고 떨리지 않고는 두지 않는다.

봄이다. 봄이 왔다.

부드럽게 부는 조그만 바람이, 시커먼 조선 솔을 꿰며, 또는 돋아나는 풀을 스치고 지나갈 때의 그 음악은, 다른 데서는 듣지 못할 아름다운 음악이다.

아아, 사람을 취케 하는 푸르른 봄의 아름다움이여! 열다섯 살부터의 동경(東京) 생활에, 마음껏 이런 봄을 보지 못하였던 나는, 늘 이것을 보는 사람보다 곱 이상의 감명을 여기서 받지 않을 수 없다.

평양성 내에는, 겨우 툭툭 터진 땅을 헤치면 파릇파릇 돋아나는 나무새기[3]와 돋아나려는 버들의 어음으로 봄이 온 줄 알 뿐 아직 완전히 봄이 안 이르렀지만, 이 모란봉 일대와 대동강 넘어 보이는 가나안 옥토를 연상시키는 장림(長林)[4]에는 마음껏 봄의 정다움이 이르렀다.

1) 조선 아악 삼악(三樂)의 하나. 예전에 우리 나라에서 의식 따위에 정식으로 쓰던 음악.
2) 어음 '움'의 방언. 초목에서 새로 돋는 싹이나 어린 줄기.
3) 나무새기 '나물'의 방언.
4) 장림(長林) 길게 뻗쳐 있는 숲.

그리고 또 꽤 자란 밀보리들로 새파랗게 장식한 장림의 그 푸른빛, 만족한 웃음을 띠고 그 벌에 서서 내다보는 농부의 모양은 보지 않아도 생각할 수가 있다.

구름은 자꾸 하늘을 날아다니는 모양이다. 그 밀 위에 비쳤던 구름의 그림자는 그 구름과 함께 저편으로 물러가며, 거기는 세계를 아까 만들어 놓은 것 같은 새로운 녹빛이 퍼져 나간다. 바람이나 조금 부는 때는 그 잘 자란 밀들은 물결같이 누웠다 일어났다 일록일청(日錄一靑)으로 춤을 춘다. 그리고 봄의 한가함을 찬송하는 솔개들은, 높은 하늘에서 동그라미를 그리면서 더욱더 아름다운 봄에 향기로운 정취를 더한다.

"다스한 봄정에 솟아나리다. 다스한 봄정에 솟아나리다."

나는 두어 번 소리 나게 읊은 뒤에 담배를 붙여 물었다. 담뱃내는 무럭무럭 하늘로 올라간다.

하늘에도 봄이 왔다.

하늘은 낮았다. 모란봉 꼭대기에 올라가면 넉넉히 만질 수가 있으리만큼 하늘은 낮다. 그리고 그 낮은 하늘보담은 오히려 더 높이 있는 듯한 분홍빛 구름은 뭉글뭉글 엉기면서 이리저리 날아다닌다.

나는 이러한 아름다운 봄 경치에 이렇게 마음껏 봄의 속삭임을 들을 때는 언제든 유토피아[5]를 아니 생각할 수 없다. 우리가 시시각각으로 애를 쓰며 수고하는 것은, 그 목적은 무엇인가. 역시 유토피아 건설에 있지 않을까. 유토피아를 생각할 때는 언제든 그 '위대한 인격의 소유자'이며 '사람의 위대함을 끝까지 즐긴' 진나라 시황〔秦始皇〕을 생각지

5) 유토피아 이상향.

않을 수 없다.

우리가 어찌하면 죽지를 아니할까 하여, 소년 삼백을 배에 태워 불사약을 구하려 떠나보내며, 예술의 사치를 다하여 아방궁[6]을 지으며, 매일 신하 몇천 명과 잔치로써 즐기며, 이리하여 여기 한 유토피아를 세우려던 시황은, 몇만의 역사가가 어떻다고 욕을 하든, 그는 참말로 인생의 향락자이며 역사 이후의 제일 큰 위인이라고 할 수가 있다. 그만한 순전한 용기 있는 사람이 있고야 우리 인류의 역사는 끝이 날지라도 한 '사람'을 가졌었다고 할 수 있다.

"큰사람이었다."

하면서 나는 머리를 흔들었다.

이때다, 기자묘[7] 근처에서 무슨 슬픈 음률이 봄 공기를 진동시키며 날아오는 것이 들렸다.

나는 무심코 귀를 기울였다.

〈영유 배따라기〉다. 그것도 웬만한 광대나 기생은 발꿈치에도 미치지 못하리만큼, 그만큼 그 〈배따라기〉의 주인은 잘 부르는 사람이었다.

> 비나이다, 비나이다.
> 산천후토 일월성신 하나님전 비나이다.
> 실낱같은 우리 목숨 살려달라 비나이다.
> 에—야, 어그여지야.

6) 아방궁 중국 진(秦)나라 시황제가 기원전 212년에 세운 궁전. 유적은 산시 성(陝西省) 시안(西安) 서쪽에 있다.

7) 기자묘 기자릉. 평양시 기림리에 있는 기자(箕子)의 묘. 고려 숙종이 이곳을 찾아 제사를 지냈고, 조선 성종 때 손실되었다.

여기까지 이르렀을 때에 저편 아래 물에서 장구 소리와 함께 기생의 노래가 울려오며 〈배따라기〉는 그만 안 들리게 되었다.

나는 이 년 전 한여름을 영유서 지내 본 일이 있다. 〈배따라기〉의 본 고장인 영유를 몇 달 있어본 사람은 그 배따라기에 대하여 언제든 한 속 절없는 애처로움을 깨달을 것이다.

영유, 이름은 모르지만 ×산에 올라가서 내다보면 앞은 망망한 황해이니, 그곳 저녁때의 경치는 한번 본 사람은 영구히 잊을 수가 없으리라. 불덩이 같은 커다란 시뻘건 해가 남실남실 넘치는 바다에 도로 빠질 듯 도로 솟아오를 듯 춤을 추며, 거기서 때때로 보이지 않는 배에서 〈배따라기〉만 슬프게 날아오는 것을 들을 때엔 눈물 많은 나는 때때로 눈물을 흘렸다. 이로 보아서, 어떤 원의 아내가 자기의 모든 영화를 낡은 신같이 내던지고 뱃사람과 정처 없는 물길을 떠났다 함도 믿지 못할 말이랄 수가 없다.

영유서 돌아온 뒤에도 그 〈배따라기〉는 내 마음에 깊이 새겨져 잊으려야 잊을 수가 없었고, 언제 한번 다시 영유를 가서 그 노래를 한 번 더 들어보고 그 경치를 다시 한 번 보고 싶은 생각이 늘 떠나지를 않았다.

*

장구 소리와 기생의 노래는 멎고 〈배따라기〉만 구슬프게 날아온다. 결결이 부는 바람으로 말미암아 때때로는 들을 수가 없으되, 나의 기억과 곡조를 종합하여 들은 〈배따라기〉는 이 대목이다.

강변에 나왔다가
나를 보더니만
혼비백산하여
꿈인지 생시인지
와르륵 달려들어
섬섬옥수로 부쳐잡고
호천망극하는 말이
'하늘로서 떨어지며
땅으로서 솟아났나
바람결에 묻어 오고
구름길에 쌔여 왔나'
이리 서로 붙들고 울음 울 제
인리 제인이며
일가친척이 모두 모여

여기까지 들은 나는 마침내 참지 못하고 벌떡 일어서서 소나무 가지에 걸었던 모자를 내려 쓰고, 그곳을 찾으러 모란봉 꼭대기에 올라섰다. 꼭대기는 좀더 노랫소리가 잘 들린다. 그는, 〈배따라기〉의 맨 마지막, 여기를 부른다.

밥을 빌어서
죽을 쑬지라도
제발 덕분에

뱃놈 노릇은 하지 마라

에—야 어그여지야

그의 소리로써 방향을 찾으려던 나는 그만 그 자리에 섰다.

"어딘가? 기자묘? 혹은 을밀대(乙密臺)[8]?"

그러나 나는 오래 서 있을 수가 없었다. 어떻든 찾아보자 하고, 현무문으로 가서 문밖에 썩 나섰다. 기자묘의 깊은 솔밭은 눈앞에 쫙 퍼진다.

"어딘가?"

나는 또 물어 보았다.

이때에 그는 또다시 〈배따라기〉를 시초부터 부른다. 그 소리는 왼편에서 온다.

왼편이구나 하면서, 소리 나는 곳을 더듬어서 소나무 틈으로 한참 돌다가, 겨우, 기자묘치고는 그중 하늘이 넓고 밝은 곳에 혼자서 뒹굴고 있는 그를 찾아내었다. 내가 생각한 바와 같은 얼굴이다. 얼굴, 코, 입, 눈, 몸집이 모두 네모나고 그의 이마의 굵은 주름살과 시커먼 눈썹은 고생 많이 함과 순진한 성격을 나타낸다.

그는 어떤 신사가 자기를 들여다보는 것을 보고 노래를 그치고 일어나 앉는다.

"왜? 그냥 하지요."

하면서 나는 그의 곁에 와 앉았다.

"머……."

8) 을밀대 평안남도 평양 금수산 마루에 있는 대(臺)와 그 위에 있는 정자. 평양 시내를 내려다볼 수 있다.

할 뿐 그는 눈을 들어서 터진 하늘을 쳐다본다.

좋은 눈이었다. 바다의 넓고 큼이 유감없이 그의 눈에 나타나 있다. 그는 뱃사람이라 나는 직감하였다.

"고향이 영유요?"

"예, 머, 영유서 나기는 했디만 한 이십 년 영윤 가보디두 않았시요."

"왜, 이십 년씩 고향엘 안 가요?"

"사람의 일이라니 마음대로 됩데까?"

그는, 왜 그러는지, 한숨을 짓는다.

"거저, 운명이 데일 힘셉디다."

운명의 힘이 제일 세다는 그의 소리는 삭이지 못할 원한과 뉘우침이 섞여 있다.

"그래요?"

나는 다만 그를 건너다볼 뿐이다.

한참 잠잠하니 있다가 나는 다시 말하였다.

"자, 노형의 경험담이나 한번 들어봅시다. 감출 일이 아니면 한번 이야기해 보소."

"머, 감출 일은……."

그는 다시 하늘을 쳐다보았다. 그러나 좀 있다가,

"하디요."

하면서 내가 담배를 붙이는 것을 보고 자기도 담배를 붙여 물고 이야기를 꺼낸다.

"낮히디두 않는 십구 년 전 팔월 열하룻날 일인데요."

하면서 그가 이야기한 바는 대략 이와 같은 것이다.

*

그가 살던 마을은 영유 고을서 한 이십 리 떠나 있는, 바다를 향한 조그만 어촌이다. 그가 살던 조그만 마을(서른 집쯤 되는)에서 그는 꽤 유명한 사람이었다.

그의 부모는 모두 열댓 세 났을 때 돌아갔고, 남은 사람이라고는 곁집[9]에 딴살림하는 그의 아우 부처[10]와 그 자기 부처뿐이었다. 그들 형제가 그 마을에서 제일 부자이고 또 제일 고기잡이를 잘하였고 그중 글이 있었고 〈배따라기〉도 그 마을에서 빼어나게 그 형제가 잘 불렀다. 말하자면 그 형제가 그 동네의 대표적 사람이었다.

팔월 보름은 추석 명절이다. 팔월 열하룻날 그는 명절에 쓸 장도 볼 겸, 그의 아내가 늘 부러워하는 거울도 하나 사올 겸, 장으로 향하였다.

"당손네 집에 있는 것보다 큰 것이요, 닞디 말구요."

그의 아내는 길까지 따라 나오면서 잊지 않도록 부탁하였다.

"안 닞어."

하면서 그는 떠오르는 새빨간 햇빛을 앞으로 받으면서 자기 마을을 나섰다.

그는 아내를 (이렇게 말하기는 우습지만) 고와했다. 그의 아내는 촌에는 드물도록 연연하고도[11] 예쁘게 생겼다. (그는 나에게 이렇게 말하

9) 곁집 이웃하여 붙어 있는 집.
10) 부처 부부.
11) 연연하고도 빛깔이 산뜻하고 고운.

였다.)

"성내(평양) 덴줏골(갈보촌)을 가두 그만한 거 쉽지 않갔시요."

그러니까 촌에서는, 그리고 그 당시에는 남에게 우습게 보이도록 그 내외의 새는 좋았다. 늙은이들은 계집에게 혹하지 말라고 흔히 그에게 권고하였다.

부처의 새는 좋았지만—아니 오히려 좋으므로 그는 아내에게 샘을 많이 하였다. 그리고 그의 아내는 시기를 받을 일을 많이 하였다. 품행이 나쁘다는 것이 아니라, 그의 아내는 대단히 천진스럽고 쾌활한 성질로서 아무에게나 말 잘하고 애교를 잘 부렸다.

그 동네에서는 무슨 명절이나 되면, 집이 그중 정결함을 핑계 삼아 젊은이들은 모두 그의 집에 모이고 하였다. 그 젊은이들은 모두 그의 아내에게 '아즈마니'라 부르고, 그의 아내는 '아즈바니 아즈바니' 하며 그들과 지껄이고 즐기며, 그 웃기 잘하는 입에는 늘 웃음을 흘리고 있었다. 그럴 때마다 그는 한편 구석에서 눈만 힐금거리며 있다가 젊은이들이 돌아간 뒤에는 불문곡직[12]하고 아내에게 덤벼들어 발길로 차고 때리며, 이전에 사다 주었던 것을 모두 걷어 올린다. 싸움을 할 때에는 언제든 곁집에 있는 아우 부처가 말리러 오며, 그렇게 되면 언제든 그는 아우 부처까지 때려주었다.

그가 아우에게 그렇게 구는 데는 이유가 있었다. 그의 아우는, 시골 사람에게는 쉽지 않도록 늠름한 위엄이 있었고, 만날 바닷바람을 쏘였지만 얼굴이 희었다. 이것뿐으로도 시기가 된다 하면 되지만, 특별히 아

12) 불문곡직 옳고 그름을 따지지 아니함.

내가 그의 아우에게 친절히 하는 데는, 그는 속이 끓어 못 견디었다.

그가 영유를 떠나기 반년 전쯤—다시 말하자면 그가 거울을 사러 장에 갈 때부터 반년 전쯤 그의 생일날이었다. 그의 집에서는 음식을 차려서 잘 먹었는데, 그에게는 괴상한 버릇이 있었으니, 맛있는 음식을 남겨두었다가 좀 있다 먹고 하는 것이 습관이었다. 그의 아내도 이 버릇은 잘 알 터인데 그의 아우가 점심때쯤 오니까, 아까 그가 아껴서 남겨두었던 그 음식을 아우에게 주려고 하였다. 그는 눈을 부릅뜨고 '못 주리라' 고 암호 하였지만 아내는 그것을 보았는지 못 보았는지 그의 아우에게 주어버렸다. 그는 마음속이 자못 편치 못하였다. '트집만 있으면 이년을……' 그는 마음먹었다.

그의 아내는 시아우에게 상을 준 뒤에 물러오다가 그만 그의 발을 조금 밟았다.

"이년!"

그는 힘껏 발을 들어서 아내를 냅다 찼다. 그의 아내는 상 위에 거꾸러졌다가 일어난다.

"이년, 사나이 발을 짓밟는 년이 어디 있어!"

"거 좀 밟아서 발이 부러졌쉐까?"

아내는 낯이 새빨개져서 울음 섞인 소리로 고함친다.

"이년! 말대답이……."

그는 일어서서 아내의 머리채를 휘어잡았다.

"형님! 왜 이리십니까."

아우가 일어서면서 그를 붙잡았다.

"가만있거라, 이놈의 자식."

하며 그는 아우를 밀친 뒤에 아내를 되는 대로 내리찧었다.

"죽일 년, 이년! 나가거라!"

"죽에라, 죽에라! 난, 죽어도 이 집에선 못 나가!"

"못 나가?"

"못 나가디 않구. 뉘 집이게……."

이때다. 그의 마음에는 그 '못 나가겠다'는 아내의 마음이 푹 들이박혔다. 그 이상 때리기가 싫었다. 우두커니 눈만 흘기고 있다가 그는,

"망할 년, 그럼 내가 나갈라."

하고 그만 문밖으로 뛰어나와서,

"형님, 어디 갑니까."

하는 아우의 말에는 대답도 안 하고, 곁동네 탁주집으로 뒤도 안 돌아보고 가서, 거기 있는 술 파는 계집과 술상 앞에 마주 앉았다.

그날 저녁 얼근히 취한 그는 아내를 위하여 떡을 한 돈어치 사가지고 집으로 돌아왔다.

이리하여 또 서너 달은 평화가 이르렀다. 그러나 이 평화가 언제까지든 계속될 수가 없었다. 그의 아우로 말미암아 또 평화는 쪼개져 나갔다.

오월 초승부터 영유 고을 출입이 잦던 그의 아우는, 오월 그믐께부터는 고을서 며칠씩 묵어 오는 일이 많았다. 함께, 고을에 첩을 얻어 두었다는 소문이 퍼졌다. 이 소문이 있은 뒤는 아내는 그의 아우가 고을 들어가는 것을 벌레보다도 더 싫어하고, 며칠 묵어나 오는 때면 곧 아우의 집으로 가서 그와 담판을 하며 심지어 동서 되는 아우의 처에게까지 못 가게 하지 않는다고 싸우는 일이 있었다. 칠월 초승께 그의 아우는 고을

에 들어가서 열흘쯤 묵어 온 일이 있었다. 이때도 전과 같이 그의 아내는 그의 아우며 제수와 싸우다 못하여, 마침내 그에게까지 와서 아우가 그런 못된 데를 다니는 것을 그냥 둔다고, 해보자 한다. 그 꼴을 곱게 보지 않았던 그는 첫마디로 고함을 쳤다.

"네게 상관이 무에가? 듣기 싫다."

"못난둥이. 아우가 그런 델 댕기는 걸 말리디두 못하구!"

분김에 이렇게 그의 아내는 고함쳤다.

"이년, 무얼?"

그는 벌떡 일어섰다.

"못난둥이!"

그 말이 채 끝나기 전에 그의 아내는 악 소리와 함께 그 자리에 거꾸러졌다.

"이년! 사나이에게 그따윗 말버릇 어디서 배완!"

"에미네 때리는 건 어디서 배왔노! 못난둥이."

그의 아내는 울음소리로 부르짖었다.

"샹년 그냥? 나갈, 우리 집에 있디 말구 나갈."

그는 내리찧으면서 부르짖었다. 그리고 아내를 문을 열고 밀쳤다.

"나가디 않으리!"

하고 그의 아내는 울면서 뛰어나갔다.

"망할 년!"

토하는 듯이 중얼거리고 그는 그 자리에 주저앉았다.

그의 아내는 해가 져서 어두워져도 돌아오지 않았다. 일단 내쫓기는 하였지만 그의 아내의 돌아옴을 기다리고 있었다. 어두워져서도 그는 불도 안 켜고 성이 나서 우들우들 떨면서 아내가 돌아오기를 기다렸다. 그러나 그의 아내의 참 기쁜 듯이 웃는 소리가 그의 아우의 집에서 밤새도록 울렸다. 그는 움쩍도 안 하고 그 자리에 앉아서 밤을 새운 뒤에, 새벽 동터 올 때 아내와 아우를 죽이려고 부엌에 가서 식칼을 가지고 들어와서 문을 벌컥 열었다.

그의 아내로서 만약 근심스러운 얼굴을 하고 그 문밖에 우두커니 서서 문을 들여다보고 있지 않았다면, 그의 아내와 아우를 죽이고야 말았으리라.

그는 아내를 보는 순간 마음에 가득 차는 사랑을 깨달으면서, 칼을 내던지고 뛰어나가서 아내의 머리채를 휘어잡고, 이년 하면서 들어와서 뺨을 물어뜯으면서 함께 이리저리 자빠져서 뒹굴었다.

그런 이야기를 다 하려면 끝이 없으되 다만 '그' '그의 아내' '그의 아우' 세 사람의 삼각관계는 대략 이와 같았다.

각설[13]—.

거울은 마침 장에 마음에 맞는 것이 있었다. 지금 것과 대보면 어떤 때는 코도 크게 보이고 입이 작게도 보이는 것이지만, 그 당시에는, 그리고 그런 촌에서는 둘도 없는 귀물이었다.

거울을 사가지고 장을 본 뒤에 그는 이 거울을 아내에게 주면 그 기뻐할 모양을 생각하며, 새빨간 저녁 햇빛을 받는 넘치는 듯한 바다를 안고, 자기 집으로, 늘 들러 오던 탁주집에도 안 들러서 돌아왔다.

그러나 그가 그의 집 방 안에 들어섰을 때에는 뜻도 안 하였던 광경이

13) 각설 주로 글 따위에서, 화제를 돌려 다른 이야기를 꺼낼 때, 앞서 이야기하던 내용을 그만둔다는 뜻으로 다음 이야기의 첫머리에 쓰는 말.

그의 눈에 벌여 있었다.

방 가운데는 떡상이 있고, 그의 아우는 수건이 벗어져서 목 뒤로 늘어지고 저고리 고름이 모두 풀어져 가지고 한편 모퉁이에 서 있고, 아내도 머리채가 모두 뒤로 늘어지고 치마가 배꼽 아래 늘어지도록 되어 있으며, 그의 아내와 아우는 그를 보고 어찌할 줄을 모르는 듯이 움쩍도 안 하고 서 있었다.

세 사람은 한참 동안 어이가 없어서 서 있었다. 그러나 좀 있다가 마침내 그의 아우가 겨우 말했다.

"그놈의 쥐 어디 갔니?"

"흥! 쥐? 훌륭한 쥐 잡댔구나!"

그는 말을 끝내지도 않고 짐을 벗어 던지고 뛰어가서 아우의 멱살을 그러잡았다.

"형님! 정말 쥐가―."

"쥐? 이놈! 형수하고 그런 쥐 잡는 놈이 어디 있니?"

그는 아우를 따귀를 몇 대 때린 뒤에 등을 밀어서 문밖에 내던졌다. 그런 뒤에 이제 자기에게 이를 매를 생각하고 우들우들 떨면서 아랫목에 서 있는 아내에게 달려들었다.

"이년! 시아우와 그런 쥐 잡는 년이 어디 있어!"

그는 아내를 거꾸러뜨리고 함부로 내리찧었다.

"정말 쥐가…… 아이 죽겠다."

"이년! 너두 쥐? 죽어라!"

그의 팔다리는 함부로 아내의 몸 위에 오르내렸다.

"아이, 죽갔다. 정말 아까 적으니(시아우)가 왔기에 떡 먹으라구 내놓았더니—."

"듣기 싫다! 시아우 붙은 년이, 무슨 잔소릴……."

"아이, 아이, 정말이야요, 쥐가 한 마리 나……."

"그냥 쥐?"

"쥐 잡을래다가……."

"샹년! 죽어라! 물에래두 빠데 죽얼!"

그는 실컷 때린 뒤에, 아내도 아우처럼 등을 밀어 내쫓았다. 그 뒤에 그의 등으로,

"고기 배때기에 장사해라!"

하고 토하였다.

분풀이는 실컷 하였지만, 그래도 마음속이 자못 편치 못하였다. 그는 아랫목으로 가서 바람벽[14]에 의지하고 실신한 사람같이 우두커니 서서 떡상만 들여다보고 있었다.

한 시간…… 두 시간…….

서편으로 바다를 향한 마을이라 다른 곳보다는 늦게 어둡지만, 그래도 술시(戌時)[15]쯤 되어서는 깜깜하니 어두웠다. 그는 불을 켜려고 바람벽에 떠나서 성냥을 찾으러 돌아갔다.

성냥은 늘 있던 자리에 있지 않았다. 그래서 여기저기 뒤적이노라니까, 어떤 낡은 옷뭉치를 들칠 때에 문득 쥐소리가 나면서 무엇이 후덕덕 뛰어나온다. 그리하여 저편으로 기어서 도망한다.

"역시 쥐댔구나."

14) 바람벽 방이나 칸살의 옆을 둘러막은 둘레의 벽.
15) 술시 십이시(十二時)의 열한째 시. 오후 일곱 시부터 아홉 시까지이다.

그는 조그만 소리로 부르짖었다. 그리고 그만 그 자리에 맥없이 털썩 주저앉았다.

아까 그가 보지 못한 때의 광경이 활동사진과 같이 그의 머리에 지나갔다.

아우가 집에를 온다. 아우에게 친절한 아내는 떡을 먹으라고 아우에게 떡상을 내놓는다. 그때에 어디선가 쥐가 한 마리 뛰어나온다. 둘(아우와 아내)이서는 쥐를 잡노라고 돌아간다. 한참 성화시키던 쥐는 어느 구석에 숨어버린다. 그들은 쥐를 찾느라고 뒤룩거린다[16]. 그럴 때에 그가 집에 들어선 것이다.

"샹년, 좀 있으믄 안 들어오리……."

그는 억지로 마음을 먹고 그 자리에 드러누웠다.

그러나 아내는 밤이 가고 날이 밝기는커녕 해가 중천에 올라도 돌아오지를 않았다. 그는 차차 걱정이 나서 찾아보러 나섰다.

아우의 집에도 없었다. 동네를 모두 찾아보아도 본 사람도 없다 한다.

그리하여, 낮쯤 한 삼사 리 내려가서 바닷가에서 겨우 아내를 찾기는 찾았지만 그 아내는 이전 같은 생기로 찬 산 아내가 아니요, 몸은 물에 불어서 곱이나 크게 되고, 이전에 늘 웃음을 흘리던 예쁜 입에는 거품을 잔뜩 문, 죽은 아내였다.

그는 아내를 업고 집으로 돌아오기까지 정신이 없었다.

이튿날 간단하게 장사를 하였다. 뒤에 따라오는 아우의 얼굴에는,

'형님, 이게 웬일이오니까.'

16) 뒤룩거린다 성난 빛이 행동에 크게 나타나다.

하는 듯한 원망이 있었다.

장사를 지낸 이튿날부터 아우는 그 조그만 마을에서 없어졌다. 하루 이틀은 심상히[17] 지냈지만, 닷새 엿새가 지나도 아우는 돌아오지 않았다. 그래서 알아보니까, 꼭 그의 아우같이 생긴 사람이 오륙 일 전에 멧산자 보따리를 하여 진 뒤에 시뻘건 저녁 해를 등으로 받고 터벅터벅 동쪽으로 가더라 한다. 그리하여 열흘이 지나고 스무 날이 지났지만 한번 떠난 그의 아우는 돌아올 길이 없고, 혼자 남은 아우의 아내는 매일 한숨으로 세월을 보내게 되었다.

그도 이것을 잠자코 보고 있을 수가 없었다. 그 불행의 모든 죄는 죄 그에게 있었다.

그도 마침내 뱃사람이 되어, 적으나마 아내를 삼킨 바다와 늘 접근하며 가는 곳마다 아우의 소식을 알아보려고, 어떤 배를 얻어 타고 물길을 나섰다.

그는 가는 곳마다 아우의 이름과 모습을 말하여 물었으나, 아우의 소식은 알 수가 없었다.

이리하여 꿈결같이 십 년을 지내서 구 년 전 가을, 탁탁히 낀 안개를 꿰며 연안(延安)[18] 바다를 지나가던 그의 배는, 몹시 부는 바람으로 말미암아 파선[19]을 하여, 벗 몇 사람은 죽고, 그는 정신을 잃고 물 위에 떠돌고 있었다.

그가 겨우 정신을 차린 때는 밤이었다. 그리고 어느덧 그는 물 위에

17) 심상하다 대수롭지 않고 예사롭다.
18) 연안 육지와 면한 바다 · 강 · 호수 따위의 물가.
19) 파선 풍파를 만나거나 암초 따위의 장애물에 부딪쳐 배가 파괴됨.

올라와 있었고 그를 말리느라고 새빨갛게 피워놓은 불빛으로 자기를 간호하는 아우를 보았다.

그는 이상히도 놀라지도 않고 천연하게[20] 물었다.

"너, 어딯게 여기 완?"

아우는 잠자코 한참 있다가 겨우 대답하였다.

"형님, 거저 다 운명이외다."

따뜻한 불기운에 깜빡 잠이 들려다가 그는 화닥닥 깨면서 또 말했다.

"십 년 동안에 되게 파랬구나[21]."

"형님, 나두 변했거니와 형님두 몹시 늙으셨쉐다."

이 말을 꿈결같이 들으면서 그는 또 혼혼(昏昏)히[22] 잠이 들었다. 그리하여 두어 시간, 꿀보다도 단 잠을 잔 뒤에 깨어보니, 아까같이 새빨간 불은 피어 있지만 아우는 어디로 갔는지 없어졌다. 곁의 사람에게 물어 보니까, 아우는 형의 얼굴을 물끄러미 한참 들여다보고 있다가 새빨간 불빛을 등으로 받으면서 터벅터벅 아무 말 없이 어둠 가운데로 스러졌다 한다.

이튿날 아무리 알아보아야 그의 아우는 종적이 없어지고 알 수 없으므로 그는 하릴없이 다른 배를 얻어 타고 또 물길을 떠났다. 그리하여 그의 배가 해주에 이르렀을 때, 그는 해주 장에 들어가서 무엇을 사려다가 저편 맞은편 가게에 걸핏 그의 아우 같은 사람이 있으므로 뛰어가서 보니 그는 벌써 없어졌다. 배가 해주에는 오래 머물지 않으므로 그의 마

20) 천연하다 시치미를 뚝 떼어 겉으로는 아무렇지 아니하다.
21) 파래다 '파리하다'의 방언. 몸이 쇠약하여 마르고 해쓱하다.
21) 혼혼하다(昏昏—) 정신이 가물가물하고 희미하다.

음은 해주에 남겨두고 또다시 바닷길을 떠났다.

그 뒤 삼 년을 이리저리 돌아다녔어도 아우는 다시 볼 수가 없었다.

그리하여 삼 년을 지내서 지금부터 육 년 전에, 그가 탄 배가 강화도를 지날 때에, 바다를 향한 가파른 뫼켠에서 바다를 향하여 날아오는 〈배따라기〉를 들었다. 그것도 어떤 구절과 곡조는 그의 아우 특식으로 변경된, 그의 아우가 아니면 부를 사람이 없는, 그 〈배따라기〉이다.

배가 강화도에는 머무르지 않아서 그저 지나갔으나, 인천서 열흘쯤 머무르게 되었으므로, 그는 곧 내려서 강화도로 건너가 보았다. 거기서 이리저리 찾아다니다가 어떤 조그만 객줏집[23]에서 물어보니, 이름도 그의 아우요 생긴 모습도 그의 아우인 사람이 묵어 있기는 하였으나, 사나흘 전에 도로 인천으로 갔다 한다. 그는 곧 돌아서서, 인천으로 건너와서 찾아보았지만, 그 조그만 인천서도 그의 아우를 찾을 바가 없었다.

그 뒤에 눈 오고 비 오며 육 년이 지났지만, 그는 다시 아우를 만나보지 못하고 아우의 생사까지도 알 수가 없다.

*

말을 끝낸 그의 눈에는 저녁 해에 반사하여 몇 방울의 눈물이 반득인다.

나는 한참 있다가 겨우 물었다.

"노형 계수[24]는?"

"모르디요. 이십 년을 영유는 안 가봤으니깐요."

23) 객줏집 길 가는 나그네들에게 술이나 음식을 팔고 손님을 재우는 영업을 하던 집.
24) 계수 제수. 동생의 아내.

"노형은 이제 어디루 갈 테요?"

"겄두 모르디요. 덩처가 있나요? 바람 부는 대로 몰려댕기디요."

그는 다시 한 번 나를 위하여 〈배따라기〉를 불렀다. 아아, 그 속에 잠겨 있는 삭이지 못할 뉘우침, 바다에 대한 애처로운 그리움.

노래를 끝낸 다음에 그는 일어서서 시뻘건 저녁 해를 잔뜩 등으로 받고 을밀대로 향하여 터벅터벅 걸어간다. 나는 그를 말릴 힘이 없어서 멀거니 그의 등만 바라보고 앉아 있었다.

그날 밤, 집에 돌아와서도 그 〈배따라기〉와 그의 숙명적 경험담이 귀에 쟁쟁히 울려서 잠을 못 이루고, 이튿날 아침 깨어서 조반도 안 먹고 기자묘로 뛰어가서 또다시 그를 찾아보았다. 그가 어제 깔고 앉았던, 풀은 모두 한편으로 누워서 그가 다녀감을 기념하되, 그는 그 근처에 보이지 않았다. 그러나, 그러나 〈배따라기〉는 어디선가 쟁쟁히 울려서 모든 소나무들을 떨리지 않고는 안 두겠다는 듯이 날아온다.

"모란봉(牧丹峰)이다. 모란봉에 있다."

하고 나는 한숨에 모란봉으로 뛰어갔다. 모란봉에는 사람이 하나도 없다. 부벽루(浮壁樓)에도 없다.

"을밀대다."

하고 나는 다시 을밀대로 갔다. 을밀대에서 부벽루를 연한, 지옥까지 연한 듯한 골짜기에 물 한 방울을 안 새이리라고 빽빽이 난 소나무의 그 모든 잎잎은 떨리는 〈배따라기〉를 부르고 있지만, 그는 여기도 있지 않다. 기자묘의, 하늘을 향하여 펴져나간 그 모든 소나무의 천만의 잎잎도, 그 아래쪽 퍼진 천만의 풀들도, 모두 그 〈배따라기〉를 슬프게 부르고 있지만, 그는 이 조그만 모란봉 일대에서 찾을 수가 없었다.

강가에 나가서 알아보니 그의 배는 오늘 새벽에 떠났다 한다.

그 뒤에 여름과 가을이 가고 일 년이 지나서 다시 봄이 이르렀으되, 잠깐 평양을 다녀간 그는 그 숙명적 경험담과 슬픈 〈배따라기〉를 남겨 두었을 뿐, 다시 조그만 모란봉에 나타나지 않는다.

모란봉과 기자묘에 다시 봄이 이르러서, 작년에 그가 깔고 앉아서 부러졌던 풀들도 다시 곧게 대가 나서 자줏빛 꽃이 피려 하지만, 끝없는 뉘우침을 다만 한날 〈배따라기〉로 하소연하는 그는, 이 조그만 모란봉과 기자묘에서 다시 볼 수가 없었다. 다만 그가 남기고 간 〈배따라기〉만 추억하는 듯이 기념하는 듯이 모든 잎잎이 속삭이고 있을 따름이다.

1 액자 소설의 기법이 이 소설의 주제에 미치는 효과에 대해 서술하시오.

「배따라기」는 외화와 내화가 존재하는 액자 소설입니다. 마치 사진을 넣는 액자와 같이 이야기 안에 핵심적인 이야기를 집어넣은 형식을 액자소설이라고 합니다. 이 소설에서 배따라기와 직접적으로 연관된 형과 아우, 형의 아내 이야기가 액자 속 이야기인 내화에 해당된다면, 그 이야기를 듣고, 전체적인 분위기를 끌고 가는 이 소설의 화자 '나'와 관련된 이야기가 액자 밖 이야기인 외화에 해당합니다.

사공 형제와 관련된 내부 이야기는 쥐로 인해 세 사람의 운명이 엄청난 비극으로 전락하는 오해의 과정을 다룬 내용입니다. 그런 단순한 비극적 이야기 자체가 문학성과 예술성을 획득하기는 어렵습니다. 그런데 외화 부분에서 소설의 전달자인 '나'가 등장함으로써 나와 사공과의 기묘한 인연이 인생의 운명을 비극적으로 전환시켰던 단순한 사건을 낭만적 분위기가 가득한 예술적인 아름다움으로 형상화해 냅니다.

이처럼「배따라기」에서는 사건을 통해 발생되는 모든 분위기를 직접 독자에게 전달하는 것이 아니라 '나'의 의식을 통해 새롭게 전달합니다. '나'는 단순한 한 집안의 비극을 〈배따라기〉와 연결하여 서럽도록 아름다운 예술로 승화시킵니다.「배따라기」에 쓰인 액자 기법은 이 소설의 주제를 드러내는 데 무척 효과적인 기법이라고 할 수 있습니다.

2 **진시황을 큰사람이라고 극찬하고 있는 배경에 대해 작품의 주제와 연관 지어 서술하시오.**

이 부분을 보면서 작가는 왜 진시황을 큰사람이라고 극찬하고 있는지 상당히 의문스러울 것입니다. 진시황은 중국을 최초로 통일한 진나라의 황제였습니다. 그는 아방궁이란 향락적인 궁궐을 지어놓고, 인간으로써 누릴 수 있는 온갖 향락을 일삼다가 그것도 모자라 영원히 죽지 않는 불사초를 구하기 위해 사방으로 노력하다가 허무하게 죽은 자입니다. 김동인이 이런 퇴폐주의자를 위대한 위인으로 그려내고 있는 것은 '사람의 위대함을 끝까지 즐긴' 극단적 쾌락주의자로 진시황을 보고 있기 때문입니다.

김동인은 자신의 문학적 사명을 인생의 교훈을 들려주며 사람들을 교화시키는 데 두지 않고, 인생에 쾌락을 주는 것에 있다고 생각했습니다. 작가의 이러한 예술지상주의적 태도가 바로 진시황의 쾌락과 일치하는 면이 있습니다. 현실에서 나약한 운명에 휘말리는 인간들을 보며, 작가는 어쩌면 진시황이 갖고 있던 절대 권력을 우러러 보았고, 그가 누린 향락이 더욱 위대해 보였을 것입니다.

3 〈배따라기〉 노래가 함축하고 있는 의미에 대해 서술하시오.

〈배따라기〉는 황해도와 평안도 뱃사람들이 즐겨 부르던 뱃노래입니다. 그래서 〈배따라기〉는 바다와 강에서 살아가야 하는 어부들의 성정을 그대로 담아 힘차면서도 구슬프고, 고되면서도 애처롭습니다. 그 노래를 들으며, 이 소설의 외부 화자인 눈물 많은 '나'가 때때로 눈물을 흘릴 만큼 애상적입니다. 그리고 이 노래가 이토록 서러운 것은 그 노래를 부르는 사공의 삶이 그만큼 비극적이었기 때문입니다.

〈배따라기〉를 애절하게 부르며 간절하게 동생을 찾고 있는 형은 자신의 오해로 그토록 사랑하던 아내와 동생을 한꺼번에 잃은 사람입니다. 그런 비극적 운명이 노래 속에 그대로 녹아나 〈배따라기〉는 단순한 어부들의 노래에서 사람의 심금을 울리는 애절한 음률로 재탄생합니다. 진정한 감동과 전율을 느끼게 하는 예술은 사람들의 고통과 희생을 딛고 나올 수밖에 없다는 작가의 미의식이 드러나 있는 부분이기도 합니다.

4 **이 글에는 유난히 빛과 어둠에 관련된 부분들이 많이 나옵니다. 그 부분들을 찾아보고, 작품에 미치는 영향에 대해 서술해 보세요.**

(가) "당손네 집에 있는 것보다 큰 거이요. 닞디 말구요."
그의 아내는 길까지 따라 나오면서 잊지 않도록 부탁하였다.
"안 닞어."
하면서 그는 떠오르는 새빨간 햇빛을 앞으로 받으면서 자기 마을을 나섰다.
(나) 거울을 사가지고 장을 본 뒤에 그는 이 거울을 아내에게 주면 그 기뻐할 모양을 생각하며 새빨간 저녁 햇빛을 받는 넘치는 듯한 바다를 안고, 자기 집으로, 늘 들러 오던 탁주 집에도 안 들러서 돌아왔다.
(다) 닷새 엿새가 지나도 아우는 돌아오지 않았다. 그래서 알아보니까, 꼭 그의 아우같이 생긴 사람이 오륙 일 전에 멧산자 보따리를 하여 진 뒤에 시뻘건 저녁 해를 등으로 받고 터벅터벅 동쪽으로 가더라 한다.
(라) 곁의 사람에게 물어 보니까, 아우는 형의 얼굴을 물끄러미 한참 들여다보고 있다가 새빨간 불빛을 등으로 받으면서 터벅터벅 아무 말 없이 어둠 가운데로 스러졌다 한다.
(마) 노래를 끝낸 다음에 그는 일어서서 시뻘건 저녁 해를 잔뜩 등으로 받고 을밀대로 향하여 터벅터벅 걸어간다.

작가는 이와 같이 인간의 삶의 의지와 비극적 운명을 빛과 어둠의 대비로써 나타내려고 하고 있습니다. 위에서도 시뻘건(새빨간) 햇빛(불빛)이 여러 번 반복하며 작가의 미의식을 보여줍니다. 오해의 사건이 벌어지기 전 (가)와 (나)는 밝고 희망적인 빛으로 묘사되고, 오해의 사건 이후에는 어둠과 절망의 빛으로 하강적인 이미지를 그려내고 있습니다.

(다)와 (라)에서는 아우가 빛을 등으로 받으면서 어둠을 향해 형으로부터 멀어져가고, (마)에서는 형마저 어둠을 향해 떠나갑니다. 이처럼 형과 아우가 모두 빛을 등지고 시뻘건 저녁 무렵에 어둠을 향해 터벅터벅 걸어가는 것은 자신들이 갖는 운명의 힘에 굴복하여 끝없이 유랑할 수밖에 없는 인생의 비극으로 이어집니다.

돌이킬 수 없는 과거의 회한을 가슴에 지니고 애처로운 〈배따라기〉를 부르며 어둔 밤에 방황을 멈출 수 없는 형제의 삶을 통해 작가의 전 작품에 일관되게 드러나고 있는 하강적 미의식이 드러납니다.

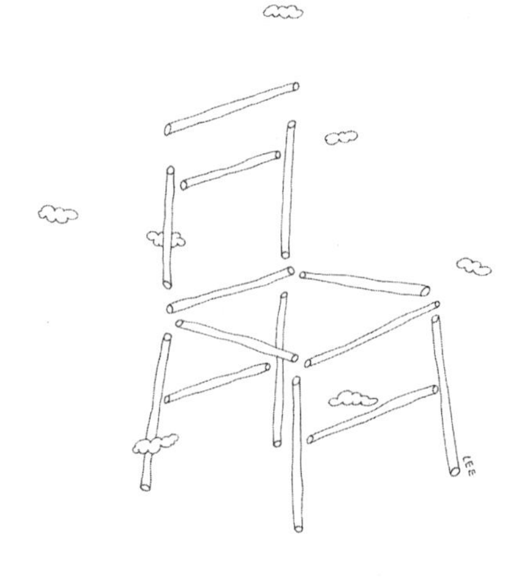

태형

극단적 환경 속에서 파괴되고 박탈되는
인간의 윤리의식과 양면성을
적나라하게 드러낸 작품.

"칠십 줄에 든 늙은이가 태맞구 살길 바라겠소?"

감옥이라는 극한적 여건 속에서 박탈되어가는 인간의 윤리의식

감옥이라는 인간의 한계를 시험하는 극한적 상황에서 인간의 정신은 얼마나 버틸 수 있을까요. 인간은 정신력은 매우 숭고하고 뛰어나서 언제나 인간의 환경 위에 우선한다고 생각하기 쉽지만, 절대적 환경이 지배하는 극단적인 상황에서 정신적 가치를 논하기는 매우 어려울 때가 많습니다.

1922년 『동명』이라는 잡지에 발표된 이 작품은 김동인이 자신의 아우인 동평의 부탁으로 3·1운동 때 격문을 써준 것이 빌미가 되어 3개월 동안 실제 감옥생활을 한 것을 바탕으로 쓴 내용입니다. 이 소설에서 작가는 환경결정론자답게 인간의 정신을 말살시킨 감옥 안의 지옥 같은 생활을 구체적으로 그려내고 있습니다.

오 평 남짓한 좁은 감옥 안에 사십 명이 갇혀 있습니다. 때는 찌는 듯이 더운 유월 하순, 모두 한자리에 앉기도 힘든 상태여서 잠을 잘 때에는 세 팀으로 나누어 한 팀씩 교대로 잠을 자고, 나머지는 서서 자신이 잘 수 있는 시간을 기다려야 할 만큼 비좁고 열악합니다. 또한 사십 명의 사람들 중에는 종기를 앓고 있는 사람, 옴쟁이, 천식환자 등이 섞여 있어 숨 막힐 듯한 무더위와 함께 병자들의 땀과 신음소리와 열기는 지옥을 방불케 합니다. 이들은 모두 3·1만세 운동에 연루되어 전국 각지에서 잡혀 온 사람들입니다.

그런데 이런 환경에서 지내다보니 정작 자신들을 감옥 안으로 밀어 넣었던 민족애와 조국애는 어디서도 찾아볼 수 없습니다. 단지 초열지옥 같은 환경에서 시원한 한 모금의 냉수와 공기를 그리워하며 자신 옆에 숨을 쉬고 있는 동지를 한 마리 동물처럼 인식할 뿐입니다.

『감옥으로부터의 사색』의 저자 신영복님도 감옥생활에 대한 단상을 쓴 글에서 감옥은 여름보다 겨울이 훨씬 지내기가 좋다는 말을 하였습니다. 무엇보다 소중한 옆 사람들이 겨울에는 따스한 온기로 느껴지지만, 여름에는 거대한 열을 뿜어내는 열덩어리로 인식된다는 말로 여름 감옥의 고통에 대해 언급한 바 있습니다.

이 작품에서는 일흔이 넘은 노인네가 공판에서 태형 구십 대를 언도받습니다. 노인이 살기 위해 공소하려고 하자, 소설의 화자인 '나'를 비롯한 주변의 동료들은 태형을 맞으면 노인이 살아나기 어렵다는 것을 뻔히 알면서도, 노인이 나가고 난 빈자리의 여유를 위해 공소를 취소시키고, 노인을 태형이라는 사지로 몰아넣습니다. 양심과 함께 인간의 윤리의식이 극단적인 환경 속에서 무너지는 장면입니다. 정신보다는 육체를, 이상(理想)보다는 환경의 중요성을 역설했던 자연주의자인 작가는 이 작품에서 자연주의자의 모습을 유감없이 잘 보여줍니다.

그러나 노인이 태형을 맞을 때 들려오는 비명을 들으며 사람들은 눈을 감고 양심의 가책을 느낍니다. 인간이 환경 속에서 굴복하는 것은 어찌할 수 없는 인간의 나약함이겠지만, 사람의 진정한 가치는 환경을 극복하며 생겨나는 고결함으로 가능한 것입니다. 지나친 도덕주의를 맹신하는 것도 비현실적 논리지만, 이 작품처럼 철저하게 환경논리에 맞게 인간이 살아가는 것도 아름다운 모습으로만 보이지 않습니다.

태형苔刑[1)]

—옥중기獄中記의 일절一節

1

"기쇼오[2)]!"

잠은 깊이 들었지만 조급하게 설렁거리는 마음에, 이 소리가 조그맣게 들린다. 나는 한순간 화다닥 놀래 깨었다가 또다시 잠이 들었다.

"여보, '기쇼' 야. 일어나오."

곁엣사람이 나를 흔든다. 나는 돌아누웠다. 이리하여 일 초, 이 초, 꿀보다도 단 잠을 즐길 적에 그 사람은 또 나를 흔든다.

"잠 깨구 일어나소."

"누굴 찾소?"

이렇게 나는 물었다. 머리는 또다시 나락(奈落)[3)]의 밑으로 미끄러져

1) 태형(苔刑) 오형 가운데 작은 형장으로 죄인의 볼기를 치던 형벌.
2) 기쇼오 '기상' 이란 뜻의 일본말.
3) 나락(奈落) 벗어나기 어려운 절망적인 상황을 비유적으로 이르는 말.

들어간다.

"그러디 말구 일어나요. 지금 오(五)방 뎅껑[4]합넨다……."

"여보, 십 분 동안만 제발 더 자게 해주."

"그거야 내가 알갔소? 간수한테 들키믄 당신 혼나갔게 말이디."

"에이! 누가 남을 잠두 못 자게 해! 난 잠들은 데 두 시간두 못 됐구레. 제발 조꼼만 더……."

이 말이 맺기 전에 나의 넓은 침실과 그 머리맡에 담배를 걸핏 보면서 나는 또다시 혼혼히 잠이 들었다. 그때에 문득 내게 담배를 한 고치 주는 사람이 있으므로 그 담배를 먹으려 할 때에, 아까 그 사람(나를 흔들던 사람)은 또다시 나를 흔든다.

"기쇼 불렀소. 뎅껭꺼정 해요. 일어나래두……."

"여보! 이제 남 겨우 또 잠들었는데 깨우긴 왜……."

"뎅껭해요."

나는 벌컥 역정을 냈다.

"뎅껭이면 어떻단 말이요! 그래 노형 상관 있소?"

"그만둡시다. 그러나 일어나 나오."

"남 이제 국수 먹고 담배 먹는 꿈 꾸랬는데……."

이 말을 하려던 나는 생각만 할 뿐 또다시 잠이 들었다.

또 일 초, 이 초, 단꿈에 빠지려던 나는 곁방에서 들리는 제걱거리는 칼소리와 문을 덜컥덜컥 여는 소리에 펄떡 놀라서 일어나 앉았다. 그러나 온몸을 취하게 하던 졸음은 또다시 머리를 덮는다. 나는 무릎을 안고

4) 뎅껭 '점검'이란 뜻의 일본말.

머리를 묻은 뒤에 또다시 잠이 들었다. 또 일 초, 이 초, 시간은 흐른다.

덜컥!

마침내 우리 방문을 여는 소리가 났다. 나는 갑자기 굴복을 하고 머리를 들었다. 이미 잘 아는 바이거니와 일 초 전에 무거운 잠에 취하였던 사람이라고는 생각 안 되도록 긴장된다.

덜컥하는 소리와 함께 문이 열리며 간수가 서넛 들어섰다.

"뎅껭."

다섯 평이 좀 못 되는 방에는 너무 크지 않나 생각되는 우렁찬 소리가 울리며, 경험으로 말미암아 숙련된 흐르는 듯한(우리의 대명사인) 번호가 불린다. 몇 호, 몇 호, 이렇게 흐르는 듯이 불러오던 간수부장은 한 번호에 머물렀다.

"나나햐쿠나나주욘고(774호)."

자기의 대명사…… 더구나 일본말로 부르는 것을 알아듣지 못한 칠백칠십사 호의 영감(곧 내 뒤에 앉은)은 역시 대답이 없었다. 나는 참다 못해 그를 꾹 찔렀다. 놀라서 덤비는 대답이 그때야 겨우 들렸다.

"예, 하이!"

"난고 하야쿠 헨지오 시나이(왜 빨리 대답을 아니해?) 이리 와!"

이렇게 부장은 고함쳤다. 그러나 영감은 가만있었다. 고요한 가운데 소리 하나 없다.

"이리 오너라!"

두 번째 소리가 날 때에 영감은 허리를 구부리고 그의 앞에 갔다. 한 순간 공기를 헤치는 날카로운 소리와 함께, 이것 역시 경험 때문에 손익게 된 솜씨인, 드는 손 보이지 않는 채찍은 영감의 등에 내리맞았다.

영감은 가만있었다. 그러나 눈에는 눈물이 있었다.

칠백칠십사 호 뒤엣번호들이 불린 뒤에 정신 차리라는 책망과 함께 영감은 자기 자리에 돌아오고, 감방 문은 다시 닫혔다.

이상한 일이거니와 한 사람이 벌을 받으면 방 안의 전체가 떨린다(공분[5]이라든가 동정이라든가는 결코 아니다). 몸만 떨릴 뿐 아니라 염통까지 떨린다. 이 떨림을 처음 경험한 것은 경찰서에서 세 시간을 연하여 맞은 뒤에 구류실[6]에 들어가서 두 시간 동안을 사시나무 떨 듯 떨던 때였다. 죽지나 않나까지 생각하였다(지금은 매일 두세 번씩 당하는 현상이거니와……).

방은 죽음의 방같이 소리 하나 없다. 숨도 크게 못 쉰다. 누구나 곁을 보면 거기는 악마라도 있는 것처럼 보려도 안 한다. 그들에게 과연 목숨이 남아 있는지?

좀 있다가 점검이 끝났는지 간수들의 발소리가 도로 우리 방 앞을 지나갔다. 그때 아까 그 영감의 조그마한 소리가 겨우 침묵을 깨뜨렸다.

"집엔, 그 녀석(간수)보담 나이 많은 아들이 두 녀석이나 있쉐다가레……."

2

덥다.

몇 도인지 백십 도 혹은 그 이상인지도 모르겠다.

5) 공분(公憤) 공중(公衆)이 다 같이 느끼는 분노.
6) 구류실 죄인을 1일 이상 30일 미만의 기간 동안 교도소나 경찰서 유치장에 가두어 두는 곳.

매일 아침 경험하는 바와 같이 동쪽 하늘에 떠오르는 해를, '저 해가 이제 곧 무르녹일 테지' 생각하면 그 예언을 맞추려는 듯이 해는 어느덧 방 안을 무르녹인다.

다섯 평이 좀 못 되는 이 방에, 처음에는 스무 사람이 있었지만, 몇 방을 합칠 때에 스물여덟 사람이 되었다. 그때에 이를 어찌하노 하였다. 진남포 감옥에서 공소[7]로 넘어온 사람까지 하여 서른네 사람이 되었을 때에 우리는 한숨을 쉬었다. 그러나 신의주와 해주 감옥에서 넘어온 사람까지 하여 마흔한 사람이 된 때에 우리는 한숨도 못 쉬었다. 혀를 찼다.

곧 처마끝에 걸린 듯한 뜨거운 해는 그침 없이 더위를 보낸다. 몸속에 어디 그리 물이 많았던지 아침부터 그침 없이 흘린 땀은 그냥 멎지 않고 흐른다. 한참 동안 땀에 힘없이 앉아 있던 나는 마지막 힘을 내어 담벽을 기대고 흐늘흐늘 일어섰다.

지옥이었다.

빽빽이 앉은 사람들은 모두들 힘없이 머리를 늘이고 입을 송장같이 벌리고, 흐르는 침과 땀을 씻을 생각도 안 하고 먹먹히 앉아 있다. 둥그렇게 구부러진 허리, 맥없이 무릎 위에 놓인 팔, 뚱뚱 부은 짓퍼런 얼굴에 힘없이 벌려진 입, 정기 없는 눈, 흩어진 머리와 수염, 모든 것은 죽은 사람이었다.

이것이 과연 아침에 세면소까지 뛰어갔으며 두 시간 전엔 점심 먹느라고 움직인 사람들인가. 나의 곤하여 둔하게 된 감각에도 눈이 쓰린 역한 냄새가 쏜다.

7) 공소 검사가 법원에 특정 형사 사건의 재판을 청구하는 일.

그들은 무얼 하여 여기 왔나. 바람 불고 잘 자리 있고 담배 있는 저 세상에서 무얼 하러 여기 왔나. 사랑스러운 손주가 있는 사람도 있겠지. 예쁜 아내가 있는 사람도 있겠지. 제가 벌어먹이지 않으면 굶어 죽을 어머니가 있는 사람도 있겠지. 그리고 그들은 자유로 먹고 마시고 자유로 바람을 쏘이고 자유로 자고 있었을 테다. 그러면 그들이 어떤 요구로 여기를 왔나.

그러나 지금의 그들의 머리에는, 독립도 없고 자결[8]도 없고 자유도 없고 사랑스러운 아내나 아들이며 부모도 없고 또는 더위를 깨달을 만한 새로운 신경도 없다.

무거운 공기와 더위에게 괴로움받고 학대받아서 조그맣게 두개골 속에 웅크리고 있는 그들의 피곤한 뇌에 다만 한 가지의 바람이 있다 하면, 그것은 냉수 한 모금이었다. 나라를 팔고 고향을 팔고 친척을 팔고 또는 뒤에 이를 모든 행복을 희생하여서라도 바꿀 값이 있는 것은 냉수 한 모금밖에는 없었다.

즉 그때에 눈에 걸핏 떠오른 것은 (때때로 당하는 현상이거니와) 쫄쫄 쫄쫄 흐르는 샘물과 표주박이었다.

"한 잔만 먹여 다고, 제발……."

나는 누구에게 비는지 모르게 빌었다. 그리고 힘없는 눈을 또다시, 몸과 몸이 서로 닿아서 썩어서 몸에는 종기투성이요 전인원의 십 분의 칠은 옴쟁이[9]인 무리로 향하였다. 침묵의 끝없는 시간은 그냥 흐른다.

나는 도로 힘없이 앉았다.

8) 자결 민족자결. 한 민족이 다른 민족이나 국가의 간섭을 받지 않고 자신의 정치적 운명을 스스로 결정하는 일.

"에, 더워 죽겠다!"

마지막 '죽겠다'는 말은 똑똑히 들리지 않도록 누가 토하는 듯이 말하였다. 그러나 아무도 거게 대꾸할 용기가 없는지 또 끝없는 침묵이 연속된다.

머리나 몸 가운데 어느 것이든 노동하지 않고는 사람은 못 사는 것이다. 그 사람들이 몇 달 동안을 머리를 쓸 재료가 없이 몸을 움직일 틈이 없이 지내왔으니 어찌 견딜 수가 있을까. 그것도 이 더위에…….

더위는 저녁이 되어가며 차차 더해진다.

모든 세포는 개개의 목숨을 가진 것같이, 더위에 팽창한 몸의 한 부분이라고는 생각할 수가 없다. 무겁고 뜨거운 공기가 허파에 들어갔다가 나올 때마다 더위는 더해진다. 이러고야 어찌 열병 환자가 안 날까?

닷새 전에 한 사람 병감[10]으로 나가고, 그저께 또 한 사람 나가고, 오늘 또 두 사람이 앓고 있다.

우리는 간수가 와서 병인을 병감으로 데리고 나갈 때마다, 부러운 눈으로 그들을 보았다.

거기는 한 방에 여남은 사람밖에는 두지 않았다. 그리고 그들에게는 '물' 약을 주었다. 뿐만 아니라, 그들은 맑은 공기를 마실 기회가 있었다.

9) 옴쟁이 '옴이 오른 사람'을 조롱하여 부르는 말.
10) 병감 교도소에서 병든 죄수를 따로 두는 감방.

3

"오늘이 일요일이지요?"

나는 변기 위에 올라앉아서 어두운 전등빛에 이를 잡으면서 곁에 서 있는 사람에게 물었다(우리는 하룻밤을 삼 분하고, 사람을 삼 분하여 번갈아 잠을 자고, 남은 사람은 서서 기다리기로 하였다).

"내니 압네까? 종은 텝네다만, 삼 일날인지 주일날인디……."

그러나 종소리는 그냥 뗑— 뗑— 고요한 밤하늘에 울려온다. 그것은 마치, '여기는 자유로 냉수를 마시고 넓은 자리에서 잘 수 있는 사람이 있다'는 것처럼…….

"사람의 얼굴이 좀 보구 싶어서……."

"그래요. 정 사람의 얼굴이 보구파요."

"종소리 나는 저 세상엔 물두 있을 테지. 넓은 자리두 있을 테지. 바람두, 바람두, 불 테지……."

이렇게 나는 중얼거렸다.

"물? 물? 여보, 말 마오. 나두 밖에 있을 땐 목마르면 물두 먹구 넓은 자리에서 잔 사람이외다."

그는 성가신 듯이 외면을 한다.

그 말을 듣고 보니 나도 밖에 있을 때는 자유로 물을 먹었다. 자유로 버드렁거리며 잤다. 그러나 그것은 지나간 옛적의 꿈과 같이 머리에 남아 있을 뿐이다.

"아이스크림두 있구."

이번은 이편의 젊은 사람이 나를 꾹 찔렀다.

"아이스크림? 그것만? 여보, 그것만? 내겐 마누라두 있소. 뜰의 유월도[11]두 거반 익어갈 때요!"

나는 이렇게 말하였다. 즉 아까 영감이 성가신 듯이 도로 나를 보며 말한다.

"마누라? 여보, 젊은 사람이 왜 그런 철없는 소리만 하오? 난 아들이 둘씩이나 있었소. 삼월 야드렛날 뫼골짜기에서 만세 부를 때 집안이 통 떨테나서 불렀소구레. 그르누래는데 툭탁툭탁 총소리가 나더니 데켄 앞에 있던 맏이가 꼬꾸러딥데다가레. 그래서 그리구 가볼래는데 이번은 넢에 있던 둘째두 또 꼬꾸러디디요. 한꺼번에 아들 둘을 잡아먹구…… 그래서 정신없이 덤비누래니낀…… 음! 그런데 노형은 마누라? 마누라가 대테 무어이요."

"그래서 어찌 됐소?"

나는 그냥 이를 잡으면서 물었다.

"내가 알갔소? 난 곧 잽헤왔으니낀. 밥두 차입 안 하구 우티두 안 보내는 걸 보느낀 죽었나 붸다."

"난 어디카구."

이번은 한 서너 사람 격하여 있는 마흐나문 난 사람이 말을 시작하였다.

"그날 자꾸 부르구 있누래니끼, 그 헌병 놈들이 따라옵데다. 그래서 도망덜 해서, 멧기슭에꺼정은 갔는데 뒤를 보아야 더 뛸 데가 없습데다가레. 궁한 쥐, 괭이게 달려든다구 할 수 있습데까? 맞받아나갔디요. 그

11) 유월도 음력 유월에 익는 복숭아. 빛이 검붉고 털이 많으며 맛이 달다.

르닝낀 총을 놓기 시작하는데 그러구 여게서 하나 더 게서 하나 푹푹 된장독 넘어디덧 꼬꾸라디는데……."

그는 여기서 잠깐 말을 멈추고 그때 일을 생각하는 듯하더니 다시 말을 시작한다.

"그르누래는데 우리 아우가 맞아 넘어딥데다가레. 그래서 뒤집어 업구 도망할래는데 엎틴 데 덮틴다구 그만 나까정 넘어뎄디요. 정신을 차리니깐 발세 밤인데 들이 춥기만 해요. 움쪽을 못하갔는 걸 게와 벌벌 기어서 좀 가누라니낀 웅성웅성하는 사람 소리가 나요. 아, 사람의 소릴 들으니낀 푹 맥이 풀리는데 고만 쓰러데서 움쪽을 못하갔시요. 그래서 헐떡거리구 가만있누래는데 발자국 소리가 가까워 오더니 '여게서 죽은 놈 하나 있다' 하더니 발루 툭 찹데다가레. 그래서 앓는 소릴 하니낀 죽디 않았다구 들것에다가 담는데, 그때 보느낀 헌병덜이야요. 사람이 막다른 골에 들믄 죽디 않게 났습데다. 약질두 안 하구 그대루 내버레둔 것이 이진 다 나아시요."
하며 그가 피투성이의 저고리 자락을 들치니까 거기는 다 나은 흐무러진 총알 자리가 있다.

"난 우리 아바진(난 맹산서 왔지요) 우리 아바진 헌병대 구류장에서 총 맞아 없어시요. 오십 인이 나를 구류장에 몰아 넿구 기관총으루…… 도죽놈들!"

그러나 우리들(자지 않고 서서 기다리기로 한) 가운데도 벌써 잠이 든 사람이 꽤 많았다. 서서 자는 사람도 있다. 변기 위 내 곁에 앉았던 사람도 끄떡끄떡 졸다가 툭 변기에서 떨어졌다. 그리고 떨어진 그대로 잔다. 아래 깔린 사람도 송장이 아닌 증거로는 한두 번 다리를 버둥거릴 뿐 그냥 잔다.

나도 어느덧 잠이 들었는지 모르겠다. 가슴이 답답하여 깨니까(매일 밤 여러 번씩 당하는 현상이거니와) 내 가슴과 머리는 온통 남의 다리(수십 개의) 아래 깔려 있다. 그것들을 우무적우무적 겨우 뚫고 일어나서 그냥 어깨에 걸려 있는 몇 개의 남의 다리를 치워버리고 무거운 김을 뱉었다.

다리 진열장이었다. 머리와 몸집은 다 어디 갔는지 방 안에 하나도 안 보이고, 다리만 몇 겹씩 포개고 포개고 하여 있다. 저편 끝에서 다리가 하나 버드렁거리는가 하면 이편 끝에서는 두 다리가 움질움질하고…… 그것도 송장의 것과 같은 시퍼런 다리를. 이, 사람의 세계를 멀리 떠난 그들에게도 사람과 같이 꿈이 꾸어지는지(냉수를 마시는 꿈이라도 꾸는지 모르겠다) 때때로 다리들 틈에서 꿈 소리가 나온다.

아아, 그들도 집에 돌아만 가면 빈약하나마 제나 잘 자리는 넉넉할 것을…….

저편 끝에서 다리가 일고여덟 개 들썩들썩하더니 그 틈으로 머리가 하나 쑥 나오다가 긴 숨을 내쉬고 도로 다리 속으로 스러진다.

이것을 어렴풋이 본 뒤에 나도 자려고 맥난 몸을 남의 다리에 기대었다.

4

아침 세수를 할 때마다 깨닫는 것은, 나는 결코 파래지 않았다는 것이었다. 부었는지 살졌는지 모르지만, 하루 종일 더위에 녹고 밤새도록 졸음과 땀에게 괴로움 받은 얼굴을 상쾌한 찬물로 씻을 때마다 깨닫는 바가 이것이다. 거울이 없으니 내 얼굴은 알 수 없고 남의 얼굴은 점진적이니 모르지만 미끄러운 땀을 씻고 보등보등한 빰을 만져볼 때마다 나는 결코 파래지 않았다는 것을 깨닫는다. 그리고 이 세수 뒤의 두세 시간이 우리의 살림 가운데에는 그중 값이 있는 살림이며 그중 사람 비슷한 살림이었다. 이때뿐이 눈에는 빛이 있고 얼굴에는 산 사람의 기운이 있었다. 심지어는 머리도 얼마간 동작하며 혹은 농담을 하는 사람까지 생기게 된다. 좀(단 몇 시간만) 지나면 모든 신경은 마비되고 머리를 늘이고 떠도 보지를 못하는 눈을 지리 감고 끓는 기름과 같이 숨을 헐떡거릴 사람과 이 사람들 사이에는 너무 간격이 있었다.

"이따는 또 더워질 테지요?"

나는 곁엣사람에게 이렇게 말하였다.

"더워요? 덥긴 왜 더워? 이것 보구려. 오히려 추운 편인데……."

그는 엄청스럽게 몸을 떨어본 뒤에 웃는다.

아직 아침은 서늘할 유월 중순이었다. 캘린더가 없으니 날짜는 똑똑히 모르되 음력 단오를 좀 지난 때였다. 하루 종일 받은 더위를 모두 방산[12]한 아침은 얼마간 서늘하였다.

"노형, 어제 공판 갔댔디요?"

이렇게 나는 그 사람에게 물었다.

"예."

"바깥 형편이 어떻습디까?"

"형편꺼정이야 알겠소? 거저 포플러두 새파랗구, 구름도 세차게 날아

12) 방산 제멋대로 제각기 흩어짐.

다니구, 다 산 것 같습디다. 땅바닥꺼정 움직이는 것 같구. 사람들두 모두 상판이 시커먼 것이 우리 보기에는 도둑놈 관상입디다."

"그것을 한번 봤으면……."

나는 한숨을 쉬었다. 삼월 그믐 아직 두꺼운 솜옷을 입고야 지낼 때에 여기를 들어온 나는 포플러가 푸른빛이었는지 녹빛이었는지 똑똑히 모른다.

"노형두 수일[13] 공판[14] 가겠디요?"

"글쎄 언제 한번은 갈 테지요. 그런데 좋은 소식은 못 들었소?"

"글쎄, 어제 이야기한 거 같이 쉬 독립된답디다."

"쉬?"

"한 열흘 있으면 된답디다."

나는 거게 대꾸를 하려 할 때에 곁방[15]에서 담벽 두드리는 소리가 들렸다. 그것은 ㄱㄴㄷ과 ㅏㅑㅓㅕ를 수로 한 우리의 암호신보(暗號信報)였다.

"무, 엇, 이, 오."

이렇게 두드렸다.

"좋, 은, 소, 식, 있, 소, 독, 립, 은, 다, 되, 었, 다, 오."

"어, 디, 서, 들, 었, 소."

"오, 늘, 아, 침, 차, 입, 밥, 에, 편, ㅈ."

여기까지 오던 신호는 뚝 끊어졌다.

13) 수일 두서너 날. '여러 날'로 순화.

14) 공판 기소된 형사 사건을 법원이 심리하는 일. 또는 그런 절차. 검사.

15) 곁방 안방에 딸린 작은 방.

"보구려. 내 말이 옳지 않나……."

아까 사람이 자랑스러운 듯이 수군거렸다.

"곁방에서 공판 갈 사람 불러낸다. 오늘은……."

"노형, 꼭, 가디."

"글쎄, 꼭 가야겠는데. 사람두 보구, 시퍼런 나무들두 보구, 넓은 데를……."

그러나 우리 방에서는 어제 간수부장에게 매 맞은 그 영감과 그 밖에 영원 맹산 등지 사람 두셋이 불려 나갈 뿐, 나는 역시 그 축에서 빠졌다.

'언제든, 한번 간다.'

나는 맛없고 골이 나서 속으로 중얼거렸다. 그러나 그 '언제든' 이 과연 언제일까. 오늘은 꼭, 오늘은 꼭, 이리하여 석 달을 밀려온 나였다. '영구[16]' 와 같이 생각되는 매일 아침마다 공판 가기를 기다리면서 지내온 나였다. '언제 한때' 란 과연 언제일까? 이런 석 달이 열 번 거듭하면 서른 달일 것이다.

"노형은 또 빠뎄구려."

"싫으면 그만두라지. 도죽놈들!"

"이제 한번 안 가리까?"

"이제? 이제가 대체 언제란 말이오? 십 년을 기다려두 그뿐, 이십 년을 기다려두 그뿐……."

"그래두 한 번이야 안 가리까?"

"나 죽은 뒤에 말이오?"

16) 영구 어떤 상태가 시간상으로 무한히 이어짐.

나는 그에게까지 성을 냈다.

좀 뒤에 아침밥을 먹을 때까지도 나의 마음은 자못 편하지 못하였다. 그것은 바깥 구경할 기회를 빨리 지어주지 않는 관리에게 대함이라기보다, 오히려 공판에 불려 나가게 된 행복된 사람들에게 대한 무거운 시기에 가까운 것이었다.

5

점심을 먹고, 비린내 나는 냉수를 한 대접 다 마신 뒤에 매일 간수의 눈을 피해가면서 장난하는 바와 같이, 밥그릇을 당겨서 거게 아직 붙어 있는 밥알을 모두 뜯어서 이기기 시작하였다. 갑갑하고 답답하고 서로 이야기하는 것을 허락지 않고 공상을 하자 하여도 인전 벌써 재료가 없어진 우리가 가질 수 있는, 다만 하나의 오락이 이것이었다.

때가 묻어서 새까맣게 될 때는 그 밥알은 한 덩어리의 떡으로 변한다. 그 떡은, 혹은 개, 혹은 돼지, 때때로는 간수의 모양으로 빚어져서 마지막에는 변기 속으로 들어간다…….

한참 내 손 속에서 움직이던 떡덩이는, 뿔은 좀 크게 되었지만 한 마리의 얌전한 소가 되어 내 무릎 위에 섰다. 나는 머리를 들었다.

아직 장난에 취하여 몰랐지만 해는 어느덧 또 무르녹이기 시작하였다. 빈대 죽인 피가 여기저기 묻은 양회(洋灰)[17] 담벽에는 철창 그림자가 똑똑히 그려져 있다.

사르는 듯한 더위는 등지고 있는 창밖에서 등을 탁 치고, 안고 있는 담벽에서 반사하여 가슴을 탁 치고, 곁에 빽빽이 있는 사람의 열기로 온몸을 썩인다. 게다가 똥오줌 무르녹은 냄새와, 살 썩은 냄새와 옴약 내에, 매일 수없이 흐르는 땀 썩은 냄새를 합하여, 일종의 독가스를 이룬 무거운 기체는 방에 가라앉아서 환기까지 되지 않는다. 우리의 피곤하여 둔하게 된 감각으로도, 넉넉히 깨달을 수 있는 역한 냄새였다. 간수가 가까이 와서 들여다보지 않는 것도 당연한 일이었다.

그러고 보니 생각나거니와 나뿐 아니라 온 사람의 몸에는 종기투성이였다. 가득 차고 일변 증발하는 변기 위에 올라앉아서 뒤를 볼 때마다 역정나는 독한 습기가 엉덩이에 묻어서, 거기서 생긴 종기를 이와 빈대가 온몸에 펴져서 종기투성이 아닌 사람이 없었다.

땀은 온몸에 뚝뚝……이라는 것보다, 좔좔 흐른다.

"에— 땀."

나는 힘없이 중얼거렸다. 이상한 수수께끼와 같은 일이 있었다. 밥 먹은 뒤에 냉수를 벌컥벌컥 마시면 이삼십 분 뒤에는 그 물이 모두 땀으로 되어 땀구멍으로 솟는다. 폭포와 같다 하여도 좋을 땀이 목과 가슴에서 흘러서, 온몸에 벌레 기어다니는 것같이 그 불쾌함은 말할 수 없다.

그러나 땀을 씻는 사람은 하나도 없다. 손가락 하나라도 움직이면 초열지옥(焦熱地獄)[18]에라도 떨어질 것같이, 흐르는 땀을 씻으려는 사람도 없다.

'얼핏 진찰감(診察監)에 보내어 다고.'

17) 양회(洋灰) 토목이나 건축의 재료로 쓰는 접합제. 물에 이긴 것을 말리면 돌처럼 단단해지는 잿빛의 가루로서, 보통 진흙이 섞인 석회석을 주원료로 하여 여기에 소량의 석고를 넣어서 가루로 만든 것이다. 이것을 모래, 자갈 따위와 함께 물에 반죽하면 콘크리트가 된다.

나의 피곤한 머리는 이렇게 빌었다. 아침에 종기를 핑계 삼아 겨우 빌어서 진찰하러 갈 사람 축에 든 나는, 지금 그것밖에는 바랄 것이 없었다. 시원한 공기와 넓은 자리를(다만 일이십 분 동안이라도) 맛보는 것은 여간한 돈이나 명예와는 바꿀 수 없는 귀중한 것이었다. 그것뿐 아니라, 입감[19] 이래로 안부는커녕 어느 감방에 있는지도 모르는 아우의 소식도 알는지도 모르겠다.

즉 뜻하지 않게 눈에 떠오른 것은 집엣일이었다. 희다 못하여 노랗게까지 보이는 햇빛에 반사하는 양회 담벽에 먼저 담배와 냉수가 떠오르고 나의 넓은 자리가(처음 순간에는 어렴풋하였지만) 똑똑히 나타났다. (어찌하여 고런 조그마한 일까지 똑똑히 보였던지 아직껏 이상하게 생각하거니와) 파리만 한 마리, 성냥갑에서 담뱃갑으로 도로 성냥갑으로 왔다 갔다 한다.

"쌍!"

나는 뜨거운 기운을 뱉었다.

'파리까지 자유로 날아다닌다.'

성내려야 성낼 용기까지 없어진 머리로 억지로 성을 내고, 눈에서 그 그림자를 지워버리려 하였다. 그러나 담배와 냉수는 곧 없어졌지만 성가신 파리는 끝끝내 떨어지지를 않았다.

나는 손을 들어서 (마치 그 파리를 날리려는 것같이) 두어 번 얼굴을

18) 초열지옥(焦熱地獄) 팔열지옥(八熱地獄)의 하나. 살생, 투도(偸盜), 사음(邪淫), 음주, 망어(妄語) 따위의 죄를 지은 사람이 떨어지는데, 불에 단 철판 위에 눕히고 벌겋게 단 쇠몽둥이로 치거나, 큰 석쇠 위에 얹어서 지지거나, 쇠꼬챙이로 몸을 꿰어 불에 굽는 따위의 형벌을 준다는 지옥이다.

19) 입감 수감. 사람을 구치소나 교도소에 가두어 넣음.

부친 뒤에 맥없이 아까 만든 소를 쥐었다.

6

공기의 맛이 달다고는, 참으로 경험해 보지 못한 사람은 뜻도 못할 일일 것이다. 역한 냄새 나는 뜨거운 기운을 뱉고 달고 맑은 새 공기를 들이마시는 처음 순간에는, 기절할 듯이 기뻤다.

서늘한 좋은 일기였다. 아까는 참말로 더웠는지 더웠으면 그 더위는 어디로 갔는지, 진찰감으로 가는 동안 오히려 춥다 하여도 좋을 만치 서늘하였다.

그러나 그보다도 더 기쁜 것은 거기서 아우를 만난 일이 있었다.

"어느 방에 있니?"

나는 머리를 간수에게 향한 대로 조그마한 소리로 물었다.

"사감 이 방에."

나는 좀 있다가 또 물었다.

"몇 사람씩이나 있니? 덥지?"

"모두덜 살이 뚱뚱 부었어……."

"도죽놈들. 우리 방엔 사십여 인이 있다. 몸뚱이가 모두 썩는다. 집에 오히려 넓어서 걱정인 자리가 있건만, 너 그새 앓지나 않었니?"

"감옥에선 앓으려야 병이 안 나, 더워서 골치만 쏘디……."

"어떻게 여기(진찰감) 나왔니?"

"배 아프다구 거짓부리하구……."

"난 종처투성이다. 이것 봐라."

하면서 나는 바지를 걷고 푸릿푸릿한 종기를 내놓았다.

"그런데 너희 방에 옴쟁이는 없니?"

"왜 없어……."

그는, 누구도 옴쟁이고 누구도 옴쟁이고, 알 이름 모를 이름 하여 한 일고여덟 사람 부른다.

"그런데 집에서 면회는 왜 안 오는디……."

"글쎄 말이다. 모두들 죽었는지……."

문득 아직껏 생각도 해보지 않은 일이 머리에 떠오른다. 석 달 동안을 바깥 사람이라고는 간수들밖에는 보지 못한 우리에게는 바깥이 어떤 형편인지는 모를 지경이었다.

간혹 재판소에 갔다 오는 사람도 있기는 하지만, 거기 다니는 길은 야외라, 성안은 아직 우리가 여기 들어올 때와 같이 음음한 기운이 시가를 두르고 상점은 모두 철전(撤廛)[20]을 하고 있는지, 혹은 전과 같이 거리에는 홍정이 있고 집 안에는 웃음소리가 터지며 예배당에는 결혼하는 패도 있으며 사람들은 석 달 전에 일어난 그 사건을 거반 잊고 있는지 보기는커녕 알지도 못할 일이었다. 일가나 친척의 소소한 일은 더구나 모를 일이었다.

"다 무슨 변이 생겼나 보다."

"그래두 어제 공판 갔던 사람이 재판소 앞에서 맏형을 봤다는데……."

아우는 근심스러운 얼굴로 이렇게 말하였다. 그러나 그 아우의 마지

20) 철전(撤廛) 철시, 시장, 가게 따위가 문을 닫고 영업을 하지 아니함.

막 '봤다는데' 라는 말과 함께,

"천칠십 호!"

하고 고함치는 소리가 귀에 울렸다. 그것은 내 번호였다.

"네!"

"딘찰."

나는 빨리 일어서서 의사의 앞으로 갔다.

"오데가 아파?"

"여기요."

하고 나는 바지를 벗었다. 의사는 내가 내려놓은 엉덩이와 넓적다리를 얼핏 들여다보고, 요만 것을…… 하는 듯한 얼굴로 말없이 간호수에게 내맡긴다. 거기서 껍진껍진한 고약을 받아서 되는 대로 쥐어바르고 이번은 진찰 끝난 사람 축에 앉았다.

이때에 아우는 자기 곁에 앉은 사람과 (나 앉은 데까지 들리도록) 무슨 이야기를 둥둥 하고 있었다.

나는 깜짝 놀라서 간수를 보았다. 간수는 아우를 주목하는 모양이었다.

나는 기지개를 하는 듯이 손을 들었다. 아우는 못 보았다. 이번은 크게 기침을 하였다. 그러나 그는 못 들은 모양이었다. 가슴이 떨리기 시작하였다.

'알려야 할 테인데.'

몸을 움즉움즉해 보았지만 그는 이야기에 정신이 팔려서 그냥 지치지 않고 하다가 간수가 두어 걸음 자기에게 가까이 올 때에야 처음으로 정신을 차리고 시치미를 떼었다. 그러나 간수는 용서하지 않았다.

채찍의 날카로운 소리가 한 번 나는 순간 아우는 어깨에 손을 대고 쓰러졌다.

피와 열이 한꺼번에 솟아올라 나는 눈이 아득해졌다.

좀 있다가 감방으로 돌아올 때에 빨리 곁눈으로 아우를 보니, 나를 보내는 그의 눈에는 눈물이 가득하여 있었다. 무엇이 어리고 순결한 그의 눈에 눈물이 고이게 하였나?

나는 바라고 또 바라던 달고 맑은 공기를 맛보기는 맛보았지만, 이를 맛보기 전보다 더 어둡고 무거운 머리를 가지고 감방으로 돌아오게 되었다.

7

저녁을 먹은 뒤에 더위에 쓰러져 있던 나는 아직 내가지 않은 밥그릇에서 젓가락을 꺼내 손수건 좌우편 끝을 조금씩 감아서 부채와 같이 만들어서 부쳐 보았다. 훈훈하고 냄새나는 바람이 땀 위를 살짝 스쳐서, 그래도 조금의 서늘함을 맛볼 수가 있었다. 이만 지혜가 어찌하여 아직 안 났던고.

나는 정신 잃은 사람같이 팔을 둘렀다. 이 감방 안에서는 처음의, 냄새는 나지만 약간의 바람이 벌레 기어다니는 것같이 흐르던 가슴의 땀을 증발시키느라고 꿀 같은 냉미를 준다.

천장에 딱 붙은 전등이 켜졌다.

그러나 더위는 줄지 않았다. 손수건의 부채는 온 방 안이 흉내내어 나의 뒤엣사람으로 말미암아 등도 부쳐졌다. 썩어진 공기가 움직인다.

그러나 우리들의 부채질은 재판소에서 돌아오는 사람들 때문에 중지

되지 않을 수가 없었다. 우리 방에서 나갔던 서너 사람도 돌아왔다. 영원 영감도 송장[21] 같은 얼굴로 돌아왔다.

나는 간수가 돌아간 뒤에 머리는 앞으로 향한 대로 손으로 영감을 찾았다.

"형편 어떻습디까?"

"모르갔소."

"판결은 어찌 되었소?"

영감은 대답이 없었다. 그의 입은 바늘로 호아 매지나[22] 않았나? 그러나 한참 뒤에 그는 겨우 대답하였다. 그의 목소리는 대단히 떨렸다.

"태형(笞刑) 구십 대랍니다."

"거 잘됐구려! 이제 사흘 뒤에는, 담배두 먹구, 바람두 쏘이구…… 난 언제나……."

"여보! 잘돼시요? 무어이 잘된단 말이요? 나이 칠십 줄에 들어서 태 맞으면…… 말하기두 싫소. 난 아직 죽기 싫어! 공소했쉐다!"

그는 벌컥 성을 내어 내게 달려들었다. 그러나 그의 말을 들은 뒤의 내 성도 그에게 지지를 않았다.

"여보! 시끄럽소. 노망했소? 당신은 당신이 죽겠다구 걱정하지만, 그래 당신만 사람이란 말이오? 이 방 사십 여 인이 당신 하나 나가면 그만큼 자리가 넓어지는 건 생각지 않소? 아들 둘 다 총 맞아 죽은 다음에 당신 하나 살아 있으면 무얼 해? 여보!"

나는 곁에 있는 다른 사람들에게 향하였다.

21) 송장 죽은 사람의 몸을 이르는 말.
22) 호아매다 '꿰매다'의 방언.

"여게 태형 언도를 공소한 사람이 있답니다."

나는 이상한 소리로 껄껄 웃었다.

다른 사람들도 영감을 용서하지 않았다. 노망하였다. 바보로다. 제 몸만 생각한다. 내쫓아라. 여러 가지의 폄[23]이 일어났다.

영감은 대답이 없었다. 길게 쉬는 한숨만 우리의 귀에 들렸다. 우리들도 한참 비웃은 뒤에는 기진하여 잠잠하였다. 무겁고 괴로운 침묵만 흘렀다.

바깥은 어느덧 어두워졌다.

대동강빛과 같은 하늘은 온 세상을 덮었다. 그 밑에서 더위와 목마름에 미칠 듯한 우리들은 아무 말없이 앉아 있었다. 우리들의 입은 모두 바늘로 호아 매지나 않았나.

그러나 한참 뒤에 마침내 영감이 나를 찾는 소리가 겨우 침묵을 깨뜨렸다.

"여보."

"왜 그러오?"

"그럼 어떡하란 말이요?"

"이제라두 공소를 취하해야지!"

영감은 또 먹먹하였다. 그러나 좀 뒤에 그는 다시 나를 찾았다.

"노형 말이 옳소. 내 아들 두 놈은 정녕코 다 죽었쉐다. 난 나 혼자 이제 살아서 무얼 하겠소? 취하하게 해주소."

"진작 그럴 게지. 그럼 간수 부릅니다."

23) 폄(貶) 나쁘게 말하다, 깎아내려 헐뜯다.

"그래 주소."

영감은 떨리는 소리로 말하였다.

나는 패통[24]을 쳤다. 간수는 왔다. 내가 통역을 서서 그의 뜻(이라는 것보다 우리의 뜻)을 말하매 간수는 시끄러운 듯이 영감을 끌어내갔다.

자리에 돌아올 때에 방 안 사람들의 얼굴을 보니, 그들의 얼굴에는 자리가 좀 넓어졌다는 기쁨이 빛나고 있었다.

8

목간[25], 이것은 우리가 십여 일 만에 한 번씩 가질 수 있는 우리의 가장 큰 행복이다.

"모깡!"

간수의 호령이 들릴 때에 우리들은 줄을 지어서 뛰어나갔다.

뜨거운 해에 쪼인 시멘트 길은 석 달 동안을 쉰 우리의 발에는 무섭게 뜨거웠다. 그러나 그것은 우리의 즐거움의 하나였다. 우리는 그 길을 건너서 목욕통 있는 데로 가서 옷을 벗어던지고, 반고형(半固形)이라 하여도 좋을 꺼룩한 목욕물에 뛰어 들어갔다.

무엇이라고 형용할 수 없는 즐거움이었다. 곧 곁에는 수도가 있다. 거기서는 어쨌든 맑은 물이 나온다. 그것은 우리들의 머리에서 한때도 떠나 보지 못한 '달콤한 냉수'였다. 잠깐 목욕통 속에서 덤빈 나는 수도로

24) 패통 교도소에서 제소자가 어떤 용무가 있을 때 담당 교도관을 부르기 위해 마련한 장치.
25) 목간 '목욕'의 방언. 모깡.

나와서 코끼리와 같이 물을 먹었다.

바깥에는 여러 복역수들이 일을 하고 있었다. 그것도 (갑갑함에 겨운) 우리들에게는 부러움의 푯대였다. 그들은 마음대로 바람을 쏘일 수가 있었다. 목마르면 간수의 허락을 듣고 물을 먹을 수가 있다. 뿐만 아니라, 그들에게는 갑갑함이 없었다.

즉, 어느덧 그치라는 간수의 호령이 울렸다. 우리의 이십 초 동안의 목욕은 이에 끝났다. 우리는 (매를 맞지 않으려고) 시간을 유여하지 않고 빨리 옷을 입은 뒤에 간수를 따라서 감방으로 들어왔다.

꼭 가장 더울 시각이었다. 문을 닫는 다음 순간, 우리는 벌써 더위 속에 파묻혔다. 더위는 즐거움 뒤의 복수라는 듯이 용서 없이 우리를 내리쪼인다.

"벌써 덥다!"

나는 혼잣말로 중얼거렸다.

"매를 맞구라두 좀더 있을걸……."

누가 이렇게 말한다. 서너 사람의 웃음 비슷한 소리가 들렸다. 그러나 그 뒤에는 먹먹하였다. 몇 시간 동안의 침묵이 연속되었다.

우리는 무서운 소리에 화닥닥 놀랐다. 그것은 단말마의 부르짖음이었다.

"히도쓰[26), 후다쓰[27)."

간수의 세어나가는 소리와 함께,

"아이구 죽겠다, 아이구, 아이구!"

26) 히도쓰 '하나' 란 뜻의 일본말.
27) 후다쓰 '둘' 이라는 뜻의 일본말.

부르짖는 소리가 우리의 더위에 마비된 귀를 찔렀다. 우리는 더위를 잊고 모두들 머리를 들었다. 우리의 몸은 한결같이 떨렸다. 그것은 태 맞는 사람의 부르짖음이었다.

서른까지 센 뒤에 간수의 소리는 없어지고 태 맞은 사람의 앓는 소리만 처량히 우리의 귀에 들렸다.

둘째 사람이 태형대에 올라간 모양이다.

"히도쓰."

하는 간수의 소리에 연한 것은,

"아유!"

하는 기운 없는 외마디의 부르짖음이었다.

"후다쓰."

"아유!"

"미쓰[28]."

"아유!"

우리는 그 소리의 주인을 알았다. 그것은 어젯밤 우리가 내쫓은 그 영원 영감이었다. 쓰린 매를 맞으면서도 우렁찬 신음을 할 기운도 없어 '아유!' 외마디의 소리로 부르짖는 것은 우리가 억지로 매를 맞게 한, 그 영감이었다.

"요쓰[29]."

"아유!"

28) 미쓰 '셋' 이란 뜻의 일본말.
29) 요쓰 '넷' 이란 뜻의 일본말.

"이쓰쓰[30]."

"후……."

나는 저절로 목이 늘어지는 것을 깨달았다. 나의 머리에는 어젯밤 그가 이 방에서 끌려 나갈 때의 꼴이 떠올랐다.

"칠십 줄에 든 늙은이가 태 맞구 살길 바라갔소? 난 아무캐 되든 노형들이나……."

그는 이 말을 채 맺지 못하고 초연히 간수에게 끌려 나갔다. 그리고 그를 내쫓은 장본인은 나였다.

나의 머리는 더욱 숙여졌다. 멀거니 뜬 눈에서는 눈물이 나오려 하였다. 나는 그것을 막으려고 눈을 힘껏 감았다. 힘 있게 닫긴 눈은 떨렸다.

30) 이쓰쓰 '다섯'이란 뜻의 일본말.

생 각 해 볼 거 리

1 **이 작품을 통하여 춘원 이광수와 비교하여 김동인의 소설 세계를 설명하시오.**

김동인의 문학적 성격은 춘원 이광수와 밀접한 관련이 있습니다. 김동인보다 앞선 세대였던 이광수는 한국의 근대문학을 개척한 선구자요, 당시 전 시대를 풍미했던 최고의 작가였습니다. 김동인도 자신의 문학비평사인 「한국근대소설고」에서 '조선의 소설가 가운데서 그 지식의 풍부함과 그 경험의 광범함과 교양의 많음과 정력(精力)의 절륜(絶倫)함과 필재(筆才)의 원만함이 춘원(春園)을 따를 자 없다' 라고 할 정도로 그를 높이 평가했습니다.

그러나 문학 작품을 형상화하는 데 김동인은 춘원과 상반된 길을 걸습니다. 주로 장편소설을 위주로 한 춘원에 비해 동인은 자신의 예술적 완성도를 단편소설에서 찾았습니다. 그리고 춘원의 문학적 지향점이 선(善)이었던데 반해, 동인은 미(美)를 추구했습니다. 춘원이 문학을 사회를 계몽시키기 위한 도구로서 교훈주의 색채가 강했다면, 동인은 예술지상주의를 지향하면서 문학은 문학자체만으로 의미가 있는 순수문학을 지향했습니다. 이처럼 동인은 춘원에 대한 철저한 반발을 통하여 문학적 지평을 열어가는데, 그것은 「단종애사」를 쓴 춘원에 반발하여 쓴 「대수양」에서도 잘 나타납니다.

「태형」처럼 감방에서의 생활을 소재로 쓴 이광수의 「무명」이 있습니다. 춘원의 「무명」에서는 감방 안에서의 인간 군상의 모습을 그리고 있는데 여기 나온 추악한 인간의 모습은 감옥이라는 환경이 만들어 내는 것이 아닌, 인간의 내면에서 나오는 본질적인 추악함입니다. 그러나 김동인의 「태형」에서 보이는 인간적인 추악함은 단지 무덥고 비좁은 감방의 열악한 환경 때문에 생겨난 부정적 모습입니다. 이처럼 동인은 철저하게 춘원이 추구했던 작품관에 물구나무서기처럼 다른 방향을 지향함으로써 자신의 문학관을 형성해 나갔습니다.

2 다음은 「태형」에 나오는 일부분입니다. 이 부분을 참조하여 환경결정론자로서 작가의식이 어떻게 형상화되었는지 서술하시오.

나도 어느덧 잠이 들었는지 모르겠다. 가슴이 답답하여 깨니까(매일 밤 여러 번씩 당하는 현상이거니와) 내 가슴과 머리는 온통 남의 다리(수십 개의) 아래 깔려 있다. 그것들을 우무적우무적 겨우 뚫고 일어나서 그냥 어깨에 걸려 있는 몇 개의 남의 다리를 치워버리고 무거운 김을 뱉었다.

저편 끝에서 다리가 일고여덟 개 들썩들썩하더니 그 틈으로 머리가 하나 쑥 나오다가 긴 숨을 내쉬고 도로 다리 속으로 스러진다.

지금 이 부분은 이 소설의 화자인 '나'가 감방에 갇혀 있는 상황입니다. 오 평 남짓한 감방에서 사십 명이 생활하자니 다같이 자리에 누울 수도 없는 열악한 환경에 서술자는 놓여 있습니다. 날씨는 타는 듯한 오뉴월의 무더위인데, 터져나갈 만큼 많은 사람들이 뿜어내는 열기는 시원한 공기마저 앗아갔습니다.

작가는 좁아터진 감방 안의 상황을 위와 같이 과학적이고 세밀하게 기록하여 독자들에게 알려줍니다. 머리와 몸집은 어디 갔는지 방 안에 하나도 안 보이고 오직 다리만이 몇 겹씩 포갠 상황은 인간의 정신이 실종되고 오직 육체만이 자리한 극한적 상황에 대한 상징적인 묘사입니다. 그리고 이런 상황에서 인간은 환경의 영향을 절대적으로 받는 존재임을 새삼 느끼게 합니다.

3 '영원 영감' 을 죽음으로 몰아넣고 있는 상황에 대해 정리하고, 이 부분에 나타난 윤리의식에 대해 비판하시오.

영원 영감은 3·1만세 사건으로 생떼 같은 두 아들을 잃은 비운의 인물입니다. 당시 만세운동이 일어나자 해방이 된 걸로 착각하고 만세를 부르던 물정 모르던 자식들은 일본 헌병대가 쏜 총을 맞고 그만 비명횡사합니다. 그나마 살아남은 영감만이 감옥에 갇히는 신세가 된 것입니다. 그런 영원 영감의 공판 결과는 태형 구십 대입니다. 예순이 넘는 노인의 몸으로 태형 구십 대는 바로 사형선고를 의미합니다. 그래서 노인은 태형을 맞는 대신 공소신청을 하지만, 그 말을 듣고 '나' 는 펄쩍 뛰면서 한 명이 나갔을 때 그만큼 넓어질 감방의 자리를 위해 공소신청을 취소하라고 대듭니다. 그 말에 다른 사람들도 동조하고, 그런 분위기에서 공소를 취하할 수밖에 없는 영원 영감을 대신하여, '나' 는 패통을 쳐서 간수를 불러 공소신청을 취소하는 통역까지 해줍니다. 이 상황은 참으로 비도덕적이며 잔인합니다. 그렇지만 이 비인간적인 상황에서도 그런 자신의 모습을 깨닫지 못하고 오히려 자리가 좀 넓어졌다는 승리감에 도취하여 나의 표정은 기쁨으로 빛납니다.

이처럼 영원 영감을 태형장으로 몰아넣는 것은 바로 '나' 입니다. '나라를 팔고 고향을 팔고 친척을 팔고 또는 이들 모든 행복을 희생하여서라도 바꿀 값이 있는 것은 냉수 한 모금밖에는 없다' 는 결론에 도달한 '나' 의 모습은 절실한 육체적 갈망으로만 이글거릴 뿐, 양심과 윤리와 도덕과 의지는 극한적 환경 안에서 완전히 사멸되어 있습니다. 염치와 의리는 실종되고 오직 육체적 고통을 감하기 위한 자기 생존의 본능만

이 지배하고 있는 것입니다.

그러나 인간은 스스로 자신의 가치를 세우기 위한 도덕적 판단과 의지가 작용할 때 참으로 인간적인 면이 빛나는 법입니다. 그것이 아주 작고 미미하다 할지라도 극기와 절제로서 올바른 가치판단이 적용될 때 자신의 삶과 현실의 여건들을 조금씩 개선시키는 힘이 생기는 법입니다. 바로 이러한 인간의 의지가 이 작품에서는 결여되어 있습니다.

4 이 글에 나타난 작가의 민족의식에 대해 서술하시오.

이 작품에서 작가는 감옥이라는 극한적 상황을 보여주는 데 성공하고 있지만, 당시의 현실을 역사적으로 고찰하는 데에는 실패하고 있습니다. 이 소설의 배경이 3·1운동이라는 거국적 민족운동의 결과로 감옥에 갇히게 된 상황인데도 불구하고, 이 소설에서는 전혀 역사적 안목에 대한 성찰이 나오지 않습니다. 오히려, 냉수 한 모금과 시원한 공기를 얻기 위해서는 '조국과 아내를 다 팔아 버려도' 무방하다고 생각하고 있습니다. 그리고 이런 생각은 영원 영감을 사지로 몰아넣는 데서 잘 나타나 있습니다.

3·1운동에서 두 자식을 잃은 영감에 대한 연민과 동포애는 전혀 보이지 않습니다. 영원 영감의 서러운 이야기를 들으면서도 '나'는 단지 집에 두고 온 침대와 넓은 자리만을 생각할 뿐입니다. 이런 민족과 동지에 대한 연대의식의 결여는 당시 역사적인 상황에서 작가가 가진 민족의식의 허약성으로 보입니다.

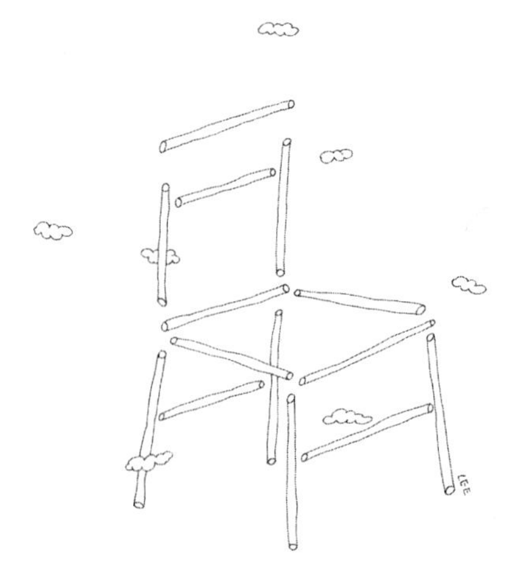

감자

궁핍한 생활과 가난에 시달리던 한 여인이
물질적 조건에 의해 타락하다가
결국 비극적인 죽음을 맞이하는 과정을
자연주의 기법으로 드러낸 작품.

"난 왕서방네…… 형님 얼마 받았소?"

감자라는 물질적 조건 속에 힘없이 무너지는 한 여인의 비극

이 작품은 1925년 『조선문단』 1월호에 발표된 작품입니다.

주인공의 도덕적 타락과 비정한 인심을 간결하면서도 냉철하게 잘 그려낸 이 작품은 잘 짜여진 구성과 장면묘사, 사투리와 구어체를 적절하게 사용하여 근대 단편소설의 문을 연 획기적인 작품으로 평가받고 있습니다.

「감자」가 발표된 1925년은 우리 문단에서 카프(KAPF)가 결성되어 활발하게 활동을 개시한 시점이기도 합니다. 카프는 1919년 3·1운동 이후 일제의 식민지 정책이 문화정치로 전환하고, 러시아혁명의 영향으로 사회주의 사상이 광범위하게 확산되면서 새롭게 등장한 프롤레타리아 문예운동단체이자 한국 최초의 전국적인 문학예술가 조직이기도 합니다. 작가는 이렇게 문학이 사상에 도구로 변질되는 경향을 강력하게 비판하면서 순수문학의 길을 걷게 되는데, 「감자」는 그의 작품 중 궁핍한 서민들의 생활을 가장 잘 반영하고 있는 작품이기도 합니다.

주인공 복녀가 처한 상황은 1920년대의 어려운 상황입니다. 돈 80원에 팔려 결혼한 남편은 게으르고 무책임하여 양민으로 살던 그들 부부는 칠성문 밖 하층민들이 모여 사는 빈민굴로 떨어지게 됩니다. 그곳에서 복녀는 송충이 잡이를 하다가 자신의 몸을 이용하면 일을 하지 않고도 손쉽게 돈을 버는 방법이 있음을 알게 됩니다. 한번 그 길로 발을 디딘 복녀는 자신의 환경에 빠른 적응력을 보이며 매음으로 돈벌이를 하고, 결국 자신의 비극적인 죽음과 연결되는 중국인 왕서방과 만나게 됩니다.

빈센트 반고흐의 작품 중 〈감자 먹는 사람들〉이라는 작품이 있습니다. 이것은 고흐가 신학교를 졸업하고 전도사가 되어 탄광마을에 복음을 전할 당시, 가난한 가족이 모여앉아 한 끼 식사인 감자를 정성스럽게 먹는 장면을 그린 그림입니다. 당시 감자는 서민들의 주된 먹거리였습니다. 인간의 모든 삶과 노동은 먹거리의 힘으로 나오고, 다시 그 힘으로 먹거리를 장만하기 위해 고된 노역을 감당해야 합니다. 고흐는 이 그림을 통해서 숙명적인 가난과 가난 속에서도 잃지 않는 삶의 신성함을 보여주고 있습니다.

그런데 이 작품에 나오는 감자의 의미는 약간 다릅니다. '저품' 있고 양심적인 복녀가 파렴치하게 변하는 것은 바로 이 먹거리인 감자를 쉽게 얻는 방법을 터득하면서 시작됩니다.

작가는 이 작품에서 가난이라는 물리적인 환경이 한 인간의 정신과 삶에 미치는 영향을 분석하는 자연주의 기법을 선보입니다. 소설에서 자연주의는 인물에 대해 엄격한 객관주의를 견지하면서 인물이 처한 환경의 조건들에 의해 삶이 빚어지는 모습을 냉철하게 기술한 것을 말합니다. 그런데 과연, 환경이 저열해지면 정신 또한 비속해질까요? 오직 물리적 환경만을 삶의 중요한 변수로 보는 환경결정론적 관점은 인간이 가진 욕망을 드러내는 것에는 성공하고 있지만, 인간의 삶이 가진 정신적 가치에 대해 지나치게 무관심한 한계를 드러내기도 합니다.

감자

싸움, 간통, 살인, 도적, 구걸, 징역, 이 세상의 모든 비극과 활극[1]의 근원지인 칠성문 밖 빈민굴로 오기 전까지는 복녀의 부처는 (사농공상의 제2위에 드는) 농민이었다.

복녀는 원래 가난은 하나마 정직한 농가에서 규칙 있게 자라난 처녀였다. 이전 선비의 엄한 규율은 농민으로 떨어지자부터 없어졌다 하나, 그러나 어딘지는 모르지만 딴 농민보다는 좀 똑똑하고 엄한 가율이 그의 집에 그냥 남아 있었다. 그 가운데서 자라난 복녀는 물론 다른 집 처녀들과 같이 여름에는 벌거벗고 개울에서 멱 감고, 바지 바람으로 동리를 돌아다니는 것을 예사로 알기는 알았지만, 그러나 그의 마음속에는 막연하나마 도덕이라는 것에 대한 저품[2]을 가지고 있었다.

1) 활극 싸움, 도망, 모험 따위를 주로 하여 연출한 영화나 연극.
2) 저품 '두려움'의 옛말.

그는 열다섯 살 나는 해에 동리 홀아비에게 팔십 원에 팔려서 시집이라는 것을 갔다. 그의 새서방(영감이라는 편이 적당할까)이라는 사람은 그보다 이십 년이나 위로서, 원래 아버지의 시대에는 상당한 농군으로서 밭도 몇 마지기가 있었으나, 그의 대로 내려오면서는 하나 둘 줄기 시작하여서 마지막에 복녀를 산 팔십 원이 그의 마지막 재산이었다. 그는 극도로 게으른 사람이었다. 동리 노인들의 주선으로 소작 밭깨나 얻어주면, 종자만 뿌려둔 뒤에는 후치질[3]도 안 하고 김도 안 매고 그냥 내버려두었다가는, 가을에 가서는 되는 대로 거두어서 '금년은 흉년이네' 하고 전주(田主)[4] 집에는 가져도 안 가고 자기 혼자 먹어 버리고 하였다. 그러니까 그는 한 밭을 이태[5]를 연하여 부쳐본 일이 없었다. 이리하여 몇 해를 지내는 동안 그는 그 동리에서는 밭을 못 얻으리만큼 인심을 잃고 말았다.

복녀가 시집을 간 뒤 한 삼사 년은 장인의 덕택으로 이렁저렁 지나갔으나, 이전 선비의 꼬리인 장인은 차차 사위를 밉게 보기 시작하였다. 그들은 처가에까지 신용을 잃게 되었다.

그들 부처는 여러 가지로 의논하다가 하릴없이 평양성 안으로 막벌이로 들어왔다. 그러나 게으른 그에게는 막벌이나마 역시 되지 않았다. 하루 종일 지게를 지고 연광정(練光亭)에 가서 대동강만 내려다보고 있으니, 어찌 막벌인들 될까. 한 서너 달 막벌이를 하다가, 그들은 요행 어

3) 후치질 '보습'의 방언. 보습은 쟁기나 극젱이의 술바닥에 맞추는 삽 모양의 쇳조각으로 땅을 갈아 흙덩이를 일으키는 데 쓰임.
4) 전주(田主) 땅주인.
5) 이태 두 해.

떤 집 막간(행랑)살이[6]로 들어가게 되었다.

그러나 그 집에서도 얼마 안 하여 쫓겨나왔다. 복녀는 부지런히 주인집 일을 보았지만 남편의 게으름은 어찌할 수가 없었다. 매일 복녀는 눈에 칼을 세워 가지고 남편을 채근[7]하였지만, 그의 게으른 버릇은 개를 줄 수는 없었다.

"벳섬 좀 치워 달라우요."

"남 졸음 오는데. 님자 치우시관."

"내가 치우나요?"

"이십 년이나 밥 먹구 그걸 못 치워!"

"에이구, 칵 죽구나 말디."

"이넌, 뮐."

이러한 싸움이 그치지 않다가, 마침내 그 집에서도 쫓겨나왔다.

이젠 어디로 가나? 그들은 하릴없이 칠성문 밖 빈민굴로 밀려 나오게 되었다.

칠성문 밖을 한 부락으로 삼고 그곳에 모여 있는 모든 사람들의 정업[8]은 거러지요, 부업으로는 도적질과 (자기네끼리의) 매음[9], 그 밖에 이 세상의 모든 무섭고 더러운 죄악이었다. 복녀도 그 정업으로 나섰다.

그러나 열아홉 살의 한창 좋은 나이의 여편네에게 누가 밥인들 잘 줄까.

"젊은 거이 거랑질은 왜."

6) 막간살이 주로 큰 집에 곁달린 허름한 집에서 구차하게 살아가던 일.
7) 채근(採根) 일의 근원을 캐어 밝힘. 어떤 일을 따지어 독촉함.
8) 정업(定業) 일정한 직업이나 업무.
9) 매음(賣淫) 여자가 돈을 받고 몸을 파는 일.

그런 소리를 들을 때마다 그는 여러 가지 말로, 남편이 병으로 죽어가니 어쩌거니 핑계는 대었지만, 그런 핑계에는 단련된 평양 시민의 동정은 역시 살 수가 없었다. 그들은 이 칠성문 밖에서도 가장 가난한 사람 가운데 드는 편이었다. 그 가운데서 잘 수입되는 사람은 하루에 오 리짜리 돈뿐으로 일 원 칠팔십 전의 현금을 쥐고 돌아오는 사람까지 있었다. 극단으로 나가서는 밤에 돈벌이 나갔던 사람은 그날 밤 사백여 원을 벌어 가지고 와서 그 근처에서 담배장사를 시작한 사람까지 있었다.

복녀는 열아홉 살이었다. 얼굴도 그만하면 반반하였다. 그 동리 여인들이 보통 하는 일을 본받아서 그도 돈벌이 좀 잘하는 사람의 집에라도 간간 찾아가면 매일 오륙십 전은 벌 수가 있었지만, 선비의 집안에서 자라난 그는 그런 일은 할 수가 없었다.

그들 부처는 역시 가난하게 지냈다. 굶는 일도 흔히 있었다.

기자묘 솔밭에 송충이가 들끓었다. 그때, 평양부에서는 그 송충이를 잡는 데 (은혜를 베푸는 뜻으로) 칠성문 밖 빈민굴의 여인들을 인부로 쓰게 되었다.

빈민굴 여인들은 모두 다 지원하였다. 그러나 뽑힌 것은 오십 명쯤이었다. 복녀도 그 뽑힌 사람 가운데 한 사람이었다.

복녀는 열심으로 송충이를 잡았다. 소나무에 사다리를 놓고 올라가서는, 송충이를 집게로 집어서 약물에 잡아넣고 잡아넣고, 그의 통은 잠깐 사이에 차고 하였다. 하루에 삼십이 전씩의 공전(工錢)[10]이 그의 손에

10) 공전(工錢) 물건을 만들거나 어떤 일을 하는 데 드는 돈.

들어왔다.

그러나 대엿새 하는 동안에 그는 이상한 현상을 하나 발견하였다. 그것은 다른 것이 아니라, 젊은 여인부 한 여남은 사람은 언제나 송충이는 안 잡고 아래서 지절거리며[11] 웃고 날뛰기만 하고 있는 것이었다. 뿐만 아니라, 그 놀고 있는 인부의 공전은 일하는 사람의 공전보다 팔 전이나 더 많이 내주는 것이다.

감독은 한 사람뿐이지만 감독도 그들의 놀고 있는 것을 묵인할 뿐 아니라, 때때로는 자기까지 섞여서 놀고 있었다.

어떤 날 송충이를 잡다가 점심 때가 되어서, 나무에서 내려와서 점심을 먹고 다시 올라가려 할 때에 감독이 그를 찾았다.

"복네, 얘 복네."

"왜 그릅네까?"

그는 약통과 집게를 놓은 뒤에 돌아섰다.

"좀 오나라."

그는 말없이 감독 앞에 갔다.

"얘, 너, 음…… 데 뒤 좀 가보디 않갔니?"

"뭘 하레요?"

"글쎄, 가야……."

"가디요, 형님."

그는 돌아서면서 인부들 모여 있는 데로 고함쳤다.

"형님두 갑세다가레."

11) 지절거리다 낮은 목소리로 자꾸 지껄이다.

"싫다 애. 둘이서 재미나게 가는데, 내가 무슨 맛에 가겠니?"

복녀는 얼굴이 새빨갛게 되면서 감독에게로 돌아섰다.

"가보자."

감독은 저편으로 갔다. 복녀는 머리를 수그리고 따라갔다.

"복네 좋겠구나."

뒤에서 이러한 고함 소리가 들렸다. 복녀의 숙인 얼굴은 더욱 발갛게 되었다.

그날부터 복녀도 '일 안 하고 공전 많이 받는 인부'의 한 사람으로 되었다.

복녀의 도덕관 내지 인생관은 그때부터 변하였다.

그는 아직껏 딴 사내와 관계를 한다는 것을 생각해 본 일도 없었다. 그것은 사람의 일이 아니요 짐승의 하는 짓으로만 알고 있었다. 혹은 그런 일을 하면 탁 죽어지는지도 모를 일로 알았다.

그러나 이런 이상한 일이 어디 다시 있을까. 사람인 자기도 그런 일을 한 것을 보면, 그것은 결코 사람으로 못 할 일이 아니었다. 게다가 일 안 하고도 돈 더 받고, 긴장된 유쾌가 있고, 빌어먹는 것보다 점잖고…….

일본말로 하자면 '삼박자(三拍子)' 같은 좋은 일은 이것뿐이었다. 이것이야말로 삶의 비결이 아닐까. 뿐만 아니라, 이 일이 있은 뒤부터, 그는 처음으로 한 개 사람이 된 것 같은 자신까지 얻었다.

그 뒤부터는, 그의 얼굴에는 조금씩 분도 바르게 되었다.

일 년이 지났다.

그의 처세[12]의 비결은 더욱더 순탄히 진척되었다. 그의 부처는 이제는 그리 궁하게 지내지는 않게 되었다.

그의 남편은 이것이 결국 좋은 일이라는 듯이 아랫목에 누워서 벌신벌신 웃고 있었다.

복녀의 얼굴은 더욱 이뻐졌다.

"여보, 아즈바니, 오늘은 얼마나 벌었소?"

복녀는 돈 좀 많이 번 듯한 거러지를 보면 이렇게 찾는다.

"오늘은 많이 못 벌었쉐다."

"얼마?"

"도무지…… 열서너 냥."

"많이 벌었쉐다가레, 한 댓 냥 꿰주소고래."

"오늘은 내가……."

어쩌고어쩌고 하면, 복녀는 곧 뛰어가서 그의 팔에 늘어진다.

"나한테 들킨 댐에는 꿔구야 말아요."

"난 원 이 아즈마니 만나문 야단이더라. 자, 꿰주디. 그 대신 응? 알아있디?"

"난 몰라요. 해해해해."

"모르문, 안 줄 테야."

"글쎄, 알았대두 그른다."

그의 성격은 이만큼까지 진보되었다.

12) 처세 남들과 사귀면서 살아가는 일.

가을이 되었다.

칠성문 밖 빈민굴의 여인들은 가을이 되면 칠성문 밖에 있는 중국인의 채마[13]밭에 감자(고구마)며 배추를 도적질하러 밤에 바구니를 가지고 간다. 복녀도 감자깨나 잘 도적질해 왔다.

어떤 날 밤, 그는 감자를 한 바구니 잘 도적질해 가지고 이젠 돌아오려고 일어설 때에, 그의 뒤에 시꺼먼 그림자가 서서 그를 꽉 붙들었다. 보니, 그것은 그 밭의 소작인인 중국인 왕서방이었다. 복녀는 말도 못 하고 멀진멀진 발 아래만 내려다보고 있었다.

"우리 집에 가."

왕서방은 이렇게 말하였다.

"가재문 가디. 원, 것두 못 갈까."

복녀는 엉덩이를 한번 홱 두른 뒤에 머리를 젖히고 바구니를 저으면서 왕서방을 따라갔다.

한 시간쯤 뒤에 그는 왕서방의 집에서 나왔다. 그가 밭고랑에서 길로 들어서려 할 때에, 문득 뒤에서 누가 그를 찾았다.

"복네 아니야?"

복녀는 홱 돌아서 보았다. 거기는 자기 곁집 여편네가 바구니를 끼고 어두운 밭고랑을 더듬더듬 나오고 있었다.

"형님이댔쉐까? 형님두 들어갔댔쉐까?"

"님자두 들어갔댔나?"

"형님은 뉘 집에?"

13) 채마 먹을 거리나 입을 거리로 심어서 가꾸는 식물.

"나? 눅서방네 집에. 넘자는?"

"난 왕서방네…… 형님 얼마 받았소?"

"눅서방네 그 깍쟁이 놈, 배추 세 페기……."

"난 삼 원 받았디."

복녀는 자랑스러운 듯이 대답하였다.

십 분쯤 뒤에 그는 자기 남편과, 그 앞에 돈 삼 원을 내놓은 뒤에, 아까 그 왕서방의 이야기를 하면서 웃고 있었다.

그 뒤부터 왕서방은 무시로[14] 복녀를 찾아왔다.

한참 왕서방이 눈만 멀진멀진 앉아 있으면, 복녀의 남편은 눈치를 채고 밖으로 나간다. 왕서방이 돌아간 뒤에는 그들 부처는, 일 원 혹은 이 원을 가운데 놓고 기뻐하고 하였다.

복녀는 차차 동리 거지들한테 애교를 파는 것을 중지하였다. 왕서방이 분주하여 못 올 때가 있으면 복녀는 스스로 왕서방의 집까지 찾아갈 때도 있었다.

복녀의 부처는 이제 이 빈민굴의 한 부자였다.

그 겨울도 가고 봄에 이르렀다.

그때 왕서방은 돈 백 원으로 어떤 처녀를 하나 마누라로 사오게 되었다.

"흥."

14) 무시로 시도 때도 없이. 아무 때나.

복녀는 다만 코웃음만 쳤다.

"복네, 강짜[15]하갔구만."

동리 여편네들이 이런 말을 하면, 복녀는 홍 하고 코웃음을 웃고 하였다.

내가 강짜를 해? 그는 늘 힘 있게 부인하고 하였다. 그러나 그의 마음에 생기는 검은 그림자는 어찌할 수가 없었다.

"이놈 왕서방, 네 두고 보자."

왕서방의 색시를 데려오는 날이 가까웠다. 왕서방은 아직껏 자랑하던 기다란 머리를 깎았다. 동시에 그것은 새색시의 의견이라는 소문이 쫙 퍼졌다.

"홍."

복녀는 역시 코웃음만 쳤다.

마침내 색시가 오는 날이 이르렀다. 칠보단장[16]에 사인교(四人轎)[17]를 탄 색시가 칠성문 밖 채마밭 가운데 있는 왕서방의 집에 이르렀다.

밤이 깊도록 왕서방의 집에는 중국인들이 모여서 별한 악기를 뜯으며 별한 곡조로 노래하며 야단하였다.

다른 중국인들은 새벽 두 시쯤 하여 돌아갔다. 그 돌아가는 것을 보면서 복녀는 왕서방의 집 안에 들어갔다. 복녀의 얼굴에는 분이 하얗게 발려 있었다.

15) 강짜 '강샘'(부부간이나 서로 사랑하는 이성 사이에서 상대자가 자기 아닌 다른 이성을 사랑하는 데 대한 강한 질투)의 속된 말.
16) 칠보단장 여러 가지 패물로 몸을 꾸밈. 또는 그 꾸밈새.
17) 사인교(四人轎) 앞뒤에 각각 두 사람씩 모두 네 사람이 메는 가마.

신랑 신부는 놀라서 그를 쳐다보았다. 그것을 무서운 눈으로 흘겨보면서, 그는 왕서방에게 가서 팔을 잡고 늘어졌다. 그의 입에서는 이상한 웃음이 흘렀다.

"자, 우리 집으로 가요."

왕서방은 아무 말도 못 하였다. 눈만 정처 없이 두룩두룩하였다.

복녀는 다시 한 번 왕서방을 흔들었다.

"자, 어서……."

"우리, 오늘 밤 일이 있어 못 가."

"일은 밤중에 무슨 일."

"그래두, 우리 일이……."

복녀의 입에 아직껏 떠돌던 이상한 웃음은 문득 없어졌다.

"이까짓 것."

그는 발을 들어서 치장한 신부의 머리를 찼다.

"자, 가자우…… 가자우."

왕서방은 와들와들 떨었다. 왕서방은 복녀의 손을 뿌리쳤다.

복녀는 쓰러졌다. 그러나 곧 다시 일어섰다. 그가 다시 일어설 때는, 그의 손에는 얼른얼른하는 낫이 한 자루 들려 있었다.

"이 되놈, 죽어라, 죽어라, 이놈, 나 때렸디! 이놈아, 아이구, 사람 죽이누나."

그는 목을 놓고 처울면서 낫을 휘둘렀다. 칠성문 밖 외딴 밭 가운데 홀로 서 있는 왕서방의 집에서는 일장의 활극이 일어났다. 그러나 그 활극도 곧 잠잠하게 되었다. 복녀의 손에 들려 있던 낫은 어느덧 왕서방의 손으로 넘어가고, 복녀는 목으로 피를 쏟으면서 그 자리에 고꾸라져 있었다.

복녀의 송장은 사흘이 지나도록 무덤으로 못 갔다. 왕서방은 몇 번을 복녀의 남편을 찾아갔다. 복녀의 남편도 때때로 왕서방을 찾아갔다. 둘의 사이에는 무슨 교섭[18]하는 일이 있었다. 사흘이 지났다.

밤중에 복녀의 시체는 왕서방의 집에서 남편의 집으로 옮겼다.

그리고 그 시체에는 세 사람이 둘러앉았다. 한 사람은 복녀의 남편, 한 사람은 왕서방, 또 한 사람은 어떤 한방 의사. 왕서방은 말없이 돈주머니를 꺼내어, 십 원짜리 지폐 석 장을 복녀의 남편에게 주었다. 한방의의 손에도 십 원짜리 두 장이 갔다.

이튿날 복녀는 뇌일혈[19]로 죽었다는 한방의의 진단으로 공동묘지로 가져갔다.

18) 교섭 어떤 일을 이루기 위하여 상대편과 의논함.
19) 뇌일혈 고혈압이나 동맥경화 등으로 뇌 속에 출혈을 일으키는 병.

1 복녀의 인생관이 변해가는 과정과 그 원인을 서술하시오.

복녀는 원래 가난하지만, 정직한 농가에서, 규칙 있게 자라난 처녀였고 마음속에서는 '막연하나마 도덕이라는 것에 대한 저품(두려움)' 이 있는 올바른 사람이었습니다. 그러나 결혼 이후 몰락의 과정을 겪으면서 점점 성격도 변해갑니다. 그러던 중 기자묘의 송충이잡이에 참여하였다가 '일 안 하고 공전 많이 받는 인부' 의 한 사람이 되는 사건을 겪게 된 뒤부터는 그녀의 인생관이 변하고 맙니다. 이때부터 빈민촌에서 본격적인 매음으로 복녀 부부는 살아가게 되고, 그것에 대해 어떤 부끄러움도 느끼지 못합니다. 그리고 왕서방네 감자를 훔치면서 그와 관계를 맺게 된 뒤부터는 그 파렴치의 도를 더해갑니다.

올바른 교육을 받고 자라난 한 인간이 타락의 길을 걷는 것은 가난이라는 물리적 조건 때문입니다. 복녀가 송충이잡이 감독에게 몸을 허락하고 왕서방과 관계를 맺는 것은 순전히 밥을 먹기 위함이요, 물질을 얻기 위함입니다. 이렇듯 본성이 선했던 복녀가 절도자가 되고 매춘부가 되고 급기야는 그녀의 죽음마저도 부당하게 뇌일혈로 위조되는 것은 복녀를 에워싸고 있는 환경이 가져온 비극이라 할 수 있습니다.

2 이 소설의 제목인 '감자'가 상징하고 있는 것은 무엇인가요?

인간의 삶을 지배하는 두 가지 근본 원리는 인간의 정신과 육체로 나누어 볼 수 있습니다. 이중 자연주의자들이 관심을 보인 것은 인간의 육체였습니다. 이런 인간의 육체를 유지하기 위해서는 물질이 있어야 합니다. 그래서 물질에 대한 욕망과 육체적 쾌락은 밀접한 관계를 갖고 있습니다.

이 작품에서 이런 물질을 대변하고 있는 소재가 바로 '감자'입니다. 착했던 복녀가 빈민굴에서 매음녀로 타락하고, 중국인 왕서방에게 억울한 죽음을 당하는 모든 원인은 앞서 기술한 바와 같이 그녀의 가난 때문입니다. 결국 '감자'가 복녀의 도덕과 양심을 마비시키면서 현실적으로 복녀의 삶을 지배하고 있음을 알 수 있습니다.

3 이 작품의 주인공의 이름을 복녀라고 지은 이유와 그 효과에 대해 서술하시오.

복녀를 한자로 쓰면 福女입니다. 이름의 뜻으로 풀어보면 '복된 여자', '복이 많은 여자'로 풀이할 수 있습니다. 그렇지만 현실적으로 복녀의 삶을 찬찬히 뜯어보면 게으른 남편은 도덕성이 마비된 파렴치꾼이어서 마지막 복녀의 죽음을 놓고도 돈과 거래하는 몰인정한 사람입니다. 그런 남편 때문에 빈민굴을 전전하다가 비참한 죽음을 맞게 되는 복녀의 삶은 그 이름과는 전혀 어울리지 않는 불행한 삶 그 자체입니다. 이렇게 그 단어의 뜻과 정반대의 상황이 벌어지는 것을 반어적이라고 합니다. 이런 반어적 용법은 복녀의 비극적인 삶을 더욱 부각시키는 효과가 있습니다.

이렇듯 반어적 용법을 통해 주제를 효과적으로 전달하는 기법은 다른 문학 작품에서도 찾아볼 수 있는데, 빈민의 비참한 삶을 다룬 전영택의 「화수분」이나 현진건의 「운수 좋은 날」 등이 대표적입니다.

4 복녀는 왜 왕서방을 찾아갔을까요?

복녀는 왕서방을 결혼 첫날 밤 찾아갑니다. 자신과 정기적인 성관계를 맺던 왕서방이 돈 백 원을 주고 새색시를 사오자 복녀는 자신의 죽음을 자초할 무기인 낫을 가지고 신방을 쳐들어갑니다. 복녀가 낫을 들고 왕서방의 신방으로 뛰어든 것이 자신의 돈벌이를 잃을 것에 대한 두려움 때문이지, 새신부에 대한 질투 때문인지 분명하지 않습니다. 그러나 제정신이 아닌 복녀가 얼굴에 허옇게 분을 바르고 신방에 들어간 것으로 봐서 복녀의 질투심을 먼저 생각해 볼 수 있습니다. 그러나 복녀가 왕서방을 정말로 질투했다면 그동안 왕서방과의 관계가 돈으로 성을 사고팔았던 관계가 아니라 진실한 애정의 관계였다는 새로운 가정을 해야 합니다. 평소 적극적이고 활달했던 복녀가 감자를 몰래 캐다 만난 밭의 주인인 왕서방에게 순정을 가졌다고 하기에는 전체적인 줄거리에서 이해하기 힘든 상황입니다.

5 복녀의 죽음을 돈으로 처리하는 결말 부분이 주는 효과에 대해 서술하시오.

복녀가 왕서방의 신혼 방에서 왕서방이 휘두른 낫에 죽은 후, 삼 일 동안 복녀의 남편은 왕서방과 복녀의 주검을 놓고 뒷거래를 합니다. 복녀의 남편과 왕서방은 어떤 한방 의사를 앉혀놓고 삼십 원에 복녀의 사인을 뇌일혈로 위장한 뒤 한방 의사의 진단으로 복녀의 시신을 공동묘지에 묻습니다.

이와 같은 복녀의 죽음을 언급한 부분이 본문에 거의 열 줄 이내로 간략하게 나와 있습니다. 복녀의 죽음이 이처럼 냉정하게 그려진 것은 철저하게 서정주의를 배격했던 작가의식 아래 돈과 물질이 지배하고 있는 이 사회의 냉정함을 보여주기 위함입니다.

6 칠성문 밖 빈민굴을 싸움, 간통, 살인, 구걸, 징역, 이 세상의 모든 비극과 활극의 근원지로 그리고 있는 이유는 무엇인가요?

칠성문은 6세기 중엽에 창건된 고구려 평양성의 내성에 해당합니다. 칠성문은 예전부터 평양으로 들어가는 관문으로, 문을 기점으로 안에는 부촌(富村)이 형성되고, 성문 밖에는 자연스럽게 빈민촌(貧民村)이 형성되었습니다.

그런데 작가는 이 빈민굴을 세상의 죄악과 범죄가 우글거리는 소굴로 그리고 있습니다. 가난한 사람들은 양심과 도덕을 저버리고 인격까지 저속한 삶을 살아갈까요? 일반적으로 가난해서 하는 일이 미천하다고 할지라도 그들의 정신까지 함께 비하시키는 것은 올바른 평가가 아닙니다. 이러한 잘못된 평가는 김동인의 부유한 성장환경과도 밀접한 관계가 있습니다. 김동인의 아버지는 평양 대대로 내려온 소문난 부자였고, 그 덕분에 김동인은 사백 평이라는 넓은 집에서 호사스런 귀공자로 자라납니다. 그런 작가의 눈에 빈민촌의 불안전성과 무질서는 모든 범죄의 온상으로 생각되었을 것입니다.

위와 같은 작가의식을 바탕으로 작가가 가난한 빈민촌을 모든 비극과 활극의 근원지로 작품의 서두에 강조한 것은 환경이 인간의 삶을 지배하는 '환경결정론' 때문입니다. 복녀의 가난한 환경이 도덕적 일탈(逸脫)을 부추기는 주요인으로 작용함을 보여주기 위함입니다. 그것과 함께, 복녀의 타락과 비참한 죽음이라는 비극적 결말은 위에 제시된 암울한 배경 속에 미리 암시된 것으로 볼 수 있습니다.

7 **이 작품은 1925년에 발표된 소설입니다. 당시 일제 강점기라는 시대상과 견주어 이 작품이 지니는 한계를 설명하시오.**

1920년대는 가혹한 일제의 식민통치가 본격화되고, 이에 대한 반발로 소작쟁의와 노동쟁의가 사회에서 끊이지 않았습니다. 무력으로 일제는 토지를 점령하고 생존에 필요한 자원까지 수탈하여 기층 민중은 궁핍에 시달리며 끼니조차 잇기 어려운 처지가 되었습니다.

복녀의 비참한 죽음으로 끝나는 이 작품도 언뜻 수탈당하는 하층 계급 사람들의 비극을 폭로하는 계급의식과 관련지어 생각해 볼 수 있습니다. 그리고 외국인에 의한 복녀의 죽음은 민족의식과 연관시켜 볼 수도 있습니다.

그러나 「감자」의 본질은 그 어느 쪽에도 해당하지 않습니다. 복녀가 빈민굴의 주민으로 전락하게 된 것은 계급 차별의 결과가 아니라 철저한 게으름으로 무장된 남편의 무능 때문이었습니다. 또한 민족의식이라는 측면에서도 복녀를 죽인 사람은 당시 우리 민족을 억압했던 일본인이 아닌 중국인 왕서방입니다. 그리고 복녀의 죽음도 복녀가 먼저 살의를 품고 왕서방을 찾아감으로써 스스로 죽음을 자초한 국면도 빠뜨릴 수 없습니다.

이런 점에서 이 작품은 칠성문 밖 빈민굴의 모습을 그리고 있으면서도 가난의 본질적인 원인인 사회적 환경을 포착했지 못했고, 당시 일제에게 지배당하고 있던 민족적 억압의 상황을 그려내지 못한 한계점이 있습니다.

깊이 생각해 보기

¤ 자연주의

자연주의를 대표하는 작가로는 프랑스의 문인 에밀 졸라가 있습니다. 졸라는 그의 '실험소설론' 에서 C. 베르나르의 실험의학서설(實驗醫學序說)의 이론을 문학 속에 전용하며 프랑스의 자연주의 문학을 이론적으로 확립시켰습니다. 자연주의라는 명칭 자체가 과학에서 유래된 것인 만큼, 자연주의는 과학에 대한 절대적인 믿음 위에 세워진 문학입니다.

과학에 대한 믿음이 반영된 자연주의 문학은 두 가지 양상으로 나타납니다. 첫째는 엄격한 객관주의와 해부학적 방법으로 사물을 냉철하게 관찰하고 분석합니다. 이것은 사실적인 기록을 중시하는 '리얼리즘' 보다 한 걸음 더 나아간 것으로서 관찰의 결과를 실증하기 위하여 사실에 입각한 자료를 수집하여 실험적·해부적 방법을 통하여 재현시킵니다. "나는 마치 외과 의사가 인체를 해부하듯이 살아 있는 두 인물을 해부했다"라는 에밀 졸라의 말에서도 그것을 잘 확인할 수 있습니다.

둘째는 환경결정론이 그것입니다. 과학자로 자처한 자연주의자들은 자신들의 문학적 지향점을 미(美)가 아니라 진(眞)으로 설정합니다. 인생의 진실을 추구하다보니 인생의 아름다운 것보다 비정한 현실 세계를 포착하여 환경과 물질이 인간의 삶에 미친 영향을 추적합니다. 그래서 인간의 숭고한 정신 세계보다 인간의 육체가 가지고 있는 본능적인 욕구나 굶주림 등에 크게 비중을 둡니다. 결국 인간의 존재를 결정짓는 요인을 '유전' 과 '환경' 에서 찾으려 했던 것입니다.

이러한 자연주의 소설들은 대체로 인간이 가진 본능적 욕구에 충실하며 환경의 지배를 받고 사는 인간을 그리다 보니 대체로 그 결말이 비극적으로 그려질 수밖에 없습니다. 그래서 자연주의 경향의 작품들은 결말이 비극적인 경우가 대부분입니다.

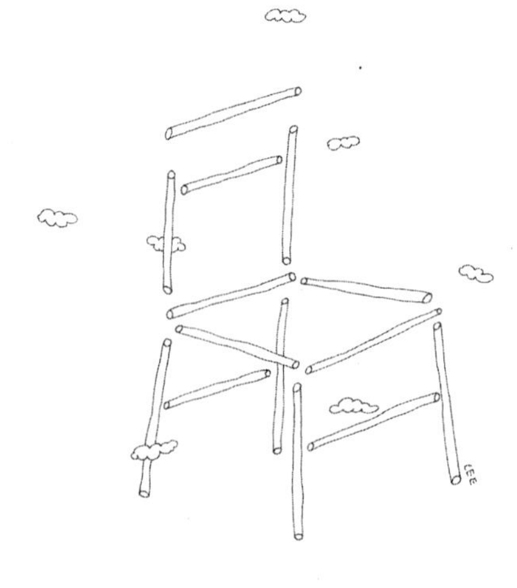

명문

자신만의 왜곡된 종교관과 맹목적인 신앙의 방식으로
양심적 판단이 어긋나버린 한 인물을 통해
인간의 윤리의식을 풍자한 작품.

"하하하하, 너의 하나님도 질투는 꽤 세다"

기독교에 대한 맹목적인 믿음으로 빗나간 윤리의식

이 작품은 1925년 『개벽』지에 발표한 소설입니다. 김동인은 이 작품을 「감자」와 동일한 시기에 발표하면서 김동인만의 문체 표현 방식을 발명하였고, 거기에 대한 충분한 긍지 속에 이 작품을 썼다고 말하고 있습니다.

김동인이 발명했다고 하는 '동인미'란 구어체의 완성과 함께 삼인칭 단수 'he, she'를 '그, 그녀'라고 쓰기 시작한 문체의 특징만을 가리키는 것이 아닙니다. 오히려 김동인 자신만의 독특한 철학과 세계관, 인생관의 구현을 위하여 창출해 낸 참신하고 생소한 창작방법을 말하는 것입니다.

「명문」은 김동인의 기독교에 관한 관심을 표명한 몇 작품 중의 하나입니다. 그는 이 작품에서 기독교가 인간 심성에 어떤 영향을 미쳤는가에 대한 관심을 기울이며, 기독교를 통해 인간의 의식 속에 숨겨진 인간성의 비밀을 파헤치고자 했습니다.

이 작품에서는 전통 윤리와 기독교 윤리의 대립과 아버지와 아들의 대립이라는 인간의 대립구조의 원형을 보여주고 있는데, 이런 기독교 윤리와 전통 윤리의 대립은 오늘날에도 해결되지 않고 있는 갈등 양상입니다.

이 작품에도 이전 작품에 나오는 극단적 인물과 극단적 사건이 나오는데, 그 인물이 바로 전주사입니다. 전주사는 기독교에 몹시 심취해서 모든 삶을 하나님이 주신 계시로 살아가는 인물입니다. 전주사의 아버지는 젊은 시절 과거시험을 보고 소과에 합격한 사람으로, 유교 사상에 투철한 전통적 사고방식을 가진 인물입니다. 그런 아버지를 전주사는 불쌍한 사람으로 보고 있습니다. 이것은 기독교를 우월하게 생각하고, 전주사가 자신의 아버지를 정신적으로 압도하는 부분입니다. 이 두 사람의 대립각은 늘 전주사의 기도에서 시작됩니다. 전주사의 기도는 종교적으로 신과의 소통으로 보이지만, 현실적 관계에서는 단절과 불화의 형태로 나타납니다. 아버지가 돌아가신 후 거대한 공회당을 짓고, 치매에 걸린 어머니의 영혼을 더 이상 죄에 물들지 않게 하기 위해 과다한 약물로 영원히 잠들게 하는 행위는 전주사의 양심적 판단으로 볼 때 가장 올바른 판단의 결과물들입니다. 그런 전주사가 저승에 가서 하나님께 심판을 받아 지옥으로 간 부분은 참으로 아이러니한 부분입니다.

기독교에 심취해서 인간이 가져야 할 기본적인 도덕을 잃어버린 전주사를 통해 김동인은 기독교에 대한 부정적 견해를 보여줍니다. 김동인의 아버지는 평양에서 소문난 갑부인 동시에 교회 장로였습니다. 이런 기독교적 정서가 강한 집에서 자랐지만, 김동인 자신은 정작 유미주의를 추구하며, 현세의 쾌락을 중시했던 인물입니다. 그래서 자신이 추구하던 예술관과 기독교의 세계관은 현실적으로 조화되기 어려웠을 것입니다. 그런 기독교에 대한 부정적 견해가 반영되어 있습니다.

명문

전주사(主事)[1]는 대단한 예수교인이었습니다.

양반이요 부자요, 완고[2]한 자기 아버지의 집안에서, 열일고여덟까지 맹자와 공자의 도를 배우다가, 우연히 어느 날 예배당이라는 곳에 가서, 강도(講道)하는 것을 듣고, 문득 자기네의 삶의, 이상이라는 것을 모르고 장래라는 것을 무시하는 것에 놀라서, 그날부터 대단한 예수교인으로 변하였습니다.

그는 예수를 믿으면서 맨 처음 일로 제 아내를 예수교인이 되게 하였습니다. 동시에, '님자' 이고, '여편네' 이고, 떡하면 '이년' 이던 그의 아내는 '당신' 이요, '마누라' 요, '그대' 인 아내로 등급이 올랐습니다.

1) 주사(主事) 사무를 주장하는 사람. 그를 높여 이르는 말. 일반직 6급 공무원의 직급. 사무관의 아래, 주사보의 위이다.
2) 완고 융통성이 없이 올곧고 고집이 세다.

그는 머리를 깎아 버렸습니다. 그리고 제 아버지와 어머니에게까지 예수교를 전해보려 하였습니다.

"네나 천당인가엘 가라."

어머니의 대답은 이것이었습니다.

"천당? 사시 꽃이 피어? 참 식물원에는 겨울에도 꽃이 피더라, 천당까지 안 가도……. 혼백이 죽지 않고 천당엘? 흥, 이야긴 좋다. 네, 내 말을 잘 들어라, 사람이 죽는다는 것은, 혼백이 죽느니라. 몸집은 그냥 남아 있고……. 몸집이 죽는 게 아니라, 혼백이 죽어 혼백이 천당엘 가? 바보의 소리다. 바보의 소리야. 하하하하."

아버지는 비웃는 듯이 이렇게 대답해 오다가, 갑자기 고함쳤습니다.

"이 자식! 양반의 집안에서 예수? 중놈같이 대구리를 깎고. 다시 내 앞에서 그댓 소릴 했다가는 목을 자르리라."

전주사는 아버지와 아버지의 혼을 위하여 기도를 하면서, 자기네의 방으로 돌아왔습니다.

평화롭고 점잖고 엄숙하던 이 집안에는, 예수교가 뛰어들어오자부터 온갖 파란[3]이 일어났습니다.

'나는 너희에게 평화를 주려고 온 것이 아니라, 오히려 분쟁을 일으키러 왔느니라.'

고 한 예수의 말씀은, 그대로 이 집안에서 실현되었습니다. 칠역(七逆) 가운데 드는 무서운 죄악을, 전주사는 맨날과 같이 범하였습니다.

미신이라는 것을 한 죄악으로까지 보던 아버지는, 전주사가 예수를

3) 파란 순탄하지 아니하고 어수선하게 계속되는 여러 가지 어려움이나 시련.

믿기 시작한 뒤부터는, 아들을 비웃느라고 맨날 무당과 판수[4]를 집 안에 불러들여서 집 안을 요란하게 하였습니다.

"우리 자식 놈의 예수와, 내 인복 대감과 씨름을 붙여 놓아라."

이러한 우렁찬 아버지의 웃음소리가 때때로 안방에까지 들리도록 울렸습니다. 그런 때마다, 착하고 효성 있는 전주사는 눈물을 흘리면서 골방에 들어가서 아버지를 위하여 기도드렸습니다.

이 무섭고 엄한 집안에 들어온 예수교는, 집안이 집안인지라 가지는 널리 못 퍼졌지만, 그러나 뿌리는 깊게 뻗쳤습니다. 온갖 장해와 박해 아래서도 전주사의 내외의 마음속에는 더욱 굳건히 이 뿌리가 들어박혔습니다.

"하늘에 계신 아버지여, 이 제 육신의 아버지의 죄를 용서해 주십시오. 그는 착한 이외다. 남에게 거리끼는 일은 하나도 안 하는 사람이외다. 다만 한 가지, 그는 전지전능하신 하나님의 선지식을 모르는 것뿐이 죄악이라면 죄악이겠습니다. 딴 우상을 섬기는 것이 당신께는 가장 큰 죄악이겠지만, 이 육신의 아버님이 딴 우상을 섬기시는 것은, 결코 자기의 마음에서가 아니라, 다만 나를 비웃느라고 하는 일에 지나지 못합니다. 그의 그 죄를 용서해 주십시오."

그는 흔히 이런 기도를 골방에서 드렸습니다.

어떤 날, 이날도 그는 이러한 기도를 드리고, 골방에서 나오노라니까 (며느리의 방에는 아직 들어와 보지 못한) 그의 아버지가, 골방문 밖에서 있었습니다. 전주사는 아버지의 위엄 있는 얼굴에 놀라서, 그만 그

4) 판수 맹인. 점치는 일을 직업으로 삼는 소경.

자리에 굴복하고 앉고 말았습니다.

"얘 고맙다. 하나님한테 이 내 죄를 용서하라고? 이 전 대과(大科)[5]는 자기 철이 든 이래, 죄라고는 하나도 범하지 않은 사람이다. 내 죄를? 이 자식! 네 아비의 죄가 대저 무엇이냐! 대답해라."

전주사는 겨우 머리를 조금 들었습니다.

"아버님, 말씀드리겠습니다. 아까 하나님께 기도올렸거니와, 아버님은 다른 잘못이라는 것은 없는 분이지만 하나님 밖에 다른 신을 섬기시는 것이 가장 큰 죄악의 하나올시다."

"하하하하. 너의 하나님도 질투는 꽤 세다. 얘, 내 말을 꼭 명심해서 들어라. 이 전 대과는 다른 죄악보다도 질투라는 것을 제일 미워한다. 너도 알다시피, 첩을 두지 않는 것만 보아도 여편네 사람의 질투를 얼마나 싫어하는지 알겠지. 나는 질투 심한 너의 하나님은 섬길 수가 없다. 하하하하, 너의 하나님은 여편넨가 보구나."

아버지는 별한 찢어지는 소리로 웃음치고, 문밖으로 나가버렸습니다.

전 대과의 아들 전주사는 예수를 믿는 죄 때문에 얼마 뒤 그만 아버지의 집에서 쫓겨났습니다. 그가 쫓겨나올 때, 어머니가 몰래 그의 손에 돈 천 원어치를 쥐어주었습니다.

그는 아버지의 집에서 쫓겨 나오면서도 결코 아버지를 원망하지 않고, 오히려 아버지의 하나님을 저품하지 않는 태도 때문에 눈물을 흘렸습니다.

5) 대과(大科) 여기서는 과거를 급제한 사람을 가리킴.

그는 조그마한 가가[6]를 하나 세내어 가지고, 잡저자[7]를 시작하였습니다.

예수에게 진실하고 열심인 만큼, 그는 장사에도 또한 열심이고 정직하였습니다. 이 세상에 덕이 셋이 있으니, 첫째는 예수 믿는 것이요, 둘째는 정직함이요, 셋째는 겸손한 것이라는 것이 전주사의 머리에 깊이 박혀 있는 신념이었습니다. 그는 온갖 일을 이 '덕'이라는 안경으로 비추어 보면서 행하였습니다. 그는 예수의 출생 전에 세상을 떠난 공자와 맹자를 위해서까지 기도를 드렸습니다.

정직함과 겸손함을 푯대 삼는 그의 장사는 날로 흥하였습니다. 아래로는 어린애의 코 묻은 오 푼짜리 동전으로부터 위로는 십 원, 백 원짜리의 지폐가 그의 집에 들락날락하였습니다.

그의 장사는 날로 흥하였지만, 그의 밑천은 결코 늘지 않았습니다.

그는 이전에 자기 아버지의 집에 있을 때는 몰랐지만 이와 같이 세상에 나온 뒤에 자기 아버지의 평판이 대단히 나쁜 것을 보았습니다. 다른 것이 아니라, 인색하다는 것이외다.

'아버지도 그만한 재산이 있으면 남한테 좀 주어도 좋을 것을…….'

그는 처음에는 이렇게 생각하였지만, 자기의 장사에서 이익이 나는 것을 본 뒤부터는 그 이익을 모아서 백 원, 오십 원씩 아버지의 이름으로 여기저기 기부를 하였습니다. 그리고 혼자서 마음으로 아버지를 위하여 하는 일이라고 기뻐하고 하였습니다.

"여보, 마누라. 아버님이 인색하시단 말도 인젠 조금 줄었겠지요?"

6) 가가 '가게'의 원말.

7) 잡저자 이것저것 파는 것.

어떤 날 그는 아내에게 이렇게 말하였습니다.

"네. 며칠 전에 거리에 서 있노라니깐 지나가는 사람들의 이야기에, 아버님께서 불쌍한 사람에게 기부를 하신 일이 신문에 났다고 늘그막에 선심을 시작하신 모냥이라고들 하는 모냥입디다."

"신문에?"

그는 그날부터 신문을 사 보기 시작하였습니다.

그는 어떤 때 예배당을 짓는 데 아버지의 이름으로 천 원을 기부하였습니다. 그리고 그날부터 신문에 그 일이 나기를 기다렸습니다.

이삼 일 뒤에, 그는 신문을 뒤적이다가 고함을 치면서 그 신문을 들고 방 안에 뛰어들어갔습니다. 신문에는 커다랗게 전성철(田聖徹) 대감이 돈 천 원을 예배당 건축에 기부하였다는 말이 씌어 있었습니다.

"여보 마누라, 기도드립시다. 하나님이여, 제 아버지의 죄를 이것으로 얼마라도 용서해 주십시오. 예수의 공로까지 빌어서 당신께 원하옵니다. 아멘. 아, 마누라, 이것 보오, 이것을. 아버님도 기뻐하시겠지."

그리고 이삼 일이 또 지났습니다. 그날 저녁 몇 해를 서로 보지 못했던 아버지의 집 차인(差人)[8]이 문득 그를 찾아와서, 돈 천 원을 주며 아버지의 말을 전갈하였습니다. 그 말은 대략 이러하였습니다.

'내 이름으로 예배당에 돈 천 원을 기부한 일이 신문에 났기에, 알아보니깐 네가 가지고 왔다더라. 이 뒤에는 결코 내 이름을 팔아먹지 마라. 예수당에 기부? 예수당에 기부할 돈이 있으면 전장[9]을 사겠다. 그 돈 천 원을 도로 찾아서 보내니, 결코 다시는 그런 짓을 마라!'

8) 차인(差人) '차인꾼'의 준말. 임시 심부름꾼으로 부리는 사람.
9) 전장 개인이 소유하는 논밭.

그는 이 말을 듣고 아버지를 위하여 눈물을 흘렸습니다. 그리고 이튿날 다시 그 예배당에 가서, 신문에 내지 않기로 하고 다시 그 천 원을 기부하였습니다.

세월은 흘러서 십여 년이 지났습니다. 스무 살쯤 하여 아버지의 집에서 쫓겨난 전주사는 어느덧 서른 살이 되었습니다.

그러나 그의 살림은 조금도 변하지 않았습니다. 장사에서 이익이 나면 아버지의 이름으로 기부를 하고, 맨날 아버지와 어머니의 영혼을 위하여 기도하고, 정직하고 겸손하게 장사를 해나가고……. 그리하여 그가 서른 살 되던 해에, 그의 아버지는 문득 병에 걸려서 위독하게 되었습니다.

맏아들이요 외아들인 그는, 위독한 아버지의 앞에 돌아갔습니다.

그는 굵은 핏줄이 일어서 있는, 이전에는 든든했던 아버지의 싯누런 손을 잡고 쓰러져 울었습니다. 아버지는 힐끗 그를 본 뒤에,

"우리 예수꾼"

한 뒤에, 성가신 듯이 눈을 감고 말았습니다. 그러나 전주사는 그 아버지의 감은 눈 아래 감추어져 있는 오래간만에 만나는 부자로서의 따뜻한 사랑을 보았습니다. 그는 흐느끼는 소리로 그 자리에 엎드려 기도를 드렸습니다. 이 가련하고 착한 영혼을 위하여, 그는 몇만 번 드린 가운데서 그중 훌륭한 기도를 하나님께 드렸습니다.

아버지의 눈은 잠깐 떨리다가 열렸습니다.

"너, 날 위해서 기도하냐? 흥! 예수꾼."

아버지는 고즈넉이[10] 말을 시작하다가, 갑자기 아들의 쥐고 있는 손

을 뿌리치면서 고함쳤습니다.

"저리 가라! 썩 가! 애비의 임종[11]에서까지 우라질 하나님! 너의 예수당에 가서나 울어라, 가!"

전주사는 혼이 나서 두어 걸음 물러앉았습니다. 어머니도 놀라서 전주사를 붙들고 떨고 있었습니다. 그러나 전주사의 기도는 멎지 않았습니다. 전주사는 물러앉아서도, 이 착하지만 선지식을 모르는 애처로운 영혼을 위하여 기도를 속으로 드렸습니다.

잠깐이 지났습니다. 아버지는 연하여 성가신 듯이 코를 킁킁 울리다가, 눈을 감은 대로 아들을 오라고 손짓을 하였습니다.

"기도해라! 아무 쓸데없지만 네가 하고 싶으면 해라. 그러나 내게는 하나님보다도 네가 귀엽다. 차디찬 애비의 손을 녹여 다고……."

전주사는 아버지의 손을 잡고 엉엉 처울었습니다.

밤이 깊어서 대과 전(前) 재상, 전성철은 세상을 떠났습니다.

좀 인색하다는 평판은 있었지만, 한때의 귀인 전 대과의 죽음은 만도(滿都)[12]가 조상하였습니다. 조상객이 구름과 같이 모여들었습니다.

전주사는 무엇이 무엇인지 모를 범벅인 혼잡 천지에서 어망처망하다[13]는 듯이 눈이 멀진멀진 조상객들을 맞고 있었습니다. 사실 거리의 조그마한 상인인 '전서방'에서 대가의 맏상제로 뛰어오른 전주사는, 무엇이 무엇인지 분간을 못 하였습니다. 그는 다만 하나님뿐을 힘입으려 하였습

10) 고즈넉이 말없이 다소곳하거나 잠잠하다.
11) 임종 죽음을 맞이함.
12) 만도(滿都) 온 도시.
13) 어망처망하다 '어마어마하고 끔찍하다'는 뜻의 북한말.

니다.

전주사가 새 대감으로 들어앉은 뒤에 처음으로 한 일은, 아버지의 유지(遺志)[14]라는 이름 아래서, 이 도회에 오십만 원이라는 커다란 돈을 먹여서 큰 공회당[15]을 하나 만들어 놓은 것이외다. 그 공회당을 성철관(聖徹館)이라 이름하였습니다.

뭇 사람은 그 공회당 낙성식에 모여서, 없는 전 대과의 혼백을 축복하였습니다.

전주사는 만면에 웃음을 띠고 이 낙성식에 참여하였다가, 자기 집으로 돌아와서 아내에게 이렇게 말하였습니다.

"여보 마누라, 참 돈으로 이런 영광을 살 수 있다니 이런 기쁜 일이 어디 있겠소? 아아, 아버님께서…… 여보, 기도합시다."

이와 같이 돈과 영광의 살림을 하면서도, 그는 결코 사치하게 지내지를 아니하였습니다. 아니, 사치하게 지내려 하여도 지낼 수가 없었습니다. 기름기 많은 고기를 그의 위는 소화를 못 하였습니다. 인력거를 타고 다니면 그는 발이 저려서 참을 수가 없었습니다. 그는 이전의 장사할 때와 마찬가지로, 채소를 먹고, 오 전짜리 담배를 먹으며 십 리가 되는 길도 걸어다녔습니다. 그리고 그의 재산의 수입의 남는 것은 모두 자선에 써버렸습니다.

그러나 마귀는 아무런 구멍으로라도 들어옵니다. 전주사의 집안에도

14) 유지(遺志) 죽은 사람이 살아서 이루지 못하고 남긴 뜻.
15) 공회당 일반 대중이 모임 따위를 할 때 사용하기 위하여 지은 집.

재미없는 일이 생겼습니다.

칠십이 넘은 그의 어머니는 좀 정신이 별하게 되었습니다. 사십이 가까운 며느리가 아직 아들 하나도 낳지 못한 것을 처음은 좀씩 별하게 말해 오던 어머니는, 차차 온갖 사람에게 대하여 그것을 큰일(큰일에는 다름없지만)과 같이 지껄이고 하였습니다.

"계집년이 방정맞으니깐 아들 하나도 못 낳고 맨날 하나님 하나님, 하나님이 제 서방이야?"

이런 말이 나올 때는 그는 어쩔 줄을 모르고 골방에 뛰어들어가서, 이 무서운 말을 하는 어머니를 위하여 기도하였습니다.

그러나 어머니의 그것은 노망이라는 병 때문인지라, 그의 아내에게뿐 아니라, 종들이며 장사배에게까지 못 견디게 굴었습니다.

"내가 늙은이라고 너희 년(혹은 놈)들이 업신여기는고나. 흥! 내가, 아아, 이런 원통한 일이 어디 있나!"
하면서 벼락같이 뜰에 쓰러져서 우는 일도 흔히 있었습니다. 뿐만 아니라, 얼굴 좀 반반한 계집종을 밤중에 전주사 내외의 방에 들여보내는 일도 한두 번이 아니었습니다. 그것을 전주사가 서너 번 물리친 다음부터는, 아직껏은, 아들은 얼마간 저품하던 어머니가 아들에게까지 그렇게 굴었습니다.

"너희 젊은 연놈들이 이 늙은 년 하나를 잡아먹누나. 이 전문(田門)의 종자를 끊으려는 연놈들, 그럼 내라도 아들을 낳아서 이 집을 잇게 하고야 말겠다. 고약한 연놈들."

그러면서 그는 그 뒤에 집에 사람이 오면 매양 그 사람을 붙들고 얌전한 영감을 하나 구해 달라고 야단하였습니다.

어떤 날, 뜰에서 무엇이 잘못되었다고 중얼거리고 있는 어머니의 뒷모양을 전주사가 한심스레 창경[16]으로 내다보고 있을 때에, 사내종 녀석이 하나 지나가다가 뒤에서 흉내를 내며 주먹질을 하는 것을 발견하였습니다.

전주사는 어떻게든 어머니를 처치하여야겠다고 생각하였습니다.

참말, 어머니의 살림은, 아무 가치가 없는 것이외다. 전주사 자기는, 이 세상에 독일이란 나라가 있고, 거기 베를린이라는 도회가 있는 것까지 알고 있는데, 어머니는 대국이라는 나라가 어느 쪽에 붙었는지도 모릅니다. 이런 가련한 인생이 어디 있겠습니까? 그것뿐 아니라, 노망을 하기 때문에, 자기 집안에 부엌이 어느 쪽에 붙었는지까지, 간간 잊어버리는 일이 있고, 자기에게 손주가 있었는지 없었는지도 몰라서 때때로 서두 없이, 손주(게다가, 복손이라는 이름까지 붙여서)를 데려다 달라고 간청을 하고 합니다. 그리고 종년 종놈들에게 주먹질이나 받고…….

그와 같은 사람은 하루를 더 살면 그만큼 자기 모욕의 행동이라고 전주사는 생각하였습니다. 그리고 결론으로는, 자기 어머니와 같은 사람은 없어버리는 것이 없는 자기를 위함이고, 또한 남을 위함이라고 생각하였습니다. 어머님께 효도를 하기 위하여는, 어머니를 저세상으로 보내는 것이라고까지 생각하였습니다. 참말, 사면에서 욕보는 어머니의 모양은, 마음 착한 전주사로서는 볼 수가 없었습니다.

"하나님이여. 당신은 이 세상에 죄악이 너무 퍼졌을 때에 큰 홍수로써 세상을 박멸[17]한 하나님이외다. 지금 제 어머니 때문에, 저는 어머니

16) 창경 창문에 단 유리.

17) 박멸 모조리 잡아 없앰..

를 미워하는 대역의 죄를 지으며, 어머니께서도 맨날 고생으로 지내실 뿐 아니라, 집안의 몇 식구가 잠시도 마음을 놓을 수가 없습니다. 제 이 어머니를 하나님 앞에 돌려보내는 것이, 가장 착하고 적당한 일인 줄 저는 생각합니다."

뿐만 아니라 이제 일 년을 더 살지 못하시리만큼 몸이 쇠약한 것은 아무도 아는 사실이요, 이제 더 산다는 그 일 년이 또한 다만 어머니의 껍질을 쓴 한 바보에 지나지 못하는지라, 그가 어머니를 죽인다 할지라도 그것은 어머니가 아니요, 벌써 송장이 된 어떤 몸집에 조금 손을 더하는 것에 지나지 않겠습니다. 그는 그 벌써 송장으로 볼 수 있는 어머니의 몸에 조금 손을 더하려고 작정하였습니다.

이틀 뒤에 그의 어머니는, 몹시 구역을 하고, 그만 세상을 떠나버렸습니다.

한 달 뒤에 그는 호출장으로 검사정에 가 서게 되었습니다.

그는 서슴지 않고 온갖 일을 다 말하였습니다. 그는 그날 밤부터 구치감[18]에서 자게 되었습니다. 또 한 달이 지났습니다. 존친족고살범(尊親族古殺犯)이라는 명목 아래서 그의 공판이 열렸습니다. 그는 두말없이 사실을 부인하였습니다.

"아, 천부당만부당[19]하신 말씀이외다. 제가, 그 인자하신 어머님께 손을 대다뇨. 천만에……. 어차피 일 년 이내에 없을 수명이시고, 게다가 그 당시에도 살아 계시달 수가 없는 이를, 마음 편히 주무시게 한 뿐

18) 구치감 일제 강점기에 미결수를 가두어 두던 감옥.
19) 천부당만부당 어림없이 사리에 맞지 아니함.

이지 어머니를 내 손으로…… 참 천부당만부당…….”

검사가 일어서서 반박하였습니다. 일 년 이상 더 살지 못할 사람은 죽여도 괜찮다는 법은 어디 있어. 이제 오 분 내지 십 분의 여명(餘命)[20]이 있는 병인을 죽일지라도 훌륭한 살인범이거늘, 이제 일 년? 그 논조로 가면 이제 오십 년, 혹은 칠십 년 남은 여명이라고 죽여 버려도 괜찮다는 말로써, 피고의 말핑계는 핑계도 되지 않는다…….

“당신과 말싸움은 안 하겠습니다.”

그는 검사가 어찌하여 그런 똑똑한 이치도 모르는고 하고, 그만 이렇게 대답하고 말았습니다.

재판관은 다시 전주사에게 물었습니다.

“좌우간 죽은 것은 사실이지?”

“아니올시다.”

“말을 바꾸어서 하마. 그럼 어머니를 ‘주무시게’ 한 것은 사실이지?”

“네 그렇습니다.”

“그것은 훌륭한 죄가 아니냐.”

“그럴 리가 없습니다. 어머님을 가련한 경우에서 건져내는 일이지, 결코 못된 일이 아니올시다.”

“그래도 사람을 죽이…….”

“아니올시다.”

“사람은 잠재우는 것이 죄가 아니야?”

“그 사람을 구원하려고 잠재운 것은 오히려 상받을 일이올시다.”

20) 여명(餘命) 잔명. 남은 목숨.

재판은 이와 같이 끝이 났습니다.

열흘 뒤에 그는 사형의 선고를 받았습니다.

그때에 그는,

"하나님뿐이 아시지, 당신네는 모릅니다."

이렇게 대답하였습니다.

"억울하냐?"

"원죄올시다."

"제 애미를 죽……."

"아니올시다."

"잠재운 것(재판관은 씩 웃었습니다)은 죽어도 싸지."

"당신네는 모릅니다. 하나님뿐이 아시지."

"억울하면, 공소해라."

"그 사람이 그 사람이지요. 하나님 앞에 가서 다 여쭐 테니깐……."

그는 머리를 수그리고 나왔습니다.

형을 행하는 날, 교회사가 그에게 회개를 하라고 하였습니다. 전주사는 한마디로 거절하였습니다. 나는 회개할 일이 없습니다. 하나님 뜻대로 어머니를 주무시게 한 것은 죄가 아니외다. 당신네들의 법률의 명문(明文)[21]에 그것을 사형에 처한다 했으면 그대로 할 것이지, 그 밖에 내 마음까지 간섭치는 말아주. 나는 하나님을 저품하는 예수교인이외다. 십계명 가운데 다섯째에, 부모께 효도하라신 말씀을 지킨 뿐이외다…….

21) 명문(明文) 글로 명백히 기록된 문구. 또는 그런 조문(條文).

그는 이렇게 대답하였습니다.

한 시간쯤 후에, 그의 혼은, 그의 몸집에서 떠났습니다.

그의 몸집을 떠난 혼은, 서슴지 않고 천당으로 가서, 문을 두드렸습니다.

천당의 사자에게 이끌려, 그의 혼은 천당 재판석에 이르렀습니다. 재판석에서, 재판관은 그에게 그의 전생의 일동일정(一動一靜)을 모두 이야기하라고 명하였습니다. 그는 하나도 빼지 않고 다 아뢰었습니다.

"응, 그다음에 세상에서 네가 행한 가운데, 가장 양심에 쓰리던 일을 아뢰어라."

"없습니다."

"없어? 그러면 그중 양심에 유쾌하였던 일을 아뢰어라."

"그것은 두 번이었습니다. 첫 번은 아버님이 없는 뒤에, 아버님의 이름으로 큰 공회당을 세운 일이외다. 아직껏 인색하다고 아버님을 욕하던 세상이, 일시에 아버님의 만세를 부를 때에 어쩔 줄 모르게 기뻤습니다."

"또 하나는?"

"어머님을 주무시게 한 것이외다. 그것 때문에 첫째로는 어머님의 명예를 보존했고, 둘째로는 어머님의 없음으로 집안 모든 사람이 유쾌하게 마음 놓고 살 수 있게 되었고, 그것 때문에 어머님께서는 저절로 선행을 하신 셈이 됐습니다."

재판관은 잠시 뚫어지도록 그의 혼을 바라보다가 좌우를 돌아보며,

"저 혼을, 지옥으로 갖다 가두어라."

고 명령하였습니다. 전주사의 혼은, 처음은 그 뜻을 알지 못하여 잠자코

있었습니다. 그러나 사자 둘이 와서 그의 손을 붙잡을 때에, 그는 무서운 힘으로 사자들을 떨쳐 버리고 고함쳤습니다.

"저를 왜 지옥으로 데려가시렵니까? 대체 당신은 누구외까?"

"나?"

재판관의 날카로운 눈은 번득였습니다.

"나는 여호와로다."

"네? 당신이 하나님이외까? 그럼, 당신은 잘 아실 테외다. 저는 지옥에 갈 죄는 없습니다. 저는 제 행한 모든 일이 다 잘한 일로 압니다."

"내 말을 들어라. 첫째로 너는 애비의 죽은 뒤에 애비의 이름으로 기부를 하였다 하나, 이 천당에서는 소위 명예니 무엇이니는 부인한다. 다만 네가 거짓, 애비 이름을 팔아서 세상을 속인 것뿐을 사실로 본다. 아홉째 계명에 거짓말하지 말라고 하였는데, 그것은 훌륭한 거짓말이 아니냐?"

"그러면 어머님을 편안하게 한 것은, 다섯째 계명에 효도하라는……."

"효도? 부모를 죽인 자가 효도? 네 말로는 어머니를 괴로움에서 건지려 하였다 하나, 그 당시에 네 어미는 아무 고통도 모르고 있지 않았니? 그 어미를 죽인 것이, 여섯째 계명을 어기지 않았냐?"

"그러나 마음은 어머님께 효……."

"마음? 마음만 좋으면 아무런 죄를 지을지라도 용서받을 줄 아느냐?"

"그렇습니다. 당신께서는 사람의 마음을 꿰뚫어 들여다보시고, 마음의 죄악까지 다스리는……."

"아니다, 아니야. 이 말 저 말 할 것 없이, 네 생에 가운데 그중 양심에 유쾌하였던 일에 제5, 제6, 제9의 계명을 범한 것이니깐, 다른 것은 미루어 알 수가 있다. 야, 이 사람을 지옥으로 데려가라!"

"그러나 세상에서나 그렇지, 여기는 명문과 규율 밖에, 더욱 긴한 것이 있지 않습니까?"

하나님은 눈을 내리뜨고 잠시 동안 전주사의 혼을 내려다보다가 웃었습니다.

"하하하하, 여기도 법정이다."

1 아버지와 아들이 서로 대립하는 원인은 무엇인가요?

전주사의 아버지 전판서는 전형적인 사대부로서 외래사상인 기독교를 무조건적으로 배척하는 인물로 나옵니다. 일찍 공맹의 도를 가르쳐 자기와 같은 사대부의 길을 가게 함으로써 집안의 전통과 체면을 유지시키려 했던 아들이 자신의 뜻을 어기고 기독교로 전향했다는 것은 부자유친의 사상을 굳게 믿고 있었던 전판서에게는 분명히 큰 배신이요, 충격이었을 것입니다. 아들의 처지나 행동의 이유를 따지기 전에 가부장적 권위에 손상을 입었다는 수치심과 전판서가 생각하는 가족윤리가 훼손되었다는 판단에서 그는 기독교와 아들을 미워할 수밖에 없었을 것입니다. 그리고 그런 기독교에 대한 절대적인 적대감은 아들에 대한 적대감으로 나타납니다.

2 인간의 고유한 자아와 페르소나가 어떻게 작용했는지 설명하시오.

인간에게는 자아(自我)라는 진정한 자신의 내면의 모습과 사회적으로 대응하는 모습인 페르소나(persona)가 있습니다. 이러한 페르소나가 내면적 욕구에 일치하려는 욕망이 강할 때 페르소나와 자아의 혼동이 이루어집니다. 이렇듯 자아의 혼동은 자아상실감을 가져오고, 자아상실감은 자기 자신의 본연의 모습을 망각하는 형태로 나타납니다.

「명문」에서 나타나는 전주사의 모습은 이처럼 페르소나와 자아를 혼동하여 오직 기독교적 규범과 정신에 입각하여 그것을 따르는 것을 진정한 자신의 모습이라고 생각합니다. 그래서 현실에서 융통성이나 유연성이 거의 없습니다. 이런 전주사의 모습은 아버지와 관계를 어긋나게 만듭니다.

결국 이 결과로 아버지는 자기의 영향권을 벗어난 아들의 배후인 기독교를 증오하며, 아들은 그런 아버지에 대한 적대감으로 가득 차 있습니다. 이런 적대적인 관계 속에서 아들과 아버지가 갖고 있는 페르소나는 자신들의 성을 지키는 방패로 작용하며, 상대를 넘어서려는 전략으로 나옵니다.

3 아버지의 이름으로 전주사가 돈을 기부하는 행위가 의미하는 것은 무엇일까요?

전주사가 예수를 믿는 죄 때문에 아버지의 집에서 쫓겨난 후 어머니가 쥐어준 천 원을 밑천삼아 장사를 시작합니다. 예수님을 믿는 것과 정직함과 겸손함을 생활 신조로 삼았던 전주사는 날로 많은 돈을 벌게 되고, 아버지의 이름으로 여기저기 기부를 시작합니다.

전주사는 자신이 어디까지나 효성스러운 자식임을 알리기 위해 아버지의 이름으로 기부를 한다고 생각하지만, 사실은 자신이 아버지보다 높은 도덕적 차원에 있음을 확인하는 마음이 깔려 있습니다. 이러한 기부행위는 아버지를 감동시키고 변화시키기 위해 시작하지만, 도리어 두 사람 사이에 회복되기 어려운 단절만을 결과적으로 더 깊게 만드는 상황이 된 것입니다.

4 어머니를 죽인 전주사의 행위는 어떻게 봐야 할까요?

전주사가 아버지의 집을 나온 지 십 년 뒤에 아버지가 돌아가시자, 전주사는 아버지의 살림을 이어받게 됩니다. 그런데 전주사가 자식이 없는 것을 못마땅해 하는 어머니는 아내를 욕보이는 언행을 서슴지 않습니다. 어머니의 치매와 모욕적인 언행을 견디다 못해 전주사는 어머니를 살해합니다. 이미 죽어가고 있던 어머니에게 손을 더하여 영원히 어머니를 죽음에 이르게 했다고 생각하는 전주사는 전혀 양심의 가책을 느끼지 못합니다. 그것은 전주사가 기독교적 윤리에 충실했으나, 현실적 윤리에 대해 얼마나 양심이 마비되었는가를 잘 보여주고 있습니다. 전주사가 추구하던 기독교적 윤리 또한 전주사의 맹신으로 잘못 해석하고 있음이 마지막 하나님의 심판으로 잘 나타나 있습니다.

5 전주사의 기도를 어떻게 봐야 할까요?

기도는 기독교에서 신과의 교감이며, 종교적 귀의행위입니다. 이 글에서 전주사는 모든 문제를 기도를 통해 해결하고자 합니다. 전주사의 기도는 종교적으로 신과의 소통으로 보이지만, 현실적 관계에서는 아버지와의 관계에서 단절과 불화를 가중시킬 뿐입니다. 아버지의 임종에서 오직 기도만 되풀이 하는 아들에게 "나는 너의 기도보다, 기도하는 손이 더 어여쁘다"라고 말하는 부분은 이러한 아들의 허점을 잘 보여주고 있습니다. 진정한 관계의 바탕에는 인간적인 진실이 그 무엇보다 우선해야 하는 법입니다. 이 점을 놓치고 있는 전주사의 기도는 기독교의 본질에 다가가지 못하고, 진실을 왜곡하고 있습니다.

6 하나님이 전주사를 지옥에 보내는 이유는 무엇인가요?

어머니를 살해했다는 죄목으로 사형을 당한 후 전주사는 하나님이 재판하는 영혼의 법정에 서게 됩니다. 전주사는 양심에 거리낀 일이 없느냐는 하나님의 질문에 양심에 거리끼는 일은 한 적이 없고 오히려 양심에 유쾌한 일은 있었다는 대답을 합니다. 이 부분은 전주사가 일반적 도덕률에 대해 얼마나 무지한 사람인가를 잘 보여주고 있습니다. 전주사가 아버지를 위해 기부했던 것과 어머니의 죽음을 조금 일찍 당김으로써 어머니가 죄를 덜 짓게 한 부분을 양심에 가장 유쾌한 일이라고 말했을 때, 하나님이 지옥행을 선고하는 장면은 경직된 신념으로 무장된 전주사의 비윤리적 정신 세계를 만천하에 드러내고 있는 부분입니다.

7 이 글에 나타난 풍자성에 대해 설명하시오.

이 글은 처음부터 작가가 풍자성을 의식하고 쓴 작품입니다. 평소에 작가가 즐겨 사용하지 않는 경어체의 문장을 의도적으로 쓴 것도 다분히 도덕적으로 냉소적 어조를 담고 있다고 볼 수 있습니다. 전주사가 오직 하나님의 말씀을 실현하기 위하여 가족 관계까지 파괴하면서 지켜냈던 신념이 오히려 하나님 앞에 인정받지 못하고 죄업의 원인으로 작용한 것은 그 신념이 근본부터 잘못되었다는 것을 일깨워주고 있는 부분입니다. 그런 면에서 전주사는 스스로 만들어낸 잘못된 신념의 희생자라 볼 수 있습니다.

K박사의 연구

인류의 식량 위기를 과학적 방법을 동원하여
'똥' 이라는 대상으로 극복하려 했던 순진한 과학자 K박사를 통해
과학의 오류와 어리석음을 해학적으로 드러낸 작품.

"이 ○○ 병(餠)에서 향기롭지 못한 냄새가 좀 납니다그려"

똥으로 식량의 위기를 극복하고자 했던 순진한 어느 과학자의 이야기

이 작품은 1929년 『신소설』에 발표된 작품입니다.

이 작품이 발표된 1929년은 미국에서 세계경제대공황이 일어난 해입니다. 제1차 세계대전이 끝나고 미국은 장기간의 호황을 누린 듯했지만, 튼튼한 경제구조가 자리 잡지 못한 그 당시의 현실에서 미국의 경제공황은 이웃나라에까지 여파를 미쳐 경제적인 위기감이 고조되고 있었습니다.

어려운 경제현실과 식량부족의 위기감은 인류의 생존을 위협한다는 생각은 토머스 맬더스(Thomas Malthus)라는 경제학자가 1798년 발표한 『인구론』에도 잘 나와 있습니다. 이 책에는 식량은 산술급수적으로 증가하는 데 반해 인구는 기하급수적으로 증가한다는 유명한 이론이 나옵니다. 인간의 식량증산이 기하급수적으로 증가하는 인구의 증가율을 따라잡지 못해 인류가 파멸될 위기를 초래할 것이라는 이 이론은 지식인들에게 매우 충격적인 내용이었습니다.

K박사는 식량위기가 현실화되어 인류의 생존문제가 직면할 것이라는 위기감으로 새로운 연구를 시작합니다. K박사는 우리 인체에 들어간 양분의 30%만이 소화되고 나머지 70%는 똥이 되어 버려지는 사실에 관심을 가집니다. 그래서 그 어느 누구도 시도하지 않는, 똥으로 음식을 만드는 연구에 몰두합니다. 대변을 퍼와서 그것을 전기분해하고 여러 가지 과학적 실험을 거듭하여, 몸에 좋은 영양분만을 분리하여 만든 음식에 그는 ○○병(餠)이라는 이름을 붙입니다. 자신의 연구가 식량의 위기에 빠진 인류를 구원할 수 있는 위대한 업적이라고 확신한 박사는 어느 날 사회적으로 저명한 신사숙녀를 한자리에 모아놓고 거창한 시식회를 엽니다. 크리스마스를 앞두고 상류층 인사들을 초대한 시식회가 잠시 성공하는 듯하지만, 박사가 시식회의 취지를 담은 성명서를 발표하자마자 시식회장은 난리가 납니다. 그동안 ○○병(餠)을 맛있게 먹던 사람들이 앞 다투어 화장실로 달려가며 구토를 하는 등 시식회장은 아수라장으로 변합니다.

K박사와 그것을 지켜보던 서술자는 항간의 떠들썩한 소문을 피하여 잠시 지방에 내려가 쉬기로 합니다. 그곳에서도 K박사는 자신의 연구에 대한 집착을 조금도 줄이지 못하고 시식회의 실패 원인을 조미의 과정에서 찾으려고 합니다. 그런 K박사가 우연히 밥상에 오른 맛있는 개고기가 오전에 마당에서 똥을 먹던 개임을 알고 구토를 하는 장면이 나옵니다. 비로소 K박사가 문제의 핵심을 이해하는 상황이 벌어진 것입니다.

우리 속담에 똥인지 된장인지 구별을 못 한다는 말이 있습니다. 순진한 K박사가 오로지 식량의 위기를 해결하겠다는 과학적 집념으로 사람들의 상식을 깨뜨리면서까지 실험에 몰두하는 장면은 과학으로 모든 것을 해결할 수 있다는 어리석음을 보여주고 있습니다.

K박사의 연구

"자네 선생은 이즈음 뭘 하나?"

나는 어떤 날 K박사의 조수로 있는 C를 만나서 말끝에 이런 말을 물어보았다.

"노신다네."

"왜?"

"왜라니?"

"그새 뭘 연구하고 있었지?"

"벌써 그만뒀지."

"왜 그만둬?"

"말하자면 장난이라네. 하기야 성공했지. 그렇지만 먹어주질 않으니 어쩌나."

"먹다니?"

"글쎄. 이 사람아, 똥을 누가 먹어."

"똥?"

"자네 시식회[1]에 안 왔었나?"

"시식회?"

C의 말은 전부 '?' 였다.

"시식회까지 모를 적에는 자네는 모르는 모양일세그려. 그럼 내 이야기해 줄게 웃지 말고 듣게."

이러한 말끝에 C는 K박사의 연구며 그 성공에서 실패까지의 이야기를 들려 주었다.

맬서스[2]라나…… '사람은 기하학급으로 늘어나고 먹을 것은 수학급으로밖에는 늘지 못한다' 고 이런 말을 한 사람이 있지 않나. 박사의 연구도 이 말을 근본 삼아 가지고 시작되었다네.

어떤 날(여름일세) 박사는 책을 보고 있고 나는 다른 생각을 하면서 같이 앉았노라는데 박사가 머리를 번듯이 들더니,

"자네, 똥 좀 퍼 오게."

하데그려. 이게 무슨 말인지 알 수 있겠나. 그래서 똥이란 대변이냐고 물었더니, 대변 아닌 똥도 있느냐고 그래. 그래서 무슨 검사라도 할 일이 있는가 하고,

"뉘 변을 말씀이외까?"

1) 시식회 음식의 맛이나 요리 솜씨를 보려고 시험적으로 먹어 보는 모임.

2) 맬서스(Malthus, Thomas Robert) 영국의 고전파 경제학자(1766~1834). 과소 소비설(過少消費說) 및 유효 수요(有效需要)의 원리를 처음으로 설명하였으며, 1798년에는 유명한 『인구론』을 내어 인구의 자연 증가를 억제하여야 함을 주장하였다. 저서에 『경제학 원리』 등이 있다.

했더니 벌컥 성을 내면서 뉘 똥이든 퍼오라데그려. 너무 어망처망하여 가만있었지. 글쎄(의사는 아니지만) 검사라도 할 양이면 뉘 변이든 지적을 해야 하지 않는가. 그래서 박사의 얼굴만 바라보고 있노라니깐 채근도 없어. 흥, 잊었구나 하고 다시 앉으려 하니까,

"퍼 왔나?"

하면서 일어서데그려. 자, 이렇게 채근까지 하는 것을 보면 농담도 아니야. 할 수 없이 변소에 가서 냄새나는 것을 조금 퍼다가 박사께 드렸네그려. 그것을 힐끗 보더니 조금만 퍼 왔다고 또 성을 내거든. 나도 슬그머니 결[3]이 나데그려. 그래서 다시 가서 한 바가지 수북이 퍼 왔지, 그러니깐 만족하다는 듯이 웃더니 실험옷의 팔을 걷으면서 나도 연구실로 가자고 그래.

자네도 알다시피 내야 이학상(理學上) 지식이야 어디 조금이라도 있나. 단지 박사의 서기로 들어가 있는 사람이니깐 좌우간 알든 모르든 따라 들어갔지. 박사는 똥을 떠가지고 현미경으로 시험관에 넣어서 끓이며 세척하며 전기로 분해하며 별별 짓을 다 해보더니 그래도 마음대로 되지 않는지 저녁까지 굶어가면서 밤새도록 가지고 그러데그려. 아무리 전기 환기 장치를 했다 해도 그 냄새는 참 죽겠데. 코가 저리고 눈이 쓰리고. 나는 참다 못해 슬그머니 나와버렸네그려. 그랬더니 새벽 두 시쯤 찾아. 그래서 가보니깐,

"이게 새 똥이냐, 낡은 똥이냐?"

또 묻데그려. 내가 어찌 알겠나, 변소에서 퍼 온 뿐이지. 변의 신구(新

3) 결 못마땅한 것을 참지 못하고 성을 내거나 왈칵 행동하는 성미.

舊)야 알 리가 있겠나. 그래서 모르겠다고 그러니깐,

"낡은 겐 모양이군. 다 썩었어. 낡은 게야."

혼자서 중얼중얼하더니 나더러 새 똥 좀 누라데그려. 나도 성미가 그다지 곱지 못한 사람이라 마렵지 않노라고 해버리니깐 박사는 근심스레 머리를 기웃기웃하더니,

"나두 그리 매렵지 않은걸."

하면서 그릇을 가지고 저편 방에 가더니 마렵지 않다던 사람이 웬걸 그다지 누었는지 한 그릇 무더기 담긴 것을 들어오데그려. 아, 우습기도 하고 잠 못 자는 것이 일변 성도 나고 그래서 '밤참으로는 넉넉하겠습니다' 고 쏘아주려다가 그래도 박사가 '마지메(진지)' 하게 들여다보고 있는 것을 보니깐 그러지도 못하겠어. 그래서,

"전 먼저 자겠습니다."

하고 나와서 내 방으로 가서 자버렸지.

그 이튿날부터는 박사는 꼭 연구실에 틀어박혔는데 음식까지 그 냄새 나는 방에서 먹고 하는데 오히려 불쌍하데. 땀을 뻘뻘 흘리면서 더러운 물건을 이리 주무르고 저리 주무르는 양은 우습기도 하거니와 한쪽으로 생각하면 그 사치하게 길러나고, 아무 고생이며 더러움을 체험해보지 못한 박사가 연구 때문에 얼굴을 찌푸리고 냄새나는 방에서 음식까지 먹으며 밤잠을 못 자며 돌아가는 것은 어떻게 엄숙해 보이기도 하고 존경할 생각도 나데.

이러구러 몇 달이 지났네. 무얼 하는지는 모르지만 대변을 분석해 가지고 무슨 유효 성분을 얻어보려는 것을 알겠데. 좌우간 낡은 똥은 쓸 수가 없다 해서 그 뒤부터는 집안 하인의 변까지 죄 그릇에 누어서 박사

의 연구실로 들어가게 되었네그려. 그러니깐 변소는 늘 소변밖에는 아무것도 없었지. 집안사람들이라야 박사와 나와 행랑식구 세 사람과 식모 하나 침모[4] 하나와 사환[5]애 둘이었는데, 때때로는 그 아홉 사람의 것으로 부족될 때가 있어. 그런 때는 박사는 가족이 이십 인이며 삼십 인이며 하는 사람들을 슬며시 부러워하는 기색까지 보이는데 연구 재료가 부족해서 박사가 안타까워하며 발을 동동 구를 때는 너무 미안스러워서 될 수만 있으면 서너 동이씩 만들어 보고 싶데.

그러는 동안에 시골 계신 할머님이 세상을 떠나서 나는 시골로 내려가서 한 달쯤 있다가 가을에야 다시 올라왔네그려. 그래서 곧 박사네 집으로 가서 짐을 푼 뒤에 복동이(사환애)에게 물으니깐 박사는 역시 연구실에 있다 하기에 들어가서 인사를 드렸네. 박사는 무엇을 먹고 있었는데 몹시 반겨 하면서 와서 같이 먹자고 그래. 오래간만에 맡으니깐 냄새는 꽤 지독하데.

연구실 한편 모퉁이에 조그마한 책상을 놓고 거기서 박사는 점심을 먹고 있는데, 나도 오라기에 교자를 하나 끌고 그리고 갔지. 점심조차 떡 비슷한 것인데 맛은 '고깃국물을 조금 넣고 만든 밥' 이랄까 좌우간 그 비슷한 맛이 나는 아직껏 먹어보지 못한 물건이야. 그래서 혹은 양식인가 하고 두어 덩이 소금을 찍어 먹으니깐,

"맛 좋지?"

하고 묻데그려. 그래서 괜찮다고 하니깐,

"똥내도 모르겠지?"

4) 침모 남의 집에 매여 바느질을 맡아 하고 일정한 품삯을 받는 여자.
5) 사환 관청이나 회사, 가게 따위에서 잔심부름을 시키기 위하여 고용한 사람.

하고 또 웃데그려.

"?"

아닌 게 아니라 냄새가 좀 나기는 하는 것을 이 방 안의 공기 탓이라고 하고 그냥 먹었네그려.

그렇지만 박사의 그 말을 듣고 나니깐 혀 아래서 맑은 침이 핑그르 돌더니 걷잡을 사이 없이 구역이 나겠지. 그래서 변소로 가려고 일어서려다가 그만 그 자리에 욱 하니 토해 버렸네.

"왜 그러나? 왜 그래. 야 복동아, 수남아."

하면서 박사는 일어서서 나를 붙들어다가 소파에 뉘려는데그려. 아, 결도 나고 성도 나고 그래서 괜찮다고 하고 박사를 밀쳐 버리고 '대체 그 먹은 것이 무엇인가' 고 물었네.

둔감한 박사는 내가 토한 원인을 그때야 처음으로 안 모양인데그려.

"먹은 것? 응 그것 말인가? 그것 때문에 토했나? 난 또 차멀미로 알았군. 그건 순전한 자양분[6]일세, 하하하하하(박사는 웃을 경우에는 웃을 줄을 모르고, 웃지 않을 경우에는 잘 웃는 사람이라네)! 건락(乾酪)[7], 전분, 지방 등 순전한 양소화물(良消化物)로 만든 최신최량원식품(最新最良原食品)."

"원료는…… 그……."

"그렇지, 자네도 알다시피 그……."

나는 그 말을 채 듣지도 않고 다시 일어서면서 토했지. 좀 메스껍기도 하도 성도 나는 김에 박사의 얼굴을 향하여 토했네그려. 박사도 놀란 모

6) 자양분 몸에 영양을 좋게 하는 성분.

7) 건락(乾酪) 치즈.

양이야.

"아, 이 사람두. 수남아…… 복동아……."

그때 결나는 것을 보아서는 박사를 한 대 쥐어박고 싶기는 하지만 꿀꺽 참고 내 방으로 돌아와서 이불을 쓰고 눕고 말았지. 그 뒤 사흘 동안을 음식 하나 못 먹고 앓았네. 글쎄, 구역에 음식을 어찌 먹겠나. 아무것이라도 뱃속에 들어만 가면 잠시를 머물러 있지 않고 도로 입으로 나오데그려. 아무것을 먹어도 그 냄새가 나는 것 같아.

박사는 미안한지 진토제(鎭吐劑)[8]를 주면서 잠시도 내 곁을 떠나지 않고 몸소 간호하겠지. 그러면서 연거푸 자양분만 뽑아서 정제[9]한 것이니깐 아무 불쾌할 리가 없다고 설명해 주네그려. 아닌 게 아니라 그러고 보니깐 나도 미안하데. 무슨 악의로써 내게다가 그것을 먹인 바도 아니요, 박사 자기도 먹으면서 내게도 좀 준 것이니 말하자면 원망할 것도 없어. 박사의 말마따나 무슨 부정한 것이 섞인 바도 아니요, 과학의 힘으로써 가장 정밀히 만든 것이겠으매 웬만한 음식점의 음식들보다는 훨씬 깨끗할 것일세. 그저 내 비위에 맞지 않는다는 것뿐이지…… 그것을 책임 관념상 박사가 그렇게 미안해하는 것을 보니깐 오히려 내가 미안해 오데그려. 그래서 사흘째 되는 날 일어났지.

"그 음식이 더럽다는 것이 아니라 내 비위에 맞지 않는 것뿐이니깐 그 마음상만 고치면 되겠지요."

그리고 일어나서 먹기 싫은 음식을 억지로 먹으면서 연구실에 드나들기 시작하였네그려. 처음에는 참 역하데. 박사는 점심은 역시 손수 만든

8) 진토제(鎭吐劑) 구역질이나 구토를 멈추게 하는 약.
9) 정제 물질에 섞인 불순물을 없애 그 물질을 더 순수하게 함.

음식을 먹는데 그것을 보기만 해도 구역이 탁탁 가슴에 치받치는데 참 못 견디겠어. 박사는 먹기는 먹으면서도 미안한지,

"이게 어떻담, 하하하하하."

하면서 먹고 해.

그러는 가운데도 박사는 실험을 거듭하여 몇 가지 조미료를 더 넣을 때마다 자기가 몸소 맛본 뒤에는 연대 감정인으로 차마 내게는 먹어 보래지 못하고 복동아, 수남아, 해가지고는 애들에게 먹어보래지, 그 애들 이야말로 아리가타메이와쿠[10]야, 얼굴이 벌게지면서 주인의 명령이라 거역치는 못하고 입에 조금 넣는처럼한 뒤에는 삼키지도 않고,

"먼젓번 것보담도 더 좋은걸요."

하고는 달아나고 하는 양은 가련해. 그럴 때마다 정직한 박사는 득의만면[11]해 가지고 그러려니 하면서 상금으로 그 애들에게 오십 전씩 준다네, '감정료[12]' 지. 박사의 말에 의지하건대 똥에는 음식의 불능 소화물, 즉 섬유며 결체조직[13]이며 각물질(角物質)이며 장관내(腸管內) 분비물의 불요분(不要分)[14], 즉 코라고산(酸), 피스린 '담즙 점액소' 들 밖에 부패 산물인 스카톨이며 인돌[15]이며 지방산들과 함께 아직 많은 건락과 전분과 지방이 남아 있는데, 그것은 사람 사람에 따라서 혹은 시간에 따라 각각 다르지만 그 양소화물이 삼 할에서 내지 칠 할까지는 그냥 남아

10) 아리가타메이와쿠 '달갑지 않다' 는 일본말.
11) 득의만면 일이 뜻대로 이루어져 기쁜 표정이 얼굴에 가득함.
12) 감정료 감정을 하여 주는 대가로 주는 돈.
13) 결체조직 결합조직. 동물체의 기관 및 조직 사이를 메우고 이들을 지지하는 조직.
14) 불요분(不要分) 필요하지 않는 성분.
15) 인돌 인디고를 아연 가루와 함께 증류하여 만든 무색 결정 물질. 단백질이 썩을 때에도 생기는데, 불순한 것은 불쾌한 냄새가 나고 순수한 것은 꽃향기가 난다. 향료나 물감으로 쓴다.

서 항문으로 나온다네그려. 그리고 그 대변 가운데 그냥 남아 있는 자양분은 아무도 돌아보는 사람이 없이 헛되이 썩어 버리는데 그것을 어떤 방식으로 추출할 수만 있다 하면은 그야말로 식료품 문제에 위협받는 인류의 큰 복음이 아닌가. 그래서 연구해 그 방식을 발견했대나. 말하자면 석탄의 완전 연소와 마찬가지로 자양분의 완전 소화를 계획하여 성공한 셈이지. 즉 대변을 분석해서 그 가운데 아직 삼 할 혹은 칠 할이나 남아 있는 자양분을 자아내어 그것을 다시 먹자는 말일세그려.

그러니까 사람이 하루에 세 끼씩 먹는 가운데 두 끼는 보통 음식을 먹고, 한 끼분은 그 새로운 주식품을 먹으면 이 지구상의 식료 원품이 삼 할 이상 늘어가는 셈 아닌가. 이 지구에 지금보다 인구가 삼 할쯤, 한 오천만 명쯤은 더 많아져도 박사의 연구가 실현만 되면 걱정이 없는 셈일세그려. 맬서스도 이후에 이런 천재가 나타날 줄은 몰랐기에 그런 걱정을 했지.

좌우간 그러는 동안에 조미(調味)에 대한 연구까지 끝나지 않았겠나. 나는 첫번 모르고 한 번 먹은 뿐 그 뒤에는 절대로 입에 대지를 않았고 박사도 내게는 권하지 않았으니깐 모르지만 냄새는 마지막에는 꽤 좋은 냄새가 나데. 스키야키[16] 비슷하고도 더 침이 도는 냄새야. 냄새뿐으로는 구미[17]도 들데. 그만큼 되었으니깐 이제 남은 것은 '발표'라 하는 과정일세그려. 박사는 어림도 없이 발명 경로를 신문에 발표한 뒤에 시식회를 열겠다고 그래. 그것을 내가 우쩍[18] 말렸지. 나는 먹어도 못 보았

16) 스키야키 '왜전골', '일본 전골', '일본 전골찌개'로 순화.
17) 구미 입맛.

지만 짐작컨대 맛은 괜찮은 모양인데…….

그러니깐 그 맛있는 것을 먼저 먹여 놓은 뒤에 이것의 원료를 발표해야지. 먼저 원료를 발표하면 시식회에는 한 사람도 나오지도 않을 것일세그려. 그렇지 않나. 그래서 말렸더니 박사도 그럴듯한지 내 의견대로 하자고 그러더먼. 그리고 박사와 내가 의논한 결과 그 발명품의 이름은 박사의 이름을 따라 ○○병(餠)[19]이라 하기로 하고 그 ○○병에 대한 성명서를 박사가 초(草)[20]하였네. 지금 똑똑히 기억치는 못하지만 대략 이런 뜻이야.

생어(M. Sanger)[21]라 하는 폭녀가 나타나서 산아제한을 주장한 것을 일부 인도주의자는 눈살을 찌푸렸지만 거기도 상당한 근거가 있는 것을 어찌하랴. 위생관념이 많아가면서 연년[22]이 사람의 죽는 율은 주는데 그에 반하여 이 지구는 더 커지지 않으니까 여기 사람의 나아갈 세 가지의 길이 생겼으니 하나는 '도로 옛날로 돌아가서 이 세상에서 위생이라 하는 것을 없이 하고 살인 기관으로 전쟁을 많이 하여 사람의 수효를 도태[23]하는 것' 이요, 또 하나는 '사람의 출세(出世)를 적게 하는 것' 이요, 나머지는 '아직껏 돌아보지 않던 데에서 식원료를 발견하는 것' 이다.

18) 우쩍 단번에 거침없이 나아가거나 갑자기 늘거나 줄어 드는 모양.
19) 병(餠) 떡처럼 얇고 편편한 것.
20) 초(草) 기초(起草).
21) 생어(Sanger, Margaret) 미국의 사회 운동가(1883~1966). 산아제한을 위하여 피임 방법을 연구·지도하고, 1925년에 국제 산아제한연맹을 결성하였다. 저서에 『결혼의 행복』 『나의 산아제한 운동』 따위가 있다.
22) 연년 해마다.
23) 도태 물건을 물에 넣고 일어서 좋은 것만 골라내고 불필요한 것을 가려서 버림. 여럿 중에서 불필요하거나 부적당한 것을 줄여 없앰.

여인인 생어는 이미 있는 인명을 없이하자 할 용기는 못 가졌었다. 여인인 생어는 신국면 발견이라 하는 천재적 두뇌도 못 가졌었다. 그는 마지막으로 고식적[24] 구제책을 발견하였으니 그것이 '산아제한론' 이다.

그러나 독창력과 발명력을 가진 오인(吾人)은 그러한 고식책으로서는 만족하지 못할지니 오인의 연구는 여기서 비롯하였다. 오인의 매일 배설하는 대변에는 아직 많은 자양분이 남아 있으니 그 전 분량의 삼 할 내지 칠 할, 평균 잡아서 오 할 약이나 되는 자양분은 헛되이 땅속에서 썩어 버린다(그리고 대변에 대한 분석표며 그 밖 숫자가 있지만 그것은 약해 버리세).

이것을 헛되이 썩혀버릴 필요는 없다. 이것을 자아낼 수만 있다 하면 자아내어 가지고 오인의 식탁에 올리는 것이 오인의 가장 정당한 행위라 아니할 수 없다. 갖가지로 각 방면에서 일어나는 온갖 고식적 문제도 그 근본을 캐자면 인류의 식료품 결핍이라는 무서운 예감 때문에 생겨난 신경과민적 부르짖음이라 할 수 있으니 인류의 생활이 유족해지면 온갖 문제와 그 문제의 근본까지 저절로 사라질 것이다. 오인의 연구는 여기서 출발하였다(그리고 연구의 경로도 약해 버리지).

이러한 동기 아래서 이러한 경로를 밟아서 생겨난 이 ○○병을 귀하의 식탁에 바치노니 고평(高評)[25]을 바란다, 운운…….

이것을 인쇄소에 보내서 썩 맵시나게 인쇄를 해왔겠지. 그리고 크리

24) 고식적 근본적인 대책을 세우지 아니하고 임시변통으로 하는. 또는 그런 것. '임시변통의' 로 순화.
25) 고평(高評) 남의 평론이나 평가를 높여 이르는 말.

스마스를 기회로 박사 댁에서 시식회를 열기로 각 방면에 초대장을 보냈네그려. 그 초대장에는 그저 ○○병이라 할 뿐, 원료며 그 동기에 대해서는 찍소리도 없는 것은 다시 말할 필요는 없겠지.

크리스마스 한 사나흘 전부터는 꽤 분주하데. 겨울이라 대변의 자양분이 썩을 염려는 없어. 그래서 소제부[26]에게 부탁해서 열 통을 사들였네그려. 그리고 그것을 분석하고 처리하고 하느라고 사나흘 동안은 박사, 나, 수남이, 복동이, 임시 조수 두 사람, 모두 다 똥 속에서 살았네그려. 더럽기가 짝이 있겠나, 에이 구역나, 생각만 해도 구역이 나서 못 견디겠네.

박사도 미안하긴 한 모양이야, 누가 청하지도 않는데 연방 조선호텔 한턱 쓰지 하면서 복동아, 수남아, 하면서 돌아가데그려. 크리스마스 전날은 밤까지 새워가면서 모두 만들어놓은 뒤에 당일 아침에는 집을 씻느라고 또 야단이지. 글쎄, 이 방 저 방 할 것 없이 모두 똥내가 배어든 것을 어찌하나. 아닌 게 아니라 독한 놈의 냄새가 배어든 다음에는 빠지질 않아. 물론 약품으로 씻다 못해서 마지막에는 향수를 막 뿌려서 냄새를 감추도록 해버렸다네.

오후 한 시쯤 손님들이 왔네. 원래 착하고 교제성이 없는 박사는 정신을 못 차려 이리 왔다, 저리 갔다 하며 일변 웃으며 연거푸 복동아 수남아를 찾으며 조수들을 꾸짖으며 어리둥둥한 모양이야.

신사 숙녀 한 오십 명쯤 초대한 사람이 거진 모인 뒤에 두 시에 식당은 열렸네. 박사의 취지 설명이 있은 뒤에 I신문사 주필(主筆)[27] W씨의

26) 소제부 청소부.

답례로써 시식회가 시작되었어. 그런데 시작되자마자 어떤 신문기자 한 사람이 박사를 찾데그려.

"K박사."

"네?"

"이 ○○병에서 향기롭지 못한 냄새가 좀 납니다그려."

"?"

이때에 박사의 얼굴 변화는 내 일생에 잊지 못하겠네. 문득 하얘지더니 웃음 비슷한 울음 비슷한 변한 얼굴을 하더니 별한 신음을 하면서 벌떡 일어서서 연구실로 가. 그래서 나도 따라가려니까 박사는 가던 발을 다시 돌이키며 나를 붙잡더니 내 귀에다 대고 작은 소리라고 하기는 하지만 그리 작은 소리도 아니야. 그런 소리로써,

"야단났네그려, 스카톨이나 인돌의 반응은 없었지?"

내야 인돌이 뭔지 스카톨이 뭔지 아나, 박사가 시키는 대로 할 뿐이지. 더구나 반응인지야 알 리도 없잖아.

그래도 박사의 그 표정을 보니깐 모른다고 그러지도 못하겠데그려. 그래서,

"확실히 없었습니다."

고 그랬네. 그러하니깐 그래도 아직 미안미안한지,

"야단났네, 큰일났네."

하면서 어쩔 줄을 모르데그려.

"아, 선생님 걱정하실 게 뭡니까? 지금 모두들 맛있게 잡숫는데……."

27) 주필(主筆) 신문사나 잡지사 따위에서 행정이나 편집을 책임지는 사람. 또는 그런 직위.

사실 말이지, 한 사람이 그런 질문을 하기는 했네. 하지만 다른 사람들은 모두 맛있게 먹고 있어. 내 말을 듣고 그 양을 보더니 그제야 박사는 마음이 놓이는지 숨을 내쉬며,

"좌우간 반응은 없었겠다. 확실히 없었어. 여보게 G군, 그 성명서 돌리게."

하데그려.

문제는 이게 문제일세. 한창 맛있게들 먹는 판에 당신네들이 먹고 있는 것이 똥이외다고 알게 해놓으면 무사할는지 이게 의문이야. 그러나 안 돌릴 수도 없고 그래서 그 인쇄물을 갖다가 복동이와 수남이를 시켜서 돌렸네그려. 그러니깐 어떤 사람은 받아서 주머니에 넣고, 어떤 사람은 식탁 위에 놓고, 어떤 사람은 읽어 보는데 나는 슬며시 빠져서 다른 방으로 가버렸지.

달아는 났지만 그래도 마음이 놓이지 않아서 귀를 기울이고 있노라니깐 무엇이 왝왝하며 콰당콰당해, 뛰어가 보았지. 하니깐 부인 손님 두 사람과 신사 한 사람이 입에 손수건을 대고 게워 내는데, 그리고 몇 사람은 저편으로 변소 변소 하면서 달아나고, 다른 사람들은 영문을 모르고 중독되었다고 의사를 청하라고 야단인 가운데 박사는 방 한편 모퉁이에 눈만 멀찐멀찐[28]하면서 서 있데그려. 이게 무슨 꼬락서닌가. 망신이데그려. 그래서 박사에게 가서 웬 셈입니까고 물었더니 박사는 우들우들 떨면서,

"야단났네, 망신이야, 큰일났어…… 야, 수남아!"

28) 멀찐멀찐 '멀뚱멀뚱'의 방언.

하더니, 우물쭈물 저편 방으로 달아나 버리고 말데그려. 그래서 하는 수 있나. 그래도 이런 일이 생기지나 않을까 해서 내가 몰래 진토제를 준비해 두었던 것이 있기에 내다가 임시 조수며 복동이 수남이를 시켜서(초대 받았던 의사 몇 사람까지 협력해서) 간호들을 한 뒤에 박사는 몸이 편하지 않아서 못 나온다고 사과를 한 뒤에 손님들을 보내 버렸지.

시식회는 이렇게 흐지부지 끝이 났네그려.

그런 뒤에 박사의 침실에 들어가 보았더니 박사는 몸에 신열까지 나고 헛소리를 탕탕 하고 있지 않겠나. 나도 미안스럽기도 하거니와 딱하데. 그래서 얼음을 갖다가 박사의 머리를 식히면서 한참 간호하니깐야 정신을 좀 차려. 그리고 연하여 야단이다, 망신이다, 어쩌나를 연발하는데 거북살스럽데. 한참 정신없이 눈을 한 군데만을 향하고 있다가는,

"여보게 C군, 이 일을 어쩌나? 야단났네그려, 이런 괴변이 어디 있겠나?"

하는데 난들 뭐라고 대답하겠나.

"뭘 하리까?"

이런 대답은 하지만 참 거북살스럽기가 짝이 없데. 소위 사회의 일류라는 사람들을 초대해놓고 똥을 먹여놓았으니 이런 괴변이 어디 있겠나. 세상사에는 어두운 박사는 이렇게까지 될 줄은 뜻도 안 했겠지만 나 역시 뜻밖일세그려. 아니, 나는 이런 일이 있지 않을까 예감은 있었지만 박사의 그 걱정하는 태도를 보니깐 예상 외로 나도 겁이 나데그려. 내 생각으로는 대상인 피해자(?)를 개인 개인으로 여겼지 그것이 합한 '사회' 라는 것을 생각 안 했네그려. 그러니 이제 사회의 명사 숙녀들을 똥을 먹여 놓았으니 말썽이 안 생기겠나.

그러는 동안에도 연하여 신문기자가 찾아오며 전화가 오는 것을 복동이를 시켜서 모두 거절해 버린 뒤에 그날 오후 종일과 밤을 새워 가지고 협의한 결과 말썽이 좀 삭아지기까지 박사와 나는 어떤 시골에 한두 달 숨어 있기로 작정을 하였네. 그리고 목적지는 박사의 토지가 몇 백 정보 있는 T군의 박사의 사음(舍音)[29]의 집으로 작정하였네그려. 그리고 이튿날 아침 첫차로 그리로 뺑소닐 쳤지.

그런데 우리의 생각으로는 신문에서 꽤나 왁자지껄할 줄 알았더니 비교적 말이 없데그려. I신문 잡보란에 조그맣게 'OO떡 시식회'라는 제목 아래 간단히 기사가 난 것뿐, 그 굉장한 사건이며 OO병의 원료에 대해서는 한 마디도 없어. 아마 신문사에서도 창피스럽던 모양이야. K역에서 내려서 T군에게 가는 자동차를 기다리기 위해서 어떤 여관에서 묵은 뒤에 이튿날 아침에야 우리는 그 신문기사를 보았는데 이 기사를 보더니 박사는 적이 안심이 되는지 처음으로 조금 웃데그려. 그러더니 갑자기 T군은 그만두고 그 역에서 멀지 않은 Y온천장으로 가자데그려. 내야 이의가 있을 리가 있나. 온정[30]으로 갔지. 온정에서도 박사는 생각만 나면 그 이야기만 하자네그려.

"C군, 스카톨 반응은 확실히 없었지? 혹은 좀 있었던가? 왜들 토해. C군, 반응은 확실히 없었나? 아무래도 있은 모양이야."

"반응은 있었는지 모르겠지만 혹은 없었다 해두 게우는 게 당연하지요. 누가……."

"C군!"

29) 사음(舍音) 마름.
30) 온정 땅속에서 따뜻한 물이 솟는 우물.

박사는 이런 때는 꼭 역증을 내데그려. 그러나 이렇게 되면 내 성미도 그리 곱지는 못하니까 막 쏘아주지.

"똥 먹구 구역 안 나는 사람이 어디 있어요?"

"똥?"

한 뒤에는 일어서서 뒷짐을 지고 한참 서성거리데그려. 그러다가,

"자네 오핼세. 과학의 힘으로 부정한 놈은 죄 없애버린 게 왜 똥이야. 오핼세."

한 뒤에는 또 이유도 없이 하하하하 웃지.

"선생님, 그렇지 않아요. 분석해보면 아무리 정한 게라 해두 똥으로 만든 것을 먹고야 왜 구역을 안 해요? 세상사는 그렇게 공식대로 되는 것이 아니니깐요."

"공식? 아무리 생각해두 자네 오해야. 그렇진 않으리."

"그럼 왜들 게웠어요?"

"글쎄, 반응은 없었는데, 혹은 있었던가……."

단순한 박사는 아직껏 손님들이 게운 이유를 스카톨이나 인돌이 좀 남아서 대변 특유의 냄새가 난 데 있는 줄만 알데그려.

한인은 연정(戀情)을 '오매불망[31]'이라고 형용했지만 박사와 OO병의 사이야말로 오매불망인 모양이야. 우두커니 앉았다가도 문득 스카톨이 있었나 하고는 한숨을 쉬곤 하네. 자다가도 세척이 부족한 모양이야 하면서 벌떡 일어나네그려. 곁에서 보는 내가 참 미안하고 딱하데. 너무 민망스러워서,

31) 오매불망 자나 깨나 잊지 못함.

"선생님, 인젠 그 생각은 잊어버리시구려."

하면,

"잊지 않자니 헐 수 있나?"

하고는 또 한숨을 쉬시네. 여간 민망스럽지 않데. 사실 말이지 귀한 발견이야 귀한 발견이 아닌가. 아무도 돌아보지 않고 헛되이 땅속에서 썩어 버리는 폐물 가운데서 평균 오 할 약의 귀중한 자양분을 얻어 낸다는 것은 인류 경제 문제의 얼마나 큰 발견인가. 우리의 인습 때문에 비위가 받지를 않으니 말이지 그것을 만약 어떤 사람이 원료를 비밀히 해가지고 대량으로 만들어서 판다면 우리 인류에게 얼마나 큰 공헌인가. 그래서 어떤 날 저녁을 먹다가 박사에게 그 떡을 학문광(學問狂)의 나라 독일 학계에 발표해 보면 어떠냐고 물어보았지. 하니깐 대답도 없어. 그리고 나도 그 말만 한 뿐 잊어 버리고 말았는데 박사는 잊지 않았던 모양이야.

그날 밤 한잠 들었다가 목이 너무 말라서 깨어서 물을 먹으려는데 박사가 그냥 안 잤댔는지,

"독일도 틀렸어."

하데그려. 나야 자다 주먹이라 무슨 뜻인지를 알겠나. 그래서 그저 네네 하면서 물을 먹고 다시 누우니까,

"○○떡은 독일도 재미가 없어."

하고 다시 주를 놓데그려. 그 소릴 들으니까 펄떡 졸음이 천리 밖으로 달아나는데 그렇잖아도 이즈음 늘 민망스럽던 판에 박사가 밤에 잠도 안 자고 그 생각을 하고 있었나 하니깐 막 눈물이 나오려데그려. 그래서 왜 그렇느냐고 물으니까,

"독일서는 공기에서 식품을 잡는 것을 연구해서 거진 성공했다니까

이것은 그다지 센세이션을 일으킬 것이 못 될 것 같어."

하면서 또 한숨을 쉬시데그려. 나도 할 말이 없어서 그것도 그렇겠습니다, 하고 다시 먹먹히 있노라니깐 또 찾지 않겠나.

"C군 자나?"

"네?"

"안 자나?"

"네."

"일본은 어떨까? 나라는 좁고 백성은 많은……."

"말씀 마십쇼. 일인에게는 소위 결백이라는 게 있지 않습니까? 쿠소쿠라에[32]라는 것이 욕이 아닙니까. 어림도 없습니다."

"그래도 일인들은 더러운 목간물을 벌컥벌컥 들이마시지 않나?"

"그거야…… 그래두 ○○떡은 안 먹습니다."

"안 먹을까……."

"안 먹지 않구요."

박사는 또 한숨을 쉬시데.

"선생님, 그것을 미국에다 발표해 보면 어떻습니까?"

"미국 놈은 먹어 줄까?"

"먹을 건 모르지만 그놈들은 아무것이든 신기한 것과 과학이라는 데에는 머리를 싸매고 덤벼드는 놈이니깐 혹은 좋다 할지도 모르지요."

"글쎄……."

이러한 말을 주고받고 하다가 아무런 해결도 얻지 못하고 자고 말았네.

32) 쿠소쿠라에 '똥이나 먹으라'는 뜻의 일본말.

온정에는 한 달 남짓 묵었는데 박사의 ○○떡에 대한 집착은 조금도 줄지 않데그려. 그 지독한 집착심이야……. 이러구러 한 달 남짓 지난 뒤에 이제는 돌아가자고 온정을 출발해서 K역까지 왔다가 여기까지 온 이상에는 박사의 토지도 돌아볼 겸 C군까지 다녀가자는 의논이 생겨서 우리는 C군으로 갔었네그려.

양력 2월 초승인데 혹혹 쏘는 바람을 안고 자동차로 두 시간이나 흔들리면서 C군까지 가니깐 정신이 다 없어지데. 눈이 보이지를 않고 다리가 뻣뻣하며 코가 굳어진 것 같고 몸의 혈액순환까지 멎은 것 같다. 그것을 겨우 자동차에서 내려서 (면장 노릇하는) 박사의 사음의 집을 찾아갔지. 머리가 휑한 게 정신이 없는 것을 그 집을 찾아 들어가니깐 반갑게 맞으면서 자기네들은 모두 건넌방으로 건너가며 큰방을 우리에게 내주어. 그래서 우리는 들어가서 다짜고짜로 자리를 펴고 누웠지.

방을 절절 끓여놓고 두어 시간 자고 나니깐 정신이 좀 들데. 박사도 그제야 정신이 드는지 부스스 일어나더니 토지를 돌아보러 나가자데그려. 세수들을 하고 옷을 든든히 차린 뒤에 사음의 아들을 불러서 앞세우고 그 집을 나서려는데 개가 한 마리 변소에서 뛰쳐나오면서 컹컹 짖겠지. 보니깐 변소에서 똥을 먹고 있던 모양이라 입에 잔뜩 발라 가지고 그 더러운 입을 쩍쩍 벌리며 따라오데그려. 사음의 아들은 개를 쫓아 버리느라고 야단인데, 나는 박사에게 개도 ○○떡을 먹다가 온다고 그러니깐 박사는 눈살을 잔뜩 찌푸리더니,

“에, 더러워! C군, 실험실과는 다르네. 이놈의 개, 오지 마라, 가!”

하며 슬슬 피하며 나가는 모양은 요절[33]하겠데.

박사의 토지라는 것은 꽤 크데. 이백 몇 십 정보라는데 말은 쉽지만

눈으로 덮인 무연한 벌판인데 어디까지가 경계인지 좀체 모르겠데.

그것을 한번 돌아보고 사음의 집까지 돌아오니깐 벌써 저녁때가 되었어. 몸도 녹일 틈이 없이 저녁상을 들여왔데그려. 시장하던 김이라 상을 움켜안고 먹었지. 더구나 내가 좋아하는 개고기가 있데그려. 그래서 밥은 제쳐놓고 개고기만 뜯어먹고 있었지.

박사도 괜찮은 모양이야.

글쎄 한 달 남짓을 일본 여관에 묵느라고 고기는 맛까지 거의 잊게 되었네그려. 그런 판이니까 오래간만에 맛나는 고기라 박사도 한참 고기만 뜯더니,

"C군."

하고 찾데그려.

"왜 그러십니까?"

"이런 시굴서도 암소를 잡는 모양이야."

"……?"

"고기 맛이 썩 부드러운데 암소 고기야."

"선생님 개고기올시다."

"개?"

"아까 그 짖던 개요, 돌아올 때는 안 보이지 않습디까?"

"아까 그, 그? 똥 먹던?"

"그럼요."

박사는 덜컥 젓가락을 놓데그려. 그러더니 얼굴이 차차 하얘지더니

33) 요절 몹시 우스워서 허리가 부러질 듯함.

얼른 저편으로 돌아앉겠지. 그리고 흑흑 두어 번 숨을 들이쉬더니 왝 하고 모두 토해버리데그려.

왜 그러십니까고 나도 먹던 것을 집어치우고 박사에게로 가서 잔등을 쓸어주니까 가만있게, 가만있게 하면서 연하여 왝왝 소리를 내데그려. 그것을 한 십 분 동안이나 쓸어주니깐 좀 진정되는지,

"안됐네. 이것 주인 몰래 치우세."

하면서 손수 걸레로 모두 훔쳐서 문밖에 내놓기에 나는 그것을 집어다가 대문 밖에 멀리 내버리고 도로 들어오니깐 박사는,

"에, 속이 편찮어. 야, 수남…… 야, 상 치워라."

하더니 베개를 내리고 벌떡 눕고 말데그려. 상을 치운 뒤에 사음이 불을 켜가지고 들어왔는데 박사는 돌아누운 대로 그냥 모른 체하기에 몸이 곤하신 모양이라고 사음을 내보내고 나도 베개를 내려서 드러누웠더니 한참 있다가 박사는 돌아누운 대로 찾아.

"C군."

"네?"

"개고기하고 돼지고기하고 어느 편이 더러울까?"

"글쎄 돼지가 더 더러울걸요."

"그럴까. 둘 다 마찬가지겠지. 마찬가지야. 소고기두 마찬가지구."

혼잣말같이 이렇게 중얼거리더니 또 잠잠해버려. 나도 곤하던 김이라 어느 틈에 잠이 들었는지 모르지. 좌우간 나는 입은 채로 잠이 들고 말았는데 아마 박사가 그렇게 한 게야. 자리를 모두 펴고 옷을 벗겨서 이불 속에 집어넣데그려. 내야 알 리가 있나. 이튿날 아침에 깨어서야 처음 알았지.

이튿날 아침 눈을 부스스 뜨니깐 박사는 언제 깼는지 벌써 깨어 있다가 내가 눈을 뜨는 것을 보고, C군, 하데그려. 그래서 대답을 하니까,

"일인도 안 먹을 게야."

또 자다 주먹일세그려.

"네?"

"○○ 병은 일인도 안 먹을 게야. 목간물은 벌컥벌컥 먹어두."

"네, 아마……."

"돼지고긴 좋아두 개고긴 못 먹겠거든. 자네 개고기 잘 먹나?"

"육중문왕(肉中文王)[34]입니다."

"그럴 게야."

하더니 한숨을 내쉬어.

그때부터 박사의 입에서는 ○○ 병의 문제는 없어졌네그려.

그 뒤에 집에 돌아와서도 박사는 ○○ 병의 문제는 집어치우고 전자와 원자의 관계의 연구를 쌓는 중이니깐 이제 언제 거기에 대한 무슨 발명이나 발견이 나올 테지. 그리고 이번 것은 그 ○○ 병과 같이 실패로 안 돌아가기를 나는 진심으로 바라네.

이것이 C가 들려준 바 K박사의 연구의 성공에서 실패로 또다시 일전(一轉)하여 회개까지의 경로였다.

34) 육중문왕(肉中文王) 고기 중의 최고.

1 K박사가 연구를 하게 된 동기는 무엇입니까?

누구보다 인류를 사랑하고 인류의 식량위기를 걱정하는 K박사는 자신만의 독창성과 천재성으로 인간들이 매일 배설하는 대변에 주목합니다. 오직 전 분량의 30%만이 체내에 흡수되고 나머지 70%는 헛되이 땅속에서 버려지는 것이 아깝게 생각된 K박사는 대변에서 영양분만을 추출하면 훌륭한 영양식이 만들어질 것으로 생각합니다. 그리고 그것은 인류의 부족한 식량문제를 일시에 해결하는 획기적 발명이 될 것을 의심하지 않습니다. 그때부터 신선한 대변을 구하여 더러움도 느끼지 못하고, K박사는 오직 과학자의 자세로 시종일관 진지하고 성실하게 연구에 연구를 거듭하여 영양식을 만드는 데 성공합니다. 아무도 먹을 수 없는 영양식을 만들어내는 K박사는 순진하고 어리석은 인물이지만, 인류의 미래를 걱정하는 인도주의자임에 틀림없습니다.

2 사람들에게 혐오감을 주는 이유는 무엇입니까?

○○병(餠)이 떡이나 과자처럼 아무리 맛있다고 할지라도 원재료는 인간의 대변입니다. 사람들이 ○○병(餠)을 먹고 토하는 것은 맛이나 냄새의 문제가 아니라, 인간의 정서문제입니다. 아무리 배가 고프다고 할지라도 인간의 대변을 인간이 먹을 수는 없습니다. 인류를 식량의 위기에서 구하겠다는 숭고한 일념으로 K박사는 원재료인 대변의 혐오감에 눈뜨지 못하고 있을 뿐입니다. 인간은 아무리 배가 고파도 똥은 먹지 않는다는 상식을 K박사는 놓치고 있는 것입니다.

3 K박사가 개고기를 먹지 못하는 장면이 의미하는 것은 무엇입니까?

K박사가 사람들의 질타와 떠들썩한 소문이 두려워 지방으로 피신을 가서 온천에 머무를 때 우연히 맛있는 고기를 먹게 됩니다. 한창 고기를 먹던 K박사는 자신이 먹던 고기가 오전까지 마당에 있는 똥을 먹던 개라는 것을 알게 되고, 똥을 먹던 그 기억 때문에 고기를 먹지 못하고 구토를 하고 맙니다. 여기에서 아직까지 숨겨져 있던 K박사의 실체가 드러납니다. 과학자의 자세를 벗어난 K박사의 실제 모습은 대변을 너무나 혐오하는 사람이었던 것입니다. 그토록 대변을 싫어하는 박사가 냄새나는 방에서 오로지 과학적 연구에 전념했던 모습은 매우 희극적인 상황으로 볼 수 있습니다.

4 맬더스의 인구론에 대해 설명하시오.

18세기에 이르러 세계는 본격적인 산업혁명의 시기를 맞이합니다. 이때 나온 놀라운 학설이 바로 영국 경제학자 토마스 맬더스의 "식량은 산술급수적으로 증가하고, 인구는 기하급수적으로 증가한다"는 『인구론』이었습니다. 영국의 지배계층의 이데올로기를 대변하던 맬더스는 그에 대한 해결책으로 "일정 수준을 넘어 태어난 아이들은 성인의 사망에 의해 여유가 생기지 않는 한 반드시 죽어야 한다"라는 말을 했습니다.

'인구는 기하급수적으로 늘어나는 데 비해 식량은 산술급수적으로 증가한다'는 맬더스의 『인구론』은 1798년에 나와 세계를 충격에 빠뜨렸고, 절대적인 식량의 부족이 곧 불어 닥칠 것이라는 위기감을 고조시켰습니다. 그러나 인류는 획기적인 농업기술로 식량증산이라는 현실적인 꿈을 이루며 식량위기를 벗어날 수 있었습니다.

그렇지만 오늘날에도 식량에 대한 위기감은 현실적으로 존재하고 있습니다. World watch 연구소의 Lester R. Brown은 급증하는 식량수요, 심각한 농경지 및 농업용수의 부족, 지구환경 악화 등으로 2030년에는 5억 톤 이상의 세계 식량이 부족하게 되는 식량위기(식량대란)를 설득력 있게 전망하고 있습니다. 현재 세계적으로 8억 명이 만성적인 기아상태를 벗어나지 못하고 있고, 선진국들은 일찍이 식량안보의 중요성을 인식하고 종자개량을 통한 식량증산에 힘쓰고 있습니다.

5 마거릿 생거(M. sanger)의 산아제한론에 대해 설명하시오.

1883년 마거릿 생거는 미국의 뉴욕 동부 코닝에서 태어났습니다. 아버지는 아일랜드계 이민으로 석수장이였지만 급진적 자유주의자였고, 그의 어머니 안나는 가톨릭 신자였습니다. 마거릿 생거는 어려서부터 여성이 자신의 육체의 주인일 수 없는 현실과 수많은 아기들이 태어나자마자 방치되어 죽거나 유아기를 넘기지 못하고 죽어가는 현실을 목격하며 성장했고, 성장하여 보건간호사가 되었습니다.

마거릿은 당시 사회 분위기 속에 노동조합이 결성되고 승리하는 것을 지켜보면서 희망을 느꼈지만, 거기에 비해 여성들의 임신과 출산문제는 아무도 관심을 갖지 않음을 자각합니다. 인간이 출산이라는 자연현상에 직접 개입하는 행위는 오랫동안 터부시되어 왔고, 현재까지 논란 속에 휩싸여 있습니다. 19세기에 이르러 피임기구와 피임약들이 발명되기에 이르렀지만, 이렇게 축적된 지식과 기술의 진보는 대개 유한 계급의 손에서만 맴돌았고, 일반 대중은 소외되어 있었습니다. 그러나 마거릿 생거는 이것을 일반 대중에게 널리 보급하기 시작했고, 산아제한을 여성의 인권(인간화)이란 관점에서 주창한 첫 번째 인물이었습니다.

1914년 7월, 미국 우정국은 이해 3월에 창간된 작은 잡지 『여성반란』을 음란 출판물로 규정하고 탄압했습니다. 마거릿은 1915년부터 16년까지 119회의 전미순회강연을 다녔고, 무정부주의적 생디칼리슴의 본산 세계산업별노동조합과 사회주의자, 자유사상가들의 환영과 보수적 교회, 경찰당국의 비난을 받아야 했습니다. 그러나 거기에 굴하지 않고 그녀는 1916년 가을 뉴욕의 브라운스빌(브루클린)에서 미국 최초의 산아제한 상담소를 열었습니다. 결국 그녀의 오랜 투쟁은 결실을 맺어 1921년 미국산아제한연맹을 결성하고, 1927년에는 제1차 세계인구문제회의가 제네바에서 열려 최초의 국제산아제한기구가 결성됐습니다. 애초에 보수적이었던 의학계가 산아제한 운동에 동참한 것도 이 무렵의 일이었습니다. 의사들에게 무제한 피임처방권을 부여하는 '의사법' 입법안을 통과시키기 위한 백만인 서명운동이 벌어졌고, 1939년 법이 제정되었습니다. 마거릿은 산아제한론을 통해 여성의 몸을 주인인 여성에게 돌려준 획기적인 인물로 평가받고 있습니다.

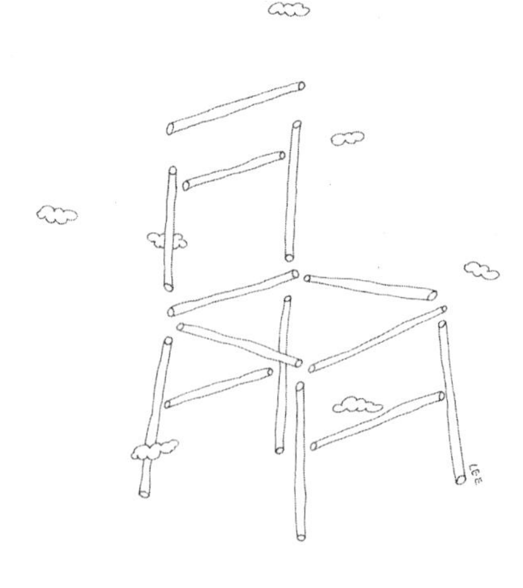

광염 소나타

범죄를 통해서라도 예술적 미를 추구하고자 하는
극단적 예술주의를 실험적으로 표현한 작품.

"범죄 때문에 생겨난 예술을 보아서 죄를 용서해야 합니까?"

광적인 예술혼에 집착하여 범죄를 통해 작품을 만드는 어느 작곡가의 이야기

이 작품은 광인예술가 백성수를 등장시켜 범죄행위를 통해 내면에 자리 잡은 광적인 예술혼을 일깨워 극단적인 미를 추구하는 일종의 실험소설에 해당한다고 볼 수 있습니다. 아름다움을 추구하는 모든 과정은 그 자체만으로 아름답다는 작가 특유의 예술관이 잘 나타나 있기도 합니다.

1930년 〈중외일보〉에 이 작품이 발표되자 소설이 가진 충격적 내용으로 과연 예술을 위한 범죄를 인정할 수 있는가에 대한 사회적 논란을 야기하기도 했습니다.

이 글에 등장하는 백성수는 광기와 야성을 지닌 아버지의 피를 물려받았지만, 차분하고 교양 있는 어머니에 의해 온화하고 평범한 아이로 키워집니다. 그러나 어머니의 억울한 죽음에 복수하면서 범죄를 저지르게 되고, 그때부터 아버지의 유전자인 야성과 광기의 예술혼이 깨어납니다. 그리고 야성의 포로가 된 백성수는 무의미하고 지루한 일상을 견디지 못하고, 스스로 방화(芳花), 시간(屍姦), 살인(殺人) 등 용서받기 어려운 죄를 저지르면서 그때마다 위대한 선율을 가진 아름다운 음악을 작곡합니다.

「광염 소나타」에서는 작가가 가지고 있던 미와 선의 불화가 확연히 드러납니다. 아름다운 예술이 범죄 속에서 탄생하는 것은 그동안 김동인의 소설에서 체질화되어 버린 도덕적 문학관과 예술지상주의 문학관의 분명한 갈등 구조입니다. 그리고 이 작품을 통해 작가는 윤리의식보다는 강렬한 미의식의 욕구를 문학의 절대적인 가치로 내세우게 됩니다. 이것은 김동인 자신의 입장을 대변하고 있는 음악평론가 K씨의 대사에서 그대로 드러납니다. "사실 말이지, 백성수의 예술은 그 하나하나가 모두 우리의 문화를 영구히 빛낼 보물입니다. 우리의 문화의 기념탑입니다. 방화? 살인? 변변치 않는 집, 변변치 않는 사람은 그의 예술의 하나가 산출되는 데 희생하라면 결코 아깝지 않습니다."

예술은 언제나 낡은 질서와 가치를 파괴하는 성질을 가지고 있고, 그 속에서 새로운 시도를 통해 관례의 질서보다 더 고차원적이고, 보편적인 가치들을 획득하며 형성되게 마련입니다. 그리고 어쩔 수 없이 예술가는 통속적인 세계와 쉽게 타협하지 못하고 지고한 순수성을 추구하면서 현실과 불화하게 마련입니다. 그러나 이처럼 도덕과 예술의 갈등 속에서 지나치게 예술 창작의 정당성을 부여하려는 작가의 예술지상주의는 객관성을 획득하기 어렵습니다. 기존 윤리와 도덕을 파괴하며 범죄행위에서 나온 예술의 가치는 삶의 기반을 흔들고 있어 보편성을 획득하기 어렵기 때문입니다.

광염[1] 소나타

독자는 이제 내가 쓰려는 이야기를, 유럽의 어떤 곳에 생긴 일이라고 생각하여도 좋다. 혹은 사오십 년 뒤에 조선을 무대로 생겨날 이야기라고 생각하여도 좋다. 다만 이 지구상의 어떠한 곳에 이러한 일이 있었는지도 모르겠다, 있는지도 모르겠다, 혹은 있을지도 모르겠다, 가능성만은 있다……. 이만치 알아두면 그만이다.

그런지라, 내가 여기 쓰려는 이야기의 주인공 되는 백성수를 혹은 알베르트라 생각하여도 좋을 것이요, 짐이라 생각하여도 좋을 것이요, 또는 호모(胡某)나 기무라모(木村某)로 생각하여도 괜찮다. 다만 사람이라 하는 동물을 주인공 삼아 가지고 사람의 세상에서 생겨난 일인 줄만 알면…….

이러한 전제로써, 자, 그러면 내 이야기를 시작하자.

1) 광염(狂炎) 미친 듯이 타오르는 불길. 미친 듯이 타오르는 정열을 비유적으로 이르는 말.

"기회(찬스)라 하는 것이 사람을 망하게도 하고 흥하게도 하는 것을 아시오?"

"네, 새삼스레 연구할 문제도 아닐걸요."

"자, 여기 어떤 상점이 있다 합시다. 그런데 마침 주인도 없고 사환도 없고 온통 비었을 적에 우연히 그 앞을 지나가던 신사가…… 그 신사는 재산도 있고 명망도 있는 점잖은 사람인데…… 그 신사가 빈 상점을 들여다보고 혹은 이렇게 생각할 수도 있지 않아요? 통 비었으니깐 도적놈이라도 넉넉히 들어갈 게다, 들어가서 훔치면 아무도 모를 테다, 집을 왜 이렇게 비워둔담…… 이런 생각 끝에 혹은 그…… 그 뭐랄까, 그 돌발적 변태심리로써 조그마한 물건 하나(변변치도 않고 욕심도 안 나는)를 집어서 주머니에 넣는 경우가 있을지도 모르지 않겠습니까?"

"글쎄요."

"있습니다, 있어요."

어떤 여름날 저녁이었다. 도회를 떠난 교외 어떤 강변에 두 노인이 앉아서 이런 이야기를 하고 있었다. 그 기회론을 주장하는 사람은 유명한 음악비평가 K씨였다. 듣는 사람은 사회 교화자[2]인 모씨였다.

"글쎄, 있을까요?"

"있어요. 좌우간 있다 가정하고, 그러한 경우에 그 책임은 어디 있습니까?"

"동양 속담말에 외밭에서는 신끈도 다시 매지 말랬으니 그 신사가 책

2) 사회 교화자 가르치고 이끌어서 좋은 방향으로 나아가게 하는 사람.

임을 질까요?"

"그래 버리면 그뿐이지만, 그 신사는 점잖은 사람으로서 그런 절대적 기묘한 찬스만 아니더라면 그런 마음은커녕 염도 내지도 않을 사람이라 생각하면 어찌 됩니까?"

"……."

"말하자면 죄는 '기회'에 있는데, '기회'라는 무형물은 벌은 할 수가 없으니깐 그 신사를 가해자로 인정할 수밖에 지금은 없지요."

"그렇습니다."

"또 한 가지…… 사람의 천재라 하는 것도 경우에 따라서는 어떤 '기회'가 없으면 영구히 안 나타나고 마는 일이 있는데, 그 '기회'란 것이 어떤 사람에게서 그 사람의 '천재'와 '범죄 본능'을 한꺼번에 끌어냈다면 우리는 그 '기회'를 저주하여야겠습니까 축복하여야겠습니까?"

"글쎄요."

"선생은 백성수라는 사람을 아시오?"

"백성수? 잘, 기억이 없는데요."

"작곡가로서 그……."

"네, 생각납니다. 유명한 〈광염 소나타〉의 작가 말씀이지요?"

"네, 그 사람이 지금 어디 있는지 아십니까?"

"모릅니다. 뭐 발광했단 말이 있었는데……."

"네, 지금 ○○ 정신병원에 감금돼 있는데 그 사람의 일대기를 이야기할게 들으시고 사회 교화자로서의 의견을 말씀해 주십쇼."

내가 이제 이야기하려는 백성수의 아버지도 또한 천분(天分)[3] 많은 음악가였습니다. 나와는 동창생이었는데 학생 시대부터 벌써 그의 천분은 넉넉히 볼 수가 있었습니다. 그는 작곡과를 전공하였는데 때때로 스스로 작곡을 하여서는 밤중에 혼자 피아노를 두드리고 하여서 우리들로 하여금 뜻하지 않게 일어나게 하고 하였습니다. 그리고 우리는 그 밤중에 울려오는 야성적 선율에 몸을 소스라치고 하였습니다.

그는 야인[4]이었습니다. 광포[5]스러운 야성은 때때로 비위에 틀리면 선생을 두들기기가 예사이며, 우리 학교 근처의 술집이며 모든 상점 주인들은 그에게 매깨나 안 얻어맞은 사람이 없었습니다. 그러한 야성은 그의 음악 속에 풍부히 잠겨 있어서 오히려 그 야성적 힘이 그의 예술을 더 빛나게 하는 것이었습니다.

그러나 그가 학교를 졸업하고 난 뒤에 그 야성은 다른 곳으로 발전되고 말았습니다. 술! 술! 무서운 술이었습니다. 아침부터 저녁까지, 저녁부터 아침까지, 술잔이 그의 입에서 떠나지를 않았습니다. 그리고 술을 먹고는 여편네들에게 행패를 하고, 경찰서에 구류[6]를 당하고, 나와서는 또 같은 일을 하고…….

작품? 작품이 다 무엇이외까. 술을 먹은 뒤에 취흥에 겨워 때때로 피아노 앞에 앉아서 즉흥으로 탄주를 하고 하였는데, 지금 생각하면 그 귀기(鬼氣)가 사람을 엄습하는 힘과 야성(베토벤 이래로 근대 음악가에서 발견할 수 없었던)…… 그런 보물이라 하여도 좋을 것이 많았지만 우리

3) 천분(天分) 타고난 재질이나 직분.
4) 야인(野人) 교양이 없고 예절을 모르는 사람.
5) 광포 미쳐 날뛰듯이 매우 거칠고 사나움.
6) 구류 죄인을 1일 이상 30일 미만의 기간 동안 교도소나 경찰서 유치장에 가두어 자유를 속박하는 일. 또는 그런 형벌.

들은 각각 제 길 닦기에 바쁜 사람이라 주정꾼의 즉흥[7]악을 일일이 베껴둔다든가 그런 일은 꿈에도 생각하지 않았습니다.

우리들은 그의 장래를 생각하여 때때로 술을 삼가기를 권고하였지만 그런 야인에게 친구의 권고가 무슨 소용이 있겠습니까.

"술? 술은 음악이다!"

하고는 하하하하 웃어 버리고 다시 술집으로 달아나고 합니다.

그러한 지 칠팔 년이 지난 뒤에 그는 아주 폐인이 되고 말았습니다. 술이 안 들어가면 그의 손은 떨렸습니다. 눈에는 눈곱이 꼈습니다. 그리고 술이 들어가면, 술이 들어가면 그는 그 광포성을 발휘하였습니다. 누구를 막론하고 붙잡고는 입에 술을 부어넣어 주었습니다. 그러다가는 장소를 불문하고 아무 데나 누워서 잡니다.

사실 아까운 천재였습니다. 우리들 사이에는 때때로 그의 천분을 생각하고 아깝게 여기는 한숨이 있었지만 세상에서는 그 '장래가 무서운 한 천재'가 있었다는 것은 몰랐습니다.

그러는 동안에 그는 어떤 양가의 처녀를 어떻게 관계를 맺어서 애까지 뱄습니다. 그러나 그 애의 출생을 보지 못하고 아깝게도 심장마비로 죽어 버리고 말았습니다.

그 유복자로 세상에 나온 것이 백성수였습니다.

그러나 우리는 백성수가 세상에 출생되었다는 풍문만 들었지, 그 애 아버지가 죽은 뒤부터 그 애의 소식이며 그 애 어머니의 소식은 일절 몰랐습니다. 아니, 몰랐다는 것보다 그 집안의 일은 우리의 머리에서 온전

7) 즉흥 그 자리에서 바로 일어나는 감흥. 또는 그런 기분.

히 잊혀 버리고 말았습니다.

삼십 년이란 세월이 흘렀습니다.

십 년이면 산천도 변한다 하는데 삼십 년 사이의 변천을 어찌 이루 다 말하겠습니까. 좌우간 그동안에 나는 내 이름을 닦아 놓았습니다. 아시다시피 지금 K라 하면 이 나라에서 첫손가락을 꼽는 음악비평가가 아닙니까. 견실한 지도적 비평가 K라면 이 나라의 음악계의 권위이며, 나의 한마디는 음악가의 가치를 결정하는 판결문이라 하여도 옳을 만치 되었습니다. 많은 음악가가 내 손 아래서 자랐으며 많은 음악가가 내 지도로써 이름을 날렸습니다.

재작년 이른 봄 어떤 날이었습니다.

그때 나는 조용한 밤중의 몇 시간씩을 ○○ 예배당에 가서 명상으로 시간을 보내는 것이 습관이 되어 있었습니다. 언덕 위에 홀로 서 있는 집으로서, 조용한 밤중에 혼자 앉아 있노라면 때때로 들보[8]에서 놀라 깬 비둘기의 날갯소리와 간간이 기둥에서 뚝뚝 하는 소리밖에는 아무 소리도 들리지 않는, 말하자면 나 같은 괴상한 성미를 가진 사람이 아니면 돈을 주면서 들어가래도 들어가지 않을 음침한 집이었습니다. 그러나 나 같은 명상을 즐기는 사람에게는 다른 데에서 구하기 힘들도록 온갖 것을 가진 집이었습니다. 외따로고 조용하고 음침하며 간간이 알지 못할 신비한 소리까지 들리며 멀리서는 때때로 놀란 듯한 기적 소리도 들리는……. 이것뿐으로도 상당한데, 게다가 이 예배당에는 피아노도 한 대 있었습니다. 예배당에 오르간은 있을지나 피아노가 있는 곳은 쉽

8) 들보 칸과 칸 사이의 두 기둥을 건너질러 도리와는 'ㄴ' 자 모양, 마룻대와는 '+' 자 모양을 이루는 나무.

지 않은 것으로서 무슨 흥이나 날 때에는 피아노에 가서 한 곡조 두드리는 재미도 또한 괜찮았습니다.

그날 밤도(아마 두 시는 지났을걸요) 그 예배당에서 혼자 눈을 감고 조용한 맛을 즐기고 있노라는데, 갑자기 저편 아래에서 재재하는 소리가 납디다. 그래서 눈을 번쩍 뜨니까 화광[9]이 충천하였는데, 내다보니까 언덕 아래 어떤 집에 불이 붙으며 사람들이 왔다 갔다 야단이었습니다.

이렇게 말하면 어떨지 모르지만 그다지 멀지 않은 곳에서 불붙는 것을 바라보는 맛도 괜찮은 것이었습니다. 일어서는 불길이며 퍼져 나가는 여기, 불씨의 날아나는 양, 그 가운데 거뭇거뭇 보이는 기둥, 집의 송장, 재재거리는[10] 사람의 무리, 이런 것은 어떻게 생각하면 과연 시도 될지며 음악도 될 것이었습니다. 옛날에 네로가 로마의 불붙는 것을 바라보면서, 자기는 비파를 들고 노래를 하였다는 것도 음악가의 견지로 보면 그다지 나무랄 것이 아니었습니다.

나도 그때에 그 불을 보고 차차 흥이 났습니다.

'네로를 본받아서 나도 즉흥으로 한 곡조 두드려 볼까.'

어렴풋이 이런 생각을 하며 나는 그 불을 정신없이 바라보고 있었습니다.

그때였습니다. 갑자기 덜컥덜컥하는 소리가 들리더니 예배당 문이 열리며 웬 젊은 사람 하나가 낭패한 듯이 뛰어들어왔습니다. 그리고 무엇에 놀란 사람같이 두리번두리번 사면을 살피더니, 그래도 내가 있는 것은 못 보았는지 저편에 있는 창 안에 가서 숨어 서서 아래에서 붙는 불

9) 화광 불빛.
10) 재재거리다 조금 수다스럽게 자꾸 재잘거리다.

을 내다봅니다.

나도 꼼짝을 못 하였습니다. 좌우간 심상스러운 사람은 아니요, 방화범이나 도적으로밖에는 인정할 수 없지 않겠습니까? 그래서 꼼짝을 못 하고 서 있노라니까 그 사람은 한숨을 쉽니다. 그리고 맥없이 두 팔을 늘이고 도로 나가려고 발을 떼려다가 자기 곁에 피아노가 놓인 것을 보더니 교의[11]를 끌어다 놓고 피아노 앞에 주저앉고 말겠지요. 나도 거기는 직업적 흥미에 끌렸습니다. 그래서 무엇을 하나 보자 하고 있노라니까 뚜껑을 열더니 한번 뚱 하고 시험을 해보아요. 그리고 조금 있더니 다시 뚱뚱 하고 시험을 해보겠지요.

이때부터 그의 숨소리가 차차 높아가기 시작했습니다. 씩씩거리며 몹시 흥분된 사람같이 몸을 떨다가 벼락같이 양손을 키 위에 갖다가 덮었습니다. 그다음 순간으로 C샤프 단음계의 알레그로가 시작되었습니다.

처음에는 다만 흥미로써 그의 모양을 엿보고 있던 나는 그 알레그로가 울려 나오는 순간 마음은 끝까지 긴장되고 흥분되었습니다.

그것은 순전한 야성적 음향이었습니다. 음악이라 하기에는 너무 힘 있고 무기교[12]였습니다. 그러나 음악이 아니라기에는 거기는 너무 괴롭고도 무겁고 힘 있는 '감정'이 들어 있었습니다. 그것은 마치 야밤의 종소리와도 같이 사람의 마음을 무겁고 음침하게 하는 음향인 동시에 맹수의 부르짖음과 같이 사람으로 하여금 소름 돋치게 하는 무서운 감정의 발현이었습니다. 아아, 그 야성적 힘과 남성적 부르짖음, 그 아래 감추어 있는 침통한 주림과 아픔, 순박하고도 아무 기교가 없는 그 표현!

11) 교의 의자.
12) 무기교 재간 있게 부리는 기술이나 솜씨가 없음.

나는 털썩 그 자리에 주저앉고 말았습니다. 그리고 음악가의 본능으로써 뜻하지 않게 주머니에서 오선지와 연필을 꺼냈습니다. 피아노의 울려 나아가는 소리에 따라서 나의 연필은 오선지 위에서 뛰놀았습니다.

좀 급속도로 시작된 빈곤, 거기 연하여 주림, 꺼져가는 불꽃과 같은 목숨, 그러한 것을 지나서 한참 연속되는 완서조(緩徐調)[13]의 압축된 감정, 갑자기 튀어나오는 광포, 거기 연한 쾌미, 홍소[14]…… 이리하여 주화조(主和調)[15]로서 탄주(彈奏)[16]는 끝이 났습니다. 더구나 그 속에 나타나 있는 압축된 감정이며 주림 또는 맹렬한 불길 등이 사람의 마음에 주는 그 처참함이며 광포성은 나로 하여금 아직 '문명'이라 하는 것의 은택에 목욕해 보지 못한 야인을 연상하게 하였습니다.

탄주가 다 끝이 난 뒤에도 나는 정신을 못 차리고 망연히 앉아 있었습니다. 물론 조금이라도 음악에 소양이 있는 사람일 것 같으면 이제 그 소나타를 음악에 대하여 정통으로 아무러한 수양도 받지 못한 사람이 다만 자기의 천재적 즉흥뿐으로 탄주한 것임을 알 것입니다. 해결이 없이 감칠도화현(減七度和絃)이며 증육도화현(增六度和絃)을 범벅으로 섞어 놓았으며 금칙(禁則)[17]인 병행오팔도(竝行五八度)까지 집어넣은 것으로서, 더구나 스케르초[18]는 온전히 뽑아먹은, 대담하다면 대담하고

13) 완서조(緩徐調) 느린 곡조.
14) 홍소 입을 크게 벌리고 웃거나 떠들썩하게 웃음.
15) 주화조(主和調) 평화로운 곡조.
16) 탄주(彈奏) 가야금이나 바이올린 따위의 현악기를 연주함.
17) 금칙(禁飭) 하지 못하게 타이름.
18) 스케르초(scherzo) '유머레스크'를 뜻하는 이탈리아말로 익살스럽고 분방한 성격의 곡을 말한다.
19) 방분 제멋대로 나아가 거침이 없다.

무식하다면 무식하달 수도 있는 방분[19] 자유한 소나타였습니다.

이때에 문득 내 머리에 떠오른 것은 삼십 년 전에 심장마비로 죽은 백○○였습니다. 그의 음악으로서 만약 정통적 훈련을 뽑고 거기다가 야성을 더 집어넣으면 지금 내 눈앞에 있는 그 음악가의 것과 같은 것이 될 것이었습니다. 귀기가 사람을 엄습하는 듯한 그 힘과 방분스러운 표현과 야성……. 이것은 근대 음악가에게 구하기 힘든 보물이었습니다.

그 소나타에 취하여 한참 정신이 어리둥절히 앉았던 나는 고즈넉이 일어서서, 그 피아노 앞에 가서 그의 어깨에 가만히 손을 얹었습니다. 한 곡조를 타고 나서 아주 곤한 듯 정신없이 앉아 있던 그는 펄떡 놀라며 일어서서 내 얼굴을 보았습니다.

"자네 몇 살 났나?"

나는 그에게 이렇게 첫말을 물었습니다. 가슴이 답답한 나로서는 이런 말밖에는 갑자기 다른 말이 생각 안 났습니다. 그는 높은 창에서 들어오는 달빛을 받고 있는 내 얼굴을 한순간 쳐다보고 머리를 돌이키고 말았습니다.

"배고프나?"

나는 두 번째 그에게 물었습니다.

그는 시끄러운 듯이 벌떡 일어섰습니다. 그리고 달빛이 비친 내 얼굴을 정면으로 바라보다가,

"아, K선생님 아니세요?"

하면서 나를 붙들었습니다. 그래서 그렇노라고 하니깐,

"사진으로는 늘 봤습니다만……."

하면서 다시 맥없이 나를 놓으며 머리를 돌렸습니다.

그 순간, 그가 머리를 돌이키는 순간 달빛에 얼핏, 나는 그의 얼굴을 처음으로 보았습니다. 그리고 나는 거기서 뜻밖에 삼십 년 전에 죽은 벗 백○○의 모습을 발견하였습니다.

"자, 자네 이름이 뭔가?"

"백성수……."

"백성수? 그 백○○의 아들이 아닌가. 삼십 년 전에, 자네가 나오기 전에 세상 떠난……."

그는 머리를 번쩍 들었습니다.

"백○○의 아들인가? 같이두 생겼다. 내가 자네의 아버지와 동창이네. 아아, 역시 그 애비의 아들이다."

그는 한숨을 길게 쉬며 머리를 수그려 버렸습니다.

나는 그날 밤 그 백성수를 데리고 집으로 돌아왔습니다. 그리고 비록 작곡상 온갖 법칙에는 어그러진다 하나 그만치 힘과 정열과 야성으로 찬 소나타를 거저 버리기가 아까워서 다시 한 번 피아노에 올라앉기를 명하였습니다. 아까 예배당에서 내가 베낀 것은 알레그로가 거의 끝난 곳부터였으므로 그전 것을 베끼기 위해서였습니다.

그는 피아노를 향하여 앉아서 머리를 기울였습니다. 몇 번 손으로 키를 두드려 보다가는 다시 머리를 기울이고 생각하고 하였습니다. 그러나 다섯 번, 여섯 번을 다시 해보았으나 아무 효과도 없었습니다. 피아노에서 울려 나오는 음향은 규칙 없고 되지 않은 한낱 소음에 지나지 못하였습니다. 야성? 힘? 귀기? 그런 것은 없었습니다. 감정의 재뿐이었습니다.

"선생님, 잘 안 됩니다."

그는 부끄러운 듯이 연하여 고개를 기울이며 이렇게 말하였습니다.

"두 시간도 못 되어서 벌써 잊어 버린담?"

나는 그를 밀어놓고 내가 대신하여 피아노 앞에 앉아서 아까 베낀 그 음보를 펴놓았습니다. 그리고 내가 베낀 곳부터 다시 시작하였습니다.

화염! 화염! 빈곤, 주림, 야성적 힘, 기괴한 감금당한 감정! 음보를 보면서 타던 나는 스스로 흥분이 되었습니다. 미상불[20] 그때는 내 눈은 미친 사람같이 번득였으며, 얼굴은 흥분으로 새빨갛게 되었을 것이었습니다.

그때에 그가 갑자기 달려들더니 나를 떠밀쳐 버렸습니다. 그리고 자기가 대신하여 앉았습니다.

의자에서 떨어진 나는 너무 흥분되어 다시 일어날 힘도 없이 그 자리에 앉은 대로 그의 양을 쳐다보았습니다. 그는 나를 밀쳐 버린 다음에 그 음보를 들고서 읽기 시작하였습니다. 아아, 그의 얼굴! 그의 숨소리가 차차 높아지면서 눈은 미친 사람과 같이 빛을 내기 시작하였습니다. 그러더니 그 음보를 홱 내던지며 문득 벼락같이 그의 두 손은 피아노 위에 덮였습니다.

C샤프 단음계의 광포스러운 소나타는 다시 시작되었습니다. 폭풍우 같이 또는 무서운 물결같이 사람으로 하여금 숨 막히게 하는 그 힘, 그것은 베토벤 이래로 근대 음악가에서 보지 못했던 광포스러운 야성이었습니다. 무섭고도 참담스러운 주림, 빈곤, 압축된 감정, 거기서 튀어나

20) 미상불 아닌 게 아니라 과연.

온 맹염(猛炎), 공포, 홍소……. 아아, 나는 너무 숨이 답답해 뜻하지 않게 두 손을 홰홰 내저었습니다.

그날 밤이 새도록, 그는 흥분이 되어서 자기의 과거를 일일이 다 이야기하였습니다. 그 이야기에 의지하면 대략 그의 경력은 이러하였습니다.

그의 어머니는 그를 밴 뒤에 곧 자기의 친정에서 쫓겨 나왔습니다.

그때부터 그의 가난함은 시작되었습니다.

그러나 교양이 있고 어진 그의 어머니는 품팔이는 할지언정 성수는 곱게 길렀습니다. 변변치는 않으나마 오르간 하나를 준비해두고, 그가 잠자려 할 때에는 슈베르트의 자장가로써 그의 잠을 도왔으며, 아침에 깰 때에는 하루 종일 유쾌히 지내게 하기 위하여 다울런드의 〈세컨드 왈츠〉로써 그의 원기를 돋우었습니다.

그는 세 살 났을 적에 어머니의 품에 안겨서 오르간을 장난해 보았습니다. 이 오르간을 장난하는 것을 본 어머니는 근근이 돈을 모아서 그가 여섯 살 나는 해에 피아노를 하나 샀습니다.

아침에는 새소리, 바람에 버석거리는 포플러 잎, 어머니의 사랑, 부엌에서 국 끓는 소리, 이러한 모든 것이 이 소년에게는 신비스럽고도 다정스러워 그는 피아노를 향하고 앉아서 생각나는 대로 키를 두드리고 하였습니다.

이러한 가운데 고이 소학과 중학도 마쳤습니다. 그러는 동안에 음악에 대한 동경은 그의 가슴에 터질 듯이 쌓였습니다.

중학을 졸업한 뒤에는 인젠 어머니를 위하여 그는 학업을 중지하지 않을 수가 없었습니다. 그는 어떤 공장의 직공이 되었습니다. 그러나 어진 어머니의 교육 아래서 길러난 그는 비록 직공은 되었다 하나 아주 온량[21]한 사람이었습니다.

그리고 음악에 대한 집착은 조금도 줄지 않았습니다. 비록 돈이 없어서 정식으로 음악 교육은 못 받을망정 거리에서 손님을 끄느라고 틀어놓은 유성기 앞이며 또는 일요일날 예배당에서 찬양대의 노래에 젊은 가슴을 뛰놀리던 그였습니다. 집에서는 피아노 앞을 떠나본 일이 없었습니다.

때때로 비상한 감흥으로 오선지를 내놓고 음보를 그려 본 적도 한두 번이 아니었습니다. 그러나 이상한 것은 그만치 뛰놀던 열정과 터질 듯한 감격도 음보로 그려 놓으면 아무 긴장도 없는 싱거운 음계가 되어 버리고 하였습니다. 왜? 그만치 천분이 있고 그만치 열정이 있던 그에게서 왜 그런 재와 같은 음악만 나왔느냐고 물으실 테지요. 거기 대하여서는 이따가 설명하리다.

감격과 불안, 열정과 재, 비상한 흥분과 그 흥분에 대한 반비례되는 시원찮은 결과, 이러한 불만의 십 년이 지났습니다.

그의 어머니는 문득 몹쓸 병에 걸렸습니다.

자양[22]과 약값을 위해 그의 몇 해를 근근이 모았던 돈은 차차 줄기 시작하였습니다. 조금이라도 안락한 생활이 되기만 하면 정식으로 음악에 대한 교육을 받으려고 모아 두었던 저금은 그의 어머니의 병에 다 들어갔습니다. 그러나 그의 어머니의 병은 차도가 보이지 않았습니다.

21) 온량 성품이 온화하고 무던하다.
22) 자양 양육.

그리하여 그와 내가 그 예배당에서 만나기 전해 여름 어떤 날, 그의 어머니는 도저히 회복할 가망이 없는 중태에까지 빠지게 되었습니다. 그러나 그때는 벌써 그에게는 돈이라고는 다 떨어진 때였습니다.

그날 아침, 그는 위독한 어머니를 버려두고 역시 공장에 갔습니다. 그러나 아무리 하여도 마음이 놓이지 않아서 일을 중도에 그만두고 집으로 돌아왔습니다. 그때 어머니는 벌써 혼수상태에 빠져 있었습니다. 가슴이 덜컥 내려앉은 그는 황급히 다시 뛰어나갔습니다. 그러나 어디로? 무얼 하러? 뜻 없이 뛰어나와서 한참 달음박질하다가, 그는 문득 정신을 차리고 의사라도 청할 양으로 힐끔 돌아섰습니다.

그때였습니다. 아까 내가 말한 바 '기회' 라는 것이 그때 그의 앞에 나타났습니다. 그것은 조그마한 담뱃가게 앞이었는데 가게와 안방 사이의 문은 닫겨 있었고, 안에는 미상불 사람이 있을지나 가게를 보는 사람은 눈에 안 띄었습니다. 그리고 그 담배 상자 위에는 오십 전짜리 은전 한 닢과 동전 몇 닢이 놓여 있었습니다.

그는 자기로도 무엇을 하는지 몰랐습니다. 의사를 청해오려면 다만 몇십 전이라도 돈이 있어야겠다는 어렴풋한 생각만 가지고 있던 그는, 한번 사면을 살핀 뒤에 벼락같이 그 돈을 쥐고 달아났습니다.

그러나 그는 스무 간도 뛰지 못하여 따라오는 그 집 사람에게 붙들렸습니다.

그는 몇 번을 사정하였습니다. 마지막에는 자기의 어머니가 명재경각[23]이니, 한 시간만 놓아주면 의사를 어머니에게 보내고 다시 오마고

23) 명재경각 거의 죽게 되어 곧 숨이 끊어질 지경에 이름.

까지 해보았습니다. 그러나 그런 말은 모두 헛소리로 돌아가고, 그는 마침내 경찰서로 가게 되었습니다.

경찰서에서 재판소로 재판소에서 감옥으로…… 이러한 여섯 달 동안에 그는 이를 갈면서 분해하였습니다. 자기 어머니의 운명이 어찌 되었나. 그는 손과 발을 동동 구르면서 안타까워했습니다. 만약 세상을 떠났다 하면 떠나는 순간에 얼마나 자기를 찾았겠습니까. 임종에도 물 한 잔 떠넣어줄 사람이 없는 어머니였습니다. 애타하는 그 모양, 목말라하는 그 모양을 생각하고는 그 어머니에게 지지 않게 자기도 애타하고 목말라했습니다.

반년 뒤에 겨우 광명한 세상에 나와서 자기의 오막살이를 찾아가매, 거기는 벌써 다른 사람이 들어 있었으며 그의 어머니는 반년 전에 아들을 찾으러 길에까지 기어 나와서 죽었다 합니다.

공동묘지에 가보았으나 분묘[24]조차 발견할 수가 없었습니다.

이리하여 갈 곳이 없이 헤매던 그는 그날도 역시 잘 곳을 찾으러 헤매다가 그 예배당(나하고 만난)까지 뛰어들어온 것이었습니다.

여기까지 이야기해 오던 K씨는 문득 말을 끊었다. 그리고 마도르스 파이프를 꺼내 담배를 피워 가지고 빨면서 모씨에게 향하였다.

"선생은 이제 내가 이야기한 가운데 모순된 점을 발견 못 하셨습니까?"

"글쎄요."

24) 분묘 무덤.

"그럼 내가 대신 물으리다. 백성수는 그만치 천분이 많은 음악가였는데 왜 그 〈광염 소나타〉(그날 밤의 소나타를 〈광염 소나타〉라고 그랬습니다)를 짓기 전에는 그만치 흥분되고 긴장되었다가도 일단 음보로 만들어 놓으면 아주 힘없는 것이 되어 버리고 했겠습니까?"

"그거야 미상불 그때의 흥분이 〈광염 소나타〉를 지을 때의 흥분만 못한 연고겠지요."

"그렇게 해석하세요? 듣고 보니 그것도 한 해석이 되기는 합니다. 그러나 나는 그렇게 해석 안 하는데요."

"그럼 K씨는 어떻게 해석하십니까?"

"나는, 아니, 내 해석을 말하는 것보다 그 백성수한테서 내게로 온 편지가 한 장 있는데, 그것을 보여드리리다. 선생은 오늘 바쁘시지 않으세요?"

"일은 없습니다."

"그러면 우리 집까지 잠깐 같이 가보실까요?"

"가지요."

두 노인은 일어섰다.

도회와 교외의 경계에 달린 K씨의 집에까지 두 노인이 이른 때는 오후 너덧 시가 된 때였다.

두 노인은 K씨의 서재에 마주앉았다.

"이것이 이삼 일 전에 백성수한테서 내게로 온 편지인데 읽어보세요."

K씨는 서랍에서 기다란 편지 뭉치를 꺼내 모씨에게 주었다. 모씨는 받아서 폈다.

"가만, 여기서부터 보세요. 그 전에는 쓸데없는 인사이니까."

……(중략) 그리하여 그날도 또한 이제 밤을 지낼 집을 구하느라고 돌아다니던 저는 우연히 그 집, 제가 전에 돈 오십여 전을 훔친 집 앞에까지 이르렀습니다. 깊은 밤 사면은 고요한데 그 집 앞에서 잘 곳을 구하느라고 헤매던 저는 문득 마음속에 무서운 복수의 생각이 일어났습니다. 이 집만 아니었더라면, 이 집 주인이 조금만 인정이라는 것을 알았더라면, 저는 그 불쌍한 제 어머니로서 길에까지 기어 나와서 세상을 떠나게 하지는 않았겠습니다. 분묘가 어디인지조차 알지 못하여 꽃 한번 갖다가 꽂아보지 못한 이러한 불효도 이 집 때문이외다. 이러한 생각에 참지를 못하여, 그 집 앞에 가려 있는 볏집에다가 불을 놓았습니다. 그리고 거기 서서 불이 집으로 옮아가는 것을 다 본 뒤에 갑자기 무서운 생각이 나서 달아났습니다.

좀 달아나다 보매 아래에서는 벌써 사람이 꾀어들기 시작한 모양인데 이때에 저의 머리에 타오르는 생각은 통쾌하다는 생각과 달아나려는 생각뿐이었습니다. 그리하여 저는 몸을 숨기기 위하여 앞에 보이는 예배당 안으로 뛰어들어갔습니다.

거기서 불이 다 꺼지도록 구경을 한 뒤에 나오려다가 피아노를 보고…….

"이 보세요."

K씨는 편지를 보는 모씨를 찾았다.

"비상한 열정과 감격은 있어두 그것이 그대로 표현 안 된 것이 그것 때문이었습니다. 즉 성수의 어머니는 몹시 어진 사람으로서 어렸을 때부터 성수의 교육을 몹시 힘을 들여서 착한 사람이 되도록, 이렇게 길렀습니다그려. 그 어진 교육 때문에 그가 하늘에서 타고난 광포성과 야성이 표면상에 나타나지를 못하였습니다. 그 타오르는 야성적 열정과 힘이 음보로 그려놓으면 아주 힘없는, 말하자면 김빠진 술과 같이 되고 하는 것이 모두 그 때문이었습니다그려. 점잖고 어진 교훈이, 그의 천분을 못 발휘하게 한 셈이지요."

"흠."

"그것이, 그 사람 성수가, 감옥 생활을 할 동안에 한번 씻기는 하였으나, 그러나 사람의 교양이라 하는 것은 온전히 씻지는 못하는 것이외다.

그러다가, 그 '원수'의 집 앞에서 갑자기, 말하자면 돌발적으로 야성과 광포성이 나타나서 불을 놓고 예배당 안에 숨어 서서 그 야성적 광포적 쾌미를 한껏 즐긴 다음에, 그에게서 폭발하여 나온 것이 그 〈광염 소나타〉였구려.

일어서는 불길, 사람의 비명, 온갖 것을 무시하고 퍼져나가는 불의 세력……. 이런 것은 사실 야성적 쾌미 가운데 으뜸이 되는 것이니깐요."

"……."

"아셨습니까? 그러면 그다음에 그 편지의 여기부터 또 보세요."

……(중략) 저는 그날의 일이 아직 눈앞에 어리는 듯하외다. 선생님이 저를 세상에 소개하기 위하여 늙으신 몸이 몸소 피아노에 앉으셔서 초대한 여러 음악가들 앞에서 제 〈광염 소나타〉를 탄주하시던 그 광경

이 지금 생각하여도 제 눈에서 눈물이 나오려 합니다. 그때에 그 손님 가운데 부인 손님 두 분이 기절을 한 것은 결코 〈광염 소나타〉의 힘뿐이 아니고 선생의 그 탄주의 힘이 많이 섞인 것을 뉘라서 부인하겠습니까. 그 뒤에 여러 사람 앞에 저를 내세우고,

"이 사람이 〈광염 소나타〉의 작자이며 삼십 년 전에 우리를 버려두고 혼자 간 일대의 귀재 백○○의 아들이외다."

고 소개를 해주신 그때의 그 감격은 제 일생에 어찌 잊사오리까.

그 뒤에 선생님께서 저를 위하여 꾸며주신 방도 또한 제 마음에 가장 맞는 방이었습니다. 널따란 북향 방에 동남쪽 귀에 든든한 참나무 침대 하나, 서북쪽 귀에 아무 장식 없는 참나무 책상과 의자, 피아노가 하나씩, 그 밖에는 방 안에 장식이라고는 서남쪽 벽에 커다란 거울이 하나 있을 뿐, 덩더렇게 넓은 방은 사실 밤에 전등 아래 앉아 있노라면 저절로 소름이 끼치도록 무시무시한 방이었습니다. 게다가 방 안은 모두 꺼먼 칠을 하고, 창밖에는 늙은 홰나무의 고목이 한 그루 서 있는 것도 과연 귀기가 돌았습니다. 이러한 가운데에서 선생님은 저로 하여금 방분스러운 음악을 낳도록 애써 주셨습니다.

저도 그런 환경 아래서 좋은 음악을 낳아 보려고 얼마나 애를 썼겠습니까. 어떤 날 선생님께 작곡에 대한 계통적 훈련을 원할 때에 선생님은 이렇게 대답하셨습니다.

"자네에게는 그러한 교육이 필요가 없어. 마음대로 나오는 대로 하게. 자네 같은 사람에게 계통적 훈련이 들어가면 자네의 음악은 기계화해 버리고 말아. 마음대로 온갖 규칙과 규범을 무시하고 가슴에서 터져 나오는 대로……."

저는 이 말씀의 뜻을 똑똑히는 몰랐습니다. 그러나 대략의 의미만은 통하였습니다. 그리하여 저는 마음대로 한껏 자유스러운 음악의 경지를 개척하려 하였습니다.

그러나 그동안에 제가 산출한 음악은 모두 이상히도 저의 이전(제 어머니가 아직 살아 계실 때)의 것과 마찬가지로 아무러한 힘도 없는 음향의 유희에 지나지 못하였습니다.

저는 얼마나 초조하였겠습니까. 때때로 선생님께서 채근 비슷이 하시는 말씀은 저로 하여금 더욱 초조하게 하였습니다. 그리고 마음이 초조하면 초조할수록 제게서 생겨나는 음악은 더욱 나약한 것이 되었습니다.

저는 때때로 그 불붙던 광경을 생각해 보았습니다. 그리고 그때에 통쾌하던 감정을 되풀이해 보려 하였습니다. 그러나 그것 역시 실패로 돌아갔습니다.

때때로 비상한 열정으로 음보를 그려놓은 뒤에 몇 시간을 지나서 다시 한 번 읽어보면 거기는 아무 힘이 없는 개념만 있고 하였습니다.

저의 마음은 차차 무거워지기 시작하였습니다. 그리고 큰 기대를 가지고 계신 선생님께도 미안하기가 짝이 없었습니다.

"음악은 공예품과 달라서 마음대로 만들고 싶은 때에 되는 것이 아니니 마음 놓고 천천히 감흥이 생긴 때에……."

이러한 선생님의 위로의 말씀을 듣기가 제 살을 깎아먹는 듯하였습니다. 그러나 제 마음상은 인제는 제게서 다시 힘 있는 음악이 나올 기회가 없는 것같이 생각되었습니다.

이러는 동안에 무위의 몇 달이 지났습니다.

어떤 날 밤중, 가슴이 너무 무겁고 가슴속에 무엇이 가득 찬 것같이 거북하여서 저는 산보를 나섰습니다. 무거운 머리와 무거운 가슴과 무거운 다리를 지향 없이 옮기면서 돌아다니다가 저는 어떤 곳에서 커다란 볏집 낟가리를 발견하였습니다.

이때의 저의 심리를 어떻게 형용하였으면 좋을지 저는 모르겠습니다. 저는 무슨 무서운 적을 만난 것같이 긴장되고 흥분되었습니다. 저는 사면을 한번 살펴보고, 그 낟가리에 달려가서 불을 그어서 놓았습니다. 그리고 갑자기 무섬증이 생겨서 돌아서서 달아나다가, 멀찌감치까지 달아나서 돌아보니까 불길은 벌써 하늘을 찌를 듯이 일어났습니다. 왁, 왁, 꺄, 꺄, 사람들이 부르짖는 소리도 들렸습니다. 저는 다시 그곳까지 가서, 그 무서운 불길에 날아 올라가는 볏집이며 그 낟가리에 연달아, 있는 집을 헐어내는 광경을 구경하다가 문득 흥분되어서 집으로 돌아왔습니다.

그날 밤에 된 것이 〈성난 파도〉였습니다.

그 뒤에 이 도회에서 일어난 알지 못할 몇 가지의 불은 모두 제가 질러놓은 것이었습니다. 그리고 불이 있던 날 밤마다 저는 한 가지의 음악을 얻었습니다. 며칠을 연하여 가슴이 몹시 무겁다가, 그것이 마침내 식체와 같이 거북하고 답답하게 되는 때에 저는 뜻 없이 거리를 나갑니다. 그리고 그러한 날은 한 가지의 방화 사건이 생겨나며 그날 밤에는 한 곡의 음악이 생겨났습니다.

그러나 그것도 번수가 차차 많아갈 동안, 저의, 그 불에 대한 흥분은 반비례로 줄어졌습니다. 온갖 것을 용서하지 않는 불꽃의 잔혹함도 그다지 제 마음을 긴장시키지 못하였습니다.

"차차, 힘이 적어져 가네."

선생님께서 제 음악을 보시고 이렇게 말씀하신 것이 그러한 때였습니다.

그러나 저는 게서 더할 도리가 없었습니다. 하는 수 없이 저는 한동안 음악을 온전히 잊어버린 듯이 내버려두었습니다.

모씨가 성수의 마지막 편지를 여기까지 읽었을 때에, K씨가 찾았다.

"재작년 봄에서 가을에 걸쳐서 원인 모를 불이 많지 않았습니까. 그것이 죄 성수의 장난이었습니다그려."

"K씨는 그것을 온전히 모르셨습니까?"

"나요? 몰랐지요. 그런데, 그 어떤 날 밤이었구려. 성수는 기대에 반해서, 우리 집으로 온 지 여러 달이 됐지만 한 번도 힘 있는 것을 지어본 일이 없겠지요. 그래서 저 사람에게 무슨 흥분될 재료를 줄 수가 없나 하고 혼자 생각하며 있더랬는데, 그때에 저편……."

K씨는 손을 들어 남쪽 창을 가리켰다.

"저편, 꽤 멀리서 불붙는 것이 눈에 뜨입디다그려. 그래서 저것을 성수에게 보이면 혹 그때의 감정(그때 나는 그 담배 장수네 집에 불이 일어난 것도 성수의 장난인 줄은 꿈에도 생각 안 했구려)을 부활시킬지도 모르겠다, 이렇게 생각하구 성수의 방으로 올라가려는데 문득 성수의 방에서 피아노 소리가 울려 나옵니다그려. 나는 올라가려던 발을 부지중 멈추고 말았지요. 역시 C샤프 단음계로서, 제1곡은 뽑아먹고 아다지오에서 시작되는데, 고요하고 잔잔한 바다, 수평선 위로 넘어가려는 저녁 해, 이러한 온화한 것이 차차 스케르초로 들어가서는 소낙비, 풍랑, 번개질, 무서운 바람 소리, 우레질, 전복되는 배, 곤해서 물에 떨어지는 갈매기, 한번 뒤집어지면서 해일에 쓸려나가는 동네 사람들의 부르짖음……. 흥분에서 흥분, 광포에서 광포, 야성에서 야성, 온갖 공포와 포학한 광경이 눈앞에 어릿거리는데, 이 늙은 내가 그만 흥분에 못 견디어 뜻하지 않게 '그만두어달라' 고 고함친 것만으로도 짐작하시겠지요. 그리고 올라가서 보니깐, 그는 탄주를 끝내고 피곤한 듯이 피아노에 기대어 앉아 있고, 이제 탄주한 것은 벌써 〈성난 파도〉라는 제목 아래 음보로 되어 있습디다."

"그러면 성수는 불을 두 번 놓고, 두 음악을 얻었다는 말씀이지요?"

"그렇지요. 그리고 그 뒤부터는 한 십여 일 건너서 하나씩 지었는데, 그것이 지금 보면 한 가지의 방화 사건이 생길 때마다 생겨난 것이었습니다. 그러나 그의 편지마따나, 얼마 지나서부터는 차차 그 힘과 야성이 적어지기 시작했지요. 그래서……."

"가만계십쇼. 그 사람이 그다음에도 〈피의 선율〉이나 그 밖에 유명한 곡조를 여러 개 만들지 않았습니까?"

"글쎄 말외다. 거기 대한 설명은 그 편지를 또 보십쇼. 여기서부터 또 보시면 알리다."

……(중략) ○○다리 아래로 나오려는데, 무엇이 발길에 차이는 것이 있었습니다. 성냥을 그어가지고 보니깐, 그것은 웬 늙은이의 송장이었습니다. 저는 그것이 무서워서 달아나려다가, 돌아서려던 발을 다시 돌이켰습니다. 그리고…… 선생님은 이제 제가 쓰는 일을 이해해 주실는지요.

그것은 너무도 기괴한 일이라 저로서도 믿어지지 않은 일이었습니다. 그 송장을 타고 앉았습니다. 그리고 그 송장의 옷을 모두 찢어서 사면으로 내던진 뒤에, 그 벌거벗은 송장을(제 힘이라 생각되지 않는) 무서운 힘으로써 높이 쳐들어서 저편으로 내던졌습니다. 그런 뒤에는, 마치 고양이가 알을 가지고 놀 듯, 다시 뛰어가서 그 송장을 들어서 도로 이편으로 던졌습니다. 이렇게 몇 번을 하여 머리가 깨지고, 배가 터지고 …… 그 송장은 보기에도 참혹스레 되었습니다. 그리하여 그 송장을 다시 만질 곳이 없이 된 뒤에, 저는 그만 곤하여 그 자리에 앉아서 쉬려다가 갑자기 마음이 긴장되고 흥분되어서 집으로 달려왔습니다. 그날 밤에 된 것이 〈피의 선율〉이었습니다.

"선생은 이러한 심리를 아시겠습니까?"

"글쎄요."

"아마, 모르실걸요. 그러나 예술가로서는 능히 머리를 끄덕일 수 있는 심리외다. 그리고 또 여기를 읽어보십시오."

……(중략) 그 여자가 죽었다는 것은 제게는 사실 뜻밖이었습니다.

저는, 그날 밤 혼자 몰래 그 여자의 무덤을 찾아갔습니다. 그리고 칠팔 시간 전에 묻어놓은 그의 무덤의 흙을 다시 파서 그의 시체를 꺼내놓았습니다.

푸르른 달빛 아래 누워 있는 아름다운 그의 모양은 과연 선녀와 같았습니다. 가볍게 눈을 닫고 있는 창백한 얼굴, 곧은 콧날, 풀어헤친 검은 머리…… 아무 표정도 없는 고요한 얼굴은 더욱 처염함[25]을 도왔습니

25) 처염함 처절하게 아름다움.

다. 이것을 정신없이 들여다보고 있던 저는 갑자기 흥분이 되어…… 아아, 선생님 저는 이 아래를 쓸 용기가 없습니다. 재판소의 조서를 보시면 저절로 아실 것이올시다.

그날 밤에 된 것이 〈사령(死靈)〉이었습니다.

"어떻습니까?"

"……."

"네?"

"……."

"언어도단[26]이에요? 선생의 눈으로는 그렇게 뵈시리다. 또 여기를 읽어보십쇼."

……(중략) 이리하여 저는 마침내 사람을 죽인다 하는 경우에까지 이르렀습니다. 그리고 한 사람이 죽을 때마다 한 개의 음악이 생겨났습니다. 그 뒤부터 제가 지은 그 모든 것은 모두 다 한 사람씩의 생명을 대표하는 것이었습니다.

"인전 더 보실 것이 없습니다. 그런데 그만큼 보셨으면 성수에 대한 대략한 일은 아셨을 터인데, 거기 대한 의견이 어떻습니까?"

"……."

26) 언어도단 말할 길이 끊어졌다는 뜻으로, 어이가 없어서 말하려 해도 말할 수 없음을 이르는 말. '말이 안 됨'으로 순화.

"네?"

"어떤 의견 말씀이오니까?"

"어떤 '기회'라는 것이 어떤 사람에게서, 그 사람의 가지고 있는 천재와 함께 '범죄 본능'까지 끌어냈다 하면, 우리는 그 '기회'를 저주하여야겠습니까 혹은 축복하여야겠습니까? 이 성수의 일로 말하자면 방화, 사체 모욕, 시간[27], 살인, 온갖 죄를 다 범했어요. 우리 예술가협회에서 별 수단을 다 써서 정부에 탄원하고 재판소에 탄원하고 해서 겨우 성수를 정신병자라 하는 명목 아래 정신병원에 감금했지, 그렇지 않으면 당장에 사형이 아닙니까? 그런데 이제 그 편지를 보셔도 짐작하시겠지만 통상시에는 그 사람은 아주 명민하고 점잖고 온화한 청년입니다. 그러나 때때로, 그 뭐랄까, 그 흥분 때문에 눈이 아득해져서 무서운 죄를 범하고 그 죄를 범한 다음에는 훌륭한 예술을 하나씩 산출합니다. 이런 경우에 우리는 그 죄를 밉게 보아야 합니까 혹은 그 범죄 때문에 생겨난 예술을 보아서 죄를 용서하여야 합니까?"

"그거야 죄를 범하지 않고 예술을 만들어 냈으면 더 좋지 않습니까?"

"물론이지요. 그러나 이 성수 같은 사람도 있는 것이니깐, 이런 경우엔 어떻게 해결하렵니까?"

"죄를 벌해야지요. 죄악이 성하는 것을 그냥 볼 수는 없습니다."

K씨는 머리를 끄덕였다.

"그렇겠습니다. 그러나 우리 예술가의 견지로는 또 이렇게 볼 수도 있습니다. 베토벤 이후로 음악이라 하는 것이 차차 힘이 빠져나가서 꽃

27) 시간(屍姦) 시체를 간음(姦淫)함.

이나 계집이나 찬미할 줄 알고 연애나 칭송할 줄 알아서 선이 굵은 것은 볼 수가 없게 되었습니다. 게다가 엄정한 작곡법이 있어서 그것은 마치 수학의 방정식과 같이 작곡에 대한 온갖 자유스러운 경지를 제한해 놓았으니깐 이후에 생겨나는 음악은 새로운 길을 개척하기 전에는 한 기술이 될 것이지 예술이 될 수는 없습니다. 예술가에게는 이것이 쓸쓸해요. 힘 있는 예술, 선이 굵은 예술, 야성으로 충일된 예술…… 이것을 기다린 지 오래되었습니다. 그럴 때에, 백성수가 나타났습니다. 사실 말이지, 백성수의 예술은 그 하나하나가 모두 우리의 문화를 영구히 빛낼 보물입니다. 우리 문화의 기념탑입니다. 방화? 살인? 변변찮은 집, 변변찮은 사람은 그의 예술의 하나가 산출되는 데 희생하라면 결코 아깝지 않습니다. 천 년에 한 번, 만 년에 한 번 날지 못 날지 모르는 큰 천재를, 몇 개의 변변찮은 범죄를 구실로 이 세상에서 없애 버린다는 것은 더 큰 죄악이 아닐까요? 적어도 우리 예술가에게는 그렇게 생각됩니다.

K씨는 마주앉은 노인에게서 편지를 받아서 서랍에 집어넣었다. 새빨간 저녁 해에 비쳐서 그의 늙은 눈에는 눈물이 반득였다.

생 각 해 볼 거 리

1 어머니의 죽음이 백성수에게 미친 영향은 무엇입니까?

백성수는 너무 다른 부모님의 유전자를 타고 납니다. 광포한 야성의 예술미를 아버지에게 물려받았다면, 어머니에게는 이 사회를 안정적으로 살아가기 위한 조건들을 물려받습니다. 교양과 안정, 질서와 조화는 바로 어머니에게서 물려받고 교육받은 것들입니다. 그래서 백성수의 어린 시절은 어머니의 영향권 안에 있었기 때문에 온화하고 온유한 성격으로 자랄 수 있었던 것입니다. 그런데 갑작스런 어머니의 죽음으로 인해 백성수는 어머니의 영향권에서 벗어나 그동안 숨겨져 왔던 아버지의 유전자가 물려준 환경의 영향을 받게 됩니다. 결국, 어머니의 죽음은 어머니에게서 아버지의 영향권 속으로 들어간 결정적인 계기로 볼 수 있습니다.

2 아버지가 백성수에게 미친 영향은 무엇입니까?

백성수의 아버지는 백성수가 태어나기도 전에 돌아가셨습니다. 그런데 그의 아버지는 백성수에게 자신이 가졌던 천재적인 음악의 재능과 함께 이성으로 절제되지 못한 광적인 야성까지 유전으로 물려줍니다. 현실 속에 안주할 수 없었던 아버지의 야성은 자신의 죽음을 불러왔고, 백성수에게 겨우 사형을 모면한 정신병원행이라는 비참한 결말을 불러왔습니다. 그런데 백성수는 아버지가 남긴 야성 속에서 누구도 흉내 내지 못한 위대한 곡들을 작곡합니다. 〈성난 파도〉〈피의 선율〉〈사령〉 등은 사회적 금기를 일탈하면서 얻은 곡들입니다. 백성수가 가진 특징은 그대로 아버지의 성질과 닮아 있기에 이 음악을 백성수가 작곡했는지, 아니면 그의 아버지가 작곡했는지 분명치 않아 보입니다. 그만큼 이 작품은 유전이 모든 것을 결정한다는 유전결정론을 보여주고 있습니다.

3 이 작품에서 작가가 추구하는 예술은 어떤 경향을 가지고 있나요?

백성수가 추구하는 음악은 기존 음악이론에 길들여지지 않는 야성으로 충일된 예술입니다. 음악평론가 K씨가 처음 백성수와 만나는 예배당에서 방화를 저지르고 난 직후 백성수가 탄주하는 오르간 소리를 듣습니다. 그 음악은 지금까지 귀에 익숙한 선율이 아니라 '무섭고도 참담스런 주림, 빈곤이 압축된 감정 거기서 튀어져 나온 맹염(猛炎) 공포 홍소' 가 묻어나는, '꽃이나 계집을 찬미하는' 그런 예술이 아니라 '힘 있는 예술, 선이 굵은 예술' 을 대변하는 남성적인 미학을 갖춘 예술이었습니다. 이 음악을 듣고 음악평론가 K씨는 진정으로 살아 있는 음악 천재를 만났다고 생각합니다.

여기서 백성수가 들려준 음악은 여러 가지 세련된 기법 속에서 고전적인 조화와 균형을 갖춘 아폴론적인 예술이 아닙니다. 극도의 낭만성이 그대로 드러나는 자연으로부터 솟구쳐 나오는 즐거움, 황홀감, 번쩍이는 불멸의 생명력, 도취와 격정이 고조되면서 완전한 자아망각에 이르는 디오니소스적인 예술입니다. 이 부분에서 작가가 추구한 예술은 조화와 균형을 중시하는 아폴론적 미가 아니라 개성과 광기, 격정과 정열을 중시하는 디오니소스적인 예술을 참다운 예술이라고 보고 있음을 알 수 있습니다.

4 다음 부분에서 나타나 있는 작가의 예술관에 대해 서술하시오.

> 힘 있는 예술, 선이 굵은 예술, 야성으로 충일된 예술…… 이것을 기다린 지 오래되었습니다. 그럴 때에, 백성수가 나타났습니다. 사실 말이지, 백성수의 예술은 그 하나하나가 모두 우리의 문화를 영구히 빛낼 보물입니다. 우리 문화의 기념탑입니다. 방화? 살인? 변변찮은 집, 변변찮은 사람은 그의 예술의 하나가 산출되는 데 희생하라면 결코 아깝지 않습니다.

이 부분은 K씨의 강력한 주장으로 나타나 있지만, 실은 예술에 대한 작가의 생각이 그대로 반영된 부분입니다. 작가는 현실의 모든 가치보다 예술의 가치가 훨씬 뛰어나다고 생각합니다. '선이든, 악이든 나의 욕구는 모두 미다' 라고 생각했던 김동인의 예술관이 소설이라는 형식을 빌려서 표현된 것입니다. 예술지상주의 관점에서 보면 예술을 위한 모든 과정은 그 자체로 정당성이 있습니다. 이러한 생각은 위대한 예술 작품이 탄생하는 과정에서 변변치 않는 생명이 희생되는 것은 결코 큰 일이 아니라는 예술지상주의 관점을 등장인물의 대사로 정당화하고 있는 것입니다.

5 **한국문학의 풍토 속에서 김동인의 유미주의가 갖는 의미에 대해 논하시오.**

유미주의라는 말이 우리나라에 수입된 것은 개화기 이후의 일입니다. 영어의 이스테티시즘(aestheticism)이 일본에서 탐미주의(耽美主義), 심미주의(審美主義), 유미주의(唯美主義) 등으로 번역되었고, 그것이 우리 나라로 재수입되어 그대로 혼용되었습니다. 그런데 이러한 유미주의는 개화기에 쏟아져 들어온 다른 문예사조와 비교하면 문인들 사이에서 그다지 큰 인기를 누리지는 못했습니다.

고려시대부터 우리 나라의 정신 생활을 지배하던 유교(儒教)는 풍부한 정열과 감정을 억제하는 금욕주의 정신이 강했습니다. 오직 청빈과 검소만을 최고의 미덕으로 내세우며 초라한 초가집에도 만족하고 보리밥, 풋나물에도 세상 부러울 것이 없다고 자랑하던 안분지족의 세계는 선비들이 추구하는 세계관이었습니다.

그래서 인간의 육체적 쾌락주의를 내포한 유미주의는 이러한 민족적 정서와는 조화되기 어려웠습니다. 더욱이 우리 민족이 일제에게 주권을 빼앗기고 식민지로 전락한 처지여서 문학을 통해 어려운 사회상을 반영시켜, 민중을 계도(啓導)하고 울분을 토로했던 당시의 지식인들 사이에 공감을 얻기 어려웠고 어려운 삶을 전전해야 했던 대중들에게 더욱이 이해되지 못했습니다.

그러나 문학이 사회계몽을 위한 도구로 전락하는 것을 참을 수 없었던 김동인은 순수문학의 깃발을 높이 들고, 의식적으로 미를 지향하는 유미주의 길을 걷습니다. 비록 그것이 김동인 자신의 방탕한 삶으로 연결되어 자신의 삶을 파탄에 이르게 하고, 많은 사람들의 비웃음거리로 전락되기도 했지만, 순수문학을 향한 그의 열정과 예술혼이 현대문학을 개척하는 데 많은 부분 기여하기도 했습니다.

6 백성수가 범죄를 저지르는 이유는 무엇입니까?

백성수의 음악과 범죄 본능은 그의 아버지에게 물려받은 유전 때문입니다. 백성수의 아버지가 젊은 나이에 요절하기 전에는 '장래가 무서운 천재' 였습니다. 디오니소스나 이태백처럼 술을 좋아하여 어디서나 술 마시기를 즐겼으며, 술을 마신 후는 즉흥적으로 곡을 연주했는데, 야성이 넘치는 그의 음악은 주변을 늘 압도했습니다. 그런 아버지가 돌아가신 후 교양 있고 온화한 어머니에게 자란 백성수는 온순하게 자라납니다. 그러나 사랑하는 어머니가 억울하게 돌아가신 후 복수의 일념에서 우연하게 시작된 방화는 그의 핏속에 자리 잡은 광포한 야성을 일깨워 놓습니다. 어둔 밤에 활활 타오르는 화염은 백성수가 가진 음악에 대한 천재성과 함께 이성으로 절제되지 못한 광기까지 불타오르게 합니다. 무의미한 일상 속에서는 나약하고 아무 힘이 없는 개념이거나, 음향의 유희에 지나지 않는 백성수의 음악은 소름끼치도록 무서운 상황과 흥분 속에서만 위대한 음악의 탄생이 가능했던 것입니다. 백성수는 이러한 흥분을 자아내기 위해 사회적 통념으로 받아들일 수 없는 범죄를 계속 저지릅니다. 시체를 희롱하고, 살인을 저지르는 백성수의 모습에서 범죄의 광기로 변질되어버린 천재 음악가는 결국 정신병원에 갇혀 사회로부터 격리당하는 파국을 맞이하게 됩니다.

발가락이 닮았다

방탕한 생활 때문에 아이를 갖지 못하는
주인공이 아내에게서 태어난 아이를 관찰하며
자신과의 닮은 점을 찾는
인생의 아이러니를 드러낸 작품.

"이놈의 발가락 보게. 꼭 내 발가락 아닌가? 닮았거든……"

아이의 태생을 의심하는 아버지의 눈물 나는 닮은 점 찾기

이 작품은 1932년 『동광』지에 발표되었습니다. 김동인 특유의 자연주의적 색채가 짙게 깔려 있으면서도 강한 휴머니티를 내포한 인도주의적 계열의 작품입니다.

이 소설의 서술자는 의사입니다. 그런데 어느 날 오랜 친구인 서른두 살의 노총각 M이 혼약을 했다는 소문을 듣고 몹시 놀랍니다. M은 오랫동안 무절제한 성생활로 인해 많은 성병을 심하게 앓았고, 그 결과로 아이를 생산할 수 없는 몸이 되었기 때문입니다. 자신의 과거가 수치스러웠던 M은 자신이 아이를 가질 수 없다는 비밀을 숨긴 채 결혼을 하는데, 그만 아내는 아이를 갖습니다. M은 그 임신이 아내의 불륜 때문인지 아니면 자신이 건강한 몸으로 회복되어서 가능했는지 무척 궁금해합니다. 그래서 M은 정확한 진료를 받기 위해 의사인 서술자에게 여러 번 찾아오지만 끝내 진료를 받지 못합니다. 행여나 아내의 불륜을 확인하게 될지 모른다는 불안감 때문이었습니다. 그 뒤 아들을 낳은 M은 자신의 아들이 자신의 발가락과 닮았다는 것을 확인하고, 친구의 소견을 듣기 위해 아들을 안고 의사인 '나'를 찾아옵니다. 발가락이 닮았다는 M의 말을 듣고 '나'는 M의 번뇌를 이해하고 발가락뿐만 아니라 얼굴까지 닮았다며 자신의 속마음과는 다른 말을 해줍니다.

이 글에서 특이하게 살펴봐야 할 점은 M의 생활과 병명 등이 자세하고 과학적으로 나오는 것입니다. 이것은 작가가 객관적인 관찰을 중요하게 생각하고, 기록의 정확성을 내세웠던 자연주의 영향을 받은 결과입니다. 그리고 M의 결혼을 지나치게 육체적으로 바라보는 경향 또한 인간의 정신을 도외시하고 유전과 환경을 중시한 자연주의 관점입니다.

머리카락 한 올만으로 친자(親子) 확인이 가능할 만큼 과학이 진보한 오늘날에 인간은 과학처럼 진보되고 행복한 삶을 살고 있을까요? 물론 인생에서 건전한 윤리와 바른 양심으로 이루어진 관계는 진정한 행복의 원천으로 작용합니다. 그러나 이 작품에서 M은 자식을 생산할 수 없다는 것을 숨기면서 아내와의 결혼이 가능했고, M이 나에게 진료를 피함으로써 아내의 불륜을 확인하지 않고 아들을 얻는 것처럼 때로는 어느 정도 과학적 사실을 감추는 것도 불안전한 인간의 삶을 지탱하는 중요한 부분이 될 수도 있습니다.

이 소설에서도 의사인 '나'는 M의 생식의 가능성을 과학적으로 신뢰하지 않으면서도 자신의 한마디 말이 몰고 올 불행 때문에 끝내 자신의 신념대로 말하지 못합니다. 이런 점에서 의사인 '나'는 냉혹한 인간의 과학적인 질서를 따르지 않고, 방탕한 삶의 결과로 고통받는 친구를 위하여 진실을 숨겨주는 인도주의자로 볼 수 있습니다.

이 작품이 발표된 직후 서른두 살의 늦은 나이에 결혼한 횡보(橫步) 염상섭(廉想涉)을 모델로 했다는 소문이 파다해서 김동인과 염상섭이 겪었던 불화는 이 작품의 에피소드로 회자되기도 했습니다.

발가락이 닮았다

노총각 M이 혼약을 하였다.

우리들은 이 소식을 들을 때에 뜻하지 않게 서로 얼굴을 마주보았습니다.

M은 서른두 살이었습니다. 세태가 갑자기 변하면서 혹은 경제 문제 때문에, 혹은 적당한 배우자가 발견되지 않았기 때문에, 혹은 단지 조혼[1]이라 하는 데 대한 반항심 때문에, 늦도록 총각으로 지내는 사람이 많아 가기는 하지만, 서른두 살의 총각은 아무리 생각하여도 좀 너무 늦은 감이 없지 않았습니다. 그래서 그의 친구들은 아직껏 기회가 있을 때마다 그에게 채근 비슷이, 결혼에 대한 주의를 하고 하였습니다. 그러나 M은 언제나 그런 의론을 받을 때마다(속으로는 매우 흥미를 가진 것이 분명

1) 조혼(早婚) 어린 나이에 일찍 결혼함. 또는 그렇게 한 혼인.

한데) 겉으로는 고소[2]로써 친구들의 말을 거절하고 하였습니다. 그러던 M이 우리의 모르는 틈에 어느덧 혼약을 한 것이외다.

M은 가난하였습니다. 매우 불안정한 어떤 회사의 월급쟁이였습니다. 이 뿌리 약한 그의 경제 상태가 그로 하여금 늙도록 총각으로 지내게 한 듯도 합니다. 그리고 이 때문에 친구들은 M의 총각 생활을 애석히 생각하여 장가들기를 권하는 것이었습니다.

그러나 나만은 M이 장가를 가지 않는 데 다른 종류의 해석을 내리고 있었습니다. 의사라는 나의 직업이 발견한 M의 육체적 결함…… 이것 때문에 M은 서른이 넘도록 총각으로 지낸다, 나는 이렇게 믿고 있었습니다.

M은 학생 시대부터 대단한 방탕 생활을 하였습니다. 방탕이래야 금전상의 여유가 부족한 그는, 가장 하류에 속하는 방탕을 하였습니다. 오십 전 혹은 일 원만 생기면 즉시로 우동집이나 유곽으로 달려가던 그였습니다. 체질상 성욕이 강한 그는, 그 불붙는 성욕을 끄기 위하여 눈앞에 닥치는 기회는 한 번도 놓치지 않았습니다. 친구들을 만날지라도, 음식을 한턱하라기보다 유곽을 한턱하라는 그였습니다.

"질로는 모르지만, 양으로는 세계의 누구에게든 그다지 지지 않을 테다."

관계한 여인의 수효에 대하여 이렇게 발언하기를 주저하지 않으리만치, 그는 선택이라는 도정[3]을 밟지 않고 '집어세었'습니다[4]. 스물서너

2) 고소(苦笑) 쓴웃음.
3) 도정(道程) 어떤 장소나 상태에 이르기까지의 과정.
4) 집어세다 함부로 마구 먹다.

살에 벌써 이백 명은 넘으리라는 것을 발표하였습니다. 서른 살 때는 벌써 괴승 신돈이를 멀리 눈 아래로 굽어보았을 것입니다. 그런지라, 온갖 성병을 경험하지 못한 것이 없었습니다. 더구나 술이 억배요, 그 위에 유달리 성욕이 강한 그는, 성병에 걸린 동안도 결코 삼가지를 않았습니다. 일 년 삼백육십여 일 그에게서 성병이 떠나본 적은 없었습니다. 늘 농이 흐르고, 한 달 건너큼 고환염[5]으로써, 걸음걸이도 거북스러운 꼴을 해가지고 나한테 주사를 맞으러 오고 하였습니다. 그러는 동안에도 오십 전 혹은 일 원만 생기면 또한 성행위를 합니다. 이런지라 물론 그는 생식 능력이 없어진 사람이었습니다.

이 일을 잘 아는 나는, M이 결혼을 안 하는 이유를 여기다가 연결시켜가지고, 그의 도덕심(?)에 동정까지 하고 있었습니다. 일생을 빈곤한 가운데서 보내고, 늙은 뒤에도 슬하도 없이 쓸쓸하게 지낼 그, 더구나 자기를 봉양할 슬하가 없기 때문에, 백발이 되도록 제 손으로 이 고해를 헤엄쳐 나갈 그는, 과연 한 가련한 존재이겠습니다.

이렇던 M이 어느덧 우리의 모르는 틈에 우물쭈물 혼약을 한 것이외다.

하기는 며칠 전에 이런 일이 있었습니다. 그날 저녁을 먹은 뒤에, 혼자서 신간 치료 보고서를 읽고 있을 때에 M이 찾아왔습니다. 그리고 비교적 어두운 얼굴로서, 내가 묻는 이야기에도 그다지 시원찮은 듯이 입술엣대답을 억지로 하고 있다가, 이런 질문을 나에게 던졌습니다.

"남자가 매독을 앓으면 생식을 못 하나?"

"괜찮겠지."

5) 고환염 고환에 생기는 염증.

"임질[6]은?"

"글쎄, 고환을 오카사레루[7]하지 않으면 괜찮어."

"고환은…… 내 친구 가운데 고환염을 앓은 사람이 있는데, 인제는 생식을 못 하겠다고 비관이 여간이 아니야. 고환을 오카사레루하면 절대 불가능인가? 양쪽 다 앓았다는데……."

"그것도 경하게 앓았으면 영향 없겠지."

"가령 그 경하다 치면, 내가 앓은 게 그게 경한 편일까, 중한 편일까?"

나는 뜻하지 않게 그의 얼굴을 보았습니다. 중하기도 그만치 중하게 앓은 뒤에, 지금 그게 경한 게냐 중한 게냐 묻는 것이 농담으로밖에는 들리지 않았으므로……. M의 얼굴은 역시 무겁고 어두웠습니다. 무슨 중대한 선고를 기다리는 사람과 같이 눈을 푹 내리뜨고 나의 대답을 기다리고 있었습니다. 잠시 그의 얼굴을 바라본 뒤에, 나는 어이가 없어서,

"아주 경한 편이지."

이렇게 대답해 버렸습니다.

"경한 편?"

"그럼."

이리하여 작별을 하였는데, 지금에 이르러 생각하면 그 저녁의 그 문답이 오늘날의 그의 혼약을 이루게 하지 않았는가 합니다.

M이 혼약을 하였다는 기보(奇報)[8]를 가지고 온 것은 T라는 친구였

6) 임질 임균이 일으키는 성병.

7) 오카사레루 '병균 등에 의해 침범당하다' 라는 뜻의 일본말.

습니다. 그때는 마침 (다 M을 아는) 친구가 너덧 사람 모여 있을 때였습니다.

"골동 국보 하나 없어졌다."

누가 이런 비평을 하였습니다. 나는 T에게 물었습니다.

"그래 연애로 혼약이 된 셈인가요?"

"연애? 연애가 다 무에요. 갈보 나까이[9]밖에는 여자라는 걸 모르는 녀석이, 어디서 연애의 대상을 구하겠소?"

"그럼 지참금[10]이라도 있답디까?"

"지참금이란 뉘 집 애 이름이요?"

나는 여기서 이 혼약에 대하여 가장 불유쾌한 한 면을 보았습니다. 서른이 넘도록 총각으로 지낸 그로서, 연애라 하는 기묘한 정사 때문에 그 절(節)을 굽혔다면, 그것은 도리어 축하할 일이지 책할 일이 아니외다. 지참금을 바라고 혼약을 하였다 하더라도, 지금의 세상에 살아가는 우리로서 (더구나 그의 빈곤을 잘 아는 처지인지라) 크게 욕할 수가 없는 일이외다. 그러나 연애도 아니요, 금전 문제도 아닌 이 혼약에서는, 가장 불유쾌한 한 가지의 결론밖에는 얻을 수가 없습니다.

"그럼……."

나는 가장 불유쾌한 어조로 이렇게 말하였습니다.

"유곽에 다닐 비용을 경제하기 위하여 마누라를 얻는 셈이구려."

이 혹평에 대하여는 T는 마땅찮다는 듯이 나를 보았습니다.

8) 기보(奇報) 기이하고 놀라운 정보.
9) 나까이 요릿집, 유곽에서 손님을 접대하는 여급.
10) 지참금 신부가 시집갈 때 친정에서 가지고 가는 돈.

"그렇게 혹언할 것도 아니겠지요. M도 벌써 서른두 살이던가 세 살이던가, 좌우간 그만하면 차차로 자식도 무릎에 앉혀보고 싶을 게고, 그렇다고 마땅한 마누라를 선택할 길이나 방법은 없고……."

"자식? 고환염을 그만침이나 심히 앓은 녀석에게 자식? 자식은……."

불유쾌하기 때문에 경솔히도 직업적 비밀을 입 밖에 낸 나는 하던 말을 중도에 끊어 버렸습니다. 그러나 이미 한 말까지는 도로 삼킬 수가 없었습니다.

"네? 그게 무슨 말씀이오?"

M의 생식 능력에 대하여 사면에서 질문이 들어왔습니다. 이미 한 말에 대하여 책임을 지지 않을 수 없는 나는, 그 말을 돌려 꾸미기에 한참 애를 썼습니다. 단언할 수는 없지만 혹은 M은 생식 능력이 없을지도 모른다. 그러나 진찰을 안 해본 바이니까, 혹은 또한 생식 능력이 있을지도 모른다. M이 너무도 싱거운 혼약을 한 데 대하여 불유쾌하여 그런 혹언은 하였지만 그 말은 취소한다. 이러한 뜻으로 꾸며댔습니다. 그리고 그 좌석에 있던 스무 살쯤 난 젊은이가,

"외려 일생을 자식 없이 지내면 편찮아요?"

이러한 의견을 내는 데 대하여, '젊은이로서는 도저히 이해할 수 없는 혈속[11]의 애정' 이라는 문제와, 그 문제를 너무도 무시하는 이즈음의 풍조에 대한 논평으로 말머리를 돌려 버리고 말았습니다.

M은 몰래 결혼식까지 하였습니다. 그의 친구들로서 M의 결혼식의 날짜를 미리 안 사람은 한 사람도 없었습니다. 뿐만 아니라, 지금 모두

11) 혈속 혈통을 잇는 살붙이.

들 제각기 하는 소위 신식 혼례식을 하지 않고, 제 집에서 구식으로 하였습니다. 모 여고보 출신인 신부는 구식 결혼식이 싫다고 하였지만, M이 억지로 한 것이라 합니다.

이리하여 유곽에서는 한 부지런한 손님을 잃어 버렸습니다.

"독점이라 하는 건 참 유쾌하거든."

결혼한 뒤에 M은 어떤 친구에게 이런 말을 하였다 합니다. 비록 연애로써 성립된 결혼은 아니지만, 그다지 실패의 결혼은 아닌 듯하였습니다. 오십 전 혹은 일 원의 돈을 내던지고 순간적 성욕의 만족을 사던 이 노총각이, 꿈에도 생각지 못할 독점을 하였으매, 그의 긍지가 작지 않았을 것이외다. 연애결혼은 아니었지만 결혼한 뒤에 연애가 생긴 듯하였습니다. 언제든 음침한 기분이 떠돌던 그의 얼굴이, 그럴싸해서 그런지 좀 밝아진 듯하였습니다.

"복받거라."

우리들, 더구나 나는 그들의 결혼을 심축하였습니다. 처음에는 한낱 M의 성행위의 기구로 M과 결합하게 된 커다란 희생물인 그의 젊은 아내를 위하여, 이것이 행복된 결혼이 되기를 축수[12]하였습니다. 동기는 여하튼 결과에 있어서 아름다운 열매를 맺어라. 너의 아내로서, 한 개 '희생물'이 되지 않게 하여라. 어머니로서의 즐거움을 맛볼 기회가 없는 너의 아내에게, 그 대신 아내로서는 남에게 곱되는 즐거움을 맛보게 하여라. M의 일을 생각할 때마다 진심으로 이렇게 축수하였습니다.

12) 축수 두 손을 모아 빎.

신혼의 며칠이 지난 뒤부터는 M이 자기의 젊은 아내를 학대한다는 소문이 조금씩 들렸습니다. 완력[13]을 사용한다는 말까지 조금씩 들렸습니다. 그러나 나는 이 문제는 그다지 크게 생각지 않았습니다. 이런 소문이 귀에 들어올 때마다, 나는 『아라비안 나이트』의 마신(魔神)[14]의 이야기를 머릿속에서 되풀이해보고 하였습니다.

어떤 어부가 그물질을 하고 있었습니다. 그런데 한번 그물을 끌어올리니까 거기에는 고기는 없고, 그 대신 병이 하나 걸려 있었습니다. 병은 마개가 닫혀 있고, 그 위에 납으로 굳게 봉함까지 되어 있었습니다. 어부는 잠시 주저한 뒤에 그 병의 봉함을 뜯고 마개를 뽑아 보았습니다. 즉, 병에서는 한 줄기 검은 연기가 하늘로 올라갔습니다. 그리고 하늘로 올라간 그 연기는 차차 뭉쳐서 거기는 커다란 마신이 나타났습니다.

"나를 이 병 속에 감금한 것은 선지자 솔로몬이다. 이 병 속에 갇혀 있는 동안 나는 스스로 맹세하였다. 백 년 안에 나를 구해주는 사람이 있으면, 나는 그 사람에게 거대한 부(富)를 주겠다고. 그리고 백 년을 기다렸지만 아무도 나를 구해주는 사람이 없었다. 그래서 나는 다시 맹세했다. 인제 다시 백 년 안으로 나를 구해주는 사람이 있으면 나는 그 사람에게 이 세상에 있는 보배를 다 주겠다고. 그리고 헛되이 백 년을 더 기다린 뒤에, 백 년을 더 연기해서 그 백 년 안에 나를 구해주는 사람이 있으면, 그 사람에게 이 세상에서 가장 큰 권세와 영화를 주겠다고……. 그러나 그 백 년이 다 지나도 역시 구해주는 사람은 없었다. 그래서 나는 마지막으로 다시 맹세했다. 인제 누구든지 나를 구해주는 놈이 있거든 당장에

13) 완력 육체적으로 억누르는 힘.
14) 마신(魔神) 재앙을 주는 신.

그놈을 죽여서 그사이 갇혀 있던 그 분풀이를 하겠다고."

이것이 병 속에서 나온 미신의 이야기였습니다. M이 자기의 젊은 아내를 학대한다는 소문이 들릴 때에, 나는 이 이야기를 생각지 않을 수가 없었습니다. 서른이 지나도록 총각으로 지낸 그 고통과 고적함에 대한 분풀이를 제 아내에게 하는 것이라 했습니다. 그리고 실컷 학대해라 실컷 학대해라, 더욱 축수하였습니다.

M이 결혼한 지 일 년이 거의 된 어떤 날 저녁이었습니다. 그와 나는 어떤 곳에서 저녁을 같이하고 있었습니다.

그의 얼굴은 이날 유난히 어둡고 무거웠습니다. 그는 음식에는 거의 손을 대지 않고 술만 들이켜고 있었습니다. 본시 말이 많지 않은 그가 이날은 더욱 입이 무거웠습니다.

몹시 취하여 더 술을 먹지 못하리만치 되어서, 그는 처음으로 자발적으로 입을 열었습니다. 충혈이 된 그의 눈은 무시무시하게 번득였습니다.

"여보게, 여보게, 속이지 말구 진정으로 말해주게. 내게 생식 능력이 있겠나?"

"글쎄, 검사를 해봐야지."

나는 이만치 하여 넘기려 하였습니다.

"그럼 한번 진찰해 주게."

"왜 갑자기……."

그는 곧 대답하려 하였습니다. 그러나 나오려던 말을 삼켰습니다. 그리고 다시 술을 한 잔 먹은 뒤에는 눈을 푹 내리뜨며 말했습니다.

"아니, 다른 게 아니라, 내게 만약 생식 능력이 없다면 저 사람(자기의 아내)이 불쌍하지 않나. 그래서, 없는 게 판명되면, 아직 젊었을 때에 헤어져서 저 사람이 제 운명을 다시 개척할 '때'를 줘야지 않겠나? 그래서 말일세."

"진찰해 봐야지."

"그럼 언제 해보세."

그 며칠 뒤에 나는 M의 아내가 임신했다는 소문을 듣고 깜짝 놀랐습니다. 검사해 볼 필요도 없습니다. M은 그 능력이 없을 것입니다. 그런데 M의 아내는 임신했습니다.

그리고 며칠 전에 M이 검사하겠다던 마음을 짐작했습니다. 그것은 결코 그날의 제 말마따나 '아내의 장래를 위하여' 하려는 것이 아니고, 아내에 대한 의혹 때문에 해보려는 것일 것이외다. 자기도 온전히 모르는 바는 아니로되, 십중팔구 자기는 생식불능자일 텐데 자기의 아내는 임신을 한 것이외다.

생각하면 재미있는 연극이외다. 생식 능력이 없는 M은, 그런 기색도 보이지 않고 결혼을 하였습니다. 그리하여 M에게로 시집을 온 새 아내는 임신을 하였습니다. 제 남편이 생식불능자인 줄을 모르는 아내는, 버젓이 자기가 가진 죄의 씨를 M에게 자랑하고 있을 것이외다. 일찍이 자기가 생식불능자인지도 모르겠다는 점을 밝혀주지 않은 M은, 지금 이 의혹의 구렁텅이에서도 제 아내를 책할 권리가 없을 것이외다. 그가 검사를 하겠다 하나, 검사를 하여서 자기가 불구자인 것이 판명된 뒤에는 어떤 수단을 취할는지 짐작도 할 수가 없습니다. 아내의 음행을 책하자면, 자기의 사기적 행위를 폭로시키지 않을 수가 없을 것이외다. 그것을 감추자면, 제 번민만 더욱 크게 할 것이외다.

어떤 날, 그는 검사를 하자고 왔습니다. 그때 마침 환자가 몇 사람 밀려 있던 관계상, 나는 그를 내 사실에 가서 좀 기다리라 하고, 환자 처리를 다 하고 내려갔습니다. 그랬더니 그는 나를 기다리지 않고 돌아가 버렸습니다.

이튿날 그는 다시 왔습니다. 그러나 그는 또 돌아가 버렸습니다.

나도 사실 어찌하여야 할지 똑똑히 마음을 작정하지 못했던 것이외다. 검사한 뒤에 당연히 사멸해 있을 생식 능력을, 살아 있다고 하자니 그것은 나의 과학적 양심이 허락지 않는 바외다. 그러나 또한 사멸하였다고 하자니 이것은 한 사람의 일생을 망쳐 버리는 무서운 선고에 다름없습니다. M이라 하는 정당한 남편을 두고도 불의의 쾌락을 취하는 M의 아내는 분명히 책받을 여인이겠지요. 그러나 또한 다른 편으로 이 사건을 관찰할 때에, 내가 눈을 꾹 감고 그릇된 검안을 내린다면 그로 인하여, 절대로 불가능하던 M이 슬하에 사랑스러운 자식(?)을 두고 거기서 노후의 위안도 얻을 수 있을 것이요, 만사가 원만히 해결될 것이외다.

내가 자유로 선택할 수 있는 두 가지의 갈림길에 서서, 나는 어느 편 길을 취하여야 할지 판단을 주저하고 있었습니다.

이 문제가 사오 일 뒤에 저절로 해결이 되었습니다. 그날도 역시 침울한 얼굴로 찾아온 M에 대하여 나는 의리상,

"오늘 검사해 보자나?"

하니깐 그는 간단히 대답하였습니다.

"벌써 했네."

"응? 어디서?"

"P병원에서."

"그래서 결과는?"

"살았다네."

"?"

나는 뜻하지 않게 그의 얼굴을 보았습니다. 그것은 의외의 대답을 들은 때문이라기보다 오히려 '살았다네' 하는 그의 음성이 너무 침통하기 때문에…….

이렇게 대답하는 동안 나는 내가 하마터면 질 뻔한 괴로운 임무에서 벗어난 안심을 느끼는 동시에, P병원서의 검안의 의외에 눈을 크게 뜨지 않을 수 없었습니다.

내 눈을 만난 M의 눈은 낭패한 듯이 이리저리 돌아다녔습니다. 그리고 나는 그 눈으로 그가 방금 한 말이 거짓말이었음을 알았습니다.

그럼 그는 왜 거짓말을 하였나. 자기의 아내의 명예를 보호하기 위하여? 세상과 제 마음을 속여 가면서라도 자식을 슬하에 두어보기 위하여? 나는 그의 마음을 알 수가 없었습니다.

그가 입을 열었습니다. 무겁고 침울한 음성이었습니다.

"여보게, 자네 이런 기모치[15] 알겠나?"

"어떤?"

그는 잠시 쉬어서 말을 시작했습니다.

"월급쟁이가 월급을 받았네. 받은 즉시로 나와서 먹고 쓰고 사고, 실컷 마음대로 돈을 썼네. 막상 집으로 돌아가는 길일세. 지갑 속에 돈이

15) 기모치 '기분'이란 뜻의 일본말.

몇 푼 안 남아 있을 것은 분명해. 그렇지만 지갑을 못 열어봐. 열어보기 전에는 혹은 아직은 꽤 많이 남아 있겠거니 하는 요행심도 붙일 수 있겠지만, 급기야 열어보면 몇 푼 안 남은 게 사실로 나타나지 않겠나? 그게 무서워서 아직 있거니, 스스로 속이네그려. 쌀도 사야지. 나무도 사야지. 열어보면 그걸 살 돈이 없는 게 사실로 나타날 테란 말이지. 그래서 할 수 있는 대로 지갑에서 손을 멀리하고 제 집으로 돌아오네. 그 기모치 알겠나?"

나는 머리를 끄덕였습니다.

"알겠네."

그는 다시 입을 봉하였습니다. 그러나 그때에 나는 알았습니다. M은 검사도 해보지 않은 것이외다. 그는 무서워합니다. 그는 검사를 피합니다. 자기의 아내가 임신을 하였습니다. 그것은 상식으로 판단하여 물론 남편의 아이일 것이외다. 거기에 대하여 의심을 품을 자는 하나도 없을 것이외다. 의심을 품을 필요도 없는 것이외다. 왜? 여인이 남편을 맞으면 원칙상 임신을 하는 것이 당연한 일이니깐.

이 의심할 필요가 없는 일을 의심하다가 향기롭지 못한 결과가 나타나면 이것은 자작지얼[16](自作之孼)로서 원망을 할 곳이 없을 것이외다. 벌의 둥지를 건드리는 것은 어리석은 짓이외다. 십중팔구는 향기롭지 못한 결과가 나타날 '검사'를 M은 회피한 것이외다. 절망을 스스로 사지 않으려, 그리고 번민 가운데서도 끝끝내 일루의 희망을 붙여두려 M은 온전히 '검사'라는 위험한 벌의 둥지를 건드리지 않기로 한 것이외

16) 자작지얼(自作之孼) 자기 스스로가 만든 재앙.

다. 그리고 상식으로 판단할 수 있는 (제 아내의 뱃속에 있는) 자식에게 대하여, 억지로 애정을 가져보려 결심한 것이외다. 검사를 하여서 정충이 살아 있다면 다행한 일이지만, 사멸하였다면 시재 제 아내와의 사이에 생길 비극과 분노와 절망은 둘째 두고라도, 일생을 슬하에 혈육이 없이 보내고, 노후에 의탁할 곳을 가질 가능성조차 없는 절망의 지위에 빠지지 않을 수가 없을 것이외다.

이것은 무서운 일이외다. 상식으로 판단할 수 있는 일을 거부하고까지 이런 모험 행위를 할 필요가 없을 것이외다.

이리하여 그는 검사는 단념했지만, 마음에 있는 의혹만은 온전히 끄지를 못하는 모양이었습니다. 그 뒤에 어떤 날, 그는 이런 이야기 저런 이야기 하다가 이런 말을 했습니다.

"자식은 꼭 제 아비를 닮는다면 좋겠구먼……."

거기 대하여 나는 닮는 예를 여러 가지로 들어서 말해 주었습니다.

그는 한숨을 쉬었습니다.

"여인이 애를 배면 걱정일 테야. 아버지나 친할아비를 닮는다면 문제가 없겠지만, 외편을 닮거나, 그렇지 않으면, 아무도 닮지 않으면 걱정이 아니겠나. 그저 애비를 닮아야 제일이야, 하하하."

나는 대답하였습니다.

"글쎄 말이지, 내 전문이 아니니깐 이름은 기억 못 하지만, 독일 소설에 이런 게 있지 않나. 「아버지」라나 하는 희곡 말일세. 자식을 낳았는데 제 자식인지 아닌지 몰라서 번민하는 그런 이야기가 있지? 그것도 아버지만 닮으면 문제가 없겠지."

"아, 아, 다 구찮어."

M의 아내가 아들을 낳았습니다.

그 아이가 반년쯤 자랐습니다.

어떤 날, M은 그 아이를 몸소 안고 병을 보이러 나한테 왔습니다. 기관지가 조금 상하였습니다.

약을 받아 가지고도 그냥 좀 앉아 있던 M은 묻지도 않은 이런 말을 하였습니다.

"이놈이 꼭 제 증조부님을 닮았다거든."

"그래?"

나는 그의 말에 적지 않은 흥미를 느끼면서 이렇게 응했습니다. 내 눈으로 보자면, 그 어린애와 M과는 아무런 관련이 없는 바인데, 그 애가 M의 할아버지를 닮았다는 것은 기이하므로……. 어린애의 친편과 외편의 근친에서 아무도 비슷한 사람을 찾아내지 못한 M의 친척은, 하릴없이 예전의 죽은 조상을 들추어 낸 모양이었습니다. 그리고 그 어린애에게, 커다란 의혹과 그보다 더 커다란 희망(의혹이 오해였던 것을 바라는)은 M으로 하여금 손쉽게 그 말을 믿게 한 모양이었습니다. 적어도 신뢰하려고 마음먹게 한 모양이었습니다.

내가 자기의 말에 흥미를 가지는 것을 본 M은, 잠시 주저하다가 그가 예비하였던 둘쨋말을 마침내 꺼냈습니다.

"게다가 날 닮은 데도 있어."

"어디?"

"이보게."

M은 어린애를 왼편 팔로 가만히 옮겨서 붙안으면서, 오른손으로는

제 양말을 벗었습니다.

"내 발가락 보게. 내 발가락은 남의 발가락과 달라서 가운데 발가락이 그중 길어. 쉽지 않은 발가락이야. 한데……."

M은 강보를 들치고 어린애의 발을 가만히 꺼내 놓았습니다.

"이놈의 발가락 보게. 꼭 내 발가락 아닌가? 닮았거든……."

M은 열심히, 찬성을 구하는 듯이 내 얼굴을 바라보았습니다. 얼마나 닮은 곳을 찾았기에 발가락 닮은 것을 찾아냈겠습니까.

나는 M의 마음과 노력에 눈물겨워졌습니다. 커다란 의혹 가운데서, 그 의혹을 어떻게 해서든 삭여보려는 M의 노력은 인생의 가장 요절할 비극이었습니다. M이 보라고 내놓은 어린애의 발가락은 안 보고 오히려 얼굴만 한참 들여다보고 있다가, 나는 마침내 이렇게 말하였습니다.

"발가락뿐 아니라, 얼굴도 닮은 데가 있네."

그리고 나의 얼굴로 날아오는 (의혹과 희망이 섞인) 그의 눈을 피하면서 돌아앉았습니다.

생 각 해 볼 거 리

1 다음 부분에 나타난 작가의 예술관은 무엇인가요?

그런지라, 온갖 성병을 경험하지 못한 것이 없었습니다. 더구나 술이 억배요, 그 위에 유달리 성욕이 강한 그는, 성병에 걸린 동안도 결코 삼가지를 않았습니다. 일 년 삼백육십여 일 그에게서 성병이 떠나본 적은 없었습니다. 늘 농이 흐르고, 한 달 건너 고환염으로써, 걸음걸이도 거북스러운 꼴을 해가지고 나한테 주사를 맞으러 오고 하였습니다. 그러는 동안에도 오십 전, 혹은 일 원만 생기면 또한 성행위를 합니다. 이런지라 물론 그는 생식 능력이 없어진 사람이었습니다.

위 글에서 작가는 친구인 M의 성병의 종류와 구체적인 증상까지 이렇게 자세하게 기록합니다. 이런 설명은 작가가 자연주의 문예사조의 영향을 받아 정확하고, 과학적인 묘사를 중시하고 있음을 보여줍니다. 우리 나라 자연주의를 대표하는 작가의 작품으로는 염상섭의 「삼대」를 들 수 있습니다. 「삼대」에서는 방 안에 놓인 재떨이까지 상세하게 묘사하며 삶의 리얼리티를 보여주지만, 김동인의 작품들은 그렇지 못합니다. 작가가 자연주의 영향을 받았다고 하지만, 그가 쓴 역사소설을 제외하고는 주로 단편소설만을 고집했기에, 세부적인 묘사와 삶의 풍속도를 단편소설에 담아내지 못했습니다. 그러나 위에서처럼 성병이라는 모두가 감추고 싶어하는 치부를 비교적 상세하게 그려내며, 조금이나마 자연주의자로서의 작가의 면모를 보여주고 있습니다.

2 친구인 M이 병원 진료를 회피하고 있는 이유는 무엇인가요?

친구인 M은 자신의 방탕한 생활로 인해 여러 가지 지독한 성병을 앓은 경험으로 미루어 자신이 아이를 가질 수 없는 몸이란 것을 잘 알고 있습니다. 그러나 혼인할 당시 아내가 될 사람에게 자신의 내력이 수치스러워 그런 모든 사실을 감추고 결혼합니다. 그런데 결혼생활을 하다가 아내는 임신을 하게 되고, 그것을 아내는 자랑스러워합니다. M은 아내의 임신이 아내의 불륜 때문이라고 의심하면서도 행여나 자신의 몸이 회복되었을 가능성에도 무게를 두고 싶어합니다. 그래서 나에게 정확한 진료를 받기 위해 찾아오지만, 차마 검진을 받지 못하고 번번이 돌아가고 맙니다. 그리고 어느 날 찾아와서 다른 병원에서 진료했는데 자신의 몸이 회복되었다는 말을 합니다. 그 말은 친구인 의사에게 진료를 회피하기 위한 거짓말에 불과합니다. 자신의 몸이 회복되지 않았다는 것을 알게 되면, 기정사실로 드러날 아내의 불륜이 두려웠기 때문입니다.

3 발가락이 닮았다는 내용이 말하고자 하는 것은 무엇인가요?

M은 아내가 낳은 아들을 진정한 자신의 아들이라고 믿고 싶어합니다. 그래서 아들의 몸을 샅샅이 살펴보며 자신과 닮은 점을 찾아봅니다. 그런데 그 어디에서도 닮은 점이 없습니다. 그럼에도 희망을 잃지 않고 찾아보던 M은 드디어 닮은 점을 찾아냅니다. 바로 발가락입니다. 다섯 발가락 중 가운데 발가락이 다른 발가락에 비해 조금 길다는 공통점을 찾아낸 것입니다. 그런 아들을 안고 아들의 진료를 위해 찾아온 날, 나에게 M은 증조부님을 닮았다는 것과 발가락이 닮았다는 주장을 합니다. 자신의 아들을 스스로 입증하기 위해 죽은 조상을 들춰내고, 발가락까지 세밀하게 조사했을 눈물겨운 M의 노력을 이해한 나는 닮지도 않는 얼굴까지 닮았다고 선의의 거짓말을 합니다. 의사인 자신의 말이 M에게 중요하다는 것을 알고 있었기 때문이지요. 친구에 대한 눈물겨운 동정심이 묻어나는 장면입니다.

4 이 소설의 서술자인 '나'가 M에게 진실을 말하지 않는 것에 대해 자신의 생각을 정리해 보세요.

만약 M에게 의사로서 사명감을 가지고 진실을 말한다면, '나'의 양심은 조금 편하겠지만, 친구의 가정은 산산조각나 버릴 것입니다. 그리고 아내까지 잃은 M은 평생 홀아비로 고독하게 늙어갈 것입니다. 그러나 자신이 그런 말을 굳이 하지 않는다면 친구는 아들을 키우는 재미를 누리며, 노후에는 자식으로부터 안락함까지 보장받으면서 살아갈 것입니다. 그리고 의사인 서술자가 굳이 진실을 말하지 않는다 할지라도 M은 이미 정신적으로 자신이 과거에 저지른 죄의 값을 톡톡히 치르고 있습니다. 그렇게 정신적으로 고통 받는 불쌍한 친구의 앞날을 위해 인도적 차원에서 '나'는 M에게 진실을 말하지 못하고 있는 것입니다.

5 M이 겪는 불행의 원인은 무엇 때문인가요?

M이 겪는 불행의 근본 원인은 불경스런 아내가 아닌, 과거에 저지른 자신의 방탕한 생활의 결과 때문입니다. 누구보다 성욕이 강했던 M은 스스로 성욕을 절제하지 못하고 수많은 술집 여자들과 성관계를 가졌고, 그 결과로 앓은 지독한 성병으로 자식을 낳지 못하는 몸이 되고 말았습니다. 그리고 무엇보다 진실해야 할 결혼 앞에서 자신의 과거를 숨기고 결혼합니다. 이러한 방탕함과 거짓된 모습이 아내의 불륜 앞에서도 당당하지 못한 결과를 초래하는 것입니다.

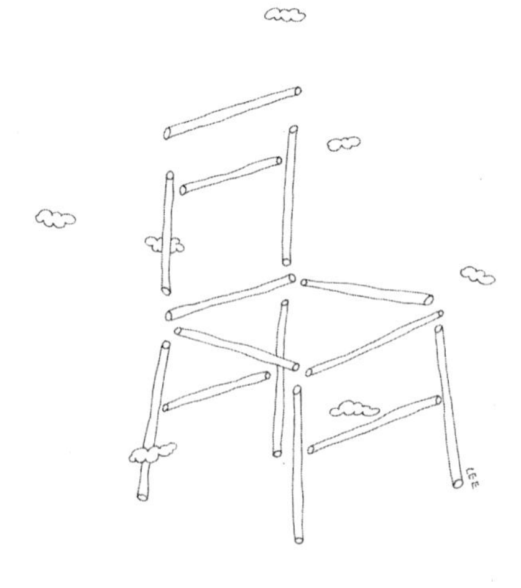

붉은 산

민족의 수난사를 온몸으로 겪은 '삵' 이
억울한 민족의 설움에 대항한 모습을 통해
숭고한 민족의식을 드러낸 작품.

"보고 싶어요. 붉은 산이 — 그리고 흰 옷이!"

망나니 같은 삶을 살았던 사람에게도 내포된 숭고한 애국심

이 작품은 1933년 4월 『삼천리』 제37호에 발표된 작품입니다. '어떤 의사의 수기' 라는 부제를 달고 있으며, 전반적으로 민족주의적 색채가 짙습니다. 이 작품은 1931년 7월 2일 중국 지린성〔吉林省〕에서 한중 양국 농민 사이에 일어난 만보산 사건이 배경이 되어 씌인 작품으로 알려져 있습니다.

'만보산 사건' 은 1931년 7월 2일 중국 지린성〔吉林省〕 창춘현〔長春縣〕 만보산 지역에서 일제의 술책으로 조선인 농민과 중국인 농민이 벌인 유혈사태입니다. 중국대륙을 침탈하기 위해 이미 만주에 정착한 조선인과 중국인을 이간질하기 위해 치밀하게 준비된 이 사건으로 말미암아 중국인과 조선인들의 반목된 민족감정으로 적지 않은 희생을 치렀습니다.

일제시대의 만주는 특별한 의미가 있는 땅입니다. 만주는 한반도에서 활동할 수 없었던 독립지사들의 활동 근거지뿐만 아니라, 생계의 터전을 잃고 떠돌아야 했던 우리 민족이 정착하여 어렵게 살아간 곳이기도 합니다. 그래서 일제시대를 배경으로 만들어진 대하소설들에서 만주가 매우 비중 있게 다뤄지는 것입니다.

「붉은 산」의 무대도 역시 만주입니다. 이 작품의 무대가 되는 오지(奧地)마을도 조선에서 이주한 우리 민족이 모여 사는 동네로써, 중국 지주의 땅을 갈아먹고 사는 가난하지만, 평화스러운 곳이었습니다.

이러한 평화는 '삵' 이라는 별명을 가진 정익호라는 인물이 등장하면서 깨집니다. 생김생김이 남에게 미움을 사게 생겼고 싸움, 노름, 칼부림까지 고루 갖춘 이 인물은 삵괭이처럼 잔인하고 교활합니다.

그런데 이 마을에 매우 비극적인 사건이 일어납니다. 송첨지라는 노인이 중국인 지주가 사는 촌에 가서 소출을 내다가 소출이 좋지 못하다고 중국인 지주에게 폭행을 당해 목숨을 잃은 사건입니다. 마을 사람들은 울분을 삼키며 나라를 잃은 민족적 설움에 눈물을 훔치지만, 중국인 지주를 두려워하여 아무도 선뜻 나서지 못합니다. 이때 밥버러지 같은 삵이 송첨지의 복수를 위해 중국인 지주에게 복수를 하고, 그 과정에서 폭행을 당하여 모든 사람들이 애도하는 가운데 숨을 거둡니다.

이 작품은 김동인의 작품 중 민족의식이 가장 강하게 나타납니다. 인간 말종인 삵이 애국지사로 변하는 과정에서 타당성이 떨어지고, 지나친 애국심으로 비판받기도 하지만, 만주라는 타국의 황량한 벌판에서 살아가는 민족의 비애가 잘 나타나 있습니다. 집도 절도 없이 떠돌며 당시 민족의 수난사를 온몸으로 겪었을 삵이 억울한 민족의 설움 앞에 앞장선 용기는 그의 내면에 자리 잡고 있던 민족의식이 송첨지의 죽음으로 일깨워졌기 때문입니다.

붉은 산과 흰 옷이 상징하는 민족 앞에서 애국가를 부르며 죽어간 삶의 모습은 천대받은 하찮은 사람에게도 숭고한 민족의식이 내포되어 있음을 보여주고 있습니다.

붉은 산
—어떤 의사의 수기

그것은 여[1]가 만주를 여행할 때의 일이었다. 만주의 풍속도 좀 살필 겸 아직껏 문명의 세례를 받지 못한 그들 사이에 퍼져 있는 병을 좀 조사할 겸 해서 일 년의 기한을 예산해가지고 만주를 시시콜콜히[2] 다 돌아온 적이 있다. 그때에 ○○촌이라 하는 조그마한 촌에서 본 일을 여기에 적고자 한다.

○○촌은 조선사람 소작인만 사는 한 이십여 호 되는 작은 촌이었다. 사면을 둘러보아도 한 개의 산도 볼 수가 없는 광막한 만주의 벌판 가운데 놓여 있는 이름도 없는 작은 촌이었다.

1) 여(余) '나'라는 뜻으로 여기서는 관찰자인 의사.
2) 시시콜콜히 빠짐없이 자세히.
3) 종자(從子) 데리고 다니는 사람.

몽고사람 종자(從者)[3]를 하나 데리고 노새를 타고 만주의 촌촌을 돌아다니던 여가 그 ○○촌에 이른 때는 가을도 다 가고 어느덧 광포한[4] 북국의 겨울이 만주를 찾아온 때였다.

만주의 어느 곳이나 조선사람이 없는 곳은 없지만 이러한 오지[5]에서 한 동리가 죄 조선사람뿐으로 되어 있는 곳을 만나니 반가웠다. 더구나 그 동리는 비록 모두가 중국인의 소작인이라 하나 사람들이 비교적 온량하고[6] 정직하며, 장성한 이들은 그래도 모두 『천자문』 한 권쯤은 읽은 사람들이었다. 살풍경[7]한 만주…… 그 가운데서 살풍경한 살림을 하는 중국인이며 조선사람의 동리를 근 일 년이나 돌아다니다가 비교적 평화스러운 이런 동리를 만나면 그것이 비록 외국인의 동리라 하여도 반갑겠거든 하물며 우리 같은 동족의 동리임에랴. 여는 그 동리에서 한 십여 일 이상을 일없이 매일 호별 방문을 하며 그들과 이야기로 날을 보내며 오래간만에 맛보는 평화적 기분을 향락하고 있었다.

'삵[8]' 이라는 별명을 가지고 있는 정익호라는 인물을 본 곳이 여기서이다.

익호라는 인물의 고향이 어디인지는 ○○촌의 아무도 아는 사람이 없었다. 사투리로 보아서 경기 사투리인 듯하지만 빠른 말로 죄죄거리는

4) 광포하다(狂暴—) 미친 듯이 사납다.
5) 오지(奧地) 해안이나 도시에서 멀리 떨어진 내륙에 있는 땅.
6) 온량하다 성품이 온화하고 순량(順良)하다.
7) 살풍경 아주 보잘것없는 풍경.
8) 삵 살쾡이. 고양잇과의 포유동물. 고양이와 비슷한데 몸의 길이는 55~90cm이며, 갈색 바탕에 검은 무늬가 있다. 꼬리는 길고 사지는 짧으며 발톱은 작고 날카롭다.

때에는 영남 사투리가 보일 때도 있고, 싸움이라도 할 때에는 서북 사투리가 보일 때도 있었다. 그런지라 사투리로써 그의 고향을 짐작할 수가 없었다. 쉬운 일본말도 알고 한문 글자도 좀 알고 중국말은 물론 꽤 하고 쉬운 러시아 말도 할 줄 아는 점 등등 이곳저곳 숱하게 주워먹은 것은 짐작이 가지만 그의 경력을 똑똑히 아는 사람은 없었다.

그는 여가 ○○촌에 가기 일 년 전쯤 빈손으로 이웃이라도 오듯 후덕덕 ○○촌에 나타났다 한다. 생김생김으로 보아서 얼굴이 쥐와 같고 날카로운 이빨이 있으며 눈에는 교활함과 독한 기운이 늘 나타나 있으며 바룩한 코에는 코털이 밖으로까지 보이도록 길게 났고 몸집은 작으나 민첩하게 되었고 나이는 스물다섯에서 마흔까지 임의로 볼 수가 있으며 그 몸이나 얼굴 생김이 어디로 보든 남에게 미움을 사고 근접하지 못할 놈이라는 느낌을 갖게 한다.

그의 장기는 투전이 일쑤며 싸움 잘하고 트집 잘 잡고 칼부림 잘하고 색시들에게 덤벼들기 잘하는 것이라 한다.

생김생김이 벌써 남에게 미움을 사게 되었고 게다가 하는 행동조차 변변하지 못한 일만이라, ○○촌에서도 아무도 그를 대척하는 사람이 없었다. 사람들은 모두 그를 피하였다. 집이 없는 그였으나 뉘 집에 잠이라도 자러 가면 그 집 주인은 두말없이 다른 방으로 피하고 이부자리를 준비해 주고 하였다. 그러면 그는 이튿날 해가 낮이 되도록 실컷 잔 뒤에 마치 제 집에서 일어나듯 느직이 일어나서 조반을 청하여 먹고는 한마디의 사례도 없이 나가 버린다.

그리고 만약 누구든 그의 이 청구에 응하지 않으면 그는 그것을 트집으로 싸움을 시작하고 싸움을 하면 반드시 칼부림을 하였다.

동리의 처녀들이며 젊은 색시들은 익호가 이 동리에 들어온 뒤로부터는 마음 놓고 나다니지를 못하였다. 철없이 나갔다가 봉변을 한 사람도 몇이 있었다.

'삵.'

이 별명은 누가 지었는지 모르지만 어느덧 ○○촌에서는 익호를 익호라 부르지 않고 삵이라고 부르게 되었다.

"삵이 뉘 집에서 묵었나?"

"김서방네 집에서."

"다른 봉변은 없었다나?"

"요행이 없었다네."

그들은 아침에 깨면 서로 인사 대신으로 삵의 거취를 알아보고 하였다.

삵은 이 동리에는 커다란 암종[9]이었다. 삵 때문에 아무리 농사에 사람이 부족한 때라도 젊고 튼튼한 몇 사람은 동리의 젊은 부녀를 지키기 위하여 동리 안에 머물러 있지 않을 수가 없었다. 삵 때문에 부녀와 아이들은 아무리 더운 여름 저녁이라도 길에 나서서 마음 놓고 바람을 쏘여 보지를 못하였다. 삵 때문에 동리에서는 닭의 가리며 돼지우리를 지키기 위하여 밤을 새우지 않을 수가 없었다.

동리의 노인이며 젊은이들은 몇 번을 모여서 삵을 이 동리에서 내쫓기를 의논하였다. 물론 합의는 되었다. 그러나 내쫓는 데 선착(先着)할 사람이 없었다.

9) 암종 암, 표피, 점막, 선 조직(腺組織) 따위의 상피 조직에서 생기는 악성 종양.

"첨지가 선착하면 뒤는 내 담당하마."

"뒤는 걱정 말고 형님 먼저 말해 보시오."

제각기 삵에게 먼저 달려들기를 피하였다.

이리하여 동리에서는 합의는 되었으나 삵은 그냥 태연히 이 동리에 묵어 있게 되었다.

"며늘 년들이 조반이나 지었나?"

"손주 놈들이 잠자리나 준비했나?"

마치 그 동리의 모두가 자기의 집안인 것같이 삵은 마음대로 이집 저집을 드나들었다.

○○촌에서는 사람이라도 죽으면 반드시 조상 대신으로,

"삵이나 죽지 않고."

하는 한마디의 말을 잊지 않고 하였다.

누가 병이라도 나면,

"에익, 이놈의 병! 삵한테로 가거라."

고 하였다.

암종……. 누구든 삵을 동정하거나 사랑하는 사람이 없었다.

삵도 남의 동정이나 사랑은 벌써 단념한 사람이었다. 누가 자기에게 아무런 대접을 하든 탓하지 않았다. 보이는 데에서 보이는 푸대접을 하면 그 트집으로 반드시 칼부림까지 하는 그였지만 뒤에서 아무런 말을 할지라도, 그리고 그것이 삵의 귀에까지 갈지라도 탓하지 않았다.

"흥……."

이 한마디는 그의 가장 커다란 처세 철학이었다.

흔히 곁동리 중국인들의 투전판에 가서 투전을 하였다. 때때로 두들겨 맞고 피투성이가 되어 돌아오는 일도 있었다. 그러나 그 하소연을 하는 일이 없었다. 한다 할지라도 들을 사람도 없거니와, 아무리 무섭게 두들겨 맞은 뒤라도 하루만 샘물에 상처를 씻고 절룩절룩한 뒤에는 또 그 이튿날은 천연히 다녔다.

여가 ○○촌을 떠나기 전날이었다.

송첨지라는 노인이 그해 소출[10]을 나귀에 실어가지고 중국인 지주가 있는 촌으로 갔다. 그러나 돌아올 때는 그는 송장이 되었다. 소출이 좋지 못하다고 두들겨 맞아서 부러져 꺾어진 송첨지는 나귀 등에 몸이 결박되어서 겨우 ○○촌으로 돌아왔다. 그리고 놀란 친척들이 나귀에서 몸을 내릴 때에 절명되었다[11].

○○촌에서는 왁작하였다.

"원수를 갚자!"

명 아닌 목숨을 끊은 송첨지를 위하여 동리의 젊은이며 늙은이는 모두 흥분되었다. 제각기 이제라도 들고일어설 듯하였다.

그러나 그뿐이었다. 누구든 앞장을 서려는 사람이 없었다. 만약 이때에 누구든 앞장을 서는 사람만 있었다면 그들은 곧 그 지주에게로 달려갔을지 모른다. 그러나 제가 앞장을 서겠노라고 나서는 사람은 없었다. 제각기 곁사람을 돌아보았다.

발을 굴렀다. 부르짖었다. 학대받는 인종의 고통을 호소하며 울었다.

10) 소출(所出) 논밭에서 나는 곡식. 또는 그 곡식의 양.

11) 절명되다 목숨이 끊어지다.

그러나 그뿐이었다. 남의 일로 지주에게 반항하여 제 밥자리까지 떼이기를 꺼림인지 어쩐지는 여로는 모를 바로되 용감히 앞서서 나가는 사람은 없었다.

의사라는 여의 직업상 송첨지의 시체를 검분[12]을 한 뒤에 돌아오는 길에 여는 삵을 만났다.

키가 작은 삵을 여는 내려다보았다. 삵은 여를 쳐다보았다.

'가련한 인생아. 인종의 거머리야. 가치 없는 생명아. 밥버러지야. 기생충아.'

여는 삵에게 말하였다.

"송첨지가 죽은 줄 아우?"

여의 말에 아직껏 여를 쳐다보고 있던 삵의 눈이 아래로 떨어졌다. 그리고 여가 발을 떼려는 순간, 얼핏 삵의 얼굴에 나타난 비창[13]한 표정을 여는 넘길 수가 없었다.

고향을 떠난 만리 밖에서 학대받는 인종의 가엾음을 생각하고 그 밤은 여도 잠을 못 이루었다.

그 억분함[14]을 호소할 곳도 못 가진 우리의 처지를 생각하고 여도 눈물을 금하지를 못하였다.

이튿날 아침이었다.

여를 깨우러 달려오는 사람의 소리에 여는 반사적으로 일어났다.

12) 검분(檢分) 참관하여 검사함.
13) 비창(悲愴) 슬프고 마음 아픔.
14) 억분함 억울하고 분함. 또는 그런 마음.

삵이 동구 밖에서 피투성이가 되어 죽어 있다는 것이었다.

여는 삵이라는 말에 눈살을 찌푸렸다. 그러나 의사라는 직업상 곧 가방을 수습해가지고 삵이 넘어진 데까지 달려갔다. 송첨지의 장례 때문에 모였던 사람 몇은 여의 뒤로 따라왔다.

여는 보았다. 삵이 허리가 기역자로 뒤로 부러져서 밭고랑 위에 넘어져 있는 것을……. 여는 달려가 보았다. 아직 약간의 온기는 있었다.

"익호! 익호!"

그러나 그는 정신을 못 차렸다. 여는 응급 수단을 하였다. 그의 사지[15]는 무섭게 경련되었다.

이윽고 그가 눈을 번쩍 떴다.

"익호! 정신 드나?"

그는 여의 얼굴을 보았다. 끝이 없이 한참을 쳐다보았다.

그의 동자가 움직였다. 겨우 의의(意義)를 깨달은 모양이었다.

"선생님, 저는 갔었습니다."

"어디를?"

"그놈, 지주 놈의 집에."

무얼? 여는 눈물 나오려는 눈을 힘 있게 닫았다. 그리고 덥석 그의 벌써 식어가는 손을 잡았다. 잠시의 침묵이 계속되었다. 그의 사지에서는 무서운 경련이 끊임없이 일었다. 그것은 죽음의 경련이었다.

듣기 힘든 작은 그의 소리가 또 그의 입에서 나왔다.

"선생님."

15) 사지(四肢) 사람의 팔과 다리.

"왜?"

"보구 싶어요. 전 보구 시……."

"뭐이?"

그는 입을 움직였다. 그러나 말이 안 나왔다. 기운이 부족한 모양이었다. 잠시 뒤, 그는 또다시 입을 움직였다. 무슨 소리가 그의 입에서 나왔다.

"무얼?"

"보구 싶어요. 붉은 산이…… 그리구 흰 옷이!"

아아, 죽음에 임하여 그는 고국과 동포가 생각난 것이었다. 여는 힘 있게 감았던 눈을 고즈넉이 떴다. 그때에 삵의 눈도 번쩍 띄었다. 그는 손을 들려 하였다. 그러나 이미 부러진 그의 손은 들리지 않았다. 그는 머리를 돌이키려 하였다. 그러나 그 힘이 없었다.

그의 마지막 힘을 혀끝에 모아가지고 그는 다시 입을 열었다.

"선생님!"

"왜?"

"저것…… 저것……."

"무얼?"

"저기 붉은 산이, 그리고 흰 옷이…… 선생님, 저게 뭐예요?"

여는 돌아보았다. 그러나 거기는 황막한[16] 만주의 벌판이 전개되어 있을 뿐이다.

"선생님, 창가 불러 주세요. 마지막 소원…… 창가를 해주세요. 동해

16) 황막한 거칠고 한없이 넓은.

물과 백두산이 마르고 닳도록…….”

여는 머리를 끄덕이고 눈을 감았다. 그리고 입을 열었다. 여의 입에서는 창가가 흘러나왔다.

여는 고즈넉이 불렀다.

“동해물과…….”

고즈넉이 부르는 여의 창가 소리에 뒤에 둘러섰던 다른 사람의 입에서도 숭엄한 코러스는 울려 나왔다.

“무궁화 삼천리 화려 강산…….”

광막한 겨울의 만주벌 한편 구석에서는 밥버러지 익호의 죽음을 조상[17]하는 숭엄한 노래가 차차 크게 엄숙하게 울렸다. 그 가운데서 익호의 몸은 점점 식었다.

17) 조상(弔喪) 남의 상사(喪事)에 대하여 슬픈 뜻을 표하는 것.

1 아래 글에 나타난 삵의 외모와 성격을 찾고, 이 작품에서 갖는 의미가 무엇인지 설명하시오.

생김생김으로 보아서 얼굴이 쥐와 같고 날카로운 이빨이 있으며 눈에는 교활함과 독한 기운이 늘 나타나 있으며 바룩한 코에는 코털이 밖으로까지 보이도록 길게 났고 몸집은 작으나 민첩하게 되었고 나이는 스물다섯에서 마흔까지 임의로 볼 수가 있으며 그 몸이나 얼굴 생김이 어디로 보든 남에게 미움을 사고 근접하지 못할 놈이라는 느낌을 갖게 한다.

그의 장기는 투전이 일쑤며 싸움 잘하고 트집 잘 잡고 칼부림 잘하고 색시들에게 덤벼들기 잘하는 것이라 한다.

평소 김동인의 글에는 인물에 대한 세부묘사가 거의 나오지 않습니다. 그런데 위에 나와 있는 것처럼 삵의 생김새와 성격이 매우 장황하게 설명되어 있습니다. 위에 묘사된 삵의 모습은 동물적인 잔인함과 교활함으로 가득한 파렴치꾼입니다. 인간으로서의 올바른 교육도 받지 못하고 사회적으로 원만한 인간관계를 꾸려갈 수 있는 기본적 소양도 갖추지 못한 삵은 그의 별명만큼이나 인간 말종으로 그려져 있습니다.

그러나 뜻밖에도 삵은 모두가 두려워 엄두조차 내지 못하던 중국인 지주의 집에 가서 송첨지의 복수를 단행하는 용기를 보입니다. 그리고 그 대가로 피를 흘리며 밭둑에서 숨져갑니다. 작가는 이러한 밥버러지 같은 천한 사람의 내면에도 나라 잃은 민족의 설움과 숭고한 애국심이 가득 차 있음을 보여주고 있습니다. 아무에게도 인간으로 대접받지 못했지만, 식민지 시대 억울한 동포의 죽음 앞에서 자신의 목숨도 아까워하지 않는 삶의 용기와 조국애가 빛나는 작품입니다.

2 다음 구절에서 추측할 수 있는 삵의 모습은 어떤 것인가요?

익호라는 인물의 고향이 어디인지는 ○○촌의 아무도 아는 사람이 없었다. 사투리로 보아서 경기 사투리인 듯하지만, 빠른 말로 죄죄거리는 때에는 영남 사투리가 보일 때도 있고, 싸움이라도 할 때에는 서북 사투리가 보일 때도 있었다. 그런지라 사투리로써 그의 고향을 짐작할 수가 없었다. 쉬운 일본말도 알고 한문 글자도 좀 알고 중국말은 물론 꽤 하고 쉬운 러시아말도 할 줄 아는 점 등등 이곳저곳 숱하게 주워먹은 것은 짐작이 가지만 그의 경력을 똑똑히 아는 사람은 없었다.

삵은 마을 사람들에게 암과 같은 존재입니다. 단지 동포라는 이유만으로 마을에서 봐주고 있는 것이 아니라, 삵을 두려워하여 아무도 그에게 떠나라는 말을 감히 하지 못할 정도로 삵은 마을 사람들에게 두려움과 경멸의 대상입니다.

어느 날 흘러 들어온 삵의 경력은 구체적으로 알 수 없지만, 그의 말씨로 보아 고향을 짐작할 수는 있습니다. 그런데 그가 쓰는 말에서는 다양한 사투리가 묻어 나옵니다. 이것을 통해 그동안 삵이 어느 한 곳에 정착하지 못하고 여기저기 떠돌며 험난한 삶을 살아 왔음을 알 수 있습니다.

아마 그가 고향을 떠난 이유는 그 시대 민족의 구성원이 그랬듯이 일제에 의해 조상 대대로 자신이 살던 터전을 잃었기 때문일 것입니다. 그리고 영남과 서북 지역, 중국과 러시아까지 전전하며 날품을 팔아 근근이 생계를 이어갔을 것입니다. 그 과정에서 인생의 많은 풍파를 겪으며 성격은 거칠어지고, 더욱 잔인해졌을 것입니다. 그리고 누구보다도 나라 잃은 민족의 뼈아픈 설움을 겪었을 것입니다. 이렇듯 삶은 고향을 잃고 유랑하는 당시 우리 민족의 전형을 보여주는 인물입니다.

3 붉은 산과 흰 옷이 상징하는 것은 무엇인가요?

삵이 중국인 지주를 찾아가 송첨지의 복수를 단행한 후 밭둑에서 마지막으로 죽어갈 때, 가장 보고 싶어한 것은 바로 붉은 산과 흰 옷입니다. 여기에서 '붉은 산'은 말 그대로 나무가 없는 황폐한 산을 가리킵니다. 아름다운 금수강산이라고 불리우는 삼천리 국토가 일제의 식민지가 되어 산의 나무와 들판의 곡식까지 모든 것을 일제에 빼앗기고 헐벗은 조국의 피폐한 현실이 '붉은 산'이라는 단어 속에 함축되어 있습니다.

또한 흰 옷은 순박한 조선민족을 상징합니다. 고국을 떠나 타국에서 곤궁하게 살 수밖에 없는 실향민을 상징하는 '삵'은 만주국인 지주에게 복수함으로써 잠재된 민족의식을 보여줍니다. 그런 그가 마지막으로 그리워하는 것은 다름 아닌 조국과 민족이었던 것입니다. 삵의 눈물겨운 죽음을 애도하며 마을 사람들이 애국가를 따라 부르는 것도 민족이라는 연대감의 발로입니다.

4 이 작품의 서술자인 '나'의 역할이 이 작품에서 가지는 의미는 무엇인가요?

이 소설의 서술자인 '여(余)'는 만주의 풍속과 만주에 퍼져 있는 병을 조사하기 위해 만주로 여행을 간 여행자입니다. 그래서 만주에 살고 있는 동포들과는 다른 입장에서 좀더 객관적으로 삵을 관찰할 수 있는 위치에 있습니다. 삵이라는 인물을 객관적으로 그리기 위해 작가는 의도적으로 만주에 사는 주민이 아닌 의사라는 여행객을 관찰자로 내세웁니다. 이것은 소설에 객관성을 부여하고, 소설을 좀더 사실적으로 그리기 위한 작가의 의도하에 마련한 소설적 장치라고 볼 수 있습니다.

5 작가가 삵이 숨을 거두는 장소로 밭고랑을 선택한 이유는 무엇인가요?

삵은 집이 없는 유랑자에 불과합니다. 그리고 만주에 살고 있는 동포들도 자신이 거주하는 공간은 있을망정, 나라를 잃은 민족으로 타국에서 방랑하고 있는 처지로 보면, 넓은 의미에서 모두 유랑자라고 볼 수 있습니다. 그래서 집이 없는 삵이 마지막으로 숨을 거두는 장소가 밭고랑인 것은 당연한 귀결로 보입니다.

또 다른 측면에서 밭은 씨앗을 뿌려 곡식을 수확하는 장소입니다. 이 작품에서 삵의 죽음은 동포들의 가슴에 민족애를 지피는 동기로 작용합니다. 마치 밭에 종자를 뿌려 곡식을 수확하듯이 하찮은 삵의 죽음을 지켜보며 애국가를 부르는 동포들의 모습에서 조국의 독립에 대한 염원과 뜨거운 민족애가 뿌리를 내립니다. 이처럼 밭고랑은 민족의 가슴 아픈 수난과 민족애가 퍼지는 고난과 영광의 밭고랑이라는 상징적 의미를 가지고 있습니다.

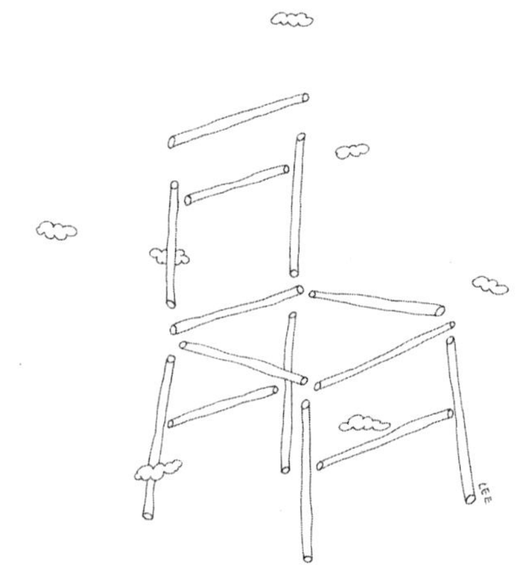
LEE

대동강은 속삭인다

손에 잡히지 않는 것에 대한 동경과 환상을 꿈꾸며
그것을 향해 떠나는 인간의 본질적인
그리움을 드러낸 작품.

"얘야, 무지개는 못 잡는단다. 멀리 하늘 끝닿는 데 있어서 도저히 잡지 못한단다"

무지개 같은 환상적인 꿈을 쫓아 방황하는 인간의 서러움

김동인은 여러 자리에서 "평양의 대동강이 아니고 대동강의 평양이다"라는 말을 즐겨 사용했다고 합니다. 그만큼 대동강은 단순한 강이 아니라, 평양인들의 정신적인 지주 역할을 했다는 말일 것입니다. 평양에서 대동강을 따라가다 보면 평양의 구시가 중앙 대동문이 나오고, 연광정을 돌아 청류벽, 부벽루, 모란봉, 을밀대, 기자묘, 현무문 등을 만나게 됩니다. 평양의 대동강 지류인 하수구리에서 태어나고 자란 김동인은 누구보다 대동강을 사랑했고, 자신의 문학적 영감을 받으며 대동강과 연관된 많은 작품을 썼습니다. 김동인에게 있어 대동강은 끝없이 흘러가 버리는 허무요, 작가의 의식 밑바닥부터 들려오는 노래입니다. 그에게 예술가의 감성을 끊임없이 자극하는 꿈이요, 구체적 이야기를 만들어 내는 공상이었습니다.

「대동강은 속삭인다」라는 이 작품을 1934년 9월 『삼천리』에 발표하는데, 이 시기는 김동인이 자신의 방탕으로 재산을 탕진한 후 마지막 재기의 기회로 시작했던 수리사업이 실패하고 나서 그의 첫아내였던 김해인이 두 자식을 데리고 일본으로 떠나간 절망적인 상태에 빠졌을 때입니다. 개인적으로 모든 것을 잃고 절망에 빠질 수밖에 없던 작가는 자신을 키우다시피 한 대동강을 바라보며 대동강이 속삭여주는 밀어를 듣습니다. 그래서 「무지개」에 나오는 '행복은 무지개와 같은 것이다' 라는 말은 바로 대동강이 절망에 빠진 김동인에게 들려주는 위로의 말로 볼 수 있습니다. '삶이 그대를 속일지라도 노여워하거나, 슬퍼하지 말라' 는 푸쉬킨의 시처럼, 행복은 본디 무지개와 같은 거라서 손에 넣을 수 없다고 할지라도 부디 절망하지 말라는 잔잔한 물결들의 속삭임이 느껴지는 듯합니다.

또한 이 작품은 주요섭이 1930년 〈동아일보〉에 실은 「구름을 잡으려고」라는 소설의 영향을 받았습니다. 주요섭은 김동인의 절친한 친구였던 「불놀이」로 유명한 시인 주요한의 동생입니다. 그는 아득한 이상으로 무지개를 설정하고, 무지개를 품고 있는 구름을 잡으려는 인간의 노력을 그의 작품에 그렸습니다.

이 작품 속에는 「무지개」와 「산 너머」라는 두 편의 작품이 나옵니다.

이야기는 사뭇 다르지만, 두 편의 작품은 모두 어느 한순간에 만족하지 못하고 무언가를 끊임없이 추구하는 인간의 모습을 보여줍니다. 한 소년이 손에 잡히지 않는 무지개를 잡기 위해 노력하다가 일생을 소모하는 모습에서 인생무상이 느껴집니다. 무지개는 소년이 살고 있는 집 앞산에 걸려 있지만, 그것을 잡으려 떠난 소년에게는 늘 저만치 걸려 있을 뿐입니다. 포기하기는 너무나 아쉽고, 손에 넣기는 너무나 멀리 있는 무지개는 우리가 인생을 바쳐 추구하는 꿈으로도 해석됩니다.

「산 너머」라는 소설에는 자매인 애애와 연연이가 산 너머에 있는 무언가를 늘 그리워하고 그것을 찾아 떠나가는 그리움의 본질을 그리고 있습니다.

강물이 흘러가듯, 인생도 어느 한 곳에 머물러 있을 수 없습니다. 끊임없이 흘러가는 물결의 주어는 시간이겠지만, 인생을 끌고 가는 것은 꿈이라고 볼 수 있습니다.

대동강은 속삭인다

■ 대동강

그대는 길신의 지팡이를 끌고 여행에 피곤한 다리를 평양에 쉬어본 일이 있는지?

그대로서 만약 길신의 발을 평양에 들여놓을 기회가 있으면 그대는 피곤한 몸을 잠시 여사[1]에서 쉬고 지팡이를 끌고서 강변의 큰길로써 모란봉에 올라가 보라.

한 걸음 두 걸음, 그대의 발이 구시가의 중앙에까지 이르면 그때에 문득 그대의 오른손 쪽에는 고색이 창연한[2] 대동문이 나타나리라. 그리고 그 대동문 안에서는 서로 알고 모르는 허다한 사람이 가슴을 제껴 헤치고 부채로 땀을 날리며 세상의 온갖 군잡스럽고 시끄러운 문제를 잊은

1) 여사(旅舍) 여관.
2) 창연하다 물건 따위가 오래되어 예스러운 느낌이 은근하다.

듯이 한가히 앉아서 태고적 이야기에 세월 가는 줄을 모르고 있는 것을 발견하리라.

그것을 지나서 그냥 지팡이를 끌고 몇 걸음 더 가면 그대의 앞에는 문득 연광정이 솟아오르리니 옛날부터 많은 시인가객[3]들이 수없는 시와 노래를 얻은 것이 이 정자다.

그리고 그 연광정 앞에는 이 세상의 온갖 계급 관념을 무시하듯이 점잖은 사람이며 상사람이며 늙은이며 젊은이가 서로 어깨를 겯고 앉아서 말없이 저편 아래로 흐르는 대동강 물만 내려다보고 있으리라.

그들의 눈을 따라서 그대가 눈을 옮겨서 그 사람들이 내려다보는 대동강을 굽어보면…… 그대들은 조그마한 어선을 발견하겠지. 혹은 기다란 수상선[4]도 발견하겠지. 그러나 그 밖에는 장청류(長淸流)[5]의 대동강이 있을 따름이리라.

거기 기이(奇異)[6]를 느낀 그대가 그들에게,

"그대들은 무엇을 보는가?"

고 질문을 던질 것 같으면, 그들은 머리를 돌리지도 않고 시끄러운 듯이 한마디로 대답하리라.

"물을!"

물을?

"물은 그대들의 집의 부엌에라도 얼마든지 있지 않은가? 물이 그렇게도 재미있는가?"

3) 시인가객 시조 따위를 잘 짓거나 창(唱)을 잘하는 사람을 이르던 말.
4) 수상선 물윗배.
5) 장청류(長靑流) 길고 푸른 물결.
6) 기이(奇異) 기묘하고 이상하다.

그대가 만약 두 번째 질문을 던지면 그들은 비로소 처음으로 머리를 그대에게로 돌리리라. 그러고는 가장 경멸하는 눈초리를 잠시 그대의 위에 부었다가 다시 머리를 물 쪽으로 돌리리라.

그곳에 커다란 호기심을 남겨두고 그대가 다시 지팡이를 끌고 오른손 쪽으로 대동강을 굽어보면서 청류벽[7]을 끼고 부벽루까지 올라가서, 거기에서 다시 모란봉으로…… 또 돌아서면서는 을밀대로, 을밀대에서 기자묘 솔밭으로 현무문으로…… 우리의 지나간 조상을 위하여 옷깃을 눈물로 적시며 혹은 회고의 염에 한숨을 지으며, '왕손(王孫)은 거불귀(去不歸)' 라는 옛날 노래를 통절히 느끼면서 돌아본 뒤에 다시 시가로 향해 내려온다 하자, 그때에 그대가 다시 호기심으로 연광정 앞, 아까의 그곳까지 발을 들여놓으면 그대는 거기에서 아까의 그 사람들이 아직도 돌아가지 않고 자리의 한 걸음의 변동도 없이 아까의 그 모양대로 앉아서 역시 뜻 없이 장청류의 대동강을 내려다보고 있는 것을 발견하겠지.

그들은 집이 없나?

그들은 점심은 먹었나?

그들은 처자도 없나?

그리고 그들은 그 평범한 '물의 흐름' 에 왜 그다지도 흥미를 가졌나?

여기에 평양인의 심경이 있다.

여기에서 평양인의 정서는 뛰놀고, 여기에서 평양인의 공상은 비약[8]하고, 여기에서 평양인의 환몽[9]은 약동하고, 여기에서 평양인의 시가가

7) 청류벽 맑게 흐르는 물의 벽.
8) 비약(飛躍) 나는 듯이 높이 뛰어오름.

생겨나고 평양인의 노래가 읊어지는 것이다.

그대가 만약 이런 사정만 알 것 같으면 그 경중 없이 장청류의 대동강만 내려다보고 집안도 잊고 처자도 잊고 앉아 있는 허다한 무리를 관대한 마음으로 용서하기는커녕 일종의 존경의 염까지 생기겠지.

■ **무지개**

평양사람인 여는 수천 년래로 우리의 조상의 하던 일을 본받아서 그 장청류의 대동강을 내려다보면서 한 가지의 공상을 날려볼까.

행복은 무지개와 같은 것이다.

비가 갰다.

동시에 저편 벌 건너 숲 위에는 둥그렇게 무지개가 뻗쳤다. 오묘한 조물주의 재간[10]을 자랑하듯이 칠색이 영롱한 무지개가 커다랗게 숲 이편 끝에서 저편 끝으로 걸쳐 있었다.

소년은 마루에 걸터앉아서 그것을 바라보고 있었다.

소년의 마음은 차차 뛰놀기 시작하였다. 찬란히 빛나는 무지개는 마치 소년을 부르는 듯이 그의 아름다운 자태[11]를 소년의 앞에 커다랗게

9) 환몽(幻夢) 허황된 꿈.
10) 재간(才幹) 어떤 일을 할 수 있는 재주와 솜씨.
11) 자태(姿態) 어떤 모습이나 모양. 주로 여성의 고운 맵시나 태도에 대하여 이르며 식물, 건축물, 강, 산 따위를 사람에 비유하여 이르기도 한다.

벌리고 있었다.

한나절을 황홀히 그 무지개를 바라보고 있던 소년은 마음속에 커다란 결심을 하였다.

'그 무지개를 잡아다가 뜰에 갖다 놓으면 얼마나 훌륭하고 아름다울 것인가.'

소년은 방 안에 있는 어머니를 찾았다.

"어머니!"

"왜?"

어머니는 바느질하던 손을 멈추고 사랑하는 아들을 내다보았다.

"어머니, 나 저 무지개 잡으러 가겠어요. 네?"

어머니는 일감을 놓았다. 그리고 뚫어질 듯이 아들의 얼굴을 보았다.

"네?"

"얘야, 무지개는 못 잡는단다. 멀리 하늘 끝닿는 데 있어서 도저히 잡지 못한단다."

"아니에요. 저 벌[12] 건너 숲 위에 걸려 있는데……."

"아니다. 보기에는 그렇지만 네 어머니도 오십 년 동안을 그것을 잡으려면서도 아직도 못 잡았구나."

"그래도 난 잡아요. 네? 내 얼른 가서 잡아올게."

어머니는 다시 일감을 들었다. 그러나 어머니의 눈에는 수심이 가득 찼다.

"네? 가요."

12) 벌 넓고 평평하게 생긴 땅.

찬란히 빛나는 무지개의 유혹은 이 소년에게는 무엇보다도 강한 것이었다. 어머니의 사랑의 품보다도 따뜻한 가정보다도 맛있는 국밥보다도 무지개의 유혹만이 이 소년의 마음을 누르고 지배하였다. 네 번 다섯 번 소년은 어머니에게 간청하였다.

어머니도 마침내 소년의 바람은 꺾을 수가 없도록 강한 것을 알았다. 그리고 뜻에 없는 허락을 하였다.

"정 그럴 것 같으면 가보기는 해라. 그러나 벌 건너 숲까지 가보고, 거기서 잡지 못하거든 꼭 곧 돌아와야 한다."

그런 뒤에 어머니는 아들을 위하여 든든히 차림을 차려서 떠나보냈다.

"그럼 어머니, 내 얼른 가서 잡아올게 기다려 주세요."

그리고 커다란 희망으로써 떠나는 아들을 어머니는 눈물로써 보냈다.

소년은 걸음을 다하고 힘을 다하여 벌을 건넜다. 그리고 목적했던 숲에까지 이르렀다.

그러나 이상했다. 무지개는 벌써 그곳에 있지 아니하였다. 찬란히 빛나는 무지개는 더 저편으로 썩 물러서서 그래도 소년을 이끄는 듯한 아름다운 자태를 커다랗게 벌리고 있었다.

'가깝기는 가까웠다. 그러나 좀더 가야겠구나.'

소년은 또다시 무지개를 바라고 갔다.

소년의 몸은 좀 피곤해졌다. 그러나 눈앞에 찬란히 빛나는 무지개를 바라볼 때 소년은 용기를 다시 내어서 무지개를 향하여 걸었다.

얼마만치 가서 이만했으면 되었으려니 하고 소년은 눈을 들어서 보았다. 그러나 찬란히 빛나는 무지개는 역시 같은 거리에서 소년을 오라고 유혹하고 있었다.

소년은 높은 뫼도 어느덧 하나 넘었다. 넓은 강도 어느덧 하나 건넜다. 그러나 무지개는 좀체 잡을 수가 없었다.

그러나! 그 무지개의 찬란한 광채는 끊임없이 소년을 오라는 듯이 유혹하였다. 잡힐 듯 잡힐 듯하면서도 잡혀주지 않는 그 무지개는 소년에게는 커다란 유혹이었다.

소년은 용기를 냈다. 그리고 무지개를 향하여 또 달음박질하였다.

무지개를 잡으려는 오로지 한길 마음으로 피곤함도 잊고 아픔도 잊고 뛰어가는 소년은 어떤 산마루[13]까지 이르러서 마침내 쓰러졌다. 인제는 한 걸음도 더 걸을 용기와 기운이 없었다.

소년은 그곳에 쓰러지면서 피곤한 잠에 잠기고 말았다.

어지럽고 사나운 꿈! 그 가운데서도 소년에게는 끊임없이 무지개의 찬란한 빛깔이 어릿거렸다. 그리고 그 무지개의 아름다움과 어울리는 향기로운 음악이 끊임없이 들렸다.

많은 소년들과 많은 소녀들이 꽃으로 온몸을 장식하고 팔을 서로 맞잡고 노래하며 돌아가고 있었다. 그리고 그 소년 소녀의 동그라미 속에는 칠색이 영롱한 무지개가 마치 자기의 주위에 있는 많은 소년 소녀를 애호하듯이 커다랗게 벌리고 있었다.

즐거움은…… 행복은…… 뉘 것?

누릴 자…… 누구?

13) 산마루 산등성마루.

소년과 소녀들의 노랫소리는 부드럽고 아름답게 울려 온다.

얼마를 이런 꿈에 잠겨 있던 소년은 그 꿈에서 펄떡 깨면서 눈을 떴다.

즉, 역시 이 소년이 오기를 기다리는 듯이 아름다운 광채를 내며 벌리고 있었다.

'조금 더, 이제 한 걸음!'

소년은 후덕덕 일어섰다. 쏘는 다리 저린 오금[14]! 피곤으로 말미암아 하마터면 소년은 넘어질 뻔하였다. 소년은 다리에 힘을 주었다. 온몸에 없는 힘을 다 주었다. 눈 아래서 황홀히 빛나는 무지개는 그로 하여금 없는 힘을 다시 내게 한 것이었다. 그리고 그는 무지개를 향하여 달음박질하였다.

그러나 산 중턱에 걸린 줄 알고 뛰어내려오던 소년은 중턱에서 만나지 못하고 맨 아래까지 그냥 내려왔지만 무지개는 역시 멀리 물러서서 마치 소년의 어리석음을 비웃는 듯이 빛나고 있었다.

'아아 곤하다.'

소년은 맥이 나서 다시 털썩 주저앉았다.

소년은 뒤숭숭한 소리에 놀라서 깼다. 그는 피곤함을 못 이겨서 어느덧 잠이 들었던 것이었다. 깨어서 보니까 그 근처에는 어느 틈엔가 많은 소년이 모여 있었다. 그리고 그들은 무엇을 다투고 있었다. 무엇을 다투는가고 자세히 들으니 그들은 무지개가 있는 방향을 서로 이쪽이니 저쪽이니 다투고 있는 것이었다.

"무지개는 이편 쪽에 있다."

14) 오금 무릎의 구부러지는 오목한 안쪽 부분.

어떤 소년은 동쪽을 가리키며 이렇게 일렀다.

"정신없는 소리 말아라. 무지개는 저쪽에 있다."

다른 소년은 반대하였다.

"너희들은 눈이 있느냐 없느냐, 무지개는 저쪽에 있지 않냐? 아직껏 너희들에게 속아서 너희들만 따라왔지만 무지개는 역시 내 생각대로 저쪽에 있다."

또 다른 소년은 또 다른 데를 가리킨다.

그러나 그 많은 소년들이 가리키는 곳이 한 곳도 정확한 곳이 없었다. 모두 엉뚱한 곳만 가리키며 서로 다투고 있는 것이었다.

우리의 소년도 마침내 일어섰다. 그리고 점잖은 웃음으로 그들을 찾았다.

"여보세요, 당신네들도 무지개를 잡으러 떠난 분들이오?"

"그렇소."

"당신네들의 말을 들으니까 무지개는 이쪽에 있다 저쪽에 있다 다투는 모양이지만, 무지개는 우리 눈앞 요 바투[15] 있지 않소?"

소년은 무지개를 손가락으로 가리켰다. 다른 소년들은 가리키는 방향을 보았다. 그러나 무지개는 보지 못한 모양이었다. 역시 다툼은 계속되었다.

그리고 한참 서로 다투던 소년들은 의견이 모두 맞지 않아서 그곳에서 제각기 제가 생각하는 곳을 찾아서 아름다운 무지개를 잡으러 서로 손을 나누어서 떠나기로 하였다.

15) 바투 대상이나 물체의 사이가 썩 가깝게.

그것을 눈이 멀거니 바라보고 있던 우리의 소년도 마침내 일어섰다. 그리고 그는 자기 신념대로 또 한 무지개를 잡으러 피곤한 다리를 옮겼다.

무지개는 역시 소년의 눈앞 몇 걸음 밖에서 찬란한 빛깔을 보이고 있었다.

'이번에는 꼭!'

눈앞에 커다랗게 보이는 무지개에 소년의 용기는 다시 솟았다.

어떤 곳에서 소년은 또 다른 소년의 무리를 보았다. 그들은 모두 튼튼한 길신가리를 차리고 있었다. 소년은 그들에게 가까이 가서 말을 붙여 보았다.

"노형네는 어디를 가시오?"

"가는 게 아니라 갔다가 오는 길이외다."

뭇 소년은 이구동성으로 대답하였다. 그들은 모두 매우 피곤한 듯이 눈에는 정기가 없고 몸은 쇠약으로 말미암아 떨고 있었다.

"어디를 갔다 오시오?"

"무지개를 잡으러……."

"네? 그래 잡았소?"

"여보 말 마오. 그것에 속아서 괜히 좋은 세월을 헛되이 보냈소."

"집을 떠난 것은 언제쯤이오?"

"모르겠소, 갑갑하니까."

"그래 인젠 그만두겠소?"

"그만두잖고. 눈앞에 보이는 것 같기에 그것에 속아서 이제나 저제나

하고 왔지만 인젠 무지개라는 것은 도저히 못 잡을 것인 줄 깨달았소."

"그래도 요 앞에 있지 않소?"

"하하하하, 그러기에 말이오. 눈앞 몇 걸음 앞에 있는 것 같기에 그것에 속아서 아직껏 세월만 허송했소."

소년은 낙담하였다. 그리고 자기도 돌아가 버릴까 하였다.

그러나 이상했다. 그때에 그 무지개는 쑥 더 소년에게 가까이 오며 그 광채며 빛깔이 더욱 영롱해져서 단념하려는 소년으로 하여금 또다시 단념하지 못하게 하였다.

'아아……'

소년은 커다란 한숨과 함께 다시 용기를 냈다. 소년은 다른 소년들에게 동행을 청해 보았다. 그러나 그들은 끝끝내 듣지 않았다.

몇 번을 권해 본 뒤에 소년은 그들이 마음을 돌이키지 못할 것을 알았다. 그래서 그들과 작별을 한 뒤에 자기는 역시 그 찬란한 무지개를 향하여 길을 떠났다.

어떤 곳에서 그는 두 다른 소년을 만났다. 그 두 소년은 무엇이 기쁜지 몹시 만족한 듯이 벙글벙글 웃고 있었다. 소년은 그들에게 물었다.

"여보, 말 좀 물읍시다."

"무슨 말이오?"

"좀 이상한 말을 묻는 듯하나, 노형네들 무지개를 못 보았소?"

사실 소년은 그때에 무지개를 잃어버린 것이었다. 어디로 갔나? 아직껏 찬란히 눈앞에 보이던 그 무지개는 하늘로 솟았는지 땅으로 새었는지 홀연히 앞에서 그 아름다운 자태를 감춘 것이었다.

두 소년은 벙글 웃었다.

"무지개 말씀이오? 무지개는 우리가 벌써 잡았소."

소년은 낙담하였다. 그리고 낙담에서 절망으로 절망에서 비분[16]으로 걷잡을 새 없이 소년의 마음이 떨어져 돌아갈 때에, 이상하거니와 홀연히 역시 그의 앞에는 칠색이 찬란한 무지개가 솟아올랐다. 그 광채는 아까의 무지개보다도 더 찬란하였다. 그 빛깔은 아까의 무지개보다도 더 훌륭하였다.

소년의 마음은 절망에서 한숨에 희망으로 뛰어올랐다.

"여보, 봅시다! 봅시다!"

"무에요?"

"그 노형네가 잡았다는 무지개를!"

두 소년은 장한 듯이 자기네의 품에서 자기네의 자랑감을 꺼내 보였다.

소년은 받아보았다. 하마터면 웃을 뻔하였다. 그것은 평범하고 변변찮은 기왓장에 지나지 못하였다. 두 소년은 기왓장을 하나씩 얻어가지고 기뻐하는 것이었다.

"이게 무지개요? 이건 기왓장이로구려."

두 소년은 각기 자기네의 보물을 다시금 살폈다. 그리고 한 소년은 부르짖었다.

"오오, 무지개 무지개! 나는 무지개를 잡았다. 이게 무지개가 아니고 무에란 말이오?"

그러나 한 소년은 신이 없이 한참을 자기의 보물을 들여다보다가 커다

16) 비분(悲憤) 슬프고 분함.

란 한숨과 함께 그것을 내던졌다. 그리고 절망의 부르짖음을 발하였다.

"아니로구나, 아니야. 이건 무지개가 아니야! 아직껏 무지개로 알고 기뻐했던 것은 한낱 기왓장에 지나지 못하누나."

그리고 우리의 소년의 손을 힘 있게 잡았다.

"우리 같이 갑시다. 나는 무지개를 꼭 잡고야 말겠소."

여기서 서로 뜻이 맞은 두 소년은 만족해하는 한 소년을 남겨두고 또 한 그 찬란한 무지개를 잡으러 길을 떠났다.

두 소년은 험한 산을 넘었다. 물결 센 강을 건넜다. 가시덤불을 헤쳤다. 돌밭을 지나갔다. 그들은 오로지 무지개를 잡으려는 열정으로 온갖 간난[17]을 참으려 앞으로 앞으로 갔다.

그들은 가는 길에서 수많은 소년을 보았다. 어떤 사람은 그 무지개를 잡으려다가 잡지 못하고 낙망[18]하여 집으로 돌아가는 것이었다. 어떤 사람은 변변찮은 기왓장을 얻어가지고 기뻐하는 것이었다. 그리고 그 가운데 가장 많은 수효를 점령한 사람들은 무지개를 잡으려다가 종내 잡지 못하고 심신이 피곤하여 쓰러져 넘어진 사람들이었다. 벌써 저세상으로 간 사람도 많이 있었다.

이런 광경을 볼 때에 두 소년의 용기는 꺾어졌다. 자기네들도 이 여행을 중지할까고 몇 번을 주저하였다. 아아, 그러나 그럴 때마다 그들의 눈앞에는 더욱 빛나고 더욱 훌륭한 무지개가 나타나서 그들의 용기 적음을 비웃는 듯하였다. 여기서 다시 용기를 얻은 두 소년은 험한 길을

17) 간난(艱難) 몹시 힘들고 고생스러움.
18) 낙망(落望) 희망을 잃음.

무지개를 향하여 앞으로 앞으로 가는 것이었다.

어떤 험한 산골짜기까지 와서 동행 소년은 마침내 쓰러졌다.

"여보, 난 인젠 더 못 가겠소. 무지개는 도저히 잡지 못할 것임을 인제야 겨우 깨달았소."

소년은 동행하던 친구를 흔들었다.

"정신 차려요. 예까지 와서 이제 넘어진다니 웬 말이오."

그러나 동행 친구는 움직이지 않았다. 그는 벌써 피곤에 못 이겨 차디찬 몸으로 변한 것이다.

소년은 거기서 통곡하였다. 두 소년의 결심도 흔들렸다. 무지개는 도저히 잡지 못할 것인가 하는 의심이 강렬히 일어났다.

그러나…… 그러나 그때에 그의 눈 곧 앞에는 다시금 찬란히 빛나는 무지개가 소년을 쓸어안으려는 듯이 팔을 벌렸다.

소년은 다시 일어났다. 또다시 용기를 냈다.

위태로운 산길, 험한 골짜기, 가파로운 뫼길, 깊은 물, 온갖 곤란은 또한 그를 괴롭게 하였다. 그러나 소년은 더욱 용기를 내가지고 무지개로 무지개로 가까이 갔다.

그러나 얼마를 가다가 소년도 마침내 쓰러졌다. 인젠 한 걸음도 더 걸을 수가 없었다. 거기서 그는 무지개는 도저히 잡을 수 없음을 비로소 깨달았다.

'아아, 무지개란 사람의 손으로는 기어이 잡을 수가 없는 물건인가.'

아직껏 그와 같은 길을 걸은 수만의 소년이 부르짖은 그 부르짖음을 이 소년도 여기서 부르짖었다. 그야말로 단념하기로 결심을 하였다.

그때 이상했다. 아직껏 검던 그의 머리는 하얗게 되고, 그의 얼굴 전면에 수없는 주름살이 잡혔다.

■ 산 너머

여는 그 무지개를 잡으려던 소년의 애처로운 결말을 조상하는 뜻으로 아직껏 물고 있던, 벌써 불이 꺼진 담배를 저 아래 대동강을 향하여 내던졌다. 그러고는 기다랗게 한숨을 쉬었다.

이때에 여는 둘째 공상의 나라에 들어섰다.

어떤 해변…….

그것은 동녘으로 향한 어떤 해변이었다. 앞으로는 넓으나 넓은 바다가 있고, 뒤로는 가파로운 산비탈을 등졌으며, 그 바다와 산비탈은 거의 맞붙어서 사이에는 겨우 서너 간의 거리가 있을 뿐이었다.

바다에는 갈매기, 산에는 진달래와 온갖 꽃, 때때로 먼 곳에 돛단배……. 이런 꿈과 같은 아름다운 마을, 게다가 울음 치는 물결 소리가 있고 때때로는 노루 새끼의 우는 소리 들리는 그림과 같은 이쁜 곳이었다.

그곳에 외따로 한 오막살이가 있었다. 그리고 거기에는 홀아버지와 두 딸이 살고 있었다. 아버지는 벌써 육순[19]이 지났으며, 맏딸은 열여덟, 작은 딸은 열네 살이었다.

19) 육순 예순 살.

맏딸의 이름은 연연이, 작은딸은 애애.

동네에서 멀리 떠난 외딴곳에서 홀아버지를 모시고 형은 동생을 동생은 형을 사랑하여 열정과 정숙이 잘 조화된 아름다운 살림을 하고 있었다.

두 처녀는 바위 위에 걸터앉아서 바다에 넘나드는 갈매기 떼며 물 위를 올라뛰는 고기 무리를 바라보면서 처녀의 온 정열과 온 공상을 거기다 붙이고 지냈다.

해변에서 조개껍질을 줍는 두 처녀, 갈매기 떼를 바라보며 미나리를 부르는 두 처녀, 진달래며 그 밖 뫼꽃들을 따며 노는 두 처녀…….

어떤 날 두 처녀는 바다를 향한 낭떠러지 바위 위에 나란히 하여 걸터앉아 있었다.

꽥! 꽥! 갈매기들은 바다를 두고 기운차게 이리저리 날아다닌다. 무엇이 기꺼운지 연방 갸갸갸갸 지껄이면서…….

애애가 연연이를 찾았다.

"언니."

"왜?"

"저 갈매기들은 어디서 와?"

"저 산 너머에서."

"산 너머 어디?"

"좋은 곳에서."

"거기도 바다가 있수?"

"그럼 있구말구."

"그리구 갈매기두 있구? 진달래두 있구? 메꽃도 있구?"

"그럼, 다 있지. 게다가 이쁜 사내도 있구."

동생은 형의 얼굴을 쳐다보았다. 그러나 형의 말뜻은 알지 못하였다.

"이쁜 사내? 언니같이 이쁜!"

형은 대답하지 않았다. 그 대신 기다랗게 한숨을 쉬었다.

동생도 무슨 까닭인지는 모르지만 갑자기 폭우같이 외로움이 그의 마음을 습격하는 것을 깨달았다.

동생은 눈을 들어서 언니의 얼굴을 보았다. 꿈꾸는 듯 앞만 바라보고 있는 언니의 눈에는 눈물까지 고여 있었다.

겨울이었다.

천하는 눈에 덮였다. 깨끗하고 하얀 천하…… 거기에서 애애는 눈을 굴려서 눈사람 하나를 만들었다. 이쁘다란 눈사람, 거기에는 눈과 코가 만들어졌다. 입도 만들어졌다. 그리고 마지막에 애애는 집 안에 들어가서 기다란 바를 내다가 머리를 만들었다. 그런 뒤에 그것을 자랑하려 언니를 찾았다.

"언니! 언니!"

"왜?"

"이것 좀 나와서 봐요."

언니는 나왔다. 그리고 자랑스러운 듯이 동생이 가리키는, 눈으로 만든 처녀 인형을 한참 들여다보다가 뒤에 늘어진 머리를 떼어서 위에다가 상투를 만들어 놓았다. 그리고 그것을 들여다보며 적적히 웃었다.

"이게 좋지 않으냐?"

동생은 샛노란 소리를 냈다.

"언니두 망측해. 그건 새서방이 아뉴? 그게 뭐이 좋아."

그러나 언니는 겹지 않고 그것을 들여다보고 있었다. 한참 그것을 들여다보고 있다가 혼잣말같이 중얼거렸다.

"애애야, 저 산 너머는 이쁜 사람이 많이 산단다."

동생은 그 뜻을 몰랐다. 그러나 언니의 적적한 마음만은 그에게도 전염되었다. 동생도 그만 한숨을 쉬었다.

봄이 되었다.

애애는 산에 올라가서 꽃을 땄다. 붉고 노랗고 흰 많은 꽃을 엮어서 꽃다발을 만들었다.

동생은 그것을 언니에게 보였다. 자랑스레…….

"언니 곱지?"

언니는 꽃다발을 받았다.

"언니 드릴까?"

"응."

언니는 시원찮은 듯이 대답하였다. 그런 뒤에, 그것을 제 머리 위에 올려놓아 보았다.

"언니, 그걸 쓰니까 선녀 같아. 참, 이뿌……."

동생은 제가 만든 꽃다발이 언니의 머리 위에서 언니의 이쁨을 더욱 장식하는 것을 보고 춤추듯 날뛰었다. 그러나 언니는 곧 도로 그것을 벗어서 코에 갖다 대고 그 향내를 맡아 보았다. 그윽히 들어오는 그 향내는 과연 연연이를 취하게 한 모양이었다. 연연이는 적적히 한숨을 쉬었다.

"애애야."

"네?"

"꽃도 이쁘거니와!"

그런 뒤에는 한참 잠자코 있다가 문득 고민하는 듯이 몸을 떨었다. 눈에는 눈물이 고였다.

여름이 되었다.

두 형제는 갈매기들과 벗하여 바다에서 뛰놀았다.

언니는 때때로 고민하듯이 몸을 떨면서 동생의 벗은 몸을 쓸어안는 것이었다. 그러고는 하소연하는 듯이 이렇게 말하는 것이었다.

"애애야, 네 살은 왜 이다지도 보동보동하냐?"

그러면 동생은 늘 이렇게 대답하는 것이었다.

"내 살보다 언니 살이 더 보동보동하지. 그렇지 않우?"

"내 살도 보동보동하지. 그렇지만……."

언니는 이렇게 대답하고는 한참 말을 끊었다가,

"그러나 주인이 없구나."

하고는 기다랗게 한숨을 쉬는 것이었다.

주인? 동생은 그 말귀를 몰랐다. 그러나 왜 그런지 언니가 자기에게서 차차 떠나려는 것 같은 무서운 예감 때문에, 동생은 그득히 눈물 머금은 눈으로 한참 언니의 얼굴을 쳐다보는 것이었다. 그런 뒤에는,

"언니, 어디로 갈래?"

하고 근심스레 묻는 것이었다. 그러면 언니는,

"가기는 어디로 가겠냐. 애애야, 아무 걱정 말고 아버지 모시고 잘살자."

한 뒤에는 또 한숨을 쉬는 것이었다.

가을이 되었다.

형제는 흔히 집 뒤 뫼 중턱에 있는 바위에 가서 걸터앉아 있었다.

어떤 가을 달이 몹시 밝은 밤, 형제는 역시 가지런히 바위 위에 걸터앉아 있었다.

푸르른 달빛은 세상의 온갖 것을 모두 창백하게 물들여 놓았다. 그리고 바다에서 반짝이는 물결의 진주는 그 창백한 달과 경쟁을 하자는 듯하였다.

애애의 마음은 몹시 적적하였다. 이즈음 왜 그런지 제 가장 가깝고 사랑하던 언니가 차차 제게서 멀어가는 것 같아서 애애의 마음은 더욱 답답하였다. 창백한 달빛은 애애의 마음의 울적함을 더욱 돋우어 주었다. 헤어졌다 모였다 하는 바다의 달은 애애의 마음을 더욱 적적하게 하였다. 애애는 말없이 달빛에 잠든 천하만 바라보고 있었다.

언니가 먼저 입을 열었다.

"애애야."

"네?"

"너 한숨은 왜 쉬느냐?"

"내가 언제? 언니가 쉬지."

연연이는 적적히 웃었다. 그리고 갑자기 애애에게 달려들면서 애애를 쓸어안았다. 연연이의 몸은 마치 사시나무와 같이 떨었다. 그는 열병 들

린 사람의 헛소리와 같이 동생에게 향하여,

"애애야, 아이고 달도 밝기도 밝구나. 저놈의 달은 왜 저다지도 밝은구."
하고는 정신 나간 사람같이 한참 제 빰을 애애의 빰에 부비다가, 미친 듯이,

"저 산 너머는…… 저 산 너머는……."

몇 번 외어 보고는 얼빠진 듯이 동생의 몸을 놓았다.

애애도 왜 그런지 슬퍼졌다. 애애는 한참이나 눈이 멀거니 달빛 때문에 창백한 언니의 얼굴을 바라보다가 문득 언니의 가슴에 얼굴을 묻으며 훌쩍훌쩍 울기 시작하였다.

"언니, 저 산 너머에는 누구가 있수?"

"좋은 사람이 있지."

"좋은 사람이 누구야?"

"너는 아직 모른다."

그런 뒤에는 귀여운 듯이 자기의 가슴에 묻힌 동생의 기다란 머리를 쓸어 주었다.

그다음 달 어떤 달 밝은 밤, 연연이는 마침내 종적이 없어졌다. 그 전날 밤을 동생을 붙안고 울어 새운 그는, 새벽에 아직 아버지와 동생이 잠자는 틈을 타서 제 집을 빠져나간 것이었다.

> 애애야, 언제 다시 만날 기약이 없구나.
>
> 나는 간다, 산 너머로……. 지금은 너는 내가 가는 뜻을 모르겠지만, 얼마를 안 지나서 너도 알 날이 있으리라.

늙으신 아버님 모시고 내내 평안히 있거라.

이런 글이 남아 있었다.

늙은 아버지는 한숨을 쉴 뿐이었다. 나무람이며 불평의 한마디도 없었다.

"종내[20] 갔구나."

이 한마디뿐, 그 뒤에는 허연 수염을 쓰다듬을 따름이었다.

그러나 애애에게 있어서는 그렇지 못하였다. 애애에게는 천하가 그의 앞에서 모두 없어진 듯하였다. 세상이 아득한 것이 광명과 즐거움이 모두 언니와 함께 사라진 듯하였다.

여기까지 밀려오던 여의 공상의 날개는 문득 멈췄다.

자, 인젠 글을 맺어야겠는데 어떻게 그 끝을 맺나……. 두 가지의 생각이 여의 머리를 스치고 지나갔다. 가장 사랑하던 언니를 잃어버린 애애는 그 뒤부터는 언니 그리는 마음에 살아서도 죽은 목숨이었다. 닭 밝은 가을, 녹음의 여름, 눈 오는 겨울, 혹은 꽃피는 봄…… 보는 것, 듣는 것, 어느 것 한 가지도 언니를 생각나게 하지 않는 것이 없었다.

'산 너머로! 산 너머로!'

한숨과 눈물 가운데서 맨날 돌아오지 않는 언니의 돌아오기를 기다리던 애애는 마침내 일 년 뒤에 자기가 몸소 형을 찾아보려 어떤 날 밤 몰래 봇짐을 꾸려가지고 늙은 아버지를 홀로 버려두고 집을 빠져나왔다.

20) 종내(終乃) 끝내.

산 너머에서 애애는 형 연연이를 보았다. 그러나 그때의 연연이는 벌써 어떤 농군의 아내가 되고, 어린애의 어머니가 되어서 장작 연기에 눈물을 흘리면서 저녁 조밥을 짓고 있는 것이었다.

거기서 하룻밤을 묵은 애애는 이튿날 형의 손을 뿌리치고 갈매기와 진달래의 나라인 제 늙은 아버지의 품으로 돌아왔다.

……이런 결말은 어떨까?

혹은 그 결말을 이렇게 지으면 어떨까.

……애애는 언니 생각에 눈물 마를 날이 없었다. 바라보는 곳, 발을 들여놓는 곳에서마다 그는 언니의 냄새를 맡았다. 언니의 생각을 하였다. 그리고 눈물을 흘렸다. 언니의 뒤를 따를까 하였다.

그러나 그는 늙은 아버지를 혼자 두고 차마 떠나지를 못하였다. 적적하고 울울한 날은 오고 또 갔다. 이리하여 외롭고 쓸쓸하고 눈물겨운 사 년이 지났다.

그때부터였다. 애애의 마음에도 이상히 '산 너머로' 라는 생각이 차차 강해가기 시작하였다. 산 너머로, 알지 못할 나라로, 거기는 알지 못할 이쁜 사내들이 있을 것이다. 그리고 알지 못할 행복이 있을 것이다…….

이 생각이 차차 강해가기 시작한 애애에게는 어느덧 그 생각밖에 다른 세상사는 모두 귀찮게만 보이기 시작하였다.

봄날 꽃? 가을날 달? 이곳에서 보는 꽃이 무엇이 아름다우랴. 이곳에서 보는 달이 무엇이 아름다우랴. 산 너머로! 산 너머로!

이리하여 그도 자기의 형을 본받아서, 인젠 자유로 몸도 못 쓰는 늙은 아버지를 버려놓고, 어떤 날 밤 지향 없는 길을 떠났다.

■ 다시 대동강

여는 한숨을 쉬었다. 그리고 마치 애애를 찾듯이 두어 번 휘파람을 불어본 뒤에 일어섰다. 여의 곁에 앉아 있는 뭇 평양인들은 그래도 끊임없이 뜻 없이 장청류의 대동강만 굽어보고 있다.

'아, 아!'

여는 커다랗게 기지개를 하였다.

대동강의 물은 몇만 년 전과 같이 그냥 끊임없이 아래로 아래로 흘러간다. 그 물은 또한 몇만 년 뒤에까지라도 역시 끊임없이 아래로 아래로 흐르겠지. 그리고 그 푸르른 정기와 아름다운 정서로써 장래 영구히 자기를 굽어보는 몇만의 시인에게 몇만 편의 시를 주겠지.

장청류의 대동강은 그냥 아래로 아래로 흐른다.

1 무지개가 의미하는 것은 무엇입니까?

비가 갠 숲 위에 둥그렇게 무지개가 뻗칩니다. 그것을 보고 어린 소년은 가슴이 쿵쾅거립니다. 칠색이 영롱한 무지개는 마치 소년을 부르는 듯이 앞산에서 빛나고 있습니다. 그 모습을 보고 소년은 무지개를 찾아 떠날 커다란 결심을 하게 됩니다. 그것이 불가능하다는 것을 알고 있는 어머니는 사랑하는 아들을 만류할 수 없음을 알고 잡을 수 없거든 곧 돌아오라는 당부의 말을 합니다.

이 글에서 무지개는 인간이 추구하는 꿈과 행복으로 상징됩니다. 누구나 행복을 추구하지만, 손에 잡힐 듯한 행복은 언제나 멀리 있을 뿐입니다. 어떤 한 가지 목표를 이뤘다고 자부하는 순간, 무지개가 멀어지듯이 더 큰 행복, 더 찬란한 행복이 더 멀리 빛나고 있을 뿐입니다.

행복이란 행복을 찾아가는 과정에 의미가 있다는 성현들의 말씀과 비록 만족할 수 없다고 할지라도 현재의 시간을 충분히 즐기라는 평범한 행복론은 인간에게 행복을 가져다줄 것 같은 빛나는 삶의 조건들만이 결코 인간을 행복하게 하지 않는다는 인생의 가르침일 것입니다.

2 무지개를 찾아가는 소년의 모습은 무엇을 상징하나요?

소년은 황홀한 무지개를 보고 그 무지개를 잡아다가 자신의 집 안뜰에 가져도 놓고 싶어합니다. 무지개가 부르는 달콤한 유혹은 어머니의 사랑의 품보다 강하고, 맛있는 국밥보다 강해서 어느 날 무지개를 찾아 먼 여행을 시작합니다. 그러나 앞산에 걸려 있다고 생각했던 무지개는 산을 넘고, 강을 건너고, 다음 산, 그 다음 산을 건너도 쉽게 잡히지 않습니다.

이 작품에 등장하는 소년은 우선 작가 자신의 모습으로 볼 수 있습니다. 소년이 무지개를 쫓듯, 작가는 눈에 잡히지 않는 문학과 예술을 향한 열정으로 예술의 절대적인 미를 추구해갑니다. 그러나 무지개가 쉽게 잡히지 않듯, 그러한 생활을 통해 이루고자 했던 참행복은 결코 쉽게 다가와 주지 않습니다. 그리고 무지개를 찾아가는 소년은 행복을 위해 꿈과 이상을 추구하는 모든 사람을 의미하기도 합니다. 소년이 무지개를 찾아가는 길에서 만난 수많은 소년 소녀들은 자신만의 이상을 설정하여 끊임없이 추구하는 보편적인 우리네 모습인 것입니다.

3 소년이 길에서 만난 노인들이 잡은 무지개가 기왓장으로 변한 의미는 무엇입니까?

소년이 무지개를 잡으러 떠난 길에서 두 노인을 만나게 됩니다. 그 노인 또한 일생을 무지개를 잡기 위해 노력한 사람들이었고, 드디어 그 빛나는 무지개를 잡았던 것입니다. 그러나 기쁨에 취한 노인들이 보여준 무지개는 평범한 기왓장에 지나지 않았습니다.

이것은 사람들이 추구한 꿈과 행복을 막상 이루었을 때의 상황을 묘사한 것으로 볼 수 있습니다. 사람들은 누구나 자신들이 목표로 설정한 행복의 조건들을 이루었을 때 절대적으로 행복한 상황이 전개된다고 생각하지만, 삶은 결코 그렇지 못합니다. 한 계단을 오르면 다음 계단이 존재하듯이 한 가지 목표를 이루면 더 높은 목표가 있게 마련입니다. 자신이 이룬 성취감은 잠시의 행복일 뿐, 다음 목표에 비하면 하찮고 평범한 것에 지나지 않아 보이는 법입니다.

4 무지개를 포기했을 때 소년의 모습이 노인으로 변한 이유는 무엇입니까?

무지개를 잡으러 떠난 소년은 결국 쓰러지고, 한 걸음도 더 걸을 수 없게 됩니다. 그리고 결국 무지개란 사람의 손으로 잡을 수 없다는 것을 깨닫습니다. 그 순간 아직껏 검던 그의 머리는 하얗게 되고, 그의 얼굴 전면에 주름살이 잡히며 소년은 노인으로 변하고 맙니다.

꿈을 잃은 인간은 더 이상 젊은 사람이 아닙니다. 무지개가 비록 소년에겐 허망한 꿈이라고 할지라도 그 꿈을 위해 소년은 험한 산을 건너고, 물결이 센 강을 건널 수 있었습니다. 꿈을 잃어버린 사람은 꿈과 함께 인생을 버틸 수 있는 동력도 함께 잃어버리게 됩니다. 결국 꿈을 포기한 사람은 나이와 상관없이 늙어버린 노인에 불과한 법입니다.

5 「산 너머」에 연연이가 그리워하는 것은 무엇입니까?

연연이와 애애는 아름다운 바닷가에서 홀아버지를 모시고 오막살이에 살고 있지만, 누구보다 우애 있게 잘 지내고 있습니다. 그런데 열여덟 살 언니인 연연이는 산 넘어 무언가를 미치도록 그리워하며 자신의 환경에 만족하지 못합니다. 한숨을 쉬고, 눈물까지 보이며 언니인 연연이가 그리워한 것은 무엇일까요? 그것은 자매의 이름에서 유추해볼 수 있습니다. 연연이와 애애는 둘 다 님을 향한 사랑과 그리움을 나타내는 말입니다. 여자들이 나이가 들면 자신이 살던 곳을 떠나 자신의 반쪽을 찾아 떠나야 하는 숙명적 그리움을 표현하고 있는 것입니다. 어딘가에 존재할 자신만의 님을 향한 그리움은 연연이의 가슴에 불을 지르고 어느 날 홀연히 연연이를 데리고 간 것입니다. 그리고 그 길은 그의 동생인 애애가 살아가야 하는 숙명적인 길이기도 합니다.

6 **애애가 연연이를 찾아갔을 때 연연이의 평범한 모습은 무엇을 상징하나요?**

연연이가 집을 떠나고 난 뒤, 언니를 잊지 못하던 동생 애애는 언니를 찾아 떠납니다. 그리고 산 넘어서 아이를 낳고, 평범한 농군의 아내가 되어 살고 있는 언니를 찾게 됩니다. 아버지와 자신을 버리고 떠난 언니는 너무나 초라한 모습으로 살고 있었던 것입니다.

사랑을 꿈꾸는 사람들은 대개 자신의 사랑이 남들과는 다른 특별한 의미로 다가오지만, 삶의 모습으로 구체화되는 현장에서 남과 별로 다를 게 없습니다. 장작 연기에 눈물을 흘리며 저녁밥을 짓던 언니의 모습은 사랑을 하고 가정을 이룬 보편적인 사람들의 모습입니다. 애애가 그 장면을 보고 실망하여 다시 아버지에게 돌아가지만, 결국 애애가 앞으로 살아갈 모습 또한 크게 다르지 않습니다.

7 「산 너머」에 나타난 여성들의 모습을 비판적으로 설명하시오.

작품 「무지개」에서 소년은 이상적인 꿈을 추구하는 모습으로 나옵니다. 그런데 「산 너머」에 나오는 여성들이 추구하는 꿈은 결국 남성이거나 또는 남성과의 사랑일 뿐입니다. 전근대적 사고방식에서 벗어날 수 없었던 작가의 여성관이 그대로 반영된 결과로 보입니다. 남성들이 자신만의 꿈과 이상을 목표로 삼을 때, 여성들은 평범한 가정에 안주하는 것이 꿈일 것이라는 남성들의 우월의식이 이 두 작품에 드러나 있습니다.

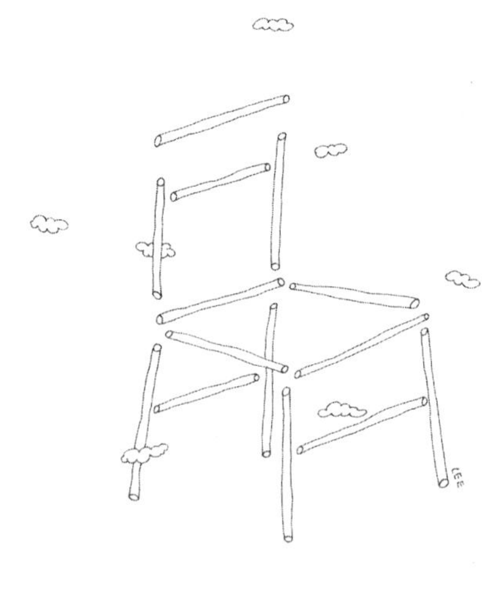

광화사

과도한 열정으로 이상적인 아름다움을 추구하다가
인생의 나락으로 떨어지는 비운의 화가를 통해
예술적 고통을 드러낸 작품.

"자, 용궁을 생각해 봐!"

이상적 미를 찾다가 좌절당하는 비운의 화공 이야기

"나의 욕구는 모두 미(美)다. 선도 미인 동시에 악도 또한 미다. 가령 이런 광범한 의미의 미의 법칙에까지 상반되는 자가 있다면 그것은 무가치한 존재다"라는 김동인의 말은 유미주의자로서의 면모를 잘 보여줍니다. 유미주의자로서 확고한 신념을 실천하기 위해 『창조』마저 폐간하고 시작한 방탕한 삶은 결국 1927년 파산이라는 엄청난 현실에 직면합니다. 그리고 더 이상 유미주의자로서 삶이 불가능해졌지만, 그의 유미주의적 관점은 작품에 나타나기 시작합니다. 1935년 『야담』에 발표된 이 작품은 '모든 악도 미다'라는 작가 특유의 예술지상주의 예술관을 보여주는 작품입니다.

일상에서 나타나는 미(美)는 가장 비일상적으로 드러나게 마련입니다. 현실에서 과도한 열정으로 추구되는 절대적 미의식은 방탕과 쾌락이라는 맥락에 뿌리를 두고 있기에 악마성과 함께 결부되어 이해되는 경향이 있습니다. 그래서 유미주의 계열의 대표적 작품이라고 볼 수 있는 오스카 와일드의 「도리언 그레이의 초상」에서도 현실적으로 이루어지기 어려운 절대미가 한 사람의 지독한 쾌락과 악마성 속에서 형상화되는 것입니다.

이 소설의 주인공 솔거는 백주에 다니기가 스스로 부끄러울 정도로 지독한 추남입니다. 그는 두 번이나 결혼을 했지만, 번번이 여자들은 그의 얼굴을 보고 도망가 버립니다. 솔거는 현실에서 구하기 어려운 미인의 모습을 그리기 위해 백악에 움막을 짓고 살면서, 온전히 이상적인 미인도를 완성하기 위한 모델을 구하지만, 현실에서 그런 천상의 아름다움을 갖춘 미인은 찾아볼 수 없습니다. 솔거가 이런 이유로 절망하고 있을 무렵, 황혼녘에 신비로울 만큼 아름다운 소경 처녀가 찾아듭니다. 솔거는 이 소경 처녀를 모델로 미인도를 완성하려 하지만, 솔거의 인간적인 욕망으로 결국 좌절되고, 소경 처녀는 죽게 됩니다.

이 이야기는 작가 자신이 창조한 인물을 마치 인형을 다루듯 자유자재로 다루는 '인형조종술'의 관점에서 씌었습니다. 이 이야기가 처음 시작되는 서두 부분에서 인왕산에 앉은 작가의 분신인 '여'는 잔솔과 암굴과 샘물이 흐르는 아름다운 풍경을 보고 공상으로 이 이야기를 시작합니다. 자신이 표현하려는 주제를 위해 작가는 '인물'을 창조하고 그 '인물'은 소설 속에 오직 작가의 의도를 드러내기 위해 그려집니다. 이러한 인형조종술로 태어난 인물들은 스스로 소설적 의지를 가진 존재가 아니라, 작가의 의도를 드러내는 훌륭한 도구에 불과합니다.

이렇듯 지나친 인형조종술로 창작된 인물들은 소설적 개연성 속에서 자신의 운명을 개척하지 못하고 극단적인 삶의 형태를 낳고 있습니다.

이러한 인물의 극단성과 아울러 묘사가 적고, 사건이 서술형태로 그려진 점 등은 설화가 갖는 문학적 전통을 그대로 보여줍니다.

광화사

인왕(仁王).

바위 위에 잔솔[1]이 서고 아래는 이끼가 빛을 자랑한다.

굽어보니 바위 아래는 몇 포기 난초가 노란 꽃을 벌리고 있다. 바위에 부딪치는 잔바람에 너울거리는 난초잎.

여(余)는 허리를 굽히고 스틱으로 아래를 휘저어 보았다. 그러나 아직 난초에서는 사오 척의 거리가 있다. 눈을 옮기면 계곡.

전면이 소나무의 잎으로 덮인 계곡이다. 틈틈이는 철색(鐵色)[2]의 바위도 보이기도 하나 나무 밑의 땅은 볼 길이 없다. 만약 그 자리에 한번 넘어지면 소나무의 잎 위로 굴러서 저편 어디인지 모를 골짜기까지 떨어질 듯하다.

1) 잔솔 어린 소나무.
2) 철색(鐵色) 쇳빛.

여의 등 뒤에도 이십삼 장(丈)이 넘는 바위다. 그 바위에 올라서면 무학재(舞鶴)로 통한 커다란 골짜기가 나타날 것이다. 여의 발 아래도 장여(丈餘)[3]의 바위다.

아래는 몇 포기 난초, 또 그 아래는 두세 그루의 잔솔, 잔솔 넘어서는 또 바위, 바위 위에는 도라지꽃. 그 바위 아래로부터는 가파른 계곡이다.

그 계곡이 끝나는 곳에는 소나무 위로 비로소 경성 시가의 한편 모퉁이가 보인다. 길에는 자동차의 왕래도 가막하게 보이기는 한다. 여전한 분요(紛擾)[4]와 소란의 세계는 그곳에 역시 전개되어 있기는 할 것이다.

그러나 여가 지금 서 있는 곳은 심산[5]이다. 심산이 가져야 할 온갖 조건을 구비하였다.

바람이 있고 암굴[6]이 있고 산초 산화가 있고 계곡이 있고 생물이 있고 절벽이 있고 난송(亂松)이 있고……. 말하자면 심산이 가져야 할 유수[7]미(幽邃味)를 다 구비하였다.

본시는 이 도회는 심산 중의 한 계곡이었다. 그것을 오백 년간을 닦고 갈고 지어서 오늘날의 경성부를 이룬 것이다.

이러한 협곡에 국도(國都)를 창건한 이태조의 본의가 어디 있었는지 알 길이 없다. 그러나 오늘날의 한 산보객의 자리에서 보자면 서울은 세계에 유례가 없는 미도(美都)일 것이다.

도회에 거주하며 식후의 산보로서 풀대님 채로 이러한 유수한 심산에

3) 장여 한 길 남짓, 열 자가 넘는.
4) 분요 어수선하고 소란스러움.
5) 심산 깊은 산.
6) 암굴 어두운 굴.
7) 유수(幽邃) 깊고 아득한.

들어갈 수 있다는 점으로 보아서 서울에 비길 도회가 세계에 어디 다시 있으랴.

회흑색(灰黑色)의 지붕 아래 고요히 누워 있는 오백 년의 도시를 눈 아래 굽어보는 여의 사위에는 온갖 고산식물이 난성(亂盛)[8]하고, 계곡에 흐르는 물 소리와 눈 아래 날아드는 기조(奇鳥)[9]들은 완연히 여로 하여금 등산객의 정취를 느끼게 한다.

여는 스틱을 바위틈에 꽂아 놓았다. 그리고 굴러 떨어지기를 면하기 위하여 바위와 잔솔의 새에 자리 잡고 비스듬히 앉았다. 담배를 피우고 싶었으나 잠시의 산보로 여기고 담배도 안 가지고 나온 발이 더듬더듬 여기까지 미쳤으므로 담배도 없다.

시야의 한편에는 이삼 장의 바위, 다른 한편에는 푸르른 하늘, 그 끝으로는 솔잎이 서너 개 어렴풋이 보인다. 그윽이 코로 몰려 들어오는 송진 냄새. 소나무에 불리는 바람 소리.

유수하기 짝이 없다. 여가 지금 앉아 있는 자리는 개벽 이래로 과연 몇 사람이나 밟아 보았을까. 이 바위 생긴 이래로 혹은 여가 맨 처음 발 대어 본 것이 아닐까. 아까 바위를 기어서 이곳까지 올라오느라 애쓰던 그런 맹랑한 노력을 해본 바보가 여 이외에 몇 사람이나 있었을까. 그런 모험을 맛보기 위하여 심신을 찾는 용사는 많은 것이로되 결사적 인왕 등산을 한 사람은 그리 많으리라고 생각되지 않는다.

8) 난성(亂盛) 어지럽게 채우고.
9) 기조(奇鳥) 기이한 새.

등 뒤 바위에는 암굴이 있다.

뱀이라도 있을까 무서워서 들어가 보지는 않았지만 스틱으로 휘저어 본 결과로 두세 사람은 넉넉히 들어가 앉아 있음직하다.

이 암굴은 무엇에 이용할 수가 없을까.

음모(陰謀)의 도시 한양은 그새 오백 년간 별별 음흉한 사건이 연출되었다. 시가 끝에서 반 시간 미만에 넉넉히 올 수 있는 이런 가까운 거리에 뚫린 암굴은, 있는 줄 알기만 하였으면 혹은 음모에 이용되지 않았을까.

공상!

유수한 맛에 젖어 있던 여는 이 암굴 때문에 차차 불쾌한 공상에 빠지기 시작하려 한다.

온갖 음모, 그 뒤를 잇는 살육, 모함, 방축(放逐)[10], 이조 오백 년간의 추악한 모양이 여로 하여금 불쾌한 공상에 빠지게 하려 한다.

여는 황망히 이런 불쾌한 공상에서 벗어나려고 또 주머니에 담배를 뒤적였다. 그러나 담배는 여전히 있을 까닭이 없었다.

다시 눈을 들어서 안하를 굽어보면 일면에 깔린 송초(松梢)[11]!

반짝!

보매 한 줄기의 샘이다. 소나무 틈으로 보이는 그 샘은 아마 바위틈을 흐르는 샘물인 듯. 똘똘똘똘 들리는 것은 아마 바람 소리겠지. 저렇듯 멀리 아래 있는 샘의 소리가 이곳까지 들릴 리가 없다.

10) 방축(放逐) 자리에서 쫓아냄.

11) 송초(松梢) 소나무 나뭇가지.

샘물!

저 샘물을 두고 한 개 이야기를 꾸며볼 수가 없을까. 흐르는 모양도 아름답거니와 흐르는 소리도 아름답고 그 맛도 아름다운 샘물을 두고 한 개 재미있는 이야기가 여의 머리에 생겨나지 않을까. 암굴을 두고 생겨나려던 음모 살육의 불쾌한 공상보다 좀더 아름다운 다른 이야기가 꾸며지지 않을까.

여는 바위틈에 꽂았던 스틱을 도로 뽑았다. 그 스틱으로써 여의 발아래 바위를 가볍게 두드리면서 한 개 이야기를 꾸며 보았다.

한 화공(畵工)이 있다.

화공의 이름은? 지어내기가 귀찮으니 신라 때의 화성(畵聖)[12]의 이름을 차용하여 솔거(率居)라 해두자.

시대는?

시대는 이 안하에 보이는 도시가 가장 활기 있고 아름답던 시절인 세종 성주의 대쯤으로 해둘까.

백악이 흘러내리다가 맺힌 곳. 거기는 한양의 정기를 한 몸에 지닌 경복궁 대궐이 있다. 이 대궐의 북문인 신무문(神武門) 밖 우거진 뽕밭 사이에 한 중로(中老)의 사나이가 오뇌스러운 얼굴을 하고 숨어 있다.

화공 솔거였다.

무르익은 여름 뜨거운 볕은 뽕잎이 가려준다 하나 훈훈한 기운은 머

12) 화성(畵聖) 매우 뛰어난 화가를 높여 이르는 말.

리 위 뽕잎과 땅에서 우러나서 꽤 무더운 이 뽕밭 속에 숨어 있는 화공. 자그마한 보따리에는 점심까지 싸가지고 온 것으로 보아서 저녁까지 이 곳에 있을 셈인 모양이다.

그러나 무얼 하는지. 단지 땀을 펑펑 흘리며 오뇌스러운 얼굴로 앉아 있을 뿐이다.

왕후친잠(王后親蠶)[13]에 쓰이는 이 뽕밭은 잡인들이 다니지 못할 곳이다. 하루 종일을 사람의 그림자 하나 얼씬하지 않는다.

때때로 바람이 우수수하니 통나무 위로 불기는 하나 솔거가 숨어 있는 곳에는 한 점의 바람도 들어오지 않는다. 이 무더운 속에 솔거는 바람이 불 적마다 몸을 흠짓흠짓 놀라며 그러면서도 무엇을 기다리는 듯이 뽕나무 그루 아래로 저편 앞을 주시하곤 한다.

이윽고 석양이 무악을 넘고 이 도시도 황혼이 들었다.

날이 어둡기를 기다려서 이 화공은 몸을 숨겨가지고 거기서 나왔다.

"오늘은 헛길. 내일이나 다시 볼까."

한숨을 쉬면서 제 오막살이를 찾아 돌아가는 화공. 날이 벌써 꽤 어두웠지만 그래도 아직 저녁빛이 약간 남은 곳에 내놓은 이 화공은 세상에 보기 드문 추악한 얼굴의 주인이었다. 코가 질병자루[14] 같다. 눈이 퉁방울 같다. 귀가 박죽[15] 같다. 입이 나발통[16] 같다. 얼굴이 두꺼비 같다. 소위 추한 얼굴을 형용하는 온갖 형용사를 한 얼굴에 지닌 흉한 얼굴의 주인으로서 그 얼굴이 또한 굉장히도 커서 멀리서 볼지라도 그 존재가

13) 왕후친잠(王后親蠶) 양잠을 장려하기 위하여 왕비가 몸소 누에를 치던 일.
14) 질병자루 질흙으로 만든 병의 자루.
15) 박죽 '밥주걱'의 방언.
16) 나발통 '나발'을 속되게 이르는 말.

완연하리만 하다.

이 얼굴을 가지고는 백주[17]에는 나다니기가 스스로 부끄러울 것이다.

아닌 게 아니라 솔거는 철이 든 이래 아직껏 백주에 사람 틈에 나다닌 일이 없었다.

일찍이 열여섯 살에 스승의 중매로써 어떤 양가 처녀와 결혼을 하였지만 그 처녀는 솔거의 얼굴을 보고 기절을 하고 기절에서 깨어나서는 그냥 집으로 도망쳐 버리고, 그 다음에 또 한 번 장가를 들어보았지만 그 색시 역시 첫날밤만 정신 모르고 치른 뒤에는 이튿날은 무서워서 죽어도 같이 못살겠노라고 부모에게 떼를 써서 두 번째의 비극을 겪고…….

이러한 두 가지의 사변을 겪고 난 뒤에는 솔거는 차차 여인이라는 것을 보기를 피해오다가 그 괴벽[18]이 점점 자라서 나중에는 일체로 사람이란 것의 얼굴을 대하기가 싫어졌다.

사람을 피하기 위하여, 그리고 또한 일방으로는 화도(畵道)[19]에 정진하기 위하여 인가를 떠나서 백악의 숲 속에 조그만 오막살이를 하나 틀고 거기 숨은 지 근 삼십 년, 생활에 필요한 물건 혹은 그림에 필요한 물건을 구하기 위하여 부득이 거리에 나가야 할 필요가 있을 때는 반드시 밤을 택하였다. 피할 수 없이 낮에 나갈 때는 방립[20]을 쓰고 그 위에 얼굴을 베로 가렸다.

17) 백주 대낮.
18) 괴벽 괴이한 버릇.
19) 화도(畵道) 그림 그리는 길.
20) 방립 예전에 주로 상제가 밖에 나갈 때 쓰던 갓.

화도에 발을 들여놓은 지 근 사십 년, 부득이한 금욕 생활 부득이한 은둔 생활을 경영한 지 삼십 년, 여인에게로 소모되지 못한 정력은 머리로 모이고 머리로 모인 정력은 손끝으로 뻗어서 종이에 비단에 갈겨 던진 그림이 벌써 수천 점. 처음에는 그 그림에 대하여 아무 불만도 느껴보지 않았다.

하늘에서 타고난 천분과 스승에게서 얻은 훈련과 저축된 정력의 소산인 한 장의 그림이 생겨날 때마다 그것을 보면서 스스로 만족히 여기고 스스로 자랑스러이 여기던 그였다.

그러나 그런 과정을 밟기 이십 년에 차차 그의 마음에 움 돋은 불만, 그것은 어떻게 보자면 화도에는 이단적인 생각일는지도 모를 것이다.

좀 다른 것은 그릴 수가 없는가.

산이다. 바다다. 나무다. 시내다. 지팡이 잡은 노인이다. 다리다. 혹은 돛단배다. 꽃이다. 과즉 달이다. 소다. 목동이다.

이 밖에 그가 아직 그려본 것이 무엇이었던가.

유원(幽遠)[21]한 맛, 단 한 가지밖에 없는 전통적 그림보다 좀더 다른 것을 그려보고 싶다. 아직껏 스승에게 배운 바의 백발백염의 노옹[22]이나 피리 부는 목동 이외에 좀더 얼굴에 움직임이 있는 사람을 그려보고 싶다. 표정이 있는 얼굴을 그려보고 싶다.

이리하여 재래의 수법을 아낌없이 내던진 솔거는 그로부터 십 년간을 사람의 표정을 그리느라고 세월을 보냈다.

그러나 사람의 세상을 멀리 떠나서 따로이 사는 이 화공에게는 사람

21) 유원(悠遠) 아득히 먼.
22) 백발백염의 노옹 흰색 수염으로 뒤덮인 노인.

의 표정이 기억에 가맣다.

상인들의 간특한 얼굴, 행인(行人)들의 덜 무표정한 얼굴, 새꾼[23]들의 싱거운 얼굴. 그새 보고 지금도 대할 수 있는 얼굴은 이런 따위뿐이다. 좀더 색채 다른 표정은 없느냐.

색채 다른 표정!

색채 다른 표정!

이 욕망이 화공의 마음에 익고 커가는 동안 화공의 머리에 솟아오르는 몽롱한 기억이 있다.

이 화공의 어머니의 표정이다.

지금은 거의 그의 기억에서 사라졌지만 어린 시절에 자기를 품에 안고 눈물 글썽글썽한 눈으로 굽어보던 어머니의 표정이 가끔 한순간씩 그의 기억의 표면까지 뛰쳐올랐다.

그의 어머니는 희세의 미녀[24]였다. 대대로 이후의 자손의 미까지 모두 미리 빼앗았던지 세상에 드문 미인이었다.

화공은 이 미녀의 유복자였다.

아비 없는 자식을 가슴에 붙안고 눈물 머금은 눈으로 굽어보던 표정.

철이 든 이래로 자기를 보는 얼굴에서는 모두 경악과 공포밖에는 발견하지 못한 이 화공에게는 사십여 년 전의 어머니의 사랑의 아름다운 얼굴이 때때로 몸서리치도록 그리웠다.

그것을 그려보고 싶었다.

23) 새꾼 '나무꾼'의 방언.
24) 희세의 미녀 세상에 보기 드문 미녀.

커다란 눈에 그득히 담긴 눈물. 그러면서도 동경과 애무로서 빛나던 눈. 입가에 떠오르던 미소.

번개와 같이 순간적으로 심안(心眼)에 나타났다가는 사라지는 이 환영을 화공은 그려보고 싶었다.

세상을 피하고 세상에서 숨어 살기 때문에 차차 비뚤어진 이 화공의 괴벽한 마음에는 세상을 그리는 정열이 또한 그만치 컸다. 그리고 그것이 크면 크니만치 마음속으로 늘 울분과 분만(憤滿)[25]이 차 있었다.

지금도 세상에서는 한창 계집 사내들이 서로 부등켜안고 좋다고 야단할 것을 생각하고는 음울한 얼굴로 화필을 뿌리는 화공.

이러한 가운데서 나날이 괴벽해가는 이 화공은 한 개 미녀상(美女像)을 그려보고자 노심하였다.

처음에는 단지 아름다운 표정을 가진 미녀를 그려보고자 하였다.

그러나 미녀를 가까이 본 일이 없는 이 화공이 마음대로 되지 않는 붓끝에 역정을 내며 애쓰는 동안 차차 어느덧 미녀상에 대한 관념이 달라갔다.

자기의 아내로서의 미녀상을 그려보고 싶어졌다.

세상은 자기에게 아내를 주지 않는다.

보면 한 마리의 곤충 한 마리의 날짐승도 각기 짝을 찾아 즐기고 짝을 찾아 좋아하거늘 만물의 영장인 사람이 짝 없이 오십 년을 보냈다 하는 데 대한 분만이 일어났다.

25) 분만(憤滿) 분해서 가슴이 답답함.

세상 놈들은 자기에게 한 짝을 주지 않고 세상 계집들은 자기에게 오려는 자가 없이 홀몸으로 일생을 보내다가 언제 죽는지도 모르게 이 산골에서 죽어버릴 생각을 하면 한심하기보다 도리어 이렇듯 박정한 사람의 세상이 미웠다.

세상이 주지 않는 아내를 자기는 자기의 붓끝으로 만들어서 세상을 비웃어 주리라.

이 세상에 존재한 가장 아름다운 계집보다도 더 아름다운 계집을 자기 붓끝으로 그려서 못나고도 아름다운 체하는 세상 계집들을 웃어주리라.

덜난 계집을 아내로 맞아가지고 천하의 절색이라 믿고 있는 사내놈들도 깔보아주리라.

사오 명의 처첩을 거느리고 좋다구나고 춤추는 헌놈들도 굽어보아 주리라.

미녀! 미녀!

눈을 감고 생각하고 눈을 뜨고 생각하고 머리를 움켜쥐고 생각해보나 미녀의 얼굴이 어떤 것인지 알 수가 없었다.

물론 얼굴에 철요가 없고 이목구비가 제대로 놓였으면 세상 보통의 미인이라 한다. 그런 얼굴에 연지나 그리고 눈에 미소나 그려놓으면 더 아름다워지기는 할 것이다. 이만 한 것은 상상의 눈으로도 볼 수가 있는 것이며 붓끝으로 그릴 수도 없는 바가 아니다.

그러나 까만 어린 시절의 어머니의 얼굴을 순영[26]적(瞬影的)으로나마 기억하는·이 화공으로서는 그런 미녀로는 만족할 수가 없었다.

26) 순영(瞬影) 짧은 시간에 봤던 모습.

오뇌와 분만 중에서 흐르는 세월은 일 년 또 일 년 무위하게 흘러간다.

미녀의 아랫도리는 그려진 지 벌써 수년. 그 아랫도리 위에 올려놓일 얼굴은 어떻게 하여야 할지 짐작도 가지 않았다.

화공의 오막살이 방 안에 들어서면 맞은편에 걸려 있는 한 폭 그림은 언제든 어서 목과 얼굴을 그려주기를 기다리듯이 화공을 힐책한다.

화공은 이것을 보기가 거북하였다.

특별한 일이라도 있기 전에는 낮에 거리에 다니지를 않던 이 화공이 흔히 얼굴을 싸매고 장안을 돌아다녔다.

행여나 길에서라도 미녀를 만날까 하는 요행심으로였다. 길에서 순간적으로라도 마음에 드는 미녀를 볼 수만 있으면 그것을 머리에 똑똑히 캐치하여 그 기억으로써 화상을 그릴까 하는 요행심으로…….

그러나 내외법이 심한 이 도회에서 대낮에 양가의 부녀가 얼굴을 내놓고 길을 다니지 않았다. 계집이라는 것은 하인배나 하류배뿐이었다.

하인배 하류배에도 때때로 미녀라 일컬을 자가 있기는 있었다. 그러나 아무리 산뜻한 미를 갖기는 했다 하나 얼굴에 흐르는 표정이 더럽고 비열하여 캐치할 만한 자가 없었다.

얼굴을 싸매고 거리로 방황하며 혹은 계집들이 많이 모이는 우물가며 저자를 비슬비슬 방황하며 어찌어찌하여 약간 이쁜 듯한 계집이라도 보이면 따라가면서 얼굴을 연구해보고 했으나 마음에 드는 미녀를 지금껏 얻어내지를 못하였다.

혹은 심규(深閨)[27]에는 마음에 드는 계집이라도 있을까. 심규! 심규!

한번 심규의 계집들을 모조리 눈앞에 벌여 세우고 얼굴 검사를 해보았으면…….

초조하고 성가신 가운데서 날을 보내고 날을 맞으면서 미녀를 구하던 화공은 마지막 수단으로 친잠 상원(親蠶桑園)[28]에 들어가서 채상(採桑)[29]하는 궁녀의 얼굴을 얻어보려 하였다. 그러나 불행히도 화공의 모험도 헛길로 돌아가고 그날은 채상을 하러 오지도 않았다.

그러나 때 바야흐로 누에 시절이라 길만성 있게 기다리노라면 궁녀가 오는 날도 있을 것이다. 미녀—아내의 얼굴을 그리려는 욕망에 열이 오르고 독이 난 이 화공은 이튿날도 또 뽕밭에 들어가 숨었다. 숨어 기다리지 않을 수가 없었다.

그로부터 한 달, 화공은 나날이 점심을 싸가지고 상원으로 갔다. 그러나 저녁때 제 오막살이로 돌아올 때는 언제든 그의 입에서는 기다란 탄식성이 나왔다.

궁녀를 못 본 바가 아니었다.

마치 여기 숨어 있는 화공에게 선보이려는 듯이 나날이 궁녀들은 번갈아 왔다. 한 떼씩 밀려와서는 옷소매 치맛자락을 펄럭이며 뽕을 따 갔다. 한 달 동안에 합계 사오십 명의 궁녀를 보았다.

모두 일률로 미녀들이었다. 그리고 길가 우물가에서 허투루 볼 수 있는 미녀들보다 고아(高雅)[30]한 얼굴에는 틀림이 없었다.

27) 심규(深閨) 부녀자가 거처하는 깊은 방.
28) 친잠상원(親蠶桑園) 왕비가 친히 가꾸는 뽕나무 밭.
29) 채상(採桑) 뽕을 땀.

그러나 그 눈. 화공이 보는 바는 눈이었다.

그 눈에 나타난 애무와 동경이었다. 철철 넘어 흐르는 사랑이었다. 그것이 궁녀에게는 없었다. 말하자면 세상 보통의 미녀였다.

자기에게 계집을 주지 않는 고약한 세상에게 보복하는 의미로 절세의 미녀를 차지하고자 하는 이 화공의 커다란 야심으로서는 그만 따위의 미녀로 만족할 수가 없었다.

오막살이로 돌아올 때마다 그의 입에서 나오는 기다란 한숨, 이런 한숨을 쉬기 한 달— 그는 다시 상원에 가지 않았다.

가을 하늘 맑고 푸르른 어떤 날이었다.

마음속에 분만과 동경을 가득히 담은 이 화공은 저녁 쌀을 씻으러 소쿠리를 옆에 끼고 시내로 더듬어 갔다.

가다가 문득 발을 멈추었다.

우거진 소나무 틈으로 보이는 시냇가 바위 위에 웬 처녀가 하나 앉아 있다. 솔가지 틈으로 내리비치는 얼룩지는 석양을 받고 망연히[31] 앉아서 흐르는 시냇물을 내려다보고 있다.

웬 처녀일까.

인가에서 꽤 떨어진 이곳. 사람의 동리보다 꽤 높은 이곳. 길도 없는 이곳—아직껏 삼십 년간을 때때로 초부[32]나 목동의 방문은 받아본 일이 있지만 다른 사람의 자취를 받아보지 못한 이곳에 웬 처녀일까.

30) 고아(古雅) 예스럽고 아담하다.
31) 망연히 아무 생각이 없이 멍하게 보는 상태.
32) 초부(樵婦) 나무하는 아낙네.

화공도 망연히 서서 바라보았다. 바라볼 동안 가슴에 차차 무거운 긴장을 느꼈다.

한 걸음 두 걸음 화공은 발소리를 감추고 나아갔다. 차차 그 상거(相距)가 가까워감에 따라서 분명해가는 처녀의 얼굴.

화공의 얼굴에는 피가 떠올랐다.

세상에 드문 미녀였다. 나이는 열일고여덟. 그 얼굴 생김이 아름답다기보다 얼굴 전면에 나타난 표정이 놀랄 만치 아름다웠다.

흐르는 시내에 눈을 부었는지 귀를 기울였는지 하여간 처녀의 온 주의력은 시내에 모여 있다. 커다랗게 뜨인 눈은 깜박일 줄도 잊은 듯이 황홀한 눈으로 시내를 굽어보고 있다.

남벽(藍碧)[33]의 시냇물에는 용궁(龍宮)이 보이는가. 소나무 그루에 부딪쳐서 튀어나는 바람에 앞머리를 약간 날리면서 처녀가 굽어보고 있는 것은 무엇인가.

처녀의 공상과 정열과 환희가 한꺼번에 모인 절묘한 미소를 눈과 입에 띠고 일심불란히 처녀가 굽어보는 것은 무엇인가.

아아.

화공은 드디어 발견하였다. 그새 십 년간을 여항[34]의 길거리에서 혹은 우물가에서 내지는 친잠 상원에서 발견해 보려고 애쓰다가 종내 달하지 못한 놀랄 만한 아름다운 표정을 화공은 뜻 안 한 여기서 발견하였다.

화공은 걸음을 빨리하였다. 자기의 얼굴이 얼마나 더럽게 생겼는지

33) 남벽(藍碧) 푸른 옥처럼 맑은 남색.

34) 여항 여염, 백성의 살림집이 많이 모여 있는 곳.

이 처녀가 자기를 쳐다보면 얼마나 놀랄지 이 점은 온전히 잊고 걸음을 빨리하여 처녀의 쪽으로 갔다.

처녀는 화공의 발소리에 머리를 번쩍 들었다. 화공을 바라보았다. 그 무한히 먼 곳을 바라보는 듯한 기묘한 눈을 들어서.

"아."

가슴이 뭉클하여 무슨 말을 하여야 할지 망설이며 화공이 반벙어리 같은 소리를 할 때에 처녀가 먼저 입을 열었다.

"여기가 어디오니까."

여기가 어디?

"여기는 인왕산록 이름도 없는 곳이지만 너는 웬 색시냐?"

"네……."

문득 떠오르는 적적한 표정.

"더듬더듬 시내를 따라왔습니다."

화공은 머리를 기울였다. 몸을 움직여 보았다. 무한히 먼 곳을 바라보는 듯한 처녀의 눈은 그냥 움직임 없이 커다랗게 뜨여 있기는 하지만 어디를 보는지 무엇을 보는지 알 수가 없다. 드디어 화공은 부르짖었다.

"너 앞이 보이느냐?"

"소경이올시다."

소경이었다. 눈물 머금은 소리로 하는 이 대답을 듣고 화공은 좀더 가까이 갔다.

"앞도 못 보면서 어떻게 무얼 하러 예까지 왔느냐?"

처녀는 머리를 푹 수그렸다. 무슨 대답을 하는 듯하였으나 화공은 알아듣지 못하였다. 그러나 화공으로 하여금 적이 호기심을 잃게 한 것은 처녀의 얼굴에 아까와 같은 놀라운 매력 있는 표정이 없어진 것이었다.

그만하면 보기 드문 미인임에는 틀림이 없다. 그러나 아까 화공이 그렇듯 놀란 것은 단지 미인인 탓이 아니었다. 그 얼굴에 나타난 놀라운 매력에 끌린 것이었다.

"불쌍도 허지. 저녁도 가까워 오는데 어둡기 전에 집으로 내려가거라."

이만치 하여 화공은 처녀를 포기하려 하였다. 이 말에 처녀가 응하였다.

"어두운 것은 탓하지 않습니다마는 황혼이 매우 아름답다지요?"

"그럼. 아름답구말구."

"어떻게 아름답습니까."

"황금빛이 서산에서 줄기줄기 비치는구나. 거기 새빨갛게 물든 천하— 푸르른 소나무도 남빛 바위도 검붉은 나무그루도 모두 황금빛에 잠겨서—."

"황금빛은 어떤 것이고 새빨간 빛과 붉은빛이며 남빛은 모두 어떤 빛이오니까? 밝은 세상이라지만 밝은 빛과 붉은빛이 어떻게 다릅니까? 이 산 경치가 아름답다는 소문을 듣고 더듬어 왔습니다만 바람 소리, 돌물 소리, 귀로 들리는 소리밖에는 어디가 아름다운지 알 수가 없습니다."

차차 다시 나타나는 미묘한 표정, 커다랗게 뜨인 눈에 비치는 동경의 물결. 일단 사라졌던 아름다운 표정은 다시 생기기 비롯하였다.

화공은 드디어 처녀의 맞은편에 가 앉았다.

"이 샘 줄기를 따라 내려가면 바다가 있구 바다 속에는 용궁이 있구나. 칠색 비단을 감은 기둥과 비취를 아로새긴 댓돌이며 황금으로 만든 풍경. 진주로 꾸민 문설주[35]—."

마주 앉아서 엮어내리는 이 화공의 이야기에 각일각(刻一刻)[36] 더욱 황홀해가는 처녀의 눈이었다. 화공은 드디어 이 처녀를 자기의 오막살이로 데리고 돌아갈 궁리를 하였다.

"내 용궁 이야기를 들려주마. 너의 집에서 걱정만 안 하실 것 같으면……."

화공이 이렇게 꼬일 때에 처녀는 그의 커다란 눈을 들어서 유원히 하늘을 우러러보면서 자기네 부모는 병신 딸 따위는 없어져도 근심을 안 한다고 쾌히 화공의 뒤를 따랐다.

일사천리로 여기까지 밀려오던 여의 공상은 문득 중단되었다.

이야기를 어떻게 진전시키나?

잡념이 일어난다. 동시에 여의 귀에 들여오는 한 절의 유행가.

여는 머리를 들었다. 저편 뒤 어디 잡인들이 온 모양이다. 그 분요가 무의식중에 귀로 들어와서 여의 집중되었던 머리를 헤쳐놓는다.

귀찮은 가사(歌師)들이여. 저주받을 가사들이여.

이 저주받을 가사들 때문에 중단된 이야기는 좀체 다시 모이지 않았다.

그러나 결말 없는 이야기가 어디 있으랴. 되었던 결말은 지어야 할 것

35) 문설주 문짝을 끼워 달기 위하여 문의 양쪽에 세운 기둥.
36) 각일각 시간이 가는 대로 자꾸자꾸.

이 아닌가.

그러면 그 화공은 처녀를 데리고 제 오막살이로 돌아와서 용궁 이야기를 들려주면서 그동안에 처녀의 얼굴을 그대로 그려서 십 년래의 숙망[37]을 성취하였다는 결말로 맺어버릴까?

그러나 이런 싱거운 결말이 어디 있으랴? 결말이 되기는 되었지만 이따위 결말을 짓기 위하여 그런 서두는 무의미한 것이다.

그러면?

그럼 다르게 결말을 맺어볼까?

화공은 처녀를 제 오막살이로 데리고 돌아왔다. 그리고 처녀에게 용궁 이야기를 들려주었다. 그러나 아까 용궁 이야기로 초벌 들은 처녀는 이번은 그렇듯 큰 감흥도 느끼지 않은 모양으로 그다지 신통한 표정도 보이지 않았다. 화공의 계획은 수포로 돌아갔다. 화공은 그 그림을 영 미완품 채로 남기지 않을 수 없었다.

그럼 또다시—.

화공은 처녀를 데리고 돌아왔다. 돌아와서 처녀를 보면 볼수록 탐스러워서 그림은 집어던지고 처녀를 아내로 삼아 버렸다. 앞을 못 보는 처녀는 이 추하게 생긴 화공에게도 아무 불만이 없이 일생을 즐겁게 보냈다. 그림으로나 아내를 얻으려던 화공은 절세의 미녀를 아내로 얻게 되었다.

역시 불만이다.

귀찮고 성가시다. 저주받을 유행 가사여.

37) 숙망 오래된 소망.

여는 일어났다. 감흥을 잃은 이 자리에 그냥 앉아 있기가 싫었다. 그냥 들리는 유행가. 그것이 안 들리는 곳으로 자리를 옮기자.

굽어보매 저 멀리 소나무 틈으로 한 줄기 번득이는 것은 아까의 샘물이다.

그 샘물로, 가장 이 이야기의 원천이 된 그 샘으로 내려가자.

벼랑을 내려가기는 올라가기보다 더 힘들었다. 올라가는 것은 올라가다가 실수하여 떨어지면 과즉 제자리에 내린다. 그러나 내려가다가 발을 실수하면 어디까지 굴러갈지 예측할 길이 없다. 잘못하다가는 청운동(淸雲洞) 어귀까지 굴러갈는지도 모를 일이다. 게다가 올라갈 때에는 도움이 되던 스틱조차 내려갈 때에는 귀찮기 짝이 없다.

반 각이나 걸려서 여는 드디어 그 샘가에 도달하였다.

샘가에는 과연 한 개의 바위가 사람 하나 앉기 좋을 만한 자리가 있다. 이 바위가 화공이 쌀 씻던 바위일까. 처녀가 앉아서 공상하던 바위일까. 그 아래를 깊은 남벽으로 알았더니 겨우 한 뼘 미만의 얕은 물로서 바위 위를 기운 없이 뚤뚤 흐르고 있다.

그러나 이 골짜기는 고요하기 짝이 없었다. 바람 소리도 멀리 위에서만 들린다. 그리고 소나무와 바위에 둘러싸여서 꽤 음침한 이 골짜기는 옛날 세상을 피한 화공이 즐겨 하였음직하다.

자, 그러면 이 골짜기에서 아까 그 이야기의 꼬리를 마저 지을까.

화공은 처녀를 데리고 오막살이로 돌아왔다.

그의 마음은 너무도 긴장되고 또한 기뻐서 저녁도 짓기 싫었다. 들어와 보매 벌써 여러 해를 멀리 달리기를 기다리는 족자의 여인의 몸집조차 흔연히 화공을 맞는 듯하였다.

"자, 거기 앉어라."

수년간 화공을 힐책하던 머리 없는 그림이 화공의 앞에 펴졌다. 단청도 준비되었다.

터질 듯 울렁거리는 마음으로 폭 앞에 자리를 잡은 화공은 빛이 비치도록 남향하여 처녀를 앉히고 손으로는 붓을 적시며 이야기를 꺼내었다.

벌써 황혼은 인제 얼마 남지 않은 오늘 해로써 숙망을 달하려 하는 것이었다. 십 년간을 벼르기만 하면서 착수를 못 했기 때문에 저축되었던 화공의 힘은 손으로 모였다.

"그러구— 알겠지?"

눈으로 처녀의 얼굴을 보며 입으로는 용궁 이야기를 하며 손은 번개같이 붓을 둘렀다.

"용궁에는 여의주(如意珠)라는 구슬이 있구나. 이 여의주라는 구슬은 마음에 있는 바는 다 달할 수 있는 보물로서 그 구슬을 네 눈 위에 한번 구을리면 너도 광명한 일월을 보게 된다."

"네? 그런 구슬이 있습니까?"

"있구말구. 네가 내 말을 잘 듣고 있기만 하면 수일 내로 너를 데리고 용궁에 가서 여의주를 빌려서 네 눈도 고쳐주마."

"그럼. 광명한 일월, 무지개라는 칠색이 영롱한 기묘한 것, 아름다운 수풀, 유수한 골짜기, 무엇인들 못 보랴."

"아이구, 어서 그 여의주를 구해서……."

아아, 놀라운 아름다운 표정이었다. 화공은 처녀의 얼굴에 나타나 넘치는 이 놀라운 표정을 하나도 잃지 않고 화폭 위에 옮겼다.

황혼은 어느덧 밤으로 변하였다. 이때는 그림의 여인에게는 단지 눈동자가 그려지지 않을 뿐 그 밖의 것은 죄 완성이 되었다.

동자까지 그리고 싶었다. 그러나 이 그림의 생명을 좌우할 눈동자를 그리기에는 날은 너무도 어두웠다.

눈동자 하나쯤이야 밝은 날로 남겨둔들 어떠랴. 하여간 십 년 숙망을 겨우 달한 화공의 심사는 무엇에 비기지 못하도록 기뻤다.

"아— 아."

이 탄성은 오래 벼르던 일이 끝난 때에 나는 기쁨의 소리였다.

이 일단의 안심과 함께 화공의 마음에는 또 다른 긴장과 정열이 솟아올랐다.

꽤 어두운 가운데서 처녀의 얼굴을 유심히 보기 위하여 화공이 잡은 자리는 처녀의 무릎과 서로 닿을 만치 가까웠다. 그림에 대한 일단의 안심과 함께 화공의 코로 몰려 들어오는 강렬한 처녀의 체취와 전신으로 느끼는 처녀의 접근 때문에 화공의 신경은 거의 마비될 듯싶었다. 차차 각일각 몸까지 떨리기 시작하였다. 어둠 가운데서 황홀하게 빛나는 처녀의 커다란 눈과 정열로 들먹거리는 입술은 화공의 정신까지 혼미하게 하였다.

밝은 날 함께 자리에서 일어난 화공과 소경 처녀의 두 사람은 벌써 남이 아니었다.

"오늘은 동자를 완성시키리라."

삼십 년의 독신 생활을 벗어버린 화공은 삼십 년간 혼자 먹던 조반을 소경 처녀와 같이 먹고 다시 그림 폭 앞에 앉았다.

"용궁은?"

기쁨으로 빛나는 처녀의 눈.

그러나 화공의 심미안(審美眼)[38]에 비친 그 눈은 어제의 눈이 아니었다.

아름답기는 다시없는 아름다운 눈이었다. 그러나 그 눈은 사내의 사랑을 구하는 '여인의 눈'이었다. 병신이라 수모 받던 전생을 벗어버리고 어젯밤 처음으로 인생의 봄을 맛본 처녀는 이제는 한 개의 그 지어미의 눈이요 한 개의 애욕의 눈이었다.

"용궁은?"

"용궁에 어서 가서 여의주를 얻어서 제 눈을 틔여 주세요. 밝은 천지도 천지려니와 당신을 어서 눈 뜨고 보고 싶어……."

어젯밤 잠자리에서 자기는 스물네 살 난 풍신 좋은 사내라고 자랑한 화공의 말을 그대로 믿는 소경 처녀였다.

"응, 얻어주지. 그 칠색이 영롱한!"

"그 칠색도 어서 보고 싶어요."

"그래그래, 좌우간 지금 머리로 생각해 보란 말이야."

"네, 참 어서 보고 싶어서……."

굽어보면 무릎 앞의 그림은 어서 한 점 동자를 찍어주기를 기다리고 있다.

그러나 소경의 눈에 나타난 것은 아름답기는 아름다우나 그것은 애욕

38) 심미안(審美眼) 아름다움을 추구하는 눈.

의 표정에 지나지 못하였다. 그런 눈을 그리려고 십 년을 고심한 것이 아니었다.

"자, 용궁을 생각해 봐!"

"생각이나 하면 뭘 합니까? 어서 이 눈으로 보아야지."

"생각이라도 해보란 말이야."

"짐작이 가야 생각도 하지요."

"어제 생각하던 대로 생각을 해봐!"

"네……."

화공은 드디어 역정을 내었다.

"자 용궁! 용궁!"

"네……."

"용궁을 생각해 봐! 그래 용궁이 어때?"

"칠색이 영롱하구요."

"그래 또."

"또 황금 기둥, 아니 비단으로 싼 기둥이 있구요. 또 푸른 진주가!"

"푸른 진주가 아냐! 푸른 비취지."

"비취 추녀던가 문이던가."

"에익! 바보!"

화공은 커다란 양손으로 칵 소경의 어깨를 잡았다. 잡고 흔들었다.

"자 다시 곰곰이. 용궁은."

"용궁은 바다 속에……."

겁에 띠어서 어릿거리는 소경의 양에 화공은 손으로 소경의 따귀를 갈기지 않을 수가 없었다.

"바보!"

이런 바보가 어디 있으랴. 보매 그 병신 눈은 깜박일 줄도 모르고 허공을 바라보고 있다. 그 천치 같은 눈을 보매 화공의 노염은 더욱 커졌다. 화공은 양손으로 소경의 멱을 잡았다.

"에익 바보야. 천치야. 병신아."

생각나는 저주의 말을 연하여 퍼부으면서 소경의 멱을 잡고 흔들었다. 그리고 병신답게 멀겋게 뜨인 눈자위에 원망의 빛깔이 나타나는 것을 보고 더욱 힘 있게 흔들었다.

흔들다가 화공은 탁 그 손을 놓았다. 소경의 몸이 너무도 무거워졌으므로.

화공의 손에서 놓인 소경의 몸은 손을 뒤숫은 채 번뜻 나가넘어졌다. 넘어지는 서슬에 벼루가 전복되었다. 뒤집어진 벼루에서 튀어난 먹 방울이 소경의 얼굴에 덮였다.

깜짝 놀라서 흔들어보매 소경은 벌써 이 세상의 사람이 아니었다.

화공은 어찌할 줄을 몰랐다. 망지소조(罔知所措)[39]하여 허둥거리던 화공은 눈을 뜻 없이 자기의 그림 위에 던지다가 소리를 내며 자빠졌다.

그 그림의 얼굴에는 어느덧 동자가 찍혔다. 자빠졌던 화공이 좀 정신을 가다듬어가지고 몸을 겨우 일으켜서 다시 그림을 보매 두 눈에는 완연히 동자가 그려진 것이었다.

그 동자의 모양이 또한 화공으로 하여금 다시 털썩 엉덩이를 붙이게 하였다. 아까 소경 처녀가 화공에게 멱을 잡혔을 때에 그의 얼굴에 나타

39) 망지소조 갈팡질팡 어찌할 바를 모름.

났던 원망의 눈! 그림의 동자는 완연히 그것이었다.

소경이 넘어지는 서슬에 벼루를 엎는다는 것은 기이할 것도 없고 벼루가 엎어질 때에 먹 방울이 튄다는 것도 기이하달 수도 없지만 그 먹 방울이 어떻게 그렇게도 기묘하게 떨어졌을까? 먹이 떨어진 동자로부터 먹물이 번진 홍채에 이르기까지 어찌도 그렇게 기묘하게 되었을까?

한편에는 송장, 한편에는 송장의 화상을 놓고 망연히 앉아 있는 화공의 몸은 스스로 멈출 수 없이 와들와들 떨렸다.

수일 후부터 한양성 내에는 괴상한 여인의 화상을 들고 음울한 얼굴로 돌아다니는 늙은 광인(狂人) 하나가 생겼다.

그의 내력을 아는 사람이 없었고 그의 근본을 아는 사람이 없었다. 그 괴상한 화상을 너무도 소중히 여기므로 사람들이 보고자 하면 그는 기를 써서 보이지 않고 도망해 버리고 한다.

이렇게 수년간을 방황하다가 어떤 눈보라 치는 날 돌베개를 베고 그의 일생을 마감하였다. 죽을 때도 그는 그 족자는 깊이 품에 품고 죽었다.

늙은 화공이여. 그대의 쓸쓸한 일생을 여는 조상[40]하노라.

여는 지팡이로써 물을 두어 번 저어보고 고즈넉이 몸을 일으켰다.

우러러보매 여름의 석양은 벌써 백악 위에서 춤추고, 이 천고의 계곡을 산새가 남북으로 건넌다.

40) 조상 조문(弔問).

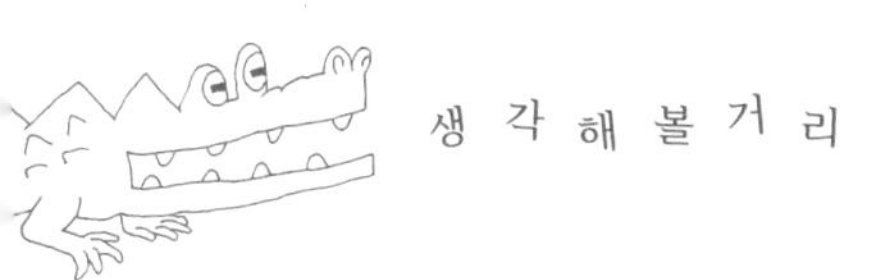

1 솔거가 추구하는 미의 모습에 대해 서술하시오.

이 소설에 등장하는 솔거는 자신의 추한 용모 때문에 사람들과 함께 정상적으로 살아가지 못하는 인물입니다. 두 번이나 결혼을 했지만, 신부들이 솔거의 모습을 본 뒤로 줄행랑을 칠 정도로 흉측한 외모는 솔거로 하여금 사람을 기피하게 하고 암굴에서 홀로 생활하게 만듭니다. 그럴수록 솔거의 고뇌는 더욱 깊어지고 외로움과 고립감은 더욱 완전한 미를 추구하는 동력으로 작용합니다. 세상의 모든 여인들에게 외모 때문에 버림받은 솔거는 단순히 아름다운 여인이 아닌 '이 세상에서 존재한 아름다운 계집보다 더 아름다운 계집' 을 그리고 싶어하는 욕망으로 확대됩니다. 그 욕망은 생활에 오염되지 않는 천상의 아름다움을 간직한 절대미의 추구로 이어집니다.

2 이 소설에서 작가의 인형조종술법이 어떻게 작용했는지 설명하시오.

김동인은 자연이 아무리 아름다워도 자연 그 자체로 완성된 예술품이 될 수 없으며 자기의 머리로 '자기가 지배할 자기의 세계를 창조해야 한다'는 창조성의 원리를 주장합니다. 김동인은 이러한 관점을 '인형조종술의 인물관'으로 발전시켜 인간의 심리를 세밀하게 추적해 간 도스토예프스키보다는 톨스토이를 진정한 예술가로 찬양합니다. 사실 톨스토이가 인형조종술법을 따르고 있다고 공식적으로 확인된 바는 없지만, 김동인은 '톨스토이는 자기가 창조한 자기의 세계를 자기 손바닥 위에 올려놓고 자기가 조종하며 그것이 가짜던, 진짜던 거기에 만족하였다'라는 예찬의 평을 아끼지 않았습니다. 이러한 창작태도는 작품을 구상할 때 인물이나 상황을 있는 그대로 수용하고 난 뒤에 주제를 끌어내는 것이 아니라, 주제를 먼저 의도하고, 거기에 맞게 인물을 창조하고, 의도된 결말을 보여줍니다. 이러한 인물관은 작가의 처녀작부터 말기의 작품까지 일관되게 나타납니다. 그래서 그의 소설 속에 등장하는 인물들은 한결같이 그 구상단계에서부터 운명이 결정되어 있습니다. 그리고 이런 경향은 소설의 리얼리티를 손상시키고, 구성의 긴장감이 떨어지게 만듭니다.

「광화사」에서는 여(余)를 통해 소설의 현실을 마음대로 조종할 수 있는 인형조종술사의 면모가 잘 드러납니다. 아름다운 배경 속에서 즉흥적으로 이야기가 만들어지고, 만들어진 인물들은 작가의 공상에 의해 극단적인 삶의 형태로 구체화됩니다. 세상에서 버림받을 정도로 외모가 추한 솔거가 세상에서 가장 아름다운 여인에게서 태어난 점, 아름다운 소경 처녀의 우연적인 출몰, 솔거와의 하룻밤의 동침으로 여인의 눈빛이 타락되어 버린다는 점 등은 너무나 비현실적입니다. 그리고 소경 처녀가 죽어갈 때 먹물이 튀어 미인도가 완성된다는 이야기는 모두 인형조종술법이 만들어 낸 극단적인 소설 전개로 볼 수 있습니다.

3 이 이야기가 만들어진 배경과 작품 주제의 연관성에 대해 설명하시오.

이 작품에는 다른 작품에서는 거의 드러나지 않는 배경묘사가 과장되어 나옵니다. '여(余)' 라고 자칭하는 작가가 산보하러 인왕산에 나와서 그윽한 배경에 매료됩니다. 그곳의 바람과 암굴, 난송(亂松)과 샘물이 있는 풍경은 작가의 창작의욕을 북돋워주고 직접적인 소설 창작의 계기로 작용하게 됩니다.

작가가 주인공의 이름을 짓는 대목에서 '지어 내기가 귀찮으니 신라 때의 화성(畵聖)의 이름을 차용' 하여 솔거라 하고, 공간적 배경도 도시가 가장 활기 있고 아름답던 시절인 세종 성주 시기쯤으로 정합니다. 이러한 배경과 인물을 설정하는 과정에서 작가의 역사적인 상상력이 동원되지만, 단순한 즉흥성으로 볼 수만은 없습니다. 한 폭의 그림 속에 담기를 원했던 이상적인 아름다움을 형상화하기 위한 최고의 조건으로 인물과 배경이 설정되었기 때문입니다.

4 이 작품에서 미인도가 완성되지 못한 진정한 이유는 무엇인가요?

이 소설에 등장하는 소경 처녀는 소경이라는 비극적 운명을 받고 태어난 가련한 여인으로 깊은 한을 간직한 애상적 절대미를 갖춘 여인이었습니다. 그런데 하룻밤 솔거와 잠자리를 같이 하고 나서의 처녀의 눈은 더 이상 동경과 애모를 간직한 순수한 눈빛이 아니었습니다. 늙고 추한 솔거를 잘생긴 젊은이로 오해하고 있는 처녀는 자신의 이상을 더 이상 용궁이나 진주 같은 환상에서 찾지 않고, 사랑하는 사내를 바라보며 현실에서 찾게 됩니다. 결국 소경 처녀는 소망의 기쁨을 현실에서 획득하지만, 그녀가 갖고 있던 가장 소중한 미(美)의 본질인 '한'을 간직한 순수함의 절대미를 상실합니다. 절대미를 상실한 소경 처녀로 인해 솔거는 자신의 미인도를 완성할 수 없게 된 것입니다.

그리고 솔거의 성격에서도 미인도를 완성하지 못한 또 하나의 원인을 찾아볼 수 있습니다. 솔거는 인간의 보편적 가치를 따르지 않는 광인에 가까운 인물로서 격정적이고, 비정상적 삶을 살고 있습니다. 본디 예술은 삶의 뜨거운 고뇌 속에 진실을 향한 몸부림으로 가능한 법입니다. 그런데 솔거는 지나친 이상만을 추구할 뿐이며, 인간의 가치와 삶을 제대로 이해하지 못하여 절대미에 다가가지 못한 것으로 볼 수 있습니다.

5 눈동자가 찍히는 결말의 과정에서 나타난 비극성을 설명하시오.

소경 처녀에게 동경과 심미안의 눈빛을 갈구했지만, 애욕과 사랑의 눈을 발견하고 솔거는 분노합니다. 솔거는 이상적인 미인도를 성취하려는 강한 욕구와 충동으로 격렬한 감정에 휘말려 이미 되찾을 수 없는 소경 처녀의 미를 회복하려는 안타까움으로 몸부림칩니다. 그러나 그 점을 이해할 수 없는 소경 처녀는 원망과 분노로 일그러진 채 죽게 됩니다. 그런데 소경 처녀가 넘어지면서 튀어 나간 먹물에 의해 뜻밖에 미인도는 완성됩니다.

그러나 이 미인도는 솔거 자신이 처음 의도했던 아름다운 미인도가 아닙니다. 소경 처녀가 죽어가면서 던진 원망과 분노, 두려움이 그대로 담긴 미인도입니다. 솔거는 이 미인도를 보며 삶을 포기하고, 광인이 되어 세상을 떠돌다 초라한 죽음을 맞이하게 됩니다.

예술은 광기와 같은 정열에서 출발하지만, 예술의 완성은 삶의 고뇌를 초극하는 과정에서 이루어집니다. 솔거라는 극단적인 추남이 극단적인 미를 추구하며 현실적인 것을 더러움으로 낙인찍어 버리는 태도가 처녀의 죽음이라는 극단의 비극으로 이어집니다. 결국 인간은 현실을 떠나서 살 수 없는 존재이며, 인류 모두가 긍정하는 보편적 가치에 부합할 때만이 삶의 고뇌가 예술로 승화될 수 있는 것입니다.

6 이 소설의 설화적인 특징에 대해 설명하시오.

솔거의 이야기가 구체화되는 시공간의 배경은 중요하게 언급되지 않습니다. 뿐만 아니라 당시 현실에 대한 구체적인 묘사가 생략되어 있고, 작가에 의해 개괄적인 사건들만 줄거리 중심으로 나열되어 있습니다. 솔거라는 인물은 지나치게 영웅화되어 있고, 이야기 전개 또한 비현실적 구성을 띱니다. 이러한 구성의 특징은 고대 신화에서부터 민담에 이르기까지 설화가 갖고 있는 특징을 그대로 보여주고 있습니다. 특히 미인도가 완성되는 마지막 부분과 완성된 미인도를 품에 안고 광인이 되어 배회하는 솔거의 모습은 옛 전설에 나오는 구성의 형식과 그대로 닮아 있습니다. 이런 설화적 전통은 인형조종술의 결과로 보여집니다.

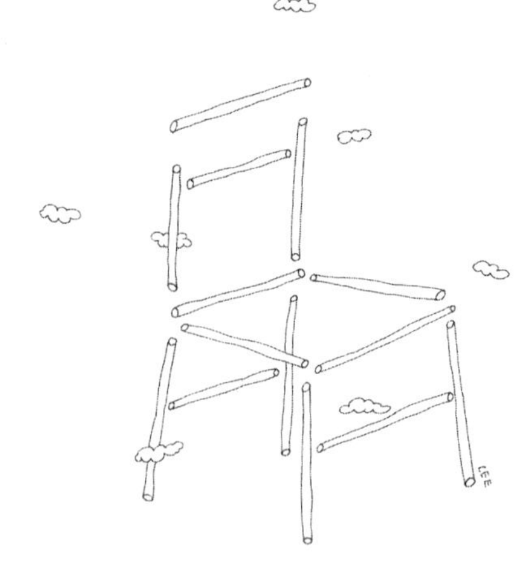
LEE

곰네

무책임하고 이기적인 남편의 실체를 확인한 아내가
위대한 어머니가 되는 과정을 사실적으로 드러낸 작품.

감상의 길잡이

"히! 곱다고 곰네디 곰통 같다구 곰넬까. 곰통 같으믄 곰통네디."

곰같이 못생기고, 곰같이 순박한 여인네의 가련한 일생

김동인은 방탕한 생활을 통해 수많은 여성을 사귀지만, 그의 작품들에 등장하는 여인들은 대부분 바람직하지 못합니다. 그것은 김동인이 여성에 대해 근본적으로 진실한 사랑을 믿지 않고, 부정적 입장을 갖고 있었다고 보는 견해가 많습니다. 철없이 K남작의 유혹에 휘말려 자신의 인생을 송두리째 망쳐 버린 「약한 자의 슬픔」의 '엘리자베트', 가난 속에 수치심도 도덕도 다 팔아버린 「감자」의 '복녀', 부정적인 유전과 환경 속에 성적으로 타락하며 빗나간 신여성의 모습을 적나라하게 보여주는 「김연실전」의 '김연실', 하룻밤의 달콤한 성적 경험으로 자신의 영혼까지 애욕에 물들어버린 「광화사」의 '소경 처녀' 까지 김동인 작품에 나오는 여성들은 대체로 불행하거나 부정적으로 그려지고 있습니다. 이 작품의 '곰네' 또한 한 여성의 비극적 일생을 그리고 있지만, 다른 작품들보다 긍정적 여성상을 그리고 있는 소설입니다.

이 작품은 1941년 4월 『춘추』에 발표됩니다. 발표 당시 「어머니」로 발표했다가, 나중에 「곰네」로 제목이 개제됩니다.

곰네는 외모가 곰처럼 거칠고 뚱뚱하다고 해서 곰네로 불립니다. 그녀는 어린 나이에 부모를 잃고, 홀로 인생을 개척해가는 씩씩한 여성입니다. 그런데 누구보다 진실하고, 부지런한 곰네가 성장하여 이룬 가정은 행복하지 못합니다. 곰네의 불행은 게으르고 무책임한 남편 때문입니다. 술과 노름과 군것질을 좋아하는 남편은 착한 곰네를 이용하기만 할 뿐 가장으로 책임을 다하지 못합니다.

마치 동양판 『여자의 일생』을 보는 듯한 이 작품은 불행한 여인의 삶 속에서도 긍정적인 방향을 보여주고 있습니다. 강한 서북의 사투리가 묻어 있는 곰네의 모습은 어떤 남성도 갖지 못한 힘을 보여주고 있습니다. 그리고 그 힘은 어머니의 힘으로 연결됩니다. 자신이 낳은 아들을 보며, 무책임하고 이기적인 남편의 실체를 자각하는 장면은 위대한 어머니로 거듭나는 장면이기에 감동을 줍니다. 우리의 왜곡된 근현대사에서 아버지들이 현실에 좌절하여 무기력한 모습으로 방황할 때, 자식들을 강인하게 키워낸 분들이 바로 어머니들입니다. 곰네가 어린 젖먹이를 안고 시장에서 거지아이를 만나 보살피는 것은 모성이 자신의 자식에게만 국한되지 않고, 사회적으로 확대되는 어머니상을 보여줍니다.

곰네를 사랑받을 수 있는 최소한의 여성적 조건에서 애초부터 거리를 두고, 강하고 헌신적인 어머니의 모습으로 그려간 작가의 의도를 생각하며 이 작품을 읽으면 더욱 효과적일 것입니다.

곰네

통칭 곰네였다.

어버이가 지어준 것으로 길녀라 하는 이름이 있었다. 박가라 하는 성도 있었다. 정당히 부르자면 박길녀였다.

그러나 길녀라는 이름을 지어준 부모부터가 벌써 정당한 이름을 불러주지를 않았다. 대여섯 살 나는 때부터 벌써 부모에게 '곰네'라 불렸다. 어렸을 때부터 어머니가 어린애를 붙안고 늘 곰네 곰네 하였는지라 그 집에 다니는 어른들도 저절로 곰네라 부르게 되었고, 이 곰네 자신도 자기가 늘 곰네라는 이름으로 불렸는지라 제 이름이 곰네인 줄만 알았지 길녀인 줄은 몰랐다. 좌우간 그가 여덟 살인가 났을 때에 먼 일가 노파가 찾아와서 그를 부름에 길녀야 하였기 때문에 곰네는 누구를 부르는 소린지 몰라서 제 장난만 그냥 하고 있었다. 그러다가 그 사람이 자기 쪽으로 손을 벌리며 그냥 길녀야 길녀야 이리 오너라 하고 연방 부르는 바람에 비로소 자기를 부르는 소린 줄을 알았다. 그리고는 그 사람에게로 가지 않고 제 어미에게로 갔다.

"엄마, 엄마, 데 사람이 나보구 길네라구 그래. 길네가 무어요? 남의 이름두 모르고 우섭구나 야……."

어머니가 곰네를 위하여 변명하였다.

"이 엠나이! 어른보구 그게 뭐야. 엠나이두 하두 곰통같이 굴러서 곰네라구 곤쳤다우. 이 엠나이, 좀 나가 놀알!"

"히! 곱다구 곱네디 곰통 같다구 곰넬까. 곰통 같으면 곰퉁네디."

"나가 놀알!"

"잉우 찍!"

사실 계집애가 하두 곰같이 완하고 억세기 때문에 '곰' 네였다. 얼굴의 가죽이 두껍고 거칠고 손과 팔의 마디가 완장하고 클 뿐 아니라, 가슴이 턱 벙글어지고 왁살스럽고, 그 목소리까지도 거칠고 툭하였다. 머리카락까지도 굵고 뻣뻣하였다. 그에게서 억지로라도 여자다운 점을 찾아내자 하면 그것은 그의 잠꼬대뿐이었다. 잠꼬대에서는 그래도 간간 갸날픈 소리며 애기를 업고 싶어하는 본능이 보였다. 그 밖에는 여자다운 점은 털끝만치도 없었다.

이름이 길녀라 하지만 길하다든가 실하다든가 한 점은 얻어낼 수가 없었다. 곱다는 곱네가 아니요 곰 같다는 곰네야말로 명실[1]이 같은 그의 이름이었다.

젖 떨어지면서부터 농터에 나섰다. 농터라야 빈약한 것으로, 풍년이

1) 명실 겉에 드러난 이름과 속에 있는 실상.

나 들면 간신히 그의 식구(아버지, 어머니, 곰네, 이렇게 단 세 사람)의 굶주림이나 면할 정도의 것이었다.

곰네가 농터에 나서면서부터는 어머니의 부담이 훨씬 줄었다. 그의 아버지라는 사람은 농꾼답지 않은 게으름뱅이에 기력도 적은 사람이어서 보잘 여지없이 소위 망나니였다. 술이나 얻어먹고 투전판이나 찾아다니고 남의 집 여편네나 담 넘어 엿보러 다니는 사람이었다. 농사 때에는 단 내외의 살림이라 하릴없이 농터에 나서기는 하지만 손에 흙을 대기는 싫어하고, 게다가 기운이 없어서 조금 힘든 일을 하면 숨이 차서 당하지를 못하고 게으름 꾀만 가득 차서 피할 궁리만 공교롭게 하는 사람이었다. 그런지라 아주 쉽고 가벼운 심부름 이상은 하지 않기도 하였거니와 시킨댔자 감당도 못 할 위인이었다.

대여섯 살 나서부터 농사에 어머니에게 몸 내놓고 조력한 곰네가 훨씬 도움이 되었다. 힘과 기운으로도 벌써 아버지보다 승하였거니와, 어린애답게 열이 있고 정성이 있었다.

그런지라 팔구 세 때에는 벌써 농군으로서의 한몫을 당해냈고 농사의 눈치도 어른 등떠먹으리만치[2] 열렸다.

곰네가 열세 살 난 해에 그의 게으름뱅이 아버지가 죽었다. 이 가장의 죽음도 그 집의 경제상에는 아무 영향도 없었다. 극단적으로 말하자면 한 식구 줄었으니 그만치 심이 폈달 수도 있었다. 살아 있대야 곡식만 소비할 뿐이지 아무 도움도 없던 인물이라 없느니만 못하였다. 그래도 십여 년 살던 정이 그렇지 못하여 곰네의 어머니는 흰 댕기도 드리우고

2) 어른 등떠먹으리만치 어른을 능가하여 무슨 일을 해낼 정도로.

좀 한심스러운 듯이 망연히 하늘을 우러러볼 때도 있기는 하였으나, 생활 자체에는 아무 영향도 없었다.

눕고 먹고 귀찮게나 굴던 가장이요 가사에는 아무 도움이 없었는지라, 가사도 여전하였거니와 인제는 제 한몫 당하는 곰네가 조력을 하는지라, 어머니로서는 훨씬 노력이 덜하게 되었다. 눈치 있는 곰네가 앞장서서 일하는 것을 어머니는 도리어 보고 있기만 할 때가 많았다.

열다섯 살에 어머니마저 세상을 떠났다.

세상 보통의 처녀로서는 아뜩한 일이었다. 빚은 주는 사람이 없었으니 빚은 없었지만, 남기고 간 것이라는 것은 솥 나부랭이와 부엌 물건 두세 가지, 해진 옷 두세 벌밖에는 아무것도 없는 씻은 듯한 가난한 살림에, 이 집안의 큰 기둥 어머니까지 넘어진 것이다.

그러나 갓 나서부터 여유라는 것을 모르고 지낸 곰네는, 이 점으로는 낭패하지 않았다. 다만 보잘것없는 밭 나부랭이지만, 그래도 그것을 얻어 부치던 것은 어머니의 면의 덕이라, 그것을 떼이게 된 것이 큰일이었다.

가을에 가서 약간의 추수하는 것을 가지고 밭 주인(밭 주인이라야 가난한 자작농이었다)을 찾아갔더니 아니나 다를까,

"아바지 오마니 다 죽었으니 밭 다룰 사람이 없겠구나."

이런 말이 나왔다.

"아버지가 살았으믄 뭘 하댔나요?"

곰네는 반대해 보았다.

"아바진 그렇다 해두 오마니가 보디 않았니?"

"오마닌 또 뭘 했나요? 다 내가 했지."

"그래두 체니 아이 혼자서야 농살 하나?"

"해요. 꼬박꼬박 추수 들려 놨으믄 그만이디오. 내 감당해요."

곰네는 지금껏도 자기가 농사를 죄 맡아서 했으니만치 자기가 계속하겠다는 데 대해서 딴 의견이 있을 줄은 뜻도 안 하였다. 그렇기 때문에 거기 대해서는 걱정도 않고 대책도 생각지 않았다. 그러나 한 마디 두 마디 하는 동안 좀 의심스럽게 되었다. 그 밭을 떼려는 눈치를 직각[3]하였다.

여기 협위[4]를 느낀 곰네는 그 땅을 자기가 보겠다고 처음은 간원하였다. 그다음은 탄원하였다. 애걸까지 하였다.

그러나 땅 주인은 곰네의 탄원도 애원도 모두 일소에 부치고 말았다.

"체니 아이 혼자서두 땅을 보나?"

요컨대 실력 여하를 막론하고 처녀 단 혼잣살림에는 소작[5]을 맡길 수 없다는 것이었다.

그래서 그 땅을 종내 떼이고 말았다.

그러나 곰네는 겁을 내지 않았다.

빈궁한 중에서 나서 빈한 중에서 자란 그는 빈한이라는 것을 무서워할 줄을 모르는 사람이었다.

부모에게 물려받은 단칸 오막살이가 있었다. 거기 거처[6]하였다.

3) 직각 보거나 듣는 즉시 바로 깨달음.

4) 협위(脅威) 위협.

5) 소작 농토를 갖지 못한 농민이 일정한 소작료를 지급하며 다른 사람의 농지를 빌려 농사를 짓는 일.

6) 거처 일정하게 자리를 잡고 사는 일. 또는 그 장소.

이 조그마한 마을에서는 모두가 서로 아는 사람이었다. 이 집 저 집으로 찾아다녔다.

가을 추수 뒤에는 농가에서는 새끼도 꼬고 가마니도 짜고 한다. 곰네는 돌아다니면서 이런 일의 조력을 하였다. 집에 따라서는 일한 품삯으로 돈푼이나 주는 집도 있었고, 혹은 끼니나 먹이고 마는 집도 있었다.

끼니만 먹이고 말든 혹은 돈푼이나 주든, 곰네는 그 보수에 대해서는 아무 욕구도 없었고 아무 불평도 없었다. 먹여주면 다행이었다. 게다가 돈푼이라도 주면 그런 고마운 일이 없었다. 본시 충직하고 욕심이 없는 데다가 간사한 지혜라는 것을 아직 모르는 곰네는, 남의 일 자기 일 구별할 줄을 몰랐다. 자기가 자기 손으로 착수한 것이면 모두 자기 일이었다. 누가 보건 안 보건 한결같이 열과 성으로 일하였다. 사내들은 담배도 먹고 한담[7]도 하여 헛시간을 보내지만 곰네에게는 그것이 없었다. 아침에 손을 대기 시작하면 점심 때도 그냥 일을 하면서 점심 먹고 저녁 때도 캄캄하게 되기까지 그냥 일을 계속하고……. 그 위에 알뜰한 가정이 없는 그는 대개는 저녁까지도 그 집 상 귀퉁이에 붙어서 되는 대로 먹고 하였다.

삯 헐하고 일 세차게 할뿐더러 부지런히 하는 그 동리의 귀한 일꾼의 하나였다.

"곰네는 시집갈 밑천 장만하누라구 데리케 돈을 뫁겠다."

동리 여인들이 이렇게 놀려 대어도 아직 시집 살림이 어떤 것인지 똑똑히 이해하지 못하는 곰네는,

7) 한담 심심하거나 한가할 때 나누는 이야기. 또는 별로 중요하지 않은 이야기.

"원! 시!"
하고 웃어 버리고 마는 것이었다.

"곰네 너 어드런 새서방 얻어갈래?"

이렇게 농 삼아 물어도 부끄러워할 줄도 모르고 그렇다고 기뻐할 줄도 모르는 곰네였다.

새서방이라든가 시집이라든가 하는 것은 아직 곰네는 상상도 못 하는 이상한 물건이었다. 가마니를 짤 때, 새끼를 꼴 때, 사내들과 손이 마주치고, 혹은 잡고 혹은 잡히고 할 때도 옴쳐 버리거나, 치워 버릴 줄도 모르고, 마치 사내 사내끼리나 여인 여인끼리와 같은 심정으로 태연히 지나는 그였다.

그 생김생김이며 태도 행동이 모두 하도 사내 같으므로, 함께 일하는 사내들도 곰네만은 여인같이 생각이 안 가는 모양이었다. 어찌어찌하여 곰네를 붙안아 옮겨놓든가 얼굴을 서로 마주 댈 필요가 생긴 때라도 조금도 주저하지 않고 마치 사내끼린 것과 마찬가지로 행동하였다. 곰네 자신도 역시 그런 심사였다.

처녀 열여덟에 땟국에서도 향내가 난다 한다. 곰네도 사람의 종자라, 열여덟도 나 보였다.

다른 처녀 같으면 몰래 거울도 보고, 손에 물칠하여 머리도 빗어보고 낯선 사내 소리라도 나면 문틈으로 내다보고 싶기도 할 나이가 되었다.

그러나 곰네에게는 그런 달콤한 시절은 없었다.

그래도 변한 데가 있었다.

남의 집에서 일하다가 밤늦게 혼자 쓸쓸한 제 집으로 돌아오기 싫은 때가 간간 있었다. 남편이 농터에서 농사짓는데 점심 때쯤 그 아내가 밥 광주리를 이고 어린애를 등에 달고 농터 찾아오는 것이 부러운 생각도 간간 났다. 누구가 혼사를 하였다, 누구가 상처를 하였다, 하는 소문이 귀에 심상찮게 들리는 때가 잦아졌다.

게다가 동리 여인들이,

"곰네도 시집을 가야디 않나?"

"데리다가는 체니루 늙갔네."

하는 소리며,

"부모가 없으니 누가 혼인을 주장해 줄 사람이 있어야디."

"힘세서 새서방 얻어두 일은 세차게 잘할 테야."

이런 소리들이 차차 솔깃하게 들렸다.

더구나 그사이도 간간 소작 땅이라도 얻으러 가면 그 매번을 '처녀 혼잣살림에 땅을 어떻게 부치느냐' 는 말을 들었지만, 시재[8] 자기가 처녀 혼잣몸이니 어찌할 수 없는 것이라 단념해 두었더니, 지금 다시 생각하면, 남편이라는 것을 얻으면 '처녀 혼잣살림' 이 아니라 남의 땅도 얻어 부칠 수가 있고, 남의 땅을 얻어 부치고 그 위에 틈틈이 새끼며 가마니를 짜면 심도 훨씬 펴서 지금 단지 남의 삯일만 하는 것보다는 천승만승[9]할 것이다.

'서방을 하나 얻을까?'

서방의 자격에 대하여도 아무 희망도 요구도 없었다. 농촌이니 사내로 생겨서 농사지을 것은 당연한 일이다. 학식이라든가 인격이라든가

8) 시재(時在) 지금, 현재.

9) 천승만승 천배나 만배나 지금보다 나음.

하는 것은 곰네는 그 가치는커녕 존재도 모르는 바다. 곱게 생기고 밉게 생긴 것도 전혀 모르는 바다. 사내로 서방이라는 명칭이 붙는 자면 그것만으로 넉넉하다. 그 이상, 그 이외의 것은 존재도 모르는 바이어니와 부럽지도 않고 욕심나지도 않았다.

소작 터를 얻기 위하여, 그리고 또 농사에 힘을 아우를 자를 구하기 위하여 서방이 필요하였다.

이리하여 곰네가 열여섯 살 나는 해 가을에 동리 노파의 주선으로 혼인을 정하였다. 서방 역시 곰네와 같이 혈혈단신이요 배운 것도 없고, 나이는 스물다섯이지만 아직 총각이요, 저축도 없는 대신 밭도 없고 어디서 어떻게 굴러먹던 사람인지 삼사 년 전에 단신으로 이 동리에 들어왔고, 이 동리에 들어온 이래로 지금껏 제 집이라고는 없이 이 집 윗목 저 집 윗목으로 굴러다니면서 그 집일을 도와주는 체하면서 끼니를 얻어먹어 연명을 해오던 초라하기 짝이 없는 사람이었다.

"제 집이 없으니 그리케 디냈디, 에미네(남편) 얻으면 그래두 제 몫이야 안 당하리."

"사나이 대장부라니…… 에미네 굶길까."

중매할 사람 혹은 조혼한 사람이 모두 이렇게 말하였다. 곰네의 생각으로도, 사내 한 사람이 더 있으면 그만치 심이 펼 것으로, 어서 성혼[10] 하면 생활이 좀 넉넉해질 것으로 믿었다.

섣달에 품삯을 셈해 받아 옷 한 벌 장만해가지고, 정월에 들어서 길일을 택하여 성례[11]하였다.

10) 성혼 결혼.

11) 성례 혼인의 예식을 지냄.

신혼 재미는 꿀과 같다 한다.

그러나 곰네에게 있어서는 생활상에고 감정상에고 아무 변화도 없었다.

혼자 자던 방에 혼자 자던 이불 속에 웬 사내 한 사람이 더 들어온 뿐이었다.

신혼 첫날만은 동리 여인들이 와서 저녁을 지어주고 이부자리를 펴주었다. 남이 지은 밥을 먹고 남이 깔아준 이부자리에서 잔다는 것은 곰네의 생전 처음 당하는 경험이었다. 뿐더러 여인들은 한사코 곰네에게 못하게 하고 자기네들이 도맡아 보아 주었다.

"새색시두 일하나?"

모두들 곰네를 상전이나 모시듯 서둘렀다.

그러나 그 밤을 지내고 이튿날부터는 곰네의 생활은 옛날대로 돌아갔다.

이튿날 아침, 예에 의지하여 머리에 수건을 얹고 가마니를 짜러 (좀 넓은 방이 있는) 이서방네 집으로 가서 예대로 부엌에 들어섰더니 새색시도 이런 데를 오느냐고 단박에 밀렸다. 그래서 어떡하라느냐고 물으매,

"일감을 가지구 너희 집에 가서 알뜰한 서방님하구 마주 앉아서 주거니 받거니 하믄서 일하는 게디, 서방 버려두고 이런 델 와? 그래 조반이나 지어 먹었니?"

한다. 그래서 볏짚을 한 아름 안고 제 집으로 돌아온 것이었다.

그로부터 곰네는 집 안에서 할 수 있는 일은 제 집에서 하였다.

남의 주선으로 조그마한 밭도 하나 얻어 부치게 되었다.

성례한 뒤 한동안은 곰네의 새 남편은 대문 밖에는 나가 본 일이 없었

다. 대문이라야 수수깡으로 두른 울이지만 그 밖까지 발을 내놓아 본 적이 없었다. 뜰에까지도 뒷간 출입밖에는 나가 보지 않았다. 꾹 박혀 있었다. 번번 누워서 곰네의 몸만 주무락주무락 어루만지고 있었다. 곰네가 하도 징그럽고 귀찮아서,

"이건 왜 이래."

하며 떼밀면 그는 머쓱하여 손을 떼었다가도 다시 곧 그 동작을 계속하는 것이었다.

어느 날 이 점을 어느 여인에게 하소연하였더니, 그는 씩 웃으며,

"너머 귀해 그르디. 잠자쿠 하자는 대루 하려무나. 싫을 게 있니?"

한다. 과연 차차 지나면서 보니까 그 동작이 처음에는 그렇게도 귀찮고 징그럽던 것이 어느덧 그 생각은 없어지고, 차차 멋이 들고 또 좀 뒤에는 그런 일이 그리워지고, 만약 남편이 그러지 않으면 기다려지고 하게 되었다. 정이 차차 드는 셈이었다.

곰네의 얼굴 생김은 그 이름과 같이 '곰' 같아서 완하고 왁살스럽고 둘하였다. 여자다운 데는 한 군데도 없었다. 그가 가장 기뻐서 웃을 때도 얼굴만은 성났는지 웃는지 구별을 하기 힘들 지경이었다. 그 얼굴에다가 그래도 남편을 대할 때는 저절로 만족한 웃음이 나타나고 하였는데 그의 웃음이 그의 얼굴에 어울리지 않았다.

"여보."

제법 여보 소리도 배웠다.

"숭늉 줄까, 냉수 줄까."

"아아, 이렇게 갈할 땐 막걸네나 한 잔 있으믄 숙 내려가갔구만."

"그럼 내 좀 얻어오디."

종기종기 나가는 아내.

"에에, 소질이 났는디 기침은 왜 이렇게 나누. 숨이 딱딱 막히네."

"선달네 아조바니네 집에서 송아질 잡았다는데 한몫 들까?"

"글쎄……."

허둥지둥 송아지 추렴[12]에 들려 나가는 아내.

"화기가 났는디 다리가 왜 이리 저려."

"그럼 내 돼지 다리 하나 맡아올게."

반년 전까지는 알지도 못하는 사내에게 곰네는 온 정성을 다 바쳤다. 아버지에게 바치지 못하였던 정성, 어머니에게 바치지 못하였던 정성을 이 길가에서 주워온 사내에게 죄 바쳤다.

이전에는 밭을 주지를 않던 소지주들도 곰네가 서방맞이를 한 뒤에는, 조금은 떼어 맡겼다. 욕심이 적은 곰네는 자기가 감당할 수 있는 이상의 논밭은 생각도 내지 않고, 자기 몫에 들어온 것만 성심성의로 가꾸었다. 거름도 남보다 후히 주었고 손질도 남보다 부지런히 하였다. 가을 조이삭이 누릿누릿 익어갈 때쯤은 곰네네 밭은 먼발로 볼지라도 남의 것보다 훨씬 충실히 보였다.

처녀 시절에는 처녀 홀몸이라고 손뼉만 한 밭 하나 못 얻어 부쳤는데 남편이랍시고 얻고 보니 그다지 힘들지 않고 밭 하나를 얻어 부치게 되었다. 마음이 오직 직하고 곰네는 이것도 남편의 덕이라 하여 감지덕지 하였다.

그렇다고 남편이 밭에 나가서 일을 하든가 하다못해 김이라도 매는

12) 추렴 모임이나 놀이 또는 잔치 따위의 비용으로 여럿이 각각 얼마씩의 돈을 내어 거둠.

것이 아니었다. 본시 몸이 약질로 농사를 감당하지 못할뿐더러 게으름뱅이로서 농사 같은 일은 하고자 하지도 않았다.

그 위에 곰네는 남편의 몸을 극진히 아꼈다. 저러다가 탈이라도 나면 어찌 하나, 몸이라도 다치면 어찌 하나, 이런 근심으로 조금이라도 힘든 일은 애당초 남편에게 맡기지를 않았다. 게으름뱅이 남편은 맡으려고 하지도 않고 슬근슬근 아내를 돌아보고 하였다. 남편의 하는 일이라고는 과즉, 아내의 손이 미처 돌지 못하여 '데거 좀 이리루 팡가테 주소(저것 좀 이리로 던져 주세요)' 혹은 '나 이거 하는 동안, 요 끝을 꼭 누루구 있어요' 하는 등의 지극히 단순한 심부름뿐이었다.

곰네의 얼굴은 못생기고 또 못생겼다. 웬만한 사내 같으면 고금[13] 떨어진다 해서 곁에 오지도 않을 만한 추물이었다.

남편도 코 아래 눈이 두 알이나 박혔으매 아내의 얼굴이 못생긴 것쯤은 넉넉히 알 것이었다.

그러나 그는 이 아내를 버리지 못하였다. 이 아내를 버렸다가는 평생을 홀아비로 지낼 수밖에 다시 아내를 얻을 가망이 없었다. 투전꾼(투전꾼이라 하지만 협기 있고 쾌남아[14]형의 투전꾼이 아니요, 기신기신 투전판을 엿보다가 개평이나 얻어먹는 종류의 투전꾼이었다)이요 위인이 덜난 위에 게으르기 짝이 없는 그의 남편이 이십오 년간 독신 생활(아니, 총각 생활) 끝에 어쩌다가 우연히 얻어 만난 이 처녀(곰네)는 그에게는 하늘이 주신 복이요 다시 구하지 못할 금송아지라, 얼굴 생김을 탓할 처지가 못 되었다.

13) 고금 학질(말라리아)의 딴 이름.
14) 쾌남아 성격이나 행동이 시원스럽고 쾌활한 남자.

얼굴은 어떻게 생겼든 간에 여인은 여인이요, 옷 지어주고 밥 지어 먹이고 게다가 벌이(농사며 가마니 새끼에 이르기까지)도 혼자 당해내고 남편 되는 사람은 남편이라는 명색 하나만 띠고 지어주는 밥 먹고, 지어주는 옷 입고, 간간 용돈까지도 주며 펴주는 이부자리에서 자고, 여보 소리도 들어보고…… 이런 상팔자는 다시 만나지 못할 것이었다.

몸이 튼튼하매 병나지 않고 얼굴이 못생겼으매 딴 사내 곁눈질할 걱정 없고 천성이 직하매 속기 잘하고…… 나무랄 데가 없는 아내였다. 군색[15]한 데서 자랐으니 곤궁을 싫어할 줄 모르고 성내면 왁왁거리기는 하지만 뒤가 없고, 어려서부터 동리의 인심을 샀으니 부족한 물건은 융통할 수 있고…… 흥부의 박이었다. 배를 가르니 복만 튀어져 나왔다.

혼인한 첫해는 풍년도 들었거니와 아내의 헌신적 노력으로, 오는 해의 계량이 되고도 남았고, 겨울 동안에, 부업이라도 하면 적지 않은 저축을 남길 가망이 있었다.

곰네 내외의 새살림은 무사하고 평온한 가운데서 일 년이 지났다.

세상에서 손가락질받던 남편도 일 년 동안은 꿈쩍 안 하고 근신하였다. 지어주는 밥 먹고, 지어주는 옷 입고, 시키는 대로 잔말 없이 일하고 술도 곰네가 받아다 주는 막걸리만으로 참아왔다.

이 이삼십 호 될까 말까 하는 동리에서는 곰네네 집안은 즐거운 집안으로 꼽혔다.

일 년 동안의 근면의 덕으로 돈도 삼사백 냥 앞섰다.

15) 군색 필요한 것이 없거나 모자라서 딱하고 옹색하다.

아들도 하나 생겼다.

"사람은 디내 봐야 알 거야."

"에미넬 얻으야 사람 한몫 된단 말이디."

"턴덩배필이 아닝야? 그 망나니가 사람될 줄 알았나? 에미넬 얻더니 노상 서방 구실, 애비 구실 하누라구 씩씩거리믄성 돌아가거든."

"뭐, 에미네 잘 얻은 덕이디. 에미넷 복은 있는 사람이야."

"아니야. 에미네두 그러티. 턴덩배필 아니구야, 그 상판대길 진저리 나서두 하루인들 마주 있을라구. 한자리에서 코 마주 대구……. 에, 나 같으믄 무서워서 하루두 못 살겠네. 가채서 보믄 가채서 볼스룩 더 왁살스럽구, 솜털 구멍 하나가 대동문통만큼씩 한 거이, 어 무서워."

"그래두 재미난 나서 사는 걸 어떡하나. 넷말에두 안 있소? 곰보에게 정들이구 보니 얽은 구멍마다 복이 가득가득 찼더라구. 저 보기에 달렸디."

"그렇구말구. 아 형님네두 그 텁석뿌리 뒤상(구레나룻 영감)하구 삼십 년이나 살디 않았소? 에, 퉤! 수염엔 니 안 끄렸습디까?"

"에이, 요 망할 것. 남의 영감은 왜 들추니?"

"코 풀믄 수염에 매닥질하구, 수염 씻은 건건찝절한 물을 늘 먹구. 더러워! 퉤! 퉤!"

"듣기 싫다."

"그래두 젊었을 땐 입두 마촤 봤소?"

"요곳!"

동리의 평판이었다.

동리를 더럽히던 안서방이 여편네를 얻은 뒤부터는 딴사람이 된 듯이 단정해진 것도 평판되었거니와, 못생긴 노처녀 곰네가 서방 맞은 뒤부터는 서방에게 반하여 남의 눈 부끄러운 줄도 모르고 맞붙어 돌아가는 양이 더 평판되었다. 얌전하고 입 무겁던 곰네가 이렇듯 말 많고(남편 자랑이었다) 달떠 돌아갈 줄은 꿈밖이었다. 마치 열칠팔 세의 숫보기 총각 처녀가 모인 것 같았다. 노인네들의 눈에는 망측스럽게 보이리만치, 남의 눈을 기이지를[16] 않았다.

일 년이 지났다.

또 반년이 지났다.

정월 중순께였다.

곰네의 남편 안 서방은 그해의 추수를 팔러 읍으로 들어갔다. 금년도 풍년이 들었거니와, 금년은 금년 소득을 죄 팔기로 방침을 세웠다. 곰네가 서둘러 주선하여 밭도 좀더 얻어 부쳐서 소득도 전보다 훨씬 나았거니와, 곡가[17]도 여기와 고을과는 약간의 차이가 있었다. 여기 소득을 전부 고을 갖다가 팔아서, 작년의 남은 것까지 합쳐서 자그마한 것이나마 제 땅을 좀 마련하고, 단경기[18]까지는 새끼와 가마니며 누에를 쳐서 연명을 하면 새해에는 제 땅의 소득도 얼마는 될 것이다. 농사지은 것을 전부 팔고, 다른 방도로 연명을 하자면 한동안은 곤란은 하겠지만, 그 한동안만 지나면 그 뒤는 훨씬 셈이 펴게 될 것이다. 이러한 몇 해만 꿀

16) 기이다 피하다.

17) 곡가 곡식의 가격.

18) 단경기 경계의 끝이 되는 시기라는 뜻으로, 철이 바뀌어 묵은쌀이 떨어지고 햅쌀이 나올 무렵을 이르는 말.

꺽 참고 지내면 몇 해 뒤에는 지주의 자세 받지 않고도 제 것만 가지고도 빈약한 살림은 할 수가 있을 것이다. 그동안에 자식도 자라면, 자작농과 소작농의 두 가지로 노력만 하면 감당할 수가 있을 것이다…… 이런 생각으로 곰네는 남편에게 자기네 몫의 전부를 맡겨서 고을로 보낸 것이었다.

곰네의 꿈은 즐거웠다. 남편이 고을에 갖고 간 곡식을 마음으로 계산해 보고, 이즈음 이 근처에서 팔려고 내놓은 땅의 값을 비교해 보고, 혼자서 웃고 웃고 하였다.

"얘."

아직 아무것도 모르는 갓난애였다.

"우린 이제 밭 산단다. 이담에 너 크믄 다 너 줄 거야. 도티? 네 밭에서 네가 농사하구, 네가 추수하구. 어서 커라, 아이구 내 새끼야."

애를 붙안고 쫄레쫄레 춤을 추며 방 안을 이리저리로 돌아다니는 것이었다. 그리고 지금 팔려고 내놓았다는 밭도, 애를 업고 그 근처를 아닌 듯이 누차 배회하였다.

여기서 고을까지가 백이십 리, 이틀 길이었다. 이틀 가고 하루 쉬고 이틀 돌아오노라면 합해서 닷새가 걸릴 것이었다. 어떻게 하여 하루 지체되면 엿새가 걸릴지도 모를 것이었다.

처음의 이틀, 사흘, 나흘은 몹시 초조하게 지냈다. 아직 기한이 아니니 돌아올 바는 아니지만 마음은 한량없이 초조하였다. 혹은 그 사람도 마음이 급하여 달음박질쳐 가서, 하루에 득달하고, 천행 그 밤으로 홍정이 되고 이튿날 새벽에 그곳에서 떠나 당일로 돌아오면…… 이틀이면 될 것이다. 가능성 없는 이런 몽상까지도 품어 보았다. 쓸데없는 일인 줄 번히 알면서도, 돌아오는 길 쪽을 이십여 리를 찬바람을 안고 갓난애를 업고 마중 나가서 한나절을 기다려 보기도 하였다.

동전 한 푼이 새로운 그는 촐촐 굶으면서 끊어지는 듯이 아픈 등허리를 두드려가면서 한나절을 기다렸다. 돌아올 때는, 그 헛되이 보낸 하루를 단 몇 발이라도 새끼를 꼬았던 편이 훨씬 좋았을 것이라고 후회를 하였지만, 이튿날 하루를 쉬고(쉰대야 역시 집에서 일을 하였지만) 또 그 이튿날은 또 나가 보았다. 빨리 오면 이날쯤은 올 듯도 싶었다.

그날도 역시 헛걸음이었다. 또 그 이튿날은 장수로 따지자면 당연히 올 날이라, 곰네는 물론 또 나갔다. 시장해서 돌아올 남편을 위하여, 엿을 반 근이나 사가지고 이른 새벽에 나갔다.

사람 기다리기 같이 어려운 노릇은 없었다. 그사이 며칠은, 안 올 줄 번히 알면서도 진심으로 기다렸다. 이날은 당연히 올 날이므로 더 가슴 답답히 기다렸다.

"애 아바지가 오늘 온다우."

물동이를 이고 지나가다가 곰네의 앞에서 동이를 다시 바로 이는 여인에게 곰네는 밑도 끝도 없이 말을 붙였다.

그 여인은 물동이를 인 채로 곁눈으로 의아한 듯이 곰네를 보면서 대답도 안 하고 지나가 버렸다.

그 근처 어디 우물이 있는 모양으로, 물동이 인 여인들이 연락부절[19]로 그의 앞을 오고 간다. 그 매 사람에게 향하여 곰네는, 제 남편이 오늘 돌아오는 것을 자랑하고 싶었다.

19) 연락부절(連絡不絶) 왕래가 끊이지 않음.

야속한 해는 중천에서 서쪽으로 차차 기울었다. 기울면서 차차 바람이 일기 시작하였다. 등에 갓난애는 추운지 악을 쓰면서 울어댄다.

"자장 자장 너 용타. 아바진 지금 말고개쯤 왔갔다. 아바지 오믄 사탕두 주구 왜떡두 주구. 자장 자장 너 용타."

연하여 등에 아이를 들추며 달래며 왔다 갔다 하였다.

울고 울고 울던 끝에 갓난애는 기진하였는지 울음을 멈추고 잠이 들었다. 그러나 이때는 어린애 대신으로 곰네가 통곡하고 싶었다.

아무리 짧은 해라 하지만 그 해도 벌써 산허리에 절반이 넘었다. 어린애를 업고 왔다 갔다 하는 동안, 몸집은 혹은 동편으로 혹은 서편으로 일정하지 않았지만 눈만은 잠시도 북편 쪽 대로에서 떠나본 적이 없었다. 남편이 오려면 반드시 그 길로 해서야 온다. 지름길도 없다. 곁길도 없다. 가장 가까운 단 한 가닥의 길이다. 그 길에서 한때도 헛눈을 판 일이 없거늘 남편은 아직 오지 않는다.

"열 번만 더 갔다 오구."

우물에서 가게까지 한 이십여 집 거리 되는 곳을, 몇 백 번 왕복하였는지 모른다. 이즘껏 안 온 사람이면 오늘로는 올 가망이 없다. 집으로 돌아갈밖에는 도리가 없었다.

그러나 돌아가려니 그래도 마음이 남아서 열 번을 더 우물까지 왕복하기로 하였다.

"더가딤[20] 열 번만 더."

열 번을 더 왕복하였다. 그러고는 아무 결과도 못 얻은 그는, 통곡하

20) 더가딤 '덤'의 방언.

고 싶은 마음을 억제하고, 얼굴을 감추고, 인젠 하릴없이 제 집으로 발을 떼었다.

남편은 이튿날도 안 왔다. 또 그 이튿날도 안 돌아왔다. 나흘 만에야 돌아왔다.

동저고리 바람으로 옷고름이 통 뜯기고, 흙투성이가 되고 참담한 꼴이었다.

"아이구머니, 이게 웬일이오?"

"오다가 아찻고개에서 불한당을 만나서……."

"그래 몸이나 상한 데 없소?"

"몸은 안 상했다만, 돈은 동전 한 닢 없이 홀짝 뺏겼군."

아득하였다.

"몸 다틴 데 없으니 다행이디. 그래 언제 그랬소?"

"아니, 그그저껜가……."

"그 전날은?"

"그 전날이야 고을 있었디."

"고을은 뭘 하레 사흘 나흘씩 있었소?"

"어, 춥다."

남편은 정면으로 대답하지 않고 자리를 내려 폈다.

"봉변했으믄 왜 곧 집으루 오디 않았소?"

"에, 한잠 자야겠군."

남편은 그냥 옷을 입은 채 자리두 안 펴고 이불 아래로 들어가서 머리까지 푹 썼다.

"배고프디 않소? 찬밥밖에 밥두 없는데……."

남편은 들었는지 못 들었는지, 이불을 뒤집어쓰고 대답도 않는다.

곰네는 기가 막혔다. 보매 상한 데 없는 모양이니 그편은 마음이 놓이지만, 일 년간의 정성과 커다란 희망이 물거품으로 돌아간 것이 딱 기가 막혔다. 이불을 뒤집어쓰고 누워 있는 남편의 곁에 갓난애를 업고 앉아서 몸을 앞뒤로 흔들면서 망연히 앉아 있었다.

지금 잃어버린 그만큼을 다시 만들려면 일 년 나마를 다시 공을 들여야 하겠고, 그러고도, 풍년이 계속되고 우환이 없고, 다른 아무 고장도 없어야 할 것이다.

그 노력도 노력이어니와 과거에 들인 공과 노력이 그렇게도 맹랑히 꺾어져 나가니, 지금 같아서는 눈앞이 아득할 뿐이지, 새 용기가 생길 듯싶지를 않았다.

무심중 한숨만 기다랗게 나오고 하였다.

이 마을에는 이상한 소문 하나가 퍼졌다.

곰네의 남편 안서방은 아내에게 나락을 맡아가지고 고을로 가서 팔아서 투전을 하여 홀짝 잃어버렸다. 그러고는 집에 돌아갈 면이 없어서 불한당을 만난 듯이 옷을 모두 찢고 험상스러운 꼴을 해가지고 제 집으로 돌아왔다. 며칠을 앓는 시늉까지 하였다……. 이런 소문이었다.

그러나 하도 작고 다른 데로 통한 길이 없는 마을이라 서로 쉬쉬하여, 그 소문은 곰네의 귀에까지는 안 들어갔다 하는 것이었다.

이런 소문은 있건 말건 춘경 경기에는 또 금년의 생활을 위하여, 곰네는 남편을 독촉하여 벌에 나섰다. 금년 봄에는 빈약하나마 자처 약간을 장만하려는 것이 꿈으로 돌아간 것이 기막히기는 하나, 작년의 실패를 금년에 회수할 생각으로 더욱 용기를 돋우어가지고 나선 것이었다.

저 밭을 사리라……. 찬 바람을 무릅쓰고 갓난애를 업고 몇 번을 돌본 그 밭을 먼발로 바라볼 때에 입맛이 썼다. 금년은 꼭 그보다 나은 땅을 장만하고야 말겠다고 스스로 굳은 힘을 썼다.

그러나 이 봄부터 남편의 태도가 좀 다른 데가 보였다.

일터에서 일을 하다가도 틈을 엿보아 몰래 빠져나간다. 빠져나갔다가 한참 있다가 몰래 돌아오는데, 돌아와서는 슬슬 피하지만 가까이서 맡으면 약간 술내가 나고 하였다.

"어디 갔댔소?"

아내가 이렇게 물으면 남편은,

"너머 졸려서 수수밭 고랑에서 한잠 잤군."

하면서 사뭇 졸린다는 듯이 기지개를 하고 하였다.

그런 일이 여러 번 있었다.

남을 의심할 줄 모르는 곰네도 마지막에는 종내 의심을 품지 않을 수가 없었다.

어떤 날, 이날은 꼭 잡으리라 하고 눈치만 엿보고 있었다. 아니나 다를까, 한참 엿보노라니까 슬금슬금 눈치를 보다가 밭이랑 속으로 몸을 감추어 버린다.

이랑으로 숨어서 가는 남편을 곰네는 먼발로 뒤를 밟았다. 남편은 밭골을 다 지나서 마을 어귀까지 이르러서 한번 뒤를 돌아본 뒤에 어떤 술집으로 들어가 버린다.

곰네는 쫓아갔다. 울 뒤로 돌아가면 뒤뜰이 있다. 곰네는 뒤뜰로 돌아가서 난가리 뒤에 숨어서 엿들었다. 방 안에서는 상을 갖다 놓는 소리며 술잔 소리도 들렸다. 부어라 먹어라가 시작되는 모양이었다. 그 가운데에는 계집의 소리도 섞였다.

곰네는 좀 나섰다. 안의 소리도 좀 듣고 싶었다. 그때 마침 남자의 소리로,

"떡돌[21]에 눈코 그린 거, 알아 있니?"

계집의 소리로,

"그만두소. 안상 성나겠소."

사내 소리로,

"이 자식아, 거기다가 아일 만들 생각이 나던?"

계집의 소리로,

"방상은 눈 뜨고 잡니까? 눈 감구야 곱구 미운 걸 아나? 눈 감구라두 아이만 만들었으믄 됐디."

곰네는 더 참을 수가 없었다. 직한 사람은 노염도 더 크다. 잠든 애를 짚 위에 가만히 내려놓았다. 양팔을 높이 걷었다. 다음 순간 문을 박차면서 안으로 뛰어들었다.

들어서는 발 아래 계집이 있었다. 계집의 머리채를 왼손으로 움켜잡았다. 그 곁에 남편이 있었다. 오른손으로 남편의 멱을 잡았다. 다른 사내는 문을 차고 도망쳤다.

"이놈의 엠나이, 뭐이 어쩌구 어째!"

계집의 머리채를 움켜잡아가지고 그것으로 남편의 이마를 받았다. 그

21) 떡돌 떡을 칠 때에 안반 대신으로 쓰는 판판하고 넓적한 돌.

러고는 남편의 머리를 잡아 계집의 면상을 받았다.

"그래, 떡돌에 맞아봐라."

이름처럼 곰같이 성난 그는 곰같이 좌충우돌하였다. 약골의 남편, 술장사 계집, 모두가 이 성난 곰을 당할 수가 없었다.

"여보 마누라, 마누라……."

"내가 떡돌이디 왜 마누라야."

"내야 언제 그럽디까, 여보 마누라."

여보 마누라가 불리는 것은 곰네의 생전 처음이었다. 성난 가운데 반가웠다.

"내가 떡돌이믄 넌 떡메가?"

"여보, 마누라. 내가 언제 그럽니까. 내가 우리 마누랄 왜 험굴할까?"

"방금 한 건 뭐이구?"

그러나 곰의 울뚝밸[22]은 벌써 삭은 때였다.

"마누라, 내가 하두 목이 텁텁해서 막걸레라도 한잔 할라구 왔더니 그 망할 놈들이 그런 소릴 하는구만. 나두 분해서 그놈들하구 한판 해볼래는데 마누라 잘 왔소. 어, 내 속이 시원하군."

"흥. 이 엠나이 매 맞은 게 알끈하디[23]."

"그게 무슨 소리라구 그냥 한담. 자, 갑시다. 우리 당손이는 어디 있소?"

이리하여 내외는 그 집에서 나왔다.

그날은 무사히 평온하게 일이 끝장지었다.

22) 울뚝밸 화를 벌컥 내어 말이나 행동을 함부로 우악스럽게 내놓는 성미. 또는 그런 짓.
23) 알끈하다 무엇을 잃거나 기회를 놓치고서 오랫동안 잊지 못하고 아쉬워하다.

그러나 남편의 못된 버릇은 좀체 고쳐지지 않았다. 본시 곰네와 만나기 전부터 깊이 젖었던 버릇이었다. 곰네와 만난 뒤 한동안은 스스로 근신함인지 혹은 새 아내를 맞은 체면상 억지로 참음인지 또는 새 아내가 무서워서 그만둠인지, 한동안은 못된 데 다니는 버릇이 없어졌다. 그렇던 것이 곡식을 팔러 고을에 들어간 때 우연히 또다시 접촉을 하기 시작하여서, 그 뒤에는 집에 돌아와서도 틈틈이 아내의 눈을 기이면서 그 방면으로 다녔다.

한번 술집에서 들켜서 큰 소란을 일으키고 아내를 달래서 집으로 돌아오면서도, 아내를 속여서 자기는 누구 만날 사람이 있어서 잠깐 돌아가겠다고 아내를 돌려보내고는 자기는 술집으로 다시 돌아섰던 것이었다. 그 뒤에도 돈만 생기든가, 안 생기면 아내의 주머니를 뒤져서까지라도 틈틈이 그 방면으로 다녔다. 그것으로 아내와 싸우기도 수없이 싸웠고, 기력이 약한 그는 싸울 때마다 아내에게 눌려서 숨을 허덕거리며 다시는 쇠아들[24] 치고 그런 데 안 다니마고 맹세하고 하였지만, 그 맹세를 하면서도 어디 비어져 나갈 기회나 틈새를 생각하는 그였다.

그들의 살림은 나날이 빈약해가고 나날이 영락되어갔다.

못된 곳에 출입하는 도수가 잦아가면서 남편은 일손은 다시 잡지 않았다. 못된 데 출입하는지라 돈 쓸 데가 더 많아진 그는, 어떤 때는 아내를 달래고 어떤 때는 속이고 어떤 때는 훔치기까지 해서 제 용을 썼다. 아내는 살을 깎고 뼈를 앓아가면서 일했다. 남편이 다시 일터에 나서지 않는지라 남편의 노력까지 저 혼자서 맡아서 하였다.

24) 쇠아들 은정도 모르고 인정도 없는 미련하고 우둔한 사람을 속되게 이르는 말.

푼푼이 돈이 앞설 때도 있었다. 남편만 없으면 좀 앞세워놓고 살아갈 수도 있었다.

그러나 돈에 대한 불가사리 남편이 등 뒤에 달려 있는지라, 어쩔 도리가 없었다.

마음이 왈왈하고도 직한 곰네는 아무리 남편을 밉다 보고 다시는 그의 말을 안 들으리라 굳게 결심하였지만 남편이 돌아와서 그의 등을 쓰다듬으며, 양간한[25] 소리로 여보 마누라, 마누라, 하면 굳게 먹었던 결심도 봄날 눈과 같이 사라지고 마는 것이었다. 그리고 깊이 감추었던 주머니를 꺼내 남편 마음대로 쓰라고 내맡기는 것이었다.

"내가 민해……."

남편이 나간 뒤에 텅 빈 주머니를 만져보며 스스로 후회하고 다시는 안 속으리라고 또다시 결심하지만, 그 결심할 때조차 이 결심이 끝끝내 버티어질지 못 질지 스스로 자신이 없었다.

어떤 날, 그는 고을 장에 갔다.

언제든 그는 장에 갈 때는 애초에 집에서 조떡을 만들어가지고 가서 그것으로 요기를 하는 것이었다.

그날도 집에서 남편이 하도 조르므로 돈 이 원을 주고 왔다. 주기는 주었지만 장에까지 와서 보니 아까웠다. 자기는 십오 전어치 떡을 사먹기가 아까워서 집에서부터 조떡을 만들어가지고 오고, 목이 메는 조떡을 물 한 모금 없이 먹는데 남편은 좋다꾸나 하고 술만 먹고 있을 생각

25) 양간한 세련되고 맵시가 있는.

을 하니 자기의 아끼는 것이 어리석고 헛일 같았다.

시장해 보따리를 펴고 조떡을 꺼냈다. 목이 메고 텁텁한 위에 속조차 심란하여 먹기 싫은 것을 장난 삼아 한 입 두 입 먹고 있노라니까, 무엇이 곁에서 종알종알한다. 그쪽으로 돌아보니 여남은 살쯤 난 사내애가 하나 자기더러 무엇을 청구하는 것이었다.

"무얼?"

"나 떡 하나."

조떡을 하나 달라는 것이었다. 곰네는 어차피 자기도 먹기 싫은 위에 그 애가 몹시 시장해 보이므로 큼직한 것 두 덩이를 주었다. 그랬더니 그 애는 단숨에 두 개를 다 먹었다.

"또 하나 달란?"

그 애는 머리를 끄덕끄덕하였다. 또 두 개를 내주었다. 그 애는 하나는 단숨에 또 먹었지만, 나머지 한 개는 절반만치 먹고는 더 못 먹겠는지 멈추고 만다.

"더 먹으렴."

"아이, 배불러."

"너 조반 못 먹었니?"

그 애는 머리를 끄덕였다.

"왜? 오마니가 안 해주던?"

"오마닌 죽었어."

"가엾어. 아버지두 없구?"

"아바진 술만 먹다가 어디 갔는지 나가구 말았어. 나 혼자야."

곰네는 가슴이 뭉클하였다. 등에서 쌕쌕 잠자는 아이를 황급히 앞으로 돌려 안았다. 머리를 숙였다. 자기의 머리로 사랑하는 아이의 뺨을 문질렀다.

아버지라는 것은 아이에게는 남이로구나. 술값 일 원은 아깝지 않되 어린애 사탕값 일 전은 아끼는 자기의 남편…… 내가 살아야겠다. 내가 살아야 이 아이가 산다. 어떤 일이 있든 어떤 곤경이 있든 결단코 넘어져서는 안 된다. 내가 넘어지면 이 아이까지도 아울러 넘어진다!

"야, 당손아. 너 뭘 가지구 싶으니? 뭐 먹고 싶으니? 아무게나 네 마음에 있는 걸 말해라."

잠자는 아이였다. 잠자는 아이를 깨워서 그 뺨을 부벼대서 물었다.

어린애는 깨면서 제 눈 딱 맞은편에 어머니의 얼굴이 있는 것을 보고 안심한 듯이 기다랗게 기지개를 한다.

"얘."

곰네는 거지 아이를 돌아보았다.

"너두 엄마 아빠 다 없으니 오죽 궁진하고 출출하겠니. 나하구 가자. 내 너 먹구픈 거 가지구픈 거 다 사줄게 이리 오나라."

자기의 아들을 앞으로 돌려 안아 그 보드라운 뺨에 자기의 뺨을 부벼대며, 거지 애를 달고 시장 쪽으로 향하여 갔다.

1 곰네라는 이름의 의미는 무엇인가요?

곰네는 어렸을 때부터 어버이가 지어준 길녀라는 이름이 있었지만, 곰네라는 이름으로 불리게 됩니다. 자신은 고와서 곰네라고 남들이 부른다고 생각했지만, 사람들은 곰같이 두껍고 거칠고, 가슴이 벌어지고, 억척스러워 곰네라고 불렀습니다. 곰네는 여성다운 점이 전혀 없어 크면서도 성적인 매력을 찾아보기 힘듭니다. 아버지가 일찍 돌아가시자 어머니와 함께 농사일을 하며 자란 곰네는 순박하고 선량합니다. 그리고 곰처럼 둔한 면이 있어 일찍 이성의 존재에 눈뜨지 못했고, 남성에게 애교 있고 살갑지도 못합니다. 그렇게 성적인 매력을 찾기 힘들었던 곰네의 외모는 남성의 사랑을 받을 수 있는 조건들에서 멀어 보입니다.

2 곰네의 아버지와 남편은 어떤 사람이었나요?

곰네가 만난 일생의 두 남자는 바로 아버지와 남편입니다. 이 두 사람은 모두 곰네를 부양하고 책임질 의무가 있었지만, 한결같이 게으르고 무능력한 존재들에 불과합니다. 어린 곰네가 다섯 살부터 농삿일을 거들어야 했던 것은 아버지가 술이나 얻어먹고 투전판이나 기웃거리는 소문난 망나니였기 때문입니다. 그가 성장하여 이웃 사람들의 주선으로 만난 남편은 천성이 거짓되고 게으른 아버지의 복사판이었습니다. 이처럼 곰네의 불행은 자신을 지켜줄 남자들이 스스로 책무를 저버린 결과로 돌아온 비극이었습니다.

3 곰네의 결혼으로 이루어진 가정의 모습은 어떠했나요?

곰네는 외롭고 억척스럽게 살다가 한 남자를 만나 가정을 이룹니다. 그리고 처음에는 따스한 정을 나누기도 하고, 조금씩 나아져가는 살림의 윤기를 느껴보며 당찬 자농의 꿈을 꾸기도 합니다. 하지만, 소박한 곰네의 꿈은 남편의 본색이 드러나면서 송두리째 무너집니다. 잠시 동안의 행복은 철저한 남편의 기만과 곰네의 희생으로 이루어진 결과물에 불과할 뿐입니다. 곰네의 남편은 오직 곰네를 이용하고, 의지해서 사는 또 다른 무력한 아이에 불과합니다.

4 **곰네가 시장에서 조떡을 먹으며 다짐했던 다음 독백이 의미하는 것은 무엇입니까?**

> 내가 살아야겠다. 내가 살아야 이 아이가 산다. 어떤 일이 있든 어떤 곤경이 있든 결단코 넘어져서는 안 된다. 내가 넘어지면 이 아이까지도 아울러 넘어진다!

곰네가 시장에 갈 때에 돈을 쓰기가 아까워 집에서 조떡을 만들어 갑니다. 물도 없이 목이 메는 조떡을 먹던 곰네는 자신이 조떡을 먹으며 아끼는 돈으로 남편은 술집에 가서 술을 마실 것이란 생각을 합니다. 아이의 사탕값은 아까워하면서도 술값은 아까워하지 않는 남편을 생각하며, 곰네는 이기적이고 무책임한 남편의 실체를 자각합니다. 그리고 위와 같이 아이를 위해 자신이 강해져야 함을 깨닫습니다. 자신의 인생 중심을 남편도 아닌, 자기 자신도 아닌, 아이에게 두는 것은 곰네가 소극적인 여인에서, 적극적인 어머니로 거듭나고 있음을 말해주는 장면입니다. '여자는 약하나 어머니는 강하다' 라는 말처럼 곰네는 어머니의 이름으로 강해지고 있는 것입니다.

5 곰네가 시장에서 만난 거지 아이를 데려가는 의미는 무엇인가요?

곰네가 시장에서 남편의 실체를 확인하며 자신의 불행을 곱씹고 있을 때에 우연히 거지 아이를 만납니다. 어머니가 없어서 거지가 된 사내아이에게 조떡을 먹이며, 자신의 아들에게 곰네 자신이 얼마나 소중한 존재인가를 새삼스럽게 깨닫습니다. 그리고 자신의 존재의미를 새롭게 느낍니다. 거지아이는 곰네로 하여금 사랑받기를 원했던 소극적인 여인네에서 아들을 사랑하는 헌신적인 어머니로 거듭나게 만듭니다. 곰네가 자신의 아들을 안고 거지 아이를 달고 시장 쪽으로 향하는 뒷모습은 그동안 남편에게 위축된 불행한 한 여인의 뒷모습이 아닙니다. 자애로운 모성애가 사회적으로 확대되어 어린것들을 돌보는 위대한 어머니의 모습입니다.

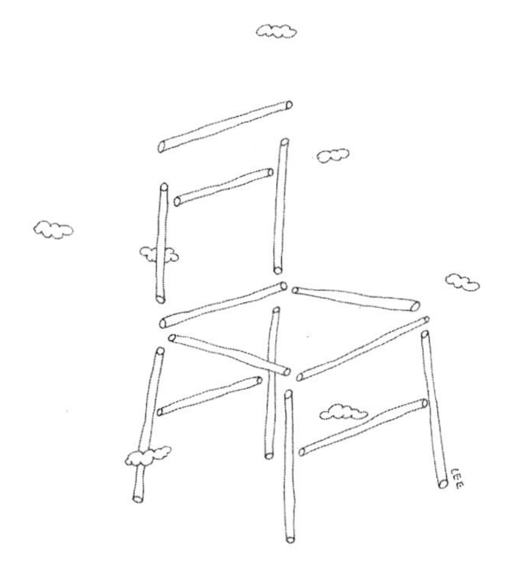
LEE

예술의 자율성 확보, 합리주의, 남성적 미학 등을 통해 근대문학의 미적 의식 확보

자연주의적 리얼리즘과 탐미주의를 표현한 김동인의 작품은
문학의 독자성을 구축하고 예술성을 높임으로써
근대문학의 새로운 지평을 열었다.

1. 김동인의 생애

김동인은 1900년 10월 2일 평양에서 태어났습니다. 본은 전주 김씨이고, 그의 가문은 평양 하수구리에서 8대를 내려온 집안으로서 상당한 전답을 소유하고 있었습니다. 부친 김대윤은 평양교회의 장로로서 개화사상을 지닌 분이었으며, 안창호 등과도 교분이 있었습니다. 첫째 부인이 낳은 동인의 형인 동원은 동인보다 열여섯 살 연상일 뿐 아니라, 명치대학을 다닌 인텔리였고, 신민회의 중추인물이었으며, 평양을 대표하는 장로요, 수양동우회의 평양측 대표자이기도 했습니다. 그의 형 동원은 해방 후에는 국회부의장까지 지낸 바 있습니다. 그의 아버지가 첫째 부인을 잃고, 새로 혼인한 아내 옥씨에게서 동인, 동선, 동평 세 자녀를

얻었습니다. 동인은 그중 옥씨의 첫째 아들로 귀하게 자라났습니다.

김동인의 어린 시절은 "나의 아버지가 나를 기르실 적의 유아독존의 사상을 나의 어린 머리에 깊이 처박았으니" 라고 그 스스로 기록해 놓은 것을 보아서도 알 수 있듯, 집안의 귀염둥이로 지극한 호사를 누렸습니다. 그렇지만 이런 그의 환경 때문에 그는 열다섯 살 동경으로 유학가기 전까지 평양에서 주요한을 제외하곤 친구가 없었습니다. 그의 집안에 들어올 수 있었던 사람은 극히 제한되어 있었고, 이런 어릴 적 환경으로 인해 동인은 실제 서민들의 모습을 몰랐다고 합니다. 이런 점은 훗날 동인이 소설을 쓸 때 부정적인 면으로 작용합니다. 사람들의 생활상을 구체적으로 그려야 하는데 그런 면을 잘 몰랐던 동인은 자신의 작품에서 필연적으로 묘사에 집중하지 못했다는 것으로 나타납니다.

그가 숭실중학교를 중퇴하고 일본으로 건너간 것은 1914년입니다. 그는 소학교 후배인 주요한이 자기보다 먼저 도일하여 명치학원에 다니고 있음을 알고서 그의 후배로 들어가는 것이 자존심이 상해 명치학원을 피하고, 동경학원에 입학했으나 얼마 후 동경학원이 명치학원에 병합되는 바람에 어쩔 수 없이 주요한의 후배가 됩니다. 그는 이 학교에 1915년부터 1917년까지 다닙니다. 그리고 1918년 9월에 동인은 가와바타 화숙에 들어가서 1919년 3월까지 다니다가 3·1운동이 일어나자 귀국하여 학업을 완전히 끝냅니다. 그가 문학에 열중하기 시작한 것은 대략 동인이 명치학원에 다니던 무렵부터인데, 자신의 술회에 따르면 "일본문학 따위는 미리부터 깔보고 들었으며 빅토르 위고까지도 통속작가라 경멸하리만치 유아독존"으로 나아갔으되, 단 하나 열렬히 숭배한 작가가 있었으니 그가 곧 톨스토이였다고 합니다.

1919년 2월에 주요한, 전영택 등과 동인지 『창조』를 창조하고 거기에 단편 「약한 자의 슬픔」을 발표함으로써 그는 정식으로 문단에 등장하게 됩니다. 그는 순수문학에 대한 열정을 창작에 쏟아 「약한 자의 슬픔」 「마음이 옅은 자여」 「목숨」 「배따라기」 등의 소설을 연달아 발표합니다. 그러나 자신만의 강렬한 동인 미(美)를 필요로 했던 그의 안목에 그의 작품들은 성이 차지 않았습니다. 그런 데서 오는 예술적 갈등과 『창조』의 무제한적 출혈투자에 싫증이 났던 동인은 기생들과의 방탕에 몰입하면서 『창조』를 폐간해 버립니다.

이때부터 그는 요릿집에 출근하는 생활과 백금 물뿌리를 물고 동경을 산책하는 등, 삶의 목적을 쾌락의 완성에 두는 의도적인 방탕의 길을 걸어갑니다. 결국 이런 칠 년여에 걸친 방탕한 생활로 인해 아버지가 남겨주신 유산은 바닥이 나고 맙니다. 그리고 그가 마지막 재기의 몸부림으로 시작했던 보통강 수리사업 또한 파산하고 맙니다.

김동인은 파산과 더불어 그의 아내 김해인의 출분이라는 아픔을 겪습니다. 그의 아내는 남편의 멈출 줄 모르는 방탕과 기생놀음에 진력을 느끼고 동인의 두 아이들을 데리고 동경으로 떠나 버립니다. 아내의 가출과 이혼, 수리사업의 실패와 파산으로 인해 동인은 서른도 되기 전에 심각한 불면증에 시달리며, 잠을 자기 위해서는 수면제를 먹어야 할 만큼 신경증 증세에 시달리게 됩니다. 그리고 동인은 1930년 김경애와 재혼하면서 복잡했던 여자 관계를 정리하고, 주로 원고료에 의존하여 생계를 잇게 됩니다. 재혼 이듬해에 서울로 이사한 그는 전에는 멀리하던 신문연재소설에 자주 손을 대게 되며 스스로 야담에 불과하다고 자인하는 작품들도 많이 쓰게 됩니다. 1933년에는 〈조선일보〉에 「운현궁의 봄」을 연재한 한편, 학예부장으로 취직하기도 했으나, 그 오만한 성격에 직장 생활의 생리가 맞지 않아 사십 일 만에 그만두게 됩니다. 이때의 일을 "과부의 서방질이나 일반으로나 스스로도 창피하게 생각하는 바이다" 라고 회고한 바 있는데, 그만큼 순수 예술가의 기개를 소중하게 생각했다고 할 수 있습니다. 동인은 1935년에 월간지 『야담』을 발간하고 극심한 생활고를 해결하기 위한 방안으로 소설 쓰기에 전력하나, 두 번째 아내의 가출과 어머니의 죽음으로 그의 불행한 생활은 계속 이어졌습니다. 그리고 그의 신경증은 갈수록 악화되어, 1936년에는 장기 휴양을 가야 할 정도가 되었습니다. 그런 와중에도 1939년 '성전 종군 작가'로 황군 위문을 떠났으나, 그곳에서 쓰러져 보고서를 쓰기가 어려울 정도였다고 합니다. 동인은 1948년 장편 역사소설 『을지문덕』과 단편 「망국인기」의 집필에 착수하나 생활고로 중단하고, 1951년 6·25전쟁 중 가족들이 모두 피난간 빈집에서 아무도 지켜본 사람이 없는 중에 홀로 외로운 죽음을 맞이하게 됩니다.

2. 김동인의 문학 세계

우리의 근대문학이 아직 자리를 잡고 있지 못하던 1920년대의 초기, 활발한 동인지의 출간과 함께 시작된 김동인의 등장은 우리 문학의 새로운 지평을 열었습니다. 김동인은 삼십여 년간의 작품 활동을 동일한 장르인 소설만으로 일관한 작가였고, 특히 단편소설을 고집했습니다. 총 90여 편의 작품 가운데 75편 가량이 단편소설에 해당할 만큼 소설의 완성을 단편소설을 통해 추구했던 작가입니다.

김동인은 「근대소설고」「문단 삼십 년의 자취」의 곳곳에서 한국 근대소설의 문체를 구어체로 확립시킨 공로는 그 자신이 차지해야 한다는 점을 역설하고 있습니다. 그의 주장을 요약해 보면 첫째, 춘원의 소설에서 아직도 발견되는 "~이더라", "~이라", "~하는데", "말살" 등의 구투나 현재체를 구어체와 과거체로 고쳐 썼다는 점과 둘째, 삼인칭 단수 'he, she'에 해당하는 대명사 '그와 그녀'를 그의 소설에서 보편적으로 사용했다는 점. 셋째, 그가 밝히고 있는 "느꼈다", "깨달았다", "틀림없다" 등 소설에서 흔히 사용하는 말을 일본말에서 번역하여 그가 처음으로 사용 보편화했다는 것입니다. 이 주장이 모두 인정받고 있지는 못하지만, 한국 근대소설에서 구어체의 확립에 많은 부분 기여한 것은 사실입니다.

김동인의 작품들은 다양한 경향상의 특징을 보여주고 있습니다. 동인의 대표적인 작품들을 사조상 비교적 체계적으로 분류해 보면, 심리주의적 경향을 보여주는 작품으로 「마음이 옅은 자여」「발가락이 닮았다」「광화사」「광염 소나타」가 있고, 탐미주의적 경향을 보여주는 작품으로 「배따라기」「광염 소나타」「광화사」가 있습니다. 그리고 자연주의적 경향을 보여주는 작품으로 「감자」「명문」「발가락이 닮았다」「김연실전」「수양」「K박사의 연구」 등이 있고, 인도주의적 경향을 보여주는 작품으로는 「발가락이 닮았다」「K박사의 연구」가 있습니다.

그러나 동인의 문학 작품에서 구현되었던 문예사조는 크게 유미주의와 자연주의로 나눠볼 수 있습니다. 이 두 사조가 그의 문학을 떠받치는 두 개의 축으로 공인되고 있습니다. 1920~1930년대 주요 단편을 대상으로 그 성격을 구분해 보면, 대체로 자연주의적 리얼리즘에 의거한 「감자」 계열과, 탐미주의적 요소가 짙은 「광염 소나타」 「광화사」 계열로 이분할 수 있습니다. 이처럼 자연주의적 리얼리즘과 탐미주의는 김동인 문학의 독자성을 구축하고 예술성을 높이는 데 주요한 구실을 하는 2원적 요소로 볼 수 있습니다. 따라서 그의 문학을 이해하기 위해서는 서로 화합할 수 없는 이 두 사조를 이해하고 김동인 식으로 어떻게 결합했는지를 이해할 필요가 있습니다.

김동인의 유미주의는 「광염 소나타」와 「광화사」에 잘 나타나 있습니다. 이 두 작품은 그의 탐미주의적 경향을 대표할 뿐만 아니라, 화자가 원경에 있고, 그 속에 한 편의 이야기 구조가 박혀 있는 액자 소설이요 '예술가의 기벽성과 천재성 속에 숨은 범죄성에 대한 통찰에 초점을 둔' 일종의 '예술가 소설'이기도 합니다. 여기에 나타난 동인의 예술관은 미 우위의 예술관입니다. 그런데 그것은 진실을 미보다 높이 평가하는 자연주의의 예술관과 정면에서 충돌하는 모순을 낳기도 합니다.

이런 측면에서 동인은 리얼리스트라고 규정지을 수 없는 면이 있습니다. 그는 작가를 단순한 모방자로 보지 않았기 때문입니다. 동인에게 있어 예술가는 조물주에 버금가는 창조자였습니다. 그는 평소 예술가는 자기가 만든 세계를 신처럼 자유자재로 조종하는 인형조종술사라는 주장을 폈습니다. 그가 톨스토이를 도스토예프스키보다 위대한 작가로 평가하는 이유도 여기에 있습니다. "톨스토이는 자기가 창조한 자기의 세계를 자기 손바닥 위에 올려놓고 자기가 조종하며 그것이 가짜든 진짜든 거기 만족하였다. 이것이 톨스토이의 예술가적인 위대한 가치일 수밖에 없다"는 것이 동인의 평소 견해였습니다. 이러한 인형조종술 이외에 김동인의 예술론의 또 하나의 골자는 '소설회화론' 입니다. 회화론(繪畵論)은 그의 소설론의 일관된 주장입니다. 여기에서 회화는 사진과 반대되는 말입니다. 소설회화론은 주관을 통하여 나타나는 객관묘사의 기법을 의미하는 말인데, 동인의 소설회화론은 인형조종술사로서의 작가, 순화, 조리의 기능과 선택권의 긍정, 단편소설 선호, 일원묘사, 액자 형식을 통한 주객합일의 시점 등을 근간으로 하고 있습니다.

김동인의 또 하나의 문예사조의 축은 자연주의입니다.

김동인의 작품 세계에서 자연주의를 연상시키는 첫 번째 징후는 『창조』의 창간호 편집후기에 나오는 '기록과 충실' 이라는 어휘들이며 두 번째로 주목을 끄는 것이 '리얼리즘의 실현, 인생의 문제의 제시' 라는 구절들이며, 세 번째가 「귀의 성」에 나오는 '냉정한 붓끝' 에 대한 예찬으로 볼 수 있습니다. 이런 구절들은 자연주의 작가들이 지향했던 기록의 중시 경향 및 사실을 정확하게 재현하기 위하여 필요했던 성실성의 문제와 상통한 면입니다. 김동인의 「감자」는 그의 소설의 특징적 일면을 대변하는 작품인 동시에 1920년대 우리 나라의 자연주의 내지 사실주의적 기법이 낳은 대표적 성과로 인정받고 있는 작품입니다. 그리고 「태형」에서 자기가 살았던 감방을 묘사하기 위해 감방의 더위, 넓이와 수용 인원의 수, 기상시간, 수면 상황 등을 숫자를 통하여 정확하게 제시하고 있습니다. 그 밖에도 「광염 소나타」 「K박사의 연구」 등에서 볼 수 있는 전문용어의 활용, 자기와 무관한 칠성문 밖의 빈민굴의 생태 등은 그가 소설을 쓰기 위해 수집을 통하여 얻은 과학적 관찰을 소설적 장치로 활용하고 있음을 보여줍니다.

그렇지만 이런 노력에도 불구하고, 김동인 자신이 갖고 있던 극단적인 기질은 작품에서 자연주의를 훼손하는 방해요인으로 작용합니다. 복녀의 인생관이나 뱃사공의 극단적인 변화, 「태형」의 주인공이 영원 영감을 내쫓는 행위의 철저함, 자기가 원하는 웃음을 띠지 않는다고 소경처녀를 죽이고 마는 솔거의 광포성, 대변으로 영양식을 만드는 K박사의 극단화는 그의 작품 전체를 관통하는 가장 김동인다운 특징임과 동시에 보편성과 일반성을 존중하는 자연주의의 근본적 특성에 배치됩니다.

그러나 문학사에서 김동인은 예술의 자율성 확보를 위한 노력, 소설의 지위 격상, 합리주의, 남성적 미학, 육체의 긍정 등을 통하여 한국문학의 일면성 타파에 크게 이바지했습니다.

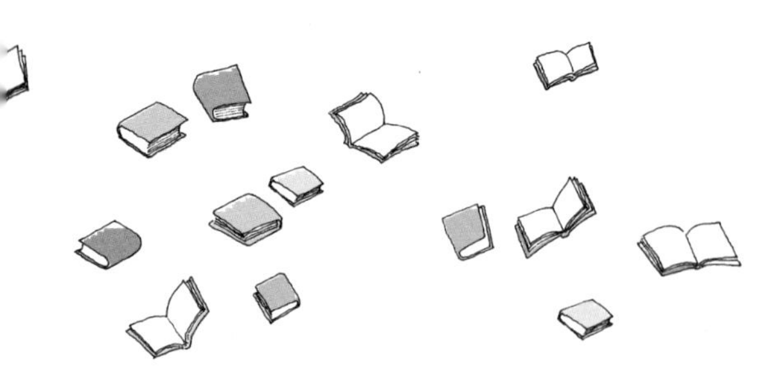

| 논 술 |

예술은 그 자체로 목적이 될 수 있는가?

1. 주제 설명

예술 그 자체를 목적으로 생각하는 '예술을 위한 예술' 이라는 구호는 낭만주의에서 유래되었으며 자유를 위한 투쟁의 한 수단으로 생겨난 말이다. 원래 이 말은 고전적 예술규범에 대한 반항으로 시작되었던 것이 모든 외적 제약에 대한 저항, 비예술적이고 도덕적이며 지적인 가치들로부터의 예술의 해방을 뜻하는 포괄적인 의미로 확대되었다. 낭만주의 작가 고티에(Théophile ciqutier)는 예술적 자유란 모든 시민적 가치기준으로부터 독립되고, 공리적 목표에 대하여 자유로우며 사회 목표의 실현을 위한 모든 협력의 거절을 의미한다고 말했다. 이 말은 예술지상주의를 잘 설명해 주고 있다. 이처럼 예술지상주의는 예술이 정치적 선전의 도구가 되는 것을 거부했으며 사회적 이념에서 스스로 초월하였다. 이것은 칸트(Immanuel Kant)가 주장한 순수예술론인 '예술은 모든 이해관계를 초월해 있다'는 이론과 연결되어 발전하였다.

'예술을 위한 예술'이라는 구호는 다른 한편으로 근대화된 산업주의로 인해 파생된 분업화의 표현이라고 볼 수 있다. 산업화로 이루어진 사회 분업화는 예술의 분업화를 촉진시켰으며, 예술의 분업화는 예술의 전문화로 이어졌다.

그러나 이러한 예술지상주의 입장은 여러 가지 논란을 야기시켰다. 예술은 필연적으로 인간의 삶과 긴밀한 관계 속에서 존재하며, 그 사회가 안고 있는 여러 제반 문제와 분리되어 독립적으로 존재하기 힘들다. 그래서 하나의 예술이 구체적으로 형상화되는 과정에서 시대와 사회의 이데올로기를 반영할 수밖에 없는 것이다. 이런 예술 사회학적 기능을 중시하는 입장은 예술지상주의가 표방하고 있는 이념과 정면으로 배치된다.

2. 논술 문제

다음 제시문에 나타난 예술의 특성을 분석하고, 예술과 사회적 관계를 파악한 다음, 예술 그 자체로 목적이 될 수 있는지 논술하시오.

(가) 밝는 날 함께 자리에서 일어난 화공과 소경 처녀의 두 사람은 벌써 남이 아니었다.

"오늘은 동자를 완성시키리라."

삼십 년의 독신 생활을 벗어버린 화공은 삼십 년간을 혼자 먹던 조반을 소경 처녀와 같이 먹고 다시 그림 폭 앞에 앉았다.

"용궁은?"

기쁨으로 빛나는 처녀의 눈.

그러나 화공의 심미안(審美眼)에 비친 그 눈은 어제의 눈이 아니었다.

아름답기는 다시없는 아름다운 눈이었다. 그러나 그 눈은 사내의 사랑을 구하는 '여인의 눈' 이었다. 병신이라 수모 받던 전생을 벗어 버리고 어젯밤 처음으로 인생의 봄을 맛본 처녀는 이제는 한 개의 그 지어미의 눈이요 한 개의 애욕의 눈이었다.

"용궁은?"

"용궁에 어서 가서 여의주를 얻어서 제 눈을 틔여 주세요. 밝은 천지도 천지려니와 당신을 어서 눈 뜨고 보고 싶어……."

〈중략〉

"에이 바보야. 천치야. 병신아."

생각나는 저주의 말을 연하여 퍼부으면서 소경의 멱을 잡고 흔들었다. 그리고 병신답게 멀겋게 뜨인 눈자위에 원망의 빛깔이 나타나는 것을 보고 더욱 힘 있게 흔들었다.

흔들다가 화공은 탁 그 손을 놓았다. 소경의 몸이 너무나 무거워졌으므로.

화공의 손에서 놓인 소경의 몸은 손을 뒤솟은 채 번뜻 나가넘어졌다. 넘어지는 서슬에 벼루가 전복되었다. 뒤집어진 벼루에서 튀어난 먹 방울이 소경의 얼굴에 덮였다.

깜짝 놀라서 흔들어보매 소경은 벌써 이 세상의 사람이 아니었다.

—「광화사」 중에서

(나) 그렇겠습니다. 그러나 우리 예술가의 견지로는 또 이렇게 볼 수도 있습니다. 베토벤 이후로는 음악이라 하는 것이 차차 힘이 빠져가서 꽃이나 계집이나 찬미할 줄 알고 연애나 칭송할 줄 알아서 선이 굵은 것은 볼 수가 없게 되었습니다. 게다가 엄정한 작곡법이 있어서 그것은 마치 수학의 방정식과 같이 작곡에 대한 온갖 자유스런 경지를 제한해 놓았으니깐 이후에 생겨나는 음악은 새로운 길을 개척하기 전에는 한 기술이 될 것이지 예술이 될 수는 없습니다. 예술가에게는 이것이 쓸쓸해요. 힘 있는 예술, 선이 굵은 예술, 야성으로 충일된 예술 …… 이것을 기다린 지 오랬습니다. 그럴 때에 백성수가 나타났습니다. 사실 말이지, 백성수의 예술은 그 하나하나가 모두 우리의 문화를 영구히 빛낼 보물입니다. 우리의 문화의 기념탑입니다. 방화? 살인? 변변치 않은 집, 변변치 않은 사람은 그의 예술의 하나가 산출되는 데 희생하라면 결코 아깝지 않습니다. 천 년에 한 번, 만 년에 한 번 날지 못 날지 모르는 큰 천재를, 몇 개의 변변치 않는 범죄를 구실로 이 세상에서 없애 버린다는 것은 더 큰 죄악이 아닐까요? 적어도 우리 예술가에게는 그렇게 생각됩니다.

―「광염 소나타」 중에서

(다) 우리가 알고자 하는 것은 다만 대상의 표상이 나에게 만족을 주는가(내 마음에 드는가) 하는 것뿐이며, 그래서 나는 그 표상의 대상이 현존하는지에 관해서는 항상 아무런 관심도 가지지 않을 수 있다. 내가 어떤 대상에 대해 아름답다고 말하기 위해, 또 내가 취미를 가지고 있다는 것을 증명하기 위해 중요한 것은 나 자신의 내부에 있

는 이러한 표상으로부터 내가 부여하는 어떤 것일 뿐, 나로 하여금 대상의 현존에 의존하게 하는 어떤 것이 아님은 매우 분명하다. 미에 관한 판단에 조금이라도 관심이 섞여 있으면, 그 판단은 매우 편파적이며 또 순수한 취미판단이 아니라는 사실을 누구나 승인하지 않으면 안 된다. 취미의 문제에 있어서 심판관의 역할을 하려면, 우리는 사태의 현존에는 조금도 마음이 끌려서는 안 되고, 이 점에 대해서는 그 어떤 관심도 가져서는 안 된다.

그런데 극히 중요한 이 명제는 우리가 취미판단에서 나타나는 순수한 무관심적 만족을 관심과 결합되어 있는 만족과 대립시켜 볼 때 그리고 특히 그와 동시에 관심의 종류는 이제 아래에서 열거하게 될 종류 외에는 없다는 것을 확신할 수 있을 때, 가장 잘 해명될 수 있다.

—칸트, 『판단력 비판』 중에서

(라) 인류가 출현하고 나서 자연계가 인류의 사회생활과 밀접한 관계를 맺은 이후, 즉 인류의 노동과 갖가지 사회실천을 통하여 자연계가 '인간화된 자연계' '인간의 본질적 능력이 대상화된' 자연계로 되었을 때에야, 자연계는 비로소 아름다움의 성질을 지니게 되었으며 인류의 심미대상이 되었던 것이다. 결코 미를 위해 인간이 존재하는 것이 아니라 인간을 위해 미가 존재하며, 노동이 미를 창조하였음을 알 수 있다.

아름다움이 객관적으로 존재한다는 것은 말할 나위도 없지만, 아름다움은 객관적인 자연존재가 아니라 객관적인 사회존재이다. 아름다움은 사회현상에 속하는 것으로서 자연현상이 아닌 것이다. 아름다움은 단지 사물의 사회속성 가운데에 존재할 뿐으로 사물의 자연속성 가운데에 존재하는 것이 아니다. 간단히 말해 이것이 곧 아름다움의 극히 중요한 특성, 객관적 사회성인 것이다.

—유홍준 편역, 『미학 에세이』 중에서

3. 논술의 길잡이

(1)주제 설명

인간의 심미활동과 관련된 예술은 필연적으로 아름다움과 결부되어 이해할 수밖에 없다. 그래서 예술의 본질을 이해하기 위해서는 아름다움의 기준을 이해하고 여러 미학적 관점을 이해해야 한다.

① 다윈의 미에 대한 관점

다윈은 동물들의 심미활동이 암수의 도태법칙에 의해 결정된다고 생각했다. 동물 수컷은 암컷에게 구혼하고자 하거나 암컷의 사랑을 받고자 한다. 암컷은 화려한 모습의 수컷을 매우 좋아한다. 따라서 오랜 기간의 생물진화를 통해 수컷의 아름다운 장식이나 자태가 자연히 획득되어졌다. 뒤집어 말한다면 암컷이 수컷의 화려한 깃털, 예쁜 장식 또는 미혹시키는 노래 소리, 춤추는 모습을 식별할 수 없다고 한다면, 수컷이 보여준 바의 노력과 고심, 즉 암컷 앞에서 아름다움을 뽐내는 것은 모두 다 부질없는 짓이며 인정받을 수 없는 일이 되고 말 것이다. 다윈의 관점은 미를 추구하는 동물들의 목적이 미 자체에 있는 것이 아니라 특별한 목적을 가지고 있음을 말해주고 있다. 다윈의 이러한 관점은 동물들의 심미활동이 다분히 동물들에게 그치는 것이 아니라 인간의 본능적인 미의 추구 속에 그와 같은 목적이 내포되어 있다고 본다. 인간이 아름다운 외모를 가꾸는 것이나, 음색으로 성적 매력을 발산하는 행위들을 성적 매력을 높여 종족 번식을 유리하게끔 하기 위해 만들어진다고 보는 것이다.

② 칸트의 미에 대한 관점

독일의 대표적 철학자 칸트는 그의 저서 『판단력 비판』에서 언급한 아름다움에 관한 글에서 우리가 아름다움을 느낄 때의 우리 마음의 상태를 무관심의 상태라고 규정하였다. 이것은 다윈의 입장과 상반되는 내용으로써 우리가 아름다움을 느낄 때 우리 마음의 상태는 관심이나 욕구가 만족되는 마음의 상태와는 다르다는 것이다. 예를 들면 어떤 부족의 족장처럼 술이 마시고 싶어 선술집을 찾으려는 욕구가 가득한 상태에서는 베르사이유 궁전을 바라보아도 아름다움을 느낄 수 없다는 것이다. 이것은 금강산도 식후경이라는 우리의 속담과 유사하다. 또한 베르사이유 궁전을 건설한 전제군주의 횡포를 비판하려는 정치적 관심에 비추어 베르사이유 궁전을 바라볼 경우에도 아름다움을 느낄 수 없다. 아름다움이란 그러한 욕망이나 관심으로부터 벗어난 상태에서 이루어지는 것이라는 것이 칸트의 생각이다.

칸트의 이러한 관점은 '예술을 위한 예술' 이라는 순수예술을 발전시키는 데 이론적 토대가 되었다.

(2) 작품과 연관 짓기

예술은 사회의 산물이다. 따라서 예술 속에는 그 사회의 전통 관례, 가치관 등이 반영되어 있다. 예컨대, 그리스 예술에는 인간과 자연의 조화라는 그 사회의 가치관이 반영되어 있고, 중세 예술에는 기독교적 세계관이 자리 잡고 있으며, 발자크의 소설에는 그 당시 귀족들의 관례가 드러나고 있다.

다른 한편으로, 예술은 사회로부터 독립된 자율성을 지니고 있다. 예술은 사회를 반영하기도 하지만, 예술은 독자적 자율성으로 자신을 탄생시킨 사회를 비판하고 개선하기도 한다. 그런데 사회적 관례나 전통을 비판하는 자율성이 때로는 지나친 파격으로 비추어져 사회의 지탄을 받기도 한다. 전위예술이나 실험예술이 그 대표적 예이다. 마네의 그림 〈올림피아〉, 뒤샹의 〈샘〉, 스트라빈스키의 음악 〈봄의 제전〉, 마광수나 장정일의 소설, 격렬한 소리와 몸동작이 동반되는 락이나 랩 음악 등도 이에 해당된다.

예술이 사회와 갈등을 빚을 때 그 대처 방식은 여러 가지가 있을 수 있다. 대표적 방식 중의 하나는 사회의 질서 유지를 위해 비판하고 제거하는 방식이다. 그런데, 이러한 긴장을 통해 사회에 기여하는 역할을 수행하기 때문에 한 사회의 발전을 위해 예술의 자율성은 존중받아야 한다. 공익과 예술은 때론 충돌하고 예술은 그 충돌을 통해 새로운 또는 다른 공익을 가능케 한다.

예술과 연관된 다음 주제는 아름다움이다. 현대에 들어와서는 추한 예술도 많이 있지만, 근대까지만 해도 예술은 인공적 아름다움의 대표적 구현체로 간주되어 왔다. 따라서 아름다움의 기준을 구하려는 시도는 예술과 관련된 중요한 주제이다.

김동인의 소설에서 나타난 예술주의는 사회와의 연관성을 갖고 있는 관점보다 예술은 그 자체로 목적이 있다는 예술지상주의적 성격을 띠고 있다. 김동인의 작품 중 「광화사」와 「광염 소나타」에 나타난 작가의 미의식은 이러한 경향을 잘 보여주고 있다. 작가는 등장인물을 통해 현실의 모든 가치보다 예술의 가치가 훨씬 뛰어나다고 주장하고 있다. '선이든, 악이든 나의 욕구는 모두 미다' 라고 생각했던 김동인의 예술관이 소설이라는 형식을 빌려서 표현된 것으로 볼 수 있다. 예술지상주의 관점에서 보면 예술을 위한 모든 과정은 그 자체로 정당성이 있고, 이러한 생각은 위대한 예술작품이 탄생하는 과정에서 변변치 않은 생명이 희생되는 것은 결코 큰일이 아니라는 예술지상주의 관점을 등장인물의 대사로 정당화하고 있는 것이다.

4. 예시 답안

예술이란 미적 대상에서 미적 이념을 찾아내어 표현함으로써 작가의 주관적 심정이 보편적으로 전달되는 것을 말한다. 이런 예술 행위를 통해 작가는 자신의 생애에 얻은 수많은 체험들에 새로운 의미를 부여하고 그 의미들은 삶을 고양시키는 역할을 감당하는 것이다. 이러한 예술의 본질과 영역을 다루는 미학의 관점은 크게 두 가지로 나누어진다.

첫째는 예술 그 자체를 일반 법칙으로 연구하는 순수예술론의 관점이 있고, 인간이 사회활동의 영역 중에서 심미요소가 드러내는 법칙성과 미의 문제를 연구하는 예술 사회학적 관점이 그것이다. 이러한 상반된 관점은 문학 자체를 그 목적으로 보는 순수문학과 사회적이고 역사적인 맥락 속에서 이해되는 참여문학의 논쟁을 유발하기도 했다. 이런 해묵은 논쟁은 이미 그 가치를 상실했지만, 문학의 현실참여 문제는 문학이 사회가 추구하는 보편적인 가치관과 도덕으로부터 자유로울 수 있는가에 대한 본질적인 물음을 던져 주고 있다.

위의 제시문 (가)와 (나)는 김동인이 쓴 「광화사」와 「광염 소나타」에 나오는 작품의 일부분이다. 이들 작품에 나오는 예술미는 작가가 추구하고 있던 극단적인 동인미를 잘 보여주고 있다. 글 (가)의 솔거는 못생긴 외모 때문에 현실에서 누구와도 어울리지 못하고 추방된 인물이다. 그 속에서 생겨난 솔거의 고독과 소외감은 현실에 존재하지 않는 절대미의 추구로 이어진다. 이러한 절대미에 대한 집착은 아름다운 소경 처녀를 살해하는 충동으로 나타난다. 이 작품에서는 예술에 대한 집착으로 빚어낸 비극마저 또 다른 예술의 형태로 표현하고 있는 것이다. 제시문 (나)에서는 천재적인 음악의 재능을 갖고 태어난 백성수는 불행하게도 아버지에게 물려받은 광포한 야성 때문에 온화하고 평화로운 일상에서는 그의 뛰어난 재능이 발현되지 못한다. 흥분과 광기에 젖을 때만이 즉흥적이고 신비로운 음악을 작곡할 수 있었던 백성수는 자신의 음악을 위해 도덕적 일탈과 범행을 저지른다. 이 글에는 위대한 예술을 위해 방화, 살인, 시간과 같은 비윤리적인 패륜 행위는 얼마든지 정당화될 수 있다는 극단적인 예술지상주의 사상이 내포되어 있다. 제시문 (다)는 칸트의 『판단력 비판』에 나오는 일부분으로 예술이 객관적인 대상에 얽매이지 않고 독립되어 있음을 피력하고 있다. 미적 인식은 도덕적인 인식과 구분되어 있다는 이와 같은 예술론은 예술 영역이 도덕과 학문을 떠나서 그 어떤 것에도 봉사하지 않는 보편성을 띤 독자적인 영역으로 존재하고 있음을 말해주고 있다. 제시문 (라)는 예술과 사회와의 긴밀한 관계를 말해주고 있다. 모든 아름다움은 인류의 사회실천의 산물로 예술이 인류의 사회생활과 유리될 수 없다고 보는 것이다. 예술이 필연적으로 사회를 반영하기에 사회 · 문화적 현상과 분리되지 않고 유기적으로 존재한다고 보고 있는 것이다.

예술이 사회와 시대적 배경과 무관하게 독립적으로 존재한다고 보는 예술지상주의는 예술이 하나의 독립된 분야로 발전하는 데 많은 기여를 했다. 예술이 사회나 정치의 도구(道具), 이념(理念), 목적(目的)으로 전락해 버리면 그 고유의 의미를 잃어버리고, 가치가 훼손될 위험에 처하게 된다. 하지만 예술이 목적의식과 지향점을 잃어 버리면 자칫 개인의 감성적인 취향의 그늘에서 벗어나지 못할 가능성이 다분하다. 김동인의 예술지상주의를 대변하고 있는 작품들이 일반 독자에게 설득력 있게 다가가지 못하고, 작가 자신의 만족에 머물고 있는 한계를 보이는 것도 이 때문이다.

예술의 대표적 분야라고 할 수 있는 연극, 문학, 미술, 음악 등은 시대적 변화와 사회의 보편적 가치 등이 가장 민감하게 반영되는 분야이다. 예술은 늘 변화되는 사회적 흐름 속에서 전시대의 굳어진 관념들에 저항하고 새로운 시대적 가치들을 앞장서 만들어온 역할을 했다. 이런 창조정신은 때로 기성층의 거센 저항을 불러오기도 했지만, 새로운 시대적 변화를 갈망하는 세대에겐 사회적 지향점을 모색해 주는 역할을 하기도 했다.

이처럼 예술은 필연적으로 사회를 반영하고 그 속에서 목적의식을 가질 수밖에 없다. 우리는 이런 예술을 통해 그 시대의 정치, 경제, 사회, 문화의 양상을 추상적 관념이 아니라 구체적인 형상을 통해 이해하게 되는 것이다. 그러나 그 목적이 근시안적이고 직접적으로 드러나게 되면 예술은 편협해지고 천박해질 수밖에 없다. 예술이 추구하는 세계는 원대하고 자유스러워야 하며, 인류의 정신을 고양시키고, 세계와 자아가 성숙하는 데 기여해야 한다. 그럴 때만이 예술적 아름다움은 그것을 수용하는 대중들과 함께 공유되고 더욱 발전할 수 있을 것이다.

예술의 표현 대상인 아름다움의 대상은 처음 자연물에서 출발하여 인공물로 발전해 왔다고 볼 수 있다. 역사를 거슬러 올라가면, 원시시대에는 원시인들의 밀접한 생활과 관련된 동물과 수렵행위가 아름다움으로 인식되었다. 이러한 미적 감성은 벽화나 암각화 등을 통해 예술적 미로 반영되었고 지금까지 지구의 곳곳에서 그 흔적을 찾아볼 수 있다. 이들이 가진 아름다움에 대한 관념을 분석해보면 아름다움은 인류에게 보탬이 되는 좋은 것이 선한 것이고, 나아가 아름다움으로 인식되었음을 알 수 있다. 예술은 이처럼 발생과정에서부터 도덕 및 사회현상과 밀접하게 관련되어 유기적으로 발전되어 왔다.

결국 예술이 인류가 추구하는 보편적인 가치관과 상응할 때 인류의 풍부한 자산으로 더욱 그 가치가 빛날 것이다.

열림원 논술한국문학 07

감자

1판 1쇄 발행 2006년 11월 13일
1판 2쇄 발행 2015년 1월 12일

지은이 | 김동인
펴낸이 | 정중모
펴낸곳 | 도서출판 열림원
등록 | 1980년 5월 19일(제406-2003-026호)
주소 | 서울시 마포구 잔다리로 2길 7-0
전화 | 02-3144-3700
팩스 | 02-3144-0755
홈페이지 | www.yolimwon.com
이메일 | editor@yolimwon.com

• 책값은 뒤표지에 있습니다.

ISBN 978-89-7063-533-0 04810
ISBN 978-89-7063-510-1 (세트)